カナリア殺人事件

S・S・ヴァン・ダイン

つ
づけてきた美し　デ
ルが、密室で無残に殺害される。カナリアというあだ名のもと女優殺人事件の容疑者は、わずかに四人。彼らのアリバイはいずれも欠陥があるが、犯人の決め手の証拠はひとつもなかった。矛盾だらけで不可解きわまりなく、ほかに類を見ない犯罪に挑むのは、名探偵ファイロ・ヴァンス。独自の推理手法で犯人を突き止めようとするのだが……。『ベンスン殺人事件』で颯爽とデビューしたヴァン・ダインが名声を確固たらしめたシリーズ第二弾、新訳・新カバーでリニューアル。

登場人物

ファイロ・ヴァンス……………アマチュア探偵
ジョン・F・X・マーカム……地方検事
アーネスト・ヒース……………部長刑事
マーガレット・オウデル………カナリアというあだ名のもと女優
チャールズ・クリーヴァー……もと税務署長
ケネス・スポッツウッド………オウデルの恋人
ルイス・マニックス……………毛皮輸入商
アンブロワーズ・リンドクイスト……医師
トニー・スキール………………前科者
アリス・ラ・フォス……………女優
ワイリー・アレン………………賭博師
エイミー・ギブスン……………メイド
ウィリアム・エルマー・ジェサップ…｝電話交換手
ハリー・スピヴリー……………｝電話交換手

カナリア殺人事件

S・S・ヴァン・ダイン
日　暮　雅　通　訳

創元推理文庫

THE CANARY MURDER CASE

by

S. S. Van Dine

1927

目次

カナリア殺人事件

本文中の（1）……は原注、（i）……は訳注である。

第一印象は多くの者を欺《あざむ》く。知性のある少数の者だけが、心の奥底に慎重に隠されたものを見抜くことができる。

——プラトン『パイドロス』

はしがき

長年のあいだ、私はファイロ・ヴァンス氏の顧問弁護士であり、行動をともにした友人でもあった。その期間はまた、ヴァンスの親友であるジョン・F・X・マーカム氏がニューヨーク郡の地方検事を務めた四年間にも重なっていた。その結果として私は、若い弁護士ではとうてい関わりになれないような驚くべき犯罪事件の数々において、立会人になるという特権を得た。実際、その期間に私が立ち会った陰惨で劇的な事件の内容は、アメリカの犯罪史上最も驚愕すべき極秘記録のひとつとなったのである。

その一連の事件捜査において、ヴァンスは中心的な役割を演じた。彼が使った手法は、私の知るかぎり、これまで一度も使われたことのないような分析的かつ解釈的なものであり、それによって、警察と地方検事局の両方がさじを投げていた重大犯罪を解決できたのであった。

私はヴァンスと特に親しかったことにより、彼が関係したすべての事件に関与できたばかりでなく、彼が地方検事とのあいだで行った非公式の話し合いについても、その多くに同席することができた。また、私は元来がきちょうめんな性分なので、それらについて完全な記録をとっておいた。資料の収集と書写という、いわばただ働きの作業をしておいたのは、幸運だった。これらの事件を公表できるようになった今、さまざまな角度からの事情や事件経過を含め、詳細に語ることができるからである。

前巻、つまり『ベンスン殺人事件』において、私はヴァンスがいかなる事情で犯罪捜査に関与するようになったかを説明した。同時に、彼がアルヴィン・ベンスンの不可解な殺人事件を解決するために使った、独特の分析的手法についても言及しておいた。

今回の物語は、〝カナリア〟殺人事件として知られるようになった著名事件《コーズ・セレブル》、マーガレット・オウデルの残虐な殺人の謎を、ヴァンスがいかに解いたかという内容である。この事件は、不可解な要素と大胆さ、一見したかぎりでは解決不可能に思えた点などから、ニューヨーク市警史上最も風変わりな、最も驚くべき事件のひとつとされており、ファイロ・ヴァンスの関与がなければ、わが国でも最大の迷宮入り事件になっていただろうと、私は確信している。

ニューヨークにて

S・S・ヴァン・ダイン

1 〝カナリア〟

センター・ストリートの市警本部ビル三階、ニューヨーク市警刑事部殺人課オフィスにある大型のスチール製ファイル・キャビネット。そこには似たようなカードが何千枚もおさまっているが、中の一枚、小さな緑の索引カードに、こうタイプされている。「オウデル、マーガレット。西七十一丁目一八四番地。九月十日。殺人——午後十一時ごろ絞殺さる。室内撹乱《かくらん》のうえ宝石類盗難。死体発見者はメイドのエイミー・ギブスン」

ありふれた言葉をいくつか並べ、そっけなく記述されたこの事件こそ、この国の警察史上屈指の驚異的な犯罪なのである。あまりにも矛盾だらけで、不可解きわまりなく、じつに巧妙、しかもほかに類を見ない犯罪に、市警や地方検事局きっての精鋭たちも、どうアプローチすべきかの段階で迷ってしまった。どの線をたどって捜査しても、マーガレット・オウデルが殺されたはずはないとするほうへ向かうばかりなのだ。だが、自宅居間の絹張り大型《ダヴェンポート》ソファに放り出されていた当の彼女の絞殺死体が、そんなばかげた結論は嘘だと言っていた。

この犯罪の真相はやがて、気がくじけてしまいそうな、まるっきりの暗闇と混乱の期間を経たのち、思いも寄らない奇怪な波及効果の数々や、知られざる人間性の奥にひそむさまざまな闇、どうしようもなく痛ましい絶望に削りだされた異様な人心の機微までも明らかにした。さらには、バルザックの『人間喜劇』に出てくるエステル・ファン・ゴプセックに寄せるヌシンゲン男爵の途方もない恋慕や、不運なトルピーユの非業の死を描く鮮烈な劇的場面に、その本質と構成においてまさるとも劣らずロマンティックで魅惑的な、情熱的メロドラマの隠された一ページも明かされたのだった。

マーガレット・オウデルは、ブロードウェイの奔放な高級売春界《デミモンド》の申し子――つかのまの歓楽にすぎないはなばなしい擬似ロマンスをどこか象徴するような、あでやかな存在だった。死に至る二年ほど前から、彼女は夜の街で誰よりも人目をひく、ある意味では人気がある人物だったのだ。祖父母の時代なら彼女は、〝町一番の美人〟とでもいう、なんとなく怪しげな称号をもらったかもしれない。しかし、そう分類してほしい志望者があふれかえり、酒場を彩る鱗《りん》翅目《しもく》のうちに派閥づくりもその分裂も多いこのごろでは、競い合う者たちの中から誰かをたったひとり選び出すのは無理な話だ。それでも、プロ、アマ問わず宣伝を買って出るお気に入りたちにとって、彼女は自分のいる狭い世界では申し分のない有名人だった。

彼女に聞こえのよくない評判がたったのは、ヨーロッパの片田舎でおしのびの有力者ひとりか二人と浮き名を流したという、伝説まがいの噂のせいでもある。『ブルターニュの乙女』で最初の成功をおさめたあと――大衆向けミュージカル・コメディで、無名の女優から不思議なことに一躍〝スター〟にのしあがった――彼女は海外で二年を過ごしていたので、その宣伝担当者が本人の留守を思うさま活用して大物籠絡《ろうらく》の噂を流したという、皮肉な考え方もあろう。彼女の容貌が、そのいくぶん疑わしい名声を維持するうえで大いに役立った。ややどぎついほどではあるが、彼女が美しいことに疑問の余地はなかった。私はある晩、アントラーズ・クラブで踊る彼女を見かけたときのことを覚えている――悪名高いレッド・レーガンが経営していた、明け方まで娯楽を求める人々のたまり場として有名な店だ。(1)そのときの印象では、抜け目のない肉食動物のような風貌であるにもかかわらず、並はずれて愛らしい娘だった。ほどほどの背丈で、体つきはほっそりとしてライオンのように優雅。わずかながらつんと澄まして、傲慢《ごうまん》とも思える――噂に聞くヨーロッパの特権階級とのつきあいの結果でもあろうか。高級売春婦の系譜に連なるふっくらと赤い唇に、ロセッティ(一八二八―一八八二。英国の詩人、ラファエル前派の画家)の『聖なる乙女』にも似たマングース風の目。いつの世も画家たちが永遠なるマグダラのマリアというテーマをそれで表わそうとしてきたような、官能をそそるものと禁欲的な精神とが不思議に組み合わさった顔である。なまめかしく謎の香りを漂わせ、男の気持ちを思いのままにする、そして、その支配した相手を命がけの行為にも走らせる、そんなタイプの顔だった。

マーガレット・オウデルがカナリアというあだ名をもらったのは、娘たちがそれぞれにさまざまな鳥の衣装をまとう、ファリーズ座の凝った鳥尽くしバレエ劇で演じたからだった。彼女にはカナリアの役が振り当てられ、白と黄色のサテン地の衣装が、輝く金色の豊かな髪の毛や薄紅色のさす白い肌とあいまって、ひときわ魅惑的な鳥となった姿が観客たちの目に焼き付いた。二週間としないうちに――新聞記事は彼女を大絶賛し、観客は彼女ひとりだけに喝采を送るという事態になり――「鳥のバレエ」が「カナリアのバレエ」と改題され、ミス・オウデルは気前よく〝プリマバレリーナ《プルミエール・ダンスール》〟とでも称すべき地位に押し上げられた。しかも、その魅力と才能を特別に披露するため、ソロで踊るワルツと歌(2)が舞台に挿入された。

そのシーズンの終わりに彼女はファリーズ座を退団、ブロードウェイの夜のたまり場ではなばなしく活躍するあいだも、カナリアの呼び名でもてはやされ、親しまれた。かくして、アパートメントで無残にも絞殺された彼女の死体が発見されると、事件はたちまち知れわたり、そののちは決まってカナリア殺人事件と呼ばれることとなったのだった。

カナリア殺人事件の捜査に加わったことは――というより、ボズウェルのような傍観者役としてだったが――私自身の生涯で最も忘れがたい経験のひとつとなった。マーガレット・オウデルが殺害された当時、ジョン・F・X・マーカムがその年の一月からニューヨーク郡地方検事の職に就いていた。改めて書くまでもないだろうが、四年にわたる在任期間中に彼は、犯罪捜査官として驚異的と言っていいほどの成功をおさめて名をあげた。しかし、つねに自分に浴びせられる賞賛が、彼にはひどく不快だった。なぜなら、名誉を重んじる彼には、全面的に自分のものではありもしない手柄をわがものとされることが本能的にうしろめたいからだ。本当のところ、有名な事件をいくつも手がけていながら、その大半でマーカムは補助的な役割しか担っていない。実際に事件を解決した手柄はマーカムの親しい友人のものだったが、当時は本人がその事実の公表を許さなかった。

その男は社交界にいる貴族の若者で、匿名とするため、私はファイロ・ヴァンスと呼ぶことにしている。

ヴァンスには驚くような天賦《てんぷ》の才や能力がたっぷりある。美術品のちょっとしたコレクターであり、すばらしいアマチュア・ピアニストであり、美学と心理学にも造詣《ぞうけい》が深い。アメリカ人ながら教育はほとんどヨーロッパで受け、今でもアクセントやイントネーションにわずかながら英国風のところがある。独自の収入がふんだんにあって、一族のつながりがいろいろあるせいで彼に課せられた社交の義理を果たすのに、かなりの時間を割《さ》いていた。ただし、遊び人《アイドラー》でも好事家《ディレッタント》でもない。態度は皮肉っぽくて冷淡。何気なく出会っただけの相手には通人気取《スノッブ》りの俗物と見られてしまう。だが、私くらいヴァンスをよく知れば、うわべに見えているものの下にひそむこの男の真の姿をかいま見ることができる——彼の皮肉と冷淡さは気取りでもなんでもない、もともと敏感で孤独を愛する性向からおのずと湧き出てくるのだ。

まだ三十五歳にならないヴァンスの容姿は、血の通わぬ彫刻さながらきわめて端整だった。ほっそりした顔は表情豊かなのに、顔つきにいかめしく冷笑的なところがあって、それが仲間たちとのあいだに壁をつくる。感情がないわけではないが、彼のいだくのは主として知的な感情だった。禁欲的なところをしばしば批判されたが、美学や心理学の問題で、時には激情をほとばしらせる彼を私は見たことがある。それにしても、あらゆる俗世の事柄から距離を置いているというのが彼の印象だ。そして実際に、彼は人生というものを客観的に感情をまじえず芝居を鑑賞する観客のように眺めて、無意味でくだらないことだらけなのをひそかにおもしろがったり屈託なく冷笑したりしていた。それでいて、知識欲旺盛な彼のこと、視野に入ってくる人間喜劇はどんな細かいところもおよそ見のがすことがないのだった。

彼が積極的に、ただし非公式に、マーカムの犯罪捜査にかかわるようになったのも、まさにその知的好奇心のなせるわざだった。

私は、ヴァンスがいわば法廷助言者《アミカス・キューリエ》として関与した事件を一部始終記録してきたが、公表を許される日が来ようとは思わなかった。ところが、ご存じのとおり、マーカムがあの次の選挙の分裂投票で手痛い敗北を喫して、政界から引退した。そして昨年、ヴァンスは海外へ移り住み、アメリカへ戻るつもりはないと言う。結果として、私は双方から覚え書きを全部発表する許可を得た。ヴァンスは、自分の名前を出してくれるなとだけ条件をつけた。だが、そのほかの制限はいっさいなしだ。

私は別の機会に、(3)ヴァンスが犯罪捜査に関与することになった特殊な状況や、どうしてもつじつまの合いそうにない証拠を目の当《ま》たりにしながら彼がいかにアルヴィン・ベンスン射殺事件の謎を解決したかを語った。このたびの物語で取り上げるのは、やはり彼が解決したマーガレット・オウデル殺人事件である。事件が起きたのは同じ年の初秋のことで、きっとご記憶のことだろうが、前の事件よりもなお大きな騒ぎを巻き起こした。(4)

ヴァンスが新たに捜査を引き受けることになるには、一連の奇妙な状況があった。マーカムはもう何週間も、起訴のため警察から引き渡された暗黒街の犯罪者たちに対して有罪判決を獲得しそこなったのは検事局の大失態だと書き立てる、反政府的な新聞に悩まされていた。禁酒法のおかげで、ニューヨークにはこれまでになかった危険で有害なたぐいの歓楽街が急成長していた。資金潤沢なキャバレーがナイトクラブと称して続々とブロードウェイやその横丁に沿って出現し、そういうかんばしからざる店が発端となる痴情と金銭両面の重犯罪が、早くもぞっとするような件数起こっていたのだ。

　そのあげく、アップタウンのファミリーホテルで起きた銃による宝石強奪がらみの殺人事件をたどると、計画および準備のされたのがその手のナイトクラブだったと判明した。さらには、事件捜査に当たっていた殺人課の刑事二人がある朝、そのクラブ付近で背中に銃弾を受けた死体となって発見されるに至って、マーカムは、検事局の扱うほかの件はあとまわしにしてでも、その度を越したけしからぬ状況にみずから手をつけることにしたのだった。[5]

2　雪の上の足跡

九月九日（日曜日）

　マーカムがみずから乗り出そうと決めた翌日、彼とヴァンス、私の三人は、スタイヴェサント・クラブ[1]の談話室の奥まった場所に陣取っていた。全員がメンバーである私たちはよくここに来ていて、マーカムはしばしばこの場所をアップタウンの非公式な本部として利用していた。

「この街の半数の人間に、地方検事局は高級取り立て屋みたいなものだと思われているだけでもいやな気分だ」その夜、マーカムは愚痴をこぼした。「しかも、確実に有罪にできる充分な証拠もまともな証拠もないからといって、ぼくが刑事のまねごとをするわけにもいかない」

ヴァンスは微笑みながらゆっくり顔を上げ、からかうようにマーカムを見た。

「つまり、問題は」ことさらゆっくりと話しはじめる。「複雑な法手続きに未熟な警察が、ごく普通の知性をもつ人間を納得させる証拠なら法廷をも納得させられると思って動いているということだな。なんてくだらない考え方だ。弁護士が本当に望んでいるのは証拠ではなく、厳密な専門的解釈だよ。それに、平均的な警察官の頭の中身は、杓子定規《しゃくしじょうぎ》な法律学の要求を満たすには、あまりにも単純すぎる」

「それほどひどくはないよ」マーカムは話を穏やかにしようと試みたが、ここ数週間の緊張のせいでいつもの平静さが乱れていた。「もし証拠というルールがなかったら、多くの無実の人間が大きな不正に苦しむことになる。それに、たとえ犯罪者でも、法廷では身を守る権利がある」

ヴァンスは軽くあくびをしてみせた。

「マーカム、きみは衒学者《げんがくしゃ》にでもなるべきだったな。批判に対してあらゆる雄弁術的な返答を習得しているのは、まさにみごとなものだ。だがそれでも、ぼくは納得しないね。ウィスコンシンで、誘拐された男を法廷が死亡と宣告した事件を覚えてるだろう。その男が元気できずひとつない体で以前の隣人の前に姿を現わしても、推定死亡という身分が法律的に変更されることはなかった。彼が現実に生存しているという視覚的、かつ明白な事実は、法廷にとっては取り上げるに値しない、意味のない副次的な事柄というわけさ。[2]……さらに、残念な状況もある

——この公正な国に蔓延《まんえん》している状況だよ——人はあるときは正気であるときは狂気だということだ……。実際、単なる平凡な知性をもち、法律的論理に都合のいい手続きに不慣れな素人が、このようにいわく言いがたい微妙さを理解できるとは期待できないだろう。平凡な良識という闇に囚《とら》われている凡人は、こちらの川岸で狂っている人間は、向こう岸でも狂っていると言うだろうしね。それに、こうも思うだろう——まったく間違っているんだが——ある人間が生きているのなら、その人は生きていると法的に推定されるはずだとね」

「なんでまた、そんな硬い話をずらずらとするんだい？」マーカムは、今度はいささかいらついたような口調だった。

「きみの現在の苦境の根源に、かなり重大なかかわりがあるようだからさ」ヴァンスは冷静に答えた。「どうやら、法律家ではない警察がきみを追い込んでいるらしいね？……刑事全員を法科大学院に送るように運動でも始めたらどうだい？」

「きみはまったく頼りになるよ」

ヴァンスはわずかに眉を上げた。

「どうしてぼくの提案をばかにする？　利点があることは理解しているはずだ。法律的訓練を受けていない人間は、あることが真実だと考えてしまうと、それに反する不的確な証言すべてを無視し、事実に固執する。法廷は無価値な大量の証言に厳粛に耳を傾け、事実ではなく複雑な一連の規則に従って決定をくだす。その結果、法廷はしばしば、囚人が有罪であることを充分に承知しながらも、無罪を言い渡す。実際に、判事の多くが犯罪人に『私も陪審員もきみが罪を犯したことを知っている。しかし法律的に容認できる証拠によって、きみが無罪だと言い渡す。去って、再び罪を犯すがいい』と言ってるんだ」

マーカムは不満そうな顔だ。「今のぼくの苦境への対応として、警察が法律を学ぶことを勧めたりしたら、この国の人々に慕われることはまずないだろうね」

「それでは、シェイクスピアの肉屋の言う『すべての弁護士を殺せ』という案を提案しよう(i)」

「残念ながら、これは空想上の理論ではなく、対応すべき現実なんだよ」

「ではきみは」ヴァンスがゆっくりと問いかける。「警察についての賢明な結論と、きみが痛ましくも法律手続きの正しさと呼ぶものを、どのように調和させると言うんだい？」

「手始めに」とマーカム。「今後は、ナイトクラブの重要犯罪はすべて独自に捜査することにした。昨日、検事局の全責任者との会議を招集して、これからは検事局から直接指示して捜査活動が行われる。有罪に必要となる証拠を見つけ出すつもりだ」

ヴァンスはゆっくりとシガレットケースから煙草を取り出し、肘掛けに軽くとんとんと打ち付けた。「ああ！　つまりきみは、罪人を無罪にする代わりに、無実の人に有罪を科すことにしたんだな？」

マーカムはいらついて椅子の上で向き直り、ヴァンスをにらみつけた。

「きみの言わんとすることがわからないふりをするつもりはない」辛辣《しんらつ》な口調だった。「きみは心理学的理論と審美的仮説と比較して、状況証拠は不適当だという、お気に入りの理論を蒸し返してるんだな」

「まさにそのとおりだ」ヴァンスはぞんざいな調子で同意した。「マーカム、きみが愛してやまない状況証拠は、本当に強力だ。その前においては、推論の平凡な力は無力だ。きみが法律の網にとらえようとしている無実の被害者たちのことを考えると、身震いがする。きみはやがて、キャバレーに行くだけのことを恐ろしく危険な行為だとしてしまうだろうね」

マーカムは黙ったまましばらく煙草を吸っていた。議論は辛辣だったにもかかわらず、互いに対する態度の奥底に敵意は感じられなかった。彼らの友情は長年にわたっており、性格の違いやはなはだしく異なるものの見方にもかかわらず、互いへの大きな敬意が親密な関係の基礎になっていたのだ。

やっと、マーカムが口を開いた。「どうしてそこまで状況証拠を非難するんだ？　間違ってしまうときもあることは認めるが、有罪の強力な推定証拠になることもあるんだ。実際、ヴァンス、法律の権威のひとりが、状況証拠は存在している証拠の中でも最も強力なものだと主張しているんだ。犯罪の本質となる直接証拠は、ほぼつねに手に入らない。もし法廷が直接証拠だけを信頼しなければならないのなら、犯罪者の大多数が今でも野放しになっているだろう」

「ごりっぱな大多数のほうは、つねに拘束されない自由を享受してきたと思うがね」

マーカムはヴァンスを無視した。「こういう例を考えてくれ。十二人の成人が雪の上を走っている動物を目撃し、鶏だと証言した。一方で、ひとりの子供が同じ動物を見てアヒルだと断言した。そこで彼らは動物の足跡を調べ、それがアヒルによるような水かきのある足跡だと発見した。直接証拠が優位とはいえ、これでその動物が鶏ではなくアヒルだという主張が決定的だということにはならないか？」

「アヒルだということは認めよう」ヴァンスが冷静に同意した。

「その同意をありがたく受け取って」マーカムが話を続ける。「そこから引き出される命題を提議しよう。十二人の成人が雪の上を通る人間を見て、女性だと宣誓した。一方でひとりの子供がそれは男性だと主張した。では、雪の上に男性の足跡があったという状況証拠が、その人物が女性ではなく男性であるという明白な証拠を提供すると認められないか？」

「まったく認めないね、親愛なるユスティニアヌス（東ローマ帝国の皇帝にして法典制定者）」マーカムの前で足をものうげに伸ばしながら、ヴァンスが答えた。「もちろん、きみが人間はアヒルより高次な脳を持っていると示せるなら別だがね」

「脳に何の関係があるんだ？」マーカムはいらだちを隠さない。「脳は足跡に影響を与えない」

「アヒルなら確かにそうだ。しかし、脳はかなり――それに間違いなくしばしば――人間の足跡に影響を及ぼす」

「それは人類学とかダーウィンの言う適応性とかの授業なのか、それとも単に形而上学《けいじじょうがく》の考察なのか？」

「そんな難解な問題じゃない」とヴァンス。「ぼくは単に、観察から導いた単純な事実を述べているだけだ」

「そうかい。きみの特別に発達した推理過程によると、男性の足跡という状況証拠は男性を示すのか、それとも女性か？」

「必ずしもどちらとは言えない。むしろ、どちらの可能性もある。そのような証拠を人間に――つまり、論理的思考を持つ生き物に――当てはめると、ぼくには単に、雪の上を通った人物は自分の靴を履いた男性、あるいは男性の靴を履いた女性という意味にしかならない。あるいは、脚の長い子供かもしれない。つまり、まったく法律的ではないぼくの知性に伝わってくるのは、単にその足跡が下肢に男の靴を履いたピテカントロプス・エレクトゥスの子孫であることだけで、性別と年齢は不明だ。一方で、アヒルの足跡については、額面どおりに受け取る気になるね」

「それを聞いてうれしいよ。少なくともきみは、アヒルが庭師の長靴を履いていたという可能性を排除したからね」

ヴァンスは一瞬微笑んでから言った。「現代のソロン（古代アテネの政治家、立法者、詩人）であるきみの問題は、公式から人間の性質を排除しようとしていることだ。だが真実は違う。人間は人生と同様に、果てしなく複雑なんだよ。人は抜け目がなく、狡猾《こうかつ》だ――何世紀もかけて、あらゆる悪魔のようなごまかしに熟練してきた。人は悪賢い生き物で、生存のための愚かで無益な闘いというごくありふれた生涯においてさえ、本能的にかつ意図的に、真実ひとつに対して九十九の嘘を言う。しかし、人間の文明という天恵をもたないアヒルは、率直でまったく正直な鳥だ」

「じゃあ」とマーカム。「結論に至る普通の手段すべてを排除したら、どうやって雪の上に男性の足跡を残した人物の性別や種《しゅ》を判断するんだ？」

ヴァンスは、天井に向かって煙を吐き出した。

「まず最初に、十二人の目の悪い成人と、ひとりの目のいい子供の証拠を排除する。次に、雪の上の足跡を無視する。それから、疑わしい証言による先入観をぬぐい去り、物質的手がかりを排除した頭で、逃げていく人物が犯した罪の正確な性質を見極める。さまざまな要素を分析したあと、ぼくは犯罪者が男なのか女なのかを教えられるだけでなく、その習慣や人物像、性格を確実に描写することができる。そして、逃げる人物が男性あるいは女性、あるいはカンガルーの足跡を残したとしても、もしくは竹馬を使ったとしても、自転車に乗っていたとしても、さらにはまったく足跡を残さない空中浮揚をしていたとしても、同じことができる」

マーカムは大笑いした。「法的な証拠を提供するという点では、きみは警察よりもひどいんだな」

「少なくともぼくは、本物の犯罪者にブーツを利用された無防備な人物のために、証拠を調達することはしない」とヴァンスが言い返した。「マーカム、きみが足跡を信用しているかぎり、結局は本当の犯人が望んでいる人物を逮捕するはめになるぞ——つまり、きみが捜査すべき犯罪とは何の関係もない人物をだ」

彼は急に真剣になった。

「なあきみ、鋭い知性は今、神学者が闇の力と言うものと結びついているんだ。きみを悩ませているそのような犯罪の多くは、表面的には明らかに見せかけだけだ。ぼく個人としては、人殺しのギャングがイタリアン・マフィアのような犯罪組織をアメリカにつくって、低俗なナイトクラブを本部にしているという理論をあまり信用していない。そんな考え方は、芝居がかりすぎている。想像をたくましくした派手な新聞種というにおいがぷんぷんするし、ウージェーヌ・シュー（一八四七－一八八三。十九世紀フランスの小説家）の小説のように大衆受け狙いが過ぎる。犯罪は戦時を除けば大衆の本能ではないし、単に非道な楽しみだ。犯罪は、私的な個人の仕事なんだよ。人は殺人を犯すときに、ブリッジのように四人組《パルティ・カレ》をつくったりしない。……マーカム、頼むから、ロマン主義的な犯罪学の観点で迷ったりしないでくれ。そして、雪の上の表象的な足跡をあまりにも精密に調べないでくれ。それらは、きみを恐ろしく混乱させてしまう――きみは、このねじ曲がった世界では、あまりにも信じやすいし、率直だ。警告しておくが、賢明な犯罪者なら、きみの巻き尺と計測器のために足跡を残しておいたりしないよ」

彼は深いため息をつき、マーカムにからかうような哀れむような目を向けた。「それに、きみがこれから最初に扱う事件には足跡がないかもしれないと、ちょっとでも考えたことがあるかい？……ないのか？　それじゃあきみは、いったいどうするんだ？」

「その問題は、きみを連れていくことで解消できる」マーカムはいくぶん皮肉まじりに提案した。「次に重大事件が起きたときには、ぼくと一緒に行動するというのはどうだい？」

「その考えは魅力的だな」と、ヴァンスが答えた。

その二日後、ニューヨークの新聞の第一面を派手に飾ったのが、マーガレット・オウデルが殺されたと告げる大見出しだった。

3 殺人

九月十一日（火曜日）午前八時三十分

マーカムがその事件の知らせを持ってきたのは、忘れもしない九月十一日、早朝の八時半だった。

私は、東三十八丁目のヴァンスの住まいに、一時的に間借りしていた。美しい高級アパートメントの最上層二階分を改装した大きな家だ。ここ何年かは、ヴァンスの個人的な財産管理人と法律顧問を務めており、父の経営するヴァン・ダイン、デイヴィス・アンド・ヴァン・ダイン法律事務所を辞めて、ヴァンスの専属としてさまざまな要求に応えてきた。仕事としては楽なものだったが、ヴァンスの資産運用と、彼が購入する数々の絵画や美術品《オブジェ・ダール》の管理があったので、負担になるほどではないにしても、それなりに忙しい毎日を送っていた。このような財政的、法律的な管理業務は私の性分にぴったりで、ハーヴァード大学の学生時代から続いているヴァンスとの友情も、この仕事に社交的、人間的な彩《いろど》りを添えてくれたので、よくある判で押したような退屈さには陥らずにすんだ。

その朝、早めに起きて図書室で仕事をしていると、ヴァンスの従者兼執事のカーリから、マーカムが居間に来ていると知らされた。私は早朝からの来客にひどく驚いたのだが、それというのもヴァンスが昼前にはめったに起きず、朝のうたた寝をじゃまされるとひどく不機嫌になるからで、マーカムもそのことは重々承知のはずだった。奇妙なことだが、私はこの瞬間、何か異常な由々《ゆゆ》しき事態が待ち構えていることを直観した。

マーカムは部屋の中を行きつ戻りつして落ち着きがなく、帽子と手袋は中央のテーブルにぞんざいに置かれていた。私が入っていくと、立ち止まっていらだったような目でこちらを見た。身長は人並みで、顔にはきれいに剃刀《かみそり》が当てられ、髪は灰色、がっしりした体格の持ち主だ。顔つきには威厳があり、物腰は上品で思いやりを感じさせる。だがその優しげな外見の下には、攻撃的なまでの厳格さと断固たる決意があり、それを知る者にとっては、マーカムは強情で疲れを知らぬ人間なのだった。

「おはよう、ヴァン」と挨拶してきたが、じりじりした様子で言い方はおざなりだ。「また暗黒街がらみの殺人事件だ——これまででいちばんひどくて不快きわまりない……」マーカムは口ごもり、こちらを鋭い目で見た。「先日ぼくとヴァンスがクラブで話してたことを覚えてるかね？　あいつの言葉にはえらく予言的なものがあった。それにぼくがあいつと約束まがいのことをして、次に重大な事件が起こったら同行させるって言ったのも、覚えてるだろう？　じつはそういう事件が起こったんだ——それも特大級のものが。カナリアと呼ばれていたマーガレット・オウデルが、自宅アパートメントで絞殺された。電話で聞いたところでは、これもナイトクラブに関係してるようだ。今オウデルの住まいに向かうところなんだが……どうだね、われらが放蕩者《ほうとうもの》を起こすっていうのは？」

「喜んで」私は二つ返事で引き受けたが、たぶんに自分勝手な動機によるものだった。カナリアとは！　もしこの都会で、人を殺して騒ぎを起こそうとめぼしい獲物を探しても、これほど効果的な相手はまず見つけられないだろう。

私はドアに急ぐとカーリを呼んで、ヴァンスをすぐ起こすように言った。

「申し訳ないのですが――」カーリは礼儀に気をつかいながらもためらっている。

「心配しなくてもいい」マーカムが割って入る。「こんなとんでもない時間に起こしたことの責任は、全部ぼくが引き受けるよ」

カーリは切迫したものを感じ取って出ていった。

一、二分すると、ヴァンスが、手のこんだ刺繍《ししゅう》の絹の着物とサンダルという出《い》で立《た》ちで、居間のドアに現われた。

「これはこれは！」とこちらに挨拶したが、時計を見て少々驚いている。「きみたち、まだ寝てないのか？」

マントルピースの前へぶらぶら歩いていき、フィレンツェ製の小さな葉巻保管箱《ヒューミドール》から金口のレジー煙草（1）を一本選び出した。

マーカムは不愉快そうに目を細めた。戯《ざ》れごとにつきあっている暇はないのだ。

「カナリアが殺されたそうだ」私はうっかり口走った。

ヴァンスはマッチを手にしたまま、たいして興味もなさそうな目でこちらを見た。「誰のカナリアだい？」

「今朝、マーガレット・オウデルが絞殺死体で発見されたんだ」マーカムがぶっきらぼうに言い足す。「きみたいな世間知らずのお坊ちゃまだって、彼女のことは聞いてるはずだ。だったらこの犯罪がどんなにたいへんなものかわかるだろう？　ぼくはこれから自分で雪の上の足跡を探しにいくんだが、この前の晩に言ってたようにきみも来たいんなら、すぐに準備してくれ」

　ヴァンスは煙草をもみ消した。

「マーガレット・オウデルか？——ブロードウェイの金髪のアスパシア（紀元前五世紀頃のアテネの娼婦。機知と美貌で誉れ高かった）——それともフリュネー（紀元前四世紀頃のアテネの高級娼婦。美貌で有名）だったかな、黄金の髪型《コワフュール・ドレ》で有名だったのは？……何と嘆かわしい！」そのざっくばらんな態度の中にも、ヴァンスがひとかたならぬ興味を示しているのは明らかだった。「法と正義への卑劣な挑戦者たちは、きみをとことんまで急《せ》き立てようと心に決めたようだね、え？　こっちの身にもなってほしいもんだよ……失礼して、この用件にふさわしい格好に着替えてこよう」

　ヴァンスが寝室に消えると、マーカムは一服しようと真面目くさったしぐさで大きな葉巻を取り出した。一方で私は図書室に戻り、作業中の書類を片づけた。

　十分もしないうちに、外出着に着替えたヴァンスが現われた。

「さあ、きみたち《ビアン・モン・ヴィユ》」と陽気に声をかけると、カーリが帽子と手袋と籐製《とうせい》のステッキを差し出す。

「行こう《アロンズィ》！」

　私たちは車でアップタウンをマディソン・アヴェニュー沿いに走り、途中で曲がってセントラル・パークを抜け、西七十二丁目の入り口に出た。ブロードウェイの近くの、マーガレット・オウデルのアパートメントがある西七十一丁目一八四番地で歩道脇に車を寄せると、警察が到着したせいですでに野次馬が集まっている。整理に当たっているパトロール警官に、群衆をかき分けて誘導してもらわなければならなかった。

地方検事補のフェザーギルが、メインホールで上司の到着を待っていた。

「ひどいもんです」と不平を言う。「いやな事件ばかりですよ。それも、よりによってこんな時期に！……」意気消沈して肩をすくめる。

「まあすぐに片づくだろう」マーカムが相手と握手しながら答える。「現場はどんな様子だ？ヒース部長刑事がきみのあとですぐ電話してきて、一見したところではやっかいそうな事件だと」

「やっかい？」フェザーギルは悲しげにこの言葉を繰り返した。「それどころか手も足も出ませんよ。ヒースはタービンみたいにフル回転してますがね。じつはヒースはボイル事件からはずれたんですよ、この新手のホラーショーに全力で取り組むために。モラン警視が十分ほど前にやって来て、正式に任命しました」

「そうか。ヒースはいいやつだよ」マーカムは言った。「なんとかなるだろう……部屋はどこだ？」

フェザーギルは、私たちをメインホールの奥にあるドアへ案内すると、「ここです。私はこれでおいとまします。眠らないと。がんばってください」と言って立ち去った。

この建物と内装の配置については、簡単な説明が必要だろう。かなり特異なその構造が、今回の殺人事件にからんだ一見解決不可能な問題の、重要な鍵を握っているからだ。

建物は石造りの四階建てで、元来は個人の邸宅として建てられたのだが、外装、内装ともに改修されて高級アパートメントに生まれ変わった。各階に三つか四つの住居があったと思うが、今回の事件では二階から上は無関係だ。犯罪現場の一階には、住居が三つと歯科医院が入っている。

建物のエントランスは直接大通りに面し、玄関扉を開けるとすぐメインホールになる。このホールの奥、エントランスから見て真正面に「3」と番号がついているのが、オウデルの住まいのドアだった。メインホールの中ほど右手には上階に続く階段、そのすぐ奥、同じくホールの右手には小さな応接室があり、入り口はドアでなくアーチ形に開いている。階段のちょうど向かい側には、壁のくぼみに電話交換台がある。この建物にエレベーターはない。

一階の配置でもうひとつ重要なのは、メインホールの奥にある細い通路で、ホールとは直角に走っており、オウデルの住まいの正面の壁に沿って、建物の西側にある中庭へと抜けている。この中庭からは、幅四フィートの路地で大通りまで出られる。

掲載した図を見ていただければ、一階の配置はわかりやすいだろうし、読者はこの配置を覚えておいてほしい――というのも、建物のこれほど単純明快なデザインが犯罪の推理でここまで大きな役割を演じたことは、過去になかったと思うからだ。ほかならぬその単純さ、平凡で見慣れた感じ、あるいは人を戸惑わせる複雑さがいっさいないという点――捜査陣にとってはそれが悩みの種となり、事件は何日も迷宮入りの瀬戸際をさまよったのだった。

その朝マーカムがオウデルの住まいに入ると、部長刑事のアーネスト・ヒースがすぐに駆け寄ってきて片手を差し出した。犯罪捜査には、警察と地方検事局のあいだの敵意と対立がつきものなのだが、ヒースの大きい気の荒そうな顔に広がるほっとした表情を見れば、今回の事件を担当するこの男に、そういうこだわりがまったくないのは明らかだった。

「来ていただいて感謝します」部長刑事はそう言いながら、そのとおりのことを思っているのだ。

次いでヴァンスのほうを向くと、心からの笑顔を見せながら片手を差し出した。[1]

「じゃあ、アマチュア探偵さんとまたご一緒できるというわけですな！」冗談の口調にも親愛の情があふれている。

「ええ、確かに」ヴァンスはぼそぼそ言った。「すがすがしい九月の朝ですが、タービンの調子はどうですかな？」

「言わぬが花ですよ！」それからヒースは突然真顔になって、マーカムのほうを向いた。「いや、ひどいもんですよ。よりによってカナリアをこんな目にあわせるなんて。ブロードウェイには、いなくなってもたいした騒ぎにならない女がいくらでもいるってのに、わざわざシバの女王をバラすなんて！」

ヒースが話しているうちに、刑事課の課長ウィリアム・M・モラン警視が狭い玄関にやって来て、例のごとくひとしきり握手をして回った。モランが以前ヴァンスと私に会ったのは、偶然でそれも一度きりだったが、私たちのことを覚えていて、ていねいに名前で呼んでくれた。

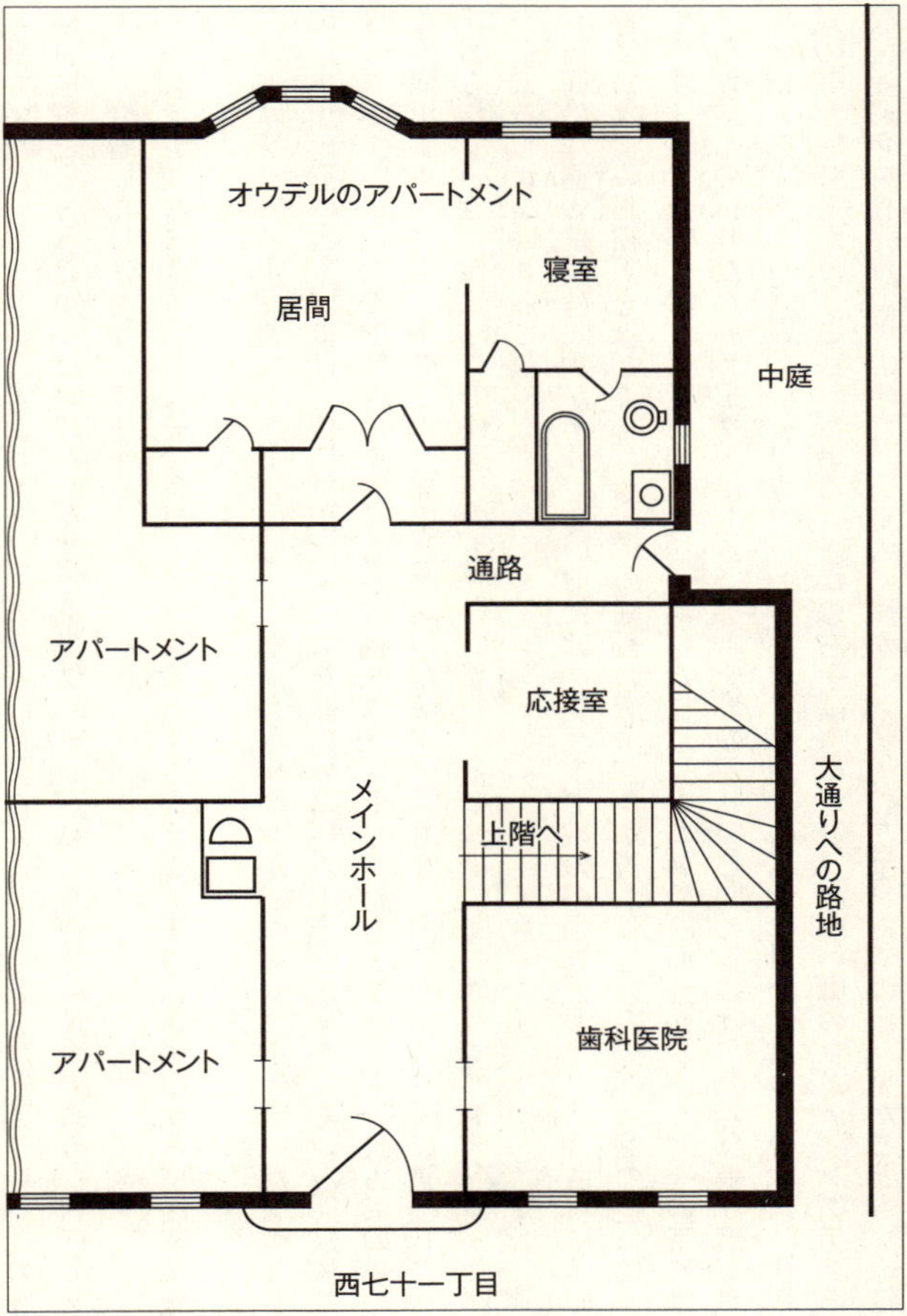
オウデルのアパートメント
寝室
居間
中庭
通路
アパートメント
応接室
大通りへの路地
メインホール
上階へ
歯科医院
アパートメント
西七十一丁目

「来ていただいて、たいへんありがたい」上品な抑制された声でマーカムに言う。「ヒース部長刑事が、そちらで知りたい基本的な情報を提供します。私もまだ暗中模索のような状態でしてね。今着いたばかりなんです」

「お伝えしたいことならいくらでもありますよ」ヒースがうなるように言いながら、居間に案内した。

マーガレット・オウデルの住まいには、かなり大きな部屋が二つあり、そのあいだをつなぐ広いアーチ形の入り口には、仕切り用にダマスク織の分厚いカーテンが下がっている。建物のメインホールに面した玄関ドアを開けると、幅八フィート、奥行き四フィートの長方形の小さな玄関ホールがあり、その先の大部屋とのあいだは、ヴェネツィアンガラスの観音開きドアで仕切られている。他にはこの住居への入り口はなく、寝室へは居間を通ってアーチ形の入り口から入るしかない。

居間の左側の壁には暖炉があり、その前にはブロケード織の絹張り大型ソファ《ダヴェンポート》、さらにその背後には、象眼細工《ぞうがん》をほどこした紫檀《ローズウッド》の細長いテーブルが置かれている。反対側の壁には、玄関ホールと寝室へのアーチ形の入り口のあいだに、ロココ調の三面鏡がかかり、その下にはマホガニーの折りたたみテーブルがある。アーチ形の入り口の向こうには、大きな張り出し窓の手前にスタインウェイの小振りなグランドピアノが置かれ、その外面にはルイ十六世時代様式の美しい装飾がほどこされている。暖炉の右手隅には、ひょろ長い脚のライティングデスクと、手彩色の模造皮紙《ベラム》でできた正方形のくずかご。暖炉の左手にあるのは、見たこともないほ

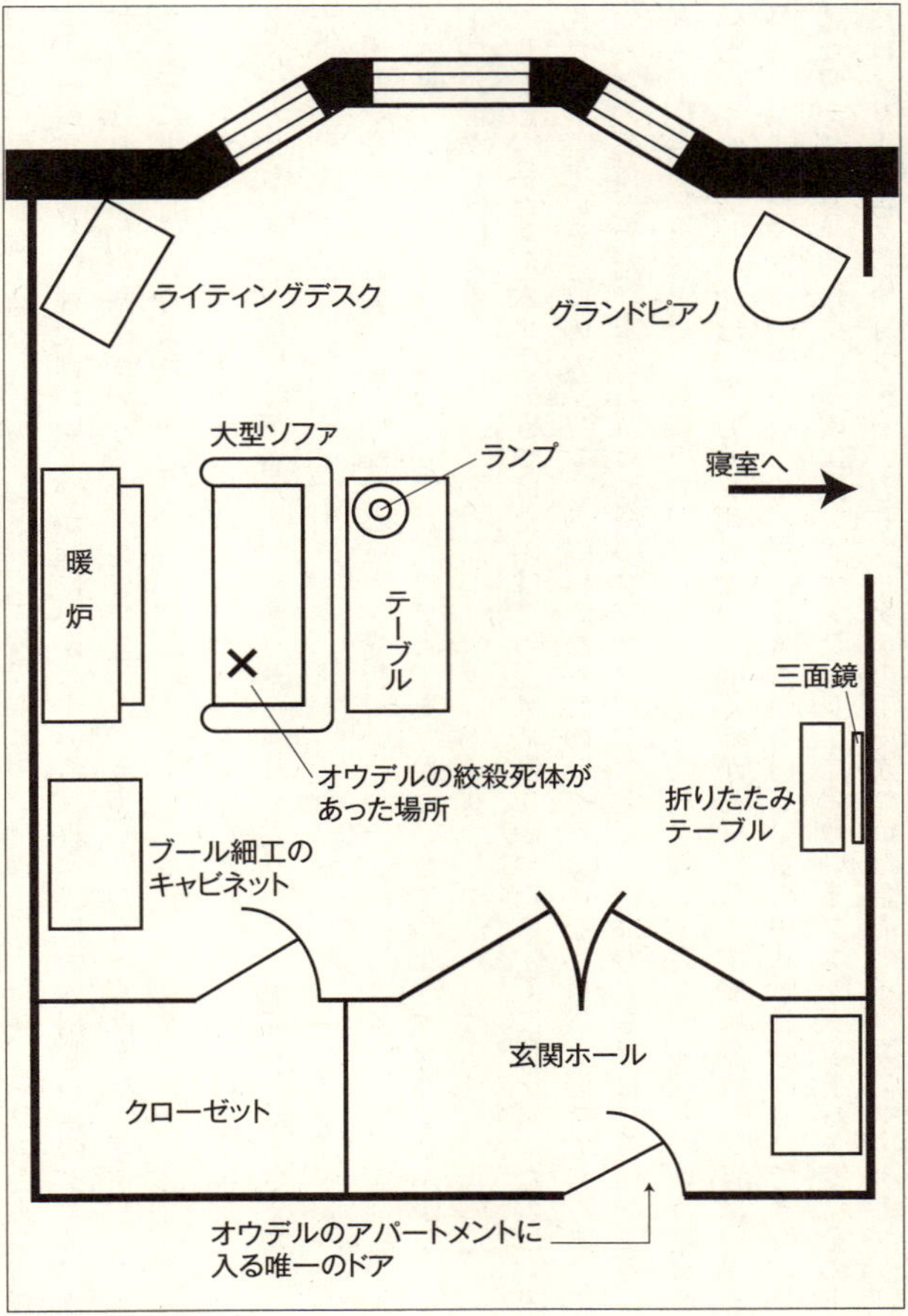
ライティングデスク
グランドピアノ
大型ソファ
ランプ
寝室へ
暖炉
テーブル
三面鏡
オウデルの絞殺死体があった場所
折りたたみテーブル
ブール細工のキャビネット
玄関ホール
クローゼット
オウデルのアパートメントに入る唯一のドア

ど美しいブール細工（べっ甲、象牙、真鍮などをちりばめた象眼細工）のキャビネットだ。ブーシェ、フラゴナール、ワトーらのすばらしい複製画がいくつか壁にかかっている。寝室には引き出しつきのタンス、化粧台、それに金箔《きんぱく》の椅子がいくつか。住まい全体が、カナリアのもろくはかない存在とみごとなまでに調和しているようだった。

私たちが小さな玄関ホールから居間に入り、一瞬足を止めてみると、そこは一面ほとんどゴミの山と化していた。部屋は何者かにすっかり荒らされており、その混沌ぶりはすさまじかった。

「上品なやり口とは言いがたいな」とモラン警視。

「ダイナマイトでふっとばさなかっただけでも、ありがたいと思わなきゃなりませんかな」ヒースが苦々しげに返す。

しかし、私たちを本当に引きつけたのはこの混乱ではなかった。すぐに目を奪ったのは、みんなが立っているそばの大型ソファ《ダヴェンポート》の隅に、なかばのけぞるような不自然な姿勢でおさまっている女の死体だった。ボタン留めの絹のソファカバーの上で、首は力ずくでねじられたように後ろを向き、髪はほどけ、首の下まで垂れてむき出しの肩を覆い、さながら凍りついた黄金の滝といった趣《おもむき》だ。顔は、暴力的な死のせいで醜くゆがんでいる。皮膚は変色し、目は何かを見つめたままだ。口は開きっ放しで、唇はひきつっている。首の甲状軟骨の両側にできた、無残な青あざ。身につけているのは黒いシャンティレースの薄いイブニング・ドレスで、その下にはクリーム色のシフォンを着ており、イタチの毛皮がついた金襴《きんらん》のイブニング・ケープが、ソファの肘掛けを無雑作に覆っている。

被害者が、非力ながら絞殺犯人に抵抗したような痕跡もある。髪がかき乱れていることに加え、ガウンの肩紐のひとつが切れて、薄いレースには胸に沿って長い裂け目ができている。ランの造花の小さなコサージュが上衣からむしり取られ、膝の上でもみくちゃになっている。サテンのスリッパの片方は抜け落ち、右の膝はソファの上で内側に曲げられて、首を絞める犯人の手から逃れようとあがいたことがわかる。手の指は曲がったままで、死への屈服の瞬間まで、殺人者の腕をつかんでいたのは明らかだ。

暴行の跡も生々しい死体を前に、恐怖に立ちすくんでいたわれわれを解放してくれたのは、ヒースの割り切った声だった。

「いいですか、ミスター・マーカム、この人はソファの端に座っていたときに、後ろから突然ひっつかまれたんです」

マーカムはうなずいた。「こんなにあっさり絞殺したところを見ると、相当力のある男のしわざだな」

「おっしゃるとおりです！」ヒースは同意して前かがみになると、死体の指にいくつかある擦《す》り傷を示した。「犯人は指輪も抜き取ったんですな。これもていねいな仕事じゃない」次いで、小粒の真珠がついた細いプラチナのチェーンの断片が、一方の肩にかかっているのを指した。「首まわりにぶら下がったものなら何でもひっつかんだんですな。そのときにチェーンをちぎってしまった。何も見落とさず、時間も無駄にしなかった……粋《いき》で紳士的なこった。洗練とはこのことです」

「検屍官はまだかね?」マーカムが訊ねる。

「もうすぐ来ますよ」とヒース。「ドクター・ドリーマスを、朝めし抜きで引っぱり出すのは無理ですからね」

「ドクターなら何か見つけてくれるだろう……たとえ目につかないものでも」

「私には目につくものは山ほどありますがね」ヒースが言う。「ここを見てください。カンザス名物の竜巻が襲ったとしても、これよりひどくはならんでしょう」

私たちは、女の死体という気も滅入るような見世物から目を転じて、部屋の中央に移動した。

「ミスター・マーカム、何もさわらないように気をつけてください」ヒースが注意する。「指紋係を呼んであります――もう着くころですよ」

ヴァンスは顔を上げると、からかい半分に驚いてみせた。

「指紋? まさか! ――本気かね? おもしろいなあ! ――この現代文明において、証拠をどうぞとばかりに指紋なんぞ残すやつがいるとはねえ」

「悪党がみんな賢いとはかぎりませんぞ、ヴァンスさん」ヒースがむっとして反論する。

「ああ、もちろんそうですとも! でなきゃひとりも逮捕なんかできない。しかしね部長、結局のところ、きちんとした指紋が出てきたとしても、その持ち主がある時期このあたりをぶらついてたというだけのことなんですよ。有罪の決め手にはならない」

「そうかもしれません」ヒースはしぶしぶ認めた。「しかしですな、言っておきますが、この荒れ放題の現場から本物の指紋が見つかれば、その持ち主はただじゃすまないでしょうよ」

ヴァンスは驚いたようだ。「怖がらせないでくださいよ部長。これからは外出するときには必ず手袋をしていかなきゃな。ぼくは行く先々で、いつも家具や茶碗やこまごましたものなんかにさわるから」

ここでマーカムが割って入り、検屍官を待つあいだに全体を調べて回ろうと提案した。

「犯人は、おなじみの手口以上のことはたいしてやってませんよ」とヒース。「女を殺して、部屋じゅうのものを引き裂いたってだけでね」

部屋は二つとも徹底的に荒らされたらしい。服やさまざまな小物が床に散らばっている。クローゼットはどちらも（各部屋にひとつずつある）扉が開いたままで、寝室にあるクローゼットの中は乱雑をきわめ、大急ぎで引っかき回した様子がうかがえるのだが、居間のほうの日ごろ使わないもの専用だったらしいクローゼットは、手つかずのままのようだ。化粧台とタンスの引き出しがいくつか空《から》にされて床に転がり、ベッドのシーツははぎ取られて、マットレスは裏返しだ。二つの椅子と小さな予備テーブルはひっくり返っている。犯人が調べたあげく腹立ちまぎれに投げつけたのか、割れた花瓶もあった。ロココ調の鏡も割られている。ライティングデスクは開かれて、その整理棚《ピジョンホール》の中身がすべて机上にぶちまけられている。ブール細工のキャビネットの扉は大きく開かれ、中はライティングデスクと同じ混乱状態だ。テーブルの端でブロンズと陶器でできたランプが横倒しになり、サテンの笠が銀色のボンボン入れ《ボンボニエール》の鋭い角に当たって裂けている。

雑然とする中で特に私の目をひいたものが二つ――普通の文房具屋で手に入りそうな黒い金属製書類箱と、シリンダー錠がついた鋼板の大きな宝石箱だ。宝石箱のほうは、今後の捜査で興味深いながらも不吉な役割を演じることになる。

書類箱は空っぽにされて、テーブルの倒れたランプの横に置かれている。蓋がはね上がり、鍵は錠にささったままだ。乱雑と混乱だらけの室内でこの箱は、破壊者が冷静かつ整然と行動したことをありありと示しているようだった。

一方、宝石箱は乱暴にこじあけられていた。寝室の化粧台の上にある箱は、いやおうなくかかったものすごい梃子《てこ》の力でねじれて変形している。そばに転がっている、柄《え》が真鍮《しんちゆう》で鋳鉄製《ちゆうてつせい》の火かき棒が、居間からもちこまれて、錠をこじあけるのみ代わりにされたのだろう。

われわれが移動するあいだ、ヴァンスは二つの部屋の品々をざっと眺めていたが、化粧台のところでふと動きを止めた。片眼鏡《モノクル》を取り出して慎重にかけると、壊れた宝石箱のほうへ身を乗り出す。

「驚くべきことだ！」とつぶやき、金色の鉛筆で蓋の縁《ふち》をたたいている。「部長、これをどう思いますか？」ヒースはさっきから、化粧台にかがみ込むヴァンスをいぶかしげに見ていた。

「何を考えてるんですか、ヴァンスさん？」

「いや、あなたには思いもつかないことですよ」ヴァンスは陽気に答えた。「だが目下のところは、火かき棒なんていうまったく見当はずれの道具でこの鋼《はがね》の箱がこじあけられたはずがないと、漠然と考えてるんですがね、どうかな？」

ヒースは同意するようにうなずいた。「あなたもお気づきですか……まさにおっしゃるとおりですよ。その火かき棒じゃ、少しは箱がねじ曲がったかもしれませんが、錠なんか開けられませんよ」

ヒースはモラン警視のほうを向いた。

「この謎を解いてほしくて、ブレナー教授を呼んであります――もしかしてあの人ならと思って。この宝石箱をこじあけるってのは、きわめて専門的な仕事のように思えるんです。やったのが日曜学校の先生じゃないのは確かですよ」

ヴァンスは宝石箱をしばらく調べていたが、やがて難しい顔で立ち上がった。

「どうもね！　昨晩、何かひどく奇妙なことがここで起こったようだ」

「それほど妙でもないですよ」とヒース。「徹底してますが、おかしなところはどこも」

ヴァンスは片眼鏡を磨いてしまい込んだ。

「部長、もしあなたがその調子で捜査を進めるなら」と、ぞんざいな口調で言い返す。「座礁しちまうんじゃないかと心配ですよ。神の思《おぼ》し召《め》しで、つつがなく陸《おか》までたどり着けんことを！」

4　手の跡

九月十一日（火曜日）午前九時三十分

私たちが居間に戻るとほどなく、首席検屍官のドリーマス医師がきびきびと元気よく到着した。医師に続いて入ってきた三人の男のうち、ひとりは大型のカメラと折りたたんだ三脚を持っていた。指紋担当のデューボイス警部とベラミー刑事、そして公式カメラマンのピーター・クワッケンブッシュだ。

「おや、おや、おや！」ドリーマス医師が叫んだ。「ずいぶんとお集まりですね。またやっかいごとですかな？……あなたのお友だちには、警視、もっとまっとうな時刻を選んで分別ってものを見せていただきたいもんですな。私は早起きすると肝臓が暴れだしてしまうんですよ」

医師はてきぱきと、いかにもビジネスライクに全員と握手をした。

「死体はどこです？」ドリーマス医師はのんきに言って部屋を見回した。ソファの上の女が医師の目をとらえた。「ああ！　女性か」

ドリーマスはすぐに近寄って死んだ女性をさっと検分すると、首や指をじっくりと調べ、彼女の両腕や頭を動かして死後硬直《リーゴル・モルティス》の状態であることを確かめてから、ようやくこわばった手足を伸ばして長いクッションにまっすぐ寝かせ、さらに詳細な検屍の準備を整えた。

ほかの者たちは寝室に向かい、ヒースが指紋係の二人についてくるよう合図した。

「すべてよく調べてください」ヒースは二人に言った。「特にこの宝石箱と火かき棒の柄《え》、それからもうひとつの部屋にある書類箱も、上から下まで、じっくりと」

「わかった」デューボイス警部が同意した。「あっちの部屋で先生《ドク》が忙しくしてるあいだに、われわれはこっちを始めていよう」警部とベラミーは仕事にとりかかった。

私たちの関心は、自然に警部の仕事に集まった。警部が宝石箱の曲がった鋼《はがね》の側面や、なめらかに磨かれている火かき棒の柄を調べるのを、たっぷり五分ばかり見守っていた。警部は用心深く遺留品の端を押さえ、宝石商が使うレンズを目にはめて、懐中電灯でくまなく照らした。ずいぶんたって、顔をしかめた彼が遺留品をおろした。

「指紋はないな」彼は断言した。「きれいに拭きとられてる」

「だろうと思いました」ヒースはぶつぶつ言った。「プロの仕事だ、しかたない」それからもうひとりの指紋係に向き直った。「何か見つかったか、ベラミー？」

「役に立つようなものは何も」不機嫌な返事だった。「古い汚れがいくつか、ほこりをかぶってる程度です」

「当てがはずれたようだな」ヒースはいらいらして言った。「もうひとつの部屋で何か出てくるといいが」

そこへドリーマス医師が寝室に入ってきて、ベッドからシーツをはがし、またソファへ戻って殺された女性の体にかけた。それから持参のかばんをさっと閉じ、帽子を粋《いき》な角度にかぶって、いかにも大急ぎのそぶりで近づいてきた。

「背後から絞殺された単純な事件だよ」医師の言葉もやはりせかせかしていた。「喉の前部に指であざがついている。後頭骨下部に親指のあざ。予期せぬ襲撃だったに違いない。被害者も多少は抵抗したようだが、すばやいみごとなやり口だ」

「ドレスが破れたのはどうしてだと思いますか、ドクター？」ヴァンスが訊ねた。

「ああ、あれかね？　わからん。自分でやったのかもしれん――息を吸おうとする本能的な動きだ」

「あまりそうとは思えませんがね？」

「どうしてかな？　ドレスは破れてコサージュがむしり取られてる、彼女を絞め殺そうとしたやつの両手は喉をつかんでいた。ほかに誰がやれる？」

ヴァンスは肩をすくめ、煙草に火をつけはじめた。

ヒースは見当違いに思えるヴァンスの質問を不快に思ったようだが、さらに別の質問をした。

「彼女の指に傷があるのは、指輪が抜き取られたということでしょうか？」

「かもしれんな。ついたばかりの擦過傷《さつかしょう》だ。それに、左の手首に裂傷《れつしょう》が二つばかりと、親指のつけ根のふくらみにわずかな挫傷《ざしょう》があるから、腕のブレスレットも無理やり取られたんだろう」

「状況に合致する」ヒースは満足げに断言した。「それに、首からもペンダントか何かを奪い取られたように見えますが」

「おそらくな」ドリーマス医師はあっさりと同意した。「チェーンが右肩後ろの皮膚をちょっと切っている」

「死亡推定時刻は？」

「九時間か十時間前。つまり、十一時半ぐらい――それより少し前かもな。真夜中以降ということはないね」医師はひっきりなしに爪先を動かしていた。「ほかに何か？」

ヒースは考えた。

「以上だと思います、ドク」ヒースは言った。「すぐに安置所まで死体を運ばせます。できるだけ早く検屍をお願いします」

「午前中に報告書を届けるさ」、ドリーマス医師はそう言うと、明らかに帰りたそうな様子ながらもまた寝室に入ってきて、ヒースやマーカム、それにモラン警視と握手をすませてから、そそくさと出ていった。

ヒースが戸口まで医師についていって、社会福祉局に電話してすぐ救急車を呼び、死体を運ばせるよう、外にいる警官に指示している声が聞こえた。

「きみの公式主治医には尊敬の念を抱くね」ヴァンスはマーカムに言った。「じつに超然としている！　美しくかよわい乙女の死に際し、きみが痛ましく気をもんでいるというのに、あの医師《メディクス》が心配しているのは、早く起こされたせいで肝臓が不調だということだけなんだからな」

「彼が何を動揺することがある？」とマーカム。「マスコミに急《せ》かされているわけでもあるまいに……それはそうと、破れたドレスについて質問していたが、いったい何が訊きたかったんだ？」

ヴァンスはものうげに煙草の先端を眺めた。「考えてもみたまえ。彼女は明らかに意表をつかれた。気がついていたのなら、座ったまま後ろから絞殺されることはなかったはずだ。つまり、彼女のドレスやコサージュは、襲われたときにはまだそのままだったに違いない。だが、きみの威勢のいいパラケルスス（十六世紀のスイスの医学者）による結論はああだったものの、彼女の服装の乱れは、空気を求めて自分でやったという性質のものじゃないよ。ドレスに締めつけられて胸が苦しかったのなら、指を帯紐の下に入れて、身ごろそのものをつかんだはずだ。しかしきみもわかるだろうが、身ごろはそのままだ。破れているのは、外側の何層ものレースのひだ飾りだけだよ。それに、これが破れたのは、いや、引き裂かれたと言うべきかもしれないが、横から強く引っぱったせいだよ。この状況で彼女が自分でやったんなら、下向きか外向きの力になるはずだ」

モラン警視はじっと聞き入っていたが、ヒースのほうは落ち着かず、じれったそうだった。破れたドレスなど、単純な事件の主要部分とは関係ないと思っているようだ。

「そのうえ」ヴァンスは続けた。「コサージュのこともある。首を絞められているときに自分でコサージュをむしり取ったなら、当然床に落ちる。いいかい、彼女はかなり抵抗したんだぞ。体は横向きにねじれていて、膝も上に引き上げられ、室内履きが片方脱げている。こんな混乱状態のあいだに、絹製の花が彼女の膝のあいだにおさまっているはずがない。たとえ女性がおとなしく座っていても、手袋もハンドバッグも、ハンカチーフやプログラムやテーブルナプキンも、つねに膝から床の上へと落ちようとするものじゃないかな」

「もしその言い分が正しいとしてもだ」マーカムが反論した。「そうだとすれば、レースを破ったりコサージュをむしったりしたのは、彼女が死んでからしかできない。そんな無意味な破壊行為、理由がわからないよ」

「ぼくにもわからない」ヴァンスはため息をついた。「何もかもひどく奇妙だ」

ヒースはヴァンスにさっと目をやった。「あなたがそれをおっしゃるのは二度目ですね。ですが、この惨状においては、あなたが奇妙と言うようなものは何もありませんよ。わかりやすい事件です」ヒースは、まるで自分の自信のない意見に議論をふっかけられでもしたかのように、強硬に反論した。「ドレスなんてどんなときにでも破れるものです。コサージュは、彼女のスカートのレースに引っかかって落ちなかったのかもしれない」

「では宝石箱はどう説明しますか、部長?」ヴァンスが訊ねた。

「そうだな、犯人は火かき棒を試してみて、だめだと思ったから、鉄梃《かなてこ》を使ったのかもしれませんよ」

「用が足りる鉄梃があるのなら」ヴァンスが言い返した。「どうして居間からわざわざ、使えもしない火かき棒を持ってくるようなことをしたんでしょう?」

部長刑事は返事に困って首を振った。

「悪党がどう行動するかなんてわかりゃしないものですよ」

「チッ、チッ!」ヴァンスは舌打ちをしてヒースをたしなめた。「賢い事件捜査の辞書に、『わかりゃしない』なんて言葉はあってはいけませんね」

ヒースは鋭い目でヴァンスを見た。「ほかに何が奇妙だと言うんです？」ヒースの口調に、再びかすかな疑念がにじむ。

「例えば、もうひとつの部屋のテーブルにあるランプです」

私たちは二つの部屋のあいだにあるアーチ形の入り口のそばに立っていて、ヒースはすばやく振り返り、ぽかんとして倒れているランプを見た。

「何が奇妙なのかわかりかねますな」

「ひっくり返ってます――ほら、ね？」ヴァンスが言った。

「だから何です？」ヒースはあからさまに当惑していた。「この部屋のほとんどすべてが、ひっくり返ってひどいことになってるじゃないですか」

「そうですよ！　だけどほかの大半のものは、乱雑にされた理由がある――引き出しも整理棚《ピジョンホール》も、クローゼットも花瓶も。何かを探してたんですよ。それは略奪のための襲撃という状況と一致する。だが、あのランプはどうですか、その図式にはおさまらないでしょう。あれだけが調子っぱずれだ。あのランプは、殺人が行われた場所とは逆側のテーブルの端に立っていたもので、少なくとも五フィートは離れている。暴れた拍子に倒れたということも、おそらくないでしょう……ええ、ありえません。ランプが倒れているなんて、あの折りたたみテーブルの上にかかった美しい鏡が割れているのと同じぐらい筋が通らない。だから奇妙だと言うんです」

「じゃあ、椅子や小型のテーブルは？」ヒースは、ひっくり返った金箔《きんぱく》の椅子や、ピアノのそばで横向きに倒れているきゃしゃなティップトップ式テーブルを指さした。

「ああ、そちらは調和がとれてますよ」ヴァンスは答えた。「どれも軽い家具で、誰かが大急ぎで両方の部屋を探し回ったりすれば、簡単にひっくり返したり押しのけたりできるものです」

「ランプだって同じように倒されたのかもしれないじゃないですか」ヒースが主張した。

ヴァンスは首を振った。「それはないですね、部長。ランプの下の部分はしっかりしたブロンズで、頭のほうが重いわけでもありません。それに、しっかりとテーブルに載っていれば、誰かの通り道もじゃまはしない……あのランプは故意にひっくり返されたんですよ」

部長刑事はしばらく黙った。これまでの経験から、ヴァンスの観察を軽視してはいけないことは知っている。それに私も、本音を言えば、テーブルの端で倒れているランプが部屋でめちゃくちゃになっているほかのものからだいぶ離れていることを思うと、ヴァンスの主張にはかなり説得力があるように感じた。急いで犯罪の場面を頭の中で組み立ててみようとしたが、努力してもとうてい無理だった。

「ほかに、この場にそぐわないと思われることはありますか？」ようやくヒースがそう訊ねた。

ヴァンスは煙草の先で、居間にあるクローゼットを示した。玄関ホールに並ぶようにして、ブール細工のキャビネット近くの角、ソファの端の真向かいにあるクローゼットだ。

「あなたがたは少々ぼんやりしていて、このクローゼットの状態に気づいていないかもしれませんが」ヴァンスはぞんざいに言った。「扉は開いているのに、中身は手つかずだということがおわかりになりませんか。この部屋で荒らされていないのは、このへんだけだと言ってもいい」

　ヒースは歩み寄ってクローゼットを調べた。

「ああ、まあ、確かに奇妙ですね」ヒースはやっと認めた。

　ぶらぶらとヒースのあとをついていったヴァンスも、そこに立ってヒースの肩越しにクローゼットを眺めた。

「これはまた！」ヴァンスが唐突に叫ぶ。「鍵が扉の内側にある。ますます驚いたな！　内側の錠にささっている鍵じゃクローゼットの扉をロックできない、そうじゃないですかね、部長？」

「鍵には何の意味もないのかもしれませんよ」ヒースは希望的観測を述べた。「もしかしたら、この扉には鍵をかけないでいたのかもしれない。何にせよ、すぐにわかりますよ。メイドを外に待たせてある、警部が仕事を終えたらメイドをここへ呼ぶつもりです」

　ヒースは、寝室で指紋を捜す作業を終えて今はピアノを調べているデューボイスのほうへ目をやった。

「まだ当たりが出ないんですか？」

　警部は首を振った。

「手袋をしてるな」と、簡潔に答える。

「こちらも同じく」ライティングデスクの前に膝立ちのベラミーも、不機嫌そうに言い添えた。

　ヴァンスは冷笑を浮かべて向きを変え、窓辺に寄ると、まるで事件への興味など消え失せてしまったかのように、外を眺めながらのどかに煙草をくゆらせた。

そのときメインホール側のドアが開き、灰色の髪に灰色の無精髭《ぶしようひげ》という小柄な痩せた男が入ってきたかと思うと、足を止めて陽光のまぶしさに目をしばたたいた。

「おはようございます、教授」ヒースがこの新来者に挨拶する。「よかった。あなた向きの、いいものがあるんですよ」

コンラッド・ブレナー警視補は、ニューヨーク市警につながる、目立たずともきわめて有能な専門家小集団のひとりだ。そういう専門家たちはしょっちゅう難解な技術的問題について相談をもちかけられながらも、その名前や功績がおもてに出ることはめったにない。彼の専門は錠前や泥棒用具だった。徹底した綿密さを誇るローザンヌ大学の犯罪学者たちの中にも、押し込み強盗の証拠となる痕跡を彼ほど正確に読み取る者はいないのではなかろうか。風貌も態度も、いかにも枯淡《こたん》の大学教授然としている。(1) 着ているしわの寄った黒いスーツは型が古くさい。それに、十九世紀末の聖職者じみた高い立ち襟に、細い黒のストリング・タイを結んでいた。金縁《きんぶち》眼鏡のレンズが分厚くて、瞳孔《どうこう》が深刻なベラドンナ中毒のような印象を与える。

ヒースに声をかけられても、彼は視線を前方に据えたままで、ほかに人がいることにまったく気づいていないように見えた。だが、この小男の特異な性格には慣れっこらしい部長刑事は、返事も待たずにすぐ寝室へ向かった。

「こちらです、どうぞ、教授」言葉巧みに化粧台のほうへ案内すると、宝石箱を取り上げた。

「ちょっとこれを見ていただいて、ご意見をうかがいたいんです」

ブレナー警視補は脇目もふらずヒースについてきて、宝石箱を受け取ると、黙って窓辺に向かい、じっくり調べにかかった。急にまた興味を取り戻したらしいヴァンスが、近づいていってそれを見守る。

たっぷり五分ほどかけて、小柄な専門家は近視の目から何インチかのところまで箱を近づけて詳しく調べた。それから、顔を上げてヒースのほうを見やると、何度かせわしなくまばたきした。

「この箱を開けるのには道具が二つ使われた」か細くてかん高い声だが、まぎれもなく説得力があった。「ひとつは、蓋をねじ曲げてほうろうにひびをいれた。もうひとつのほうは、鋼鉄製ののみか何かだろうが、錠を壊すのに使われた。第一の道具はなまくらで、使い方もへたくそ、梃子《てこ》の力をかける角度がなっちゃいないね。力をこめて蓋の縁《ふち》をゆがめただけだ。だが、鋼鉄ののみは、最小限の梃子の力で錠の舌をはずすに足りる逆の応力を生む、ぐらつきやすいポイントを正しくわきまえて差し込んでいる」

「プロのしわざですかね?」とヒース。

「可能性は高い」警視補は答えながら、またまばたきした。「つまり、錠のこじあけかたはプロらしいということだが。もっと言うなら、使われたのは、こういう違法行為のため特別にあつらえた道具じゃないかと思うね」

「こいつでもできたでしょうか?」ヒースが火かき棒を差し出す。

受け取った警視補はそれをしげしげと見て、何度かひっくり返してみた。「蓋を曲げる道具にはなったかもしれないが、錠をこじあけるのに使われたほうじゃないな。この火かき棒は鋳《ちゅう》鉄《てつ》だから、大きな圧力をかければ折れてしまう。この箱のほうは冷間圧延《れいかんあつえん》された十八ゲージ鋼板製で、パラセントリック・キー（複雑な形状のキー）で開けるピン・タンブラーのシリンダー錠がはめ込まれている。錠のフランジをゆがめて箱の蓋を持ち上げるほどの梃子の力をかけられるのは、鋼鉄ののみくらいのものだ」

「なるほど」ヒースはブレナー警視補の出した結論にしごく満足のようだ。「箱はお届けしますから、教授、ほかにわかることがあれば教えてください」

「自分で持っていこう、さしつかえなければ」そう言うと、小柄な男は箱を小脇にかかえ、それ以上は口をきかずにぎくしゃくと出ていった。

ヒースがマーカムににやりとしてみせる。「おかしな人ですよ。ドアや窓や何やかやをこじあけた跡を吟味していないと夜も日も明けないんですから。箱を届けるまで待ってられないってんですね。地下鉄に乗ってるあいだも、赤ん坊連れの母親みたいに、膝の上であれをだいじに抱っこしてるんでしょうよ」

ヴァンスはまだ化粧台のそばに立って、途方に暮れたようにじっと宙をにらんでいる。「マーカム、あの宝石箱の状態にはじつに驚くべきものがある。不合理で、非論理的——異常だよ。あれのせいで、このうえなく込み入った状況になっている。あの鋼の箱はプロの泥棒にだって簡単にはこじあけられない……なのに、ほら、現にこじあけられているんだ」

マーカムが答えるより先に、デューボイス警部の満足げになるような声が私たちの注意をひいた。「あったぞ、ヒース」

　私たちはいそいそと居間へ移動した。デューボイスは、マーガレット・オウデルの死体があった場所のほぼ真後ろの、テーブルの端にかがみ込んでいる。ごく小さい蛇腹《じゃばら》に似た指紋検出器を取り出すと、磨き込まれた紫檀《ローズウッド》のテーブル表面およそ一平方フィートに、淡黄色の微細な粉をまんべんなく吹きつけた。そうして、浮いた粉をそっと吹きとばすと、サフラン色の手形がくっきりと現われる。母指球《ぼしきゅう》や、指関節のあいだやてのひらまわりの肉のふくらみが、小さな丸い島々のようだ。皮膚小稜《しょうりょう》も、くまなくはっきり見分けられる。そこでカメラマンが、カメラを特殊調節式の三脚にとりつけて慎重にピントを合わせ、手形のフラッシュ写真を二枚撮った。

「こいつはいけるぞ」デューボイスは自分の発見に気をよくしている。「右手だな――跡がくっきり――つけたやつは、あの女の真後ろに立っていた……。そして、ここについた最新の手形だ」

「こっちの箱はどうなんです?」ヒースが、倒れたランプのそばの黒い書類箱を指さす。

「何もついてない――きれいに拭いてある」

　デューボイスは道具をしまいはじめた。

「ねえ、デューボイス警部」ヴァンスが口をはさむ。「あのクローゼットの内側のドアノブをよく調べましたか?」

　デューボイスはぱっと向き直って、ヴァンスに邪険な目を向けた。「普通、クローゼットを開けたてするのに内側のドアノブは使わない。外側から開けたり閉めたりするものだろう」

ヴァンスは驚いたように片眉を吊り上げてみせた。

「ほう、そうなんですか？――驚きだ！……だけど、ほら、クローゼットの中にいたら、外側のドアノブには手が届かないじゃありませんか」

「私の知り合いには、クローゼットの中にとじこもったりするやつはいないものでね」デューボイスの口調は重苦しく辛辣《しんらつ》だった。

「いや、ほんとに驚きだ！」とヴァンス。「ぼくの知り合いはみんな常習者ですよ――日々の気晴らしのようなものになってましてね」

いつも如才《じょさい》ないマーカムが割って入る。「あのクローゼットが何だっていうんだ、ヴァンス？」

「ああ！　それがわかればねえ」と、悲しそうな答えが返ってきた。「気になってしかたがないのは、何ごともなかったようにきちんとして見えるのが、どうにも腑に落ちないからなんだ。本来なら芸術的に荒らされてるはずじゃないのかなあ」

ヴァンスを悩ませているその漠然とした疑念をまるっきり振り捨てることのできなかったヒースが、デューボイスに向かって言った。「ドアノブを調べてみたほうがいいでしょう、警部。このかたの言うとおりですよ、あのクローゼットの状態には何かおかしなところがあります」

デューボイスはむっつりと押し黙ってクローゼットに向かい、内側のドアノブに黄色い粉を吹きつけた。付着しない粒子を吹き払うと、拡大鏡でのぞき込む。やがて背筋を伸ばした警部は、ヴァンスに腹立たしげな評価の目を向けた。

「ついたばかりの指紋がある。確かに。私の見間違いでなければ、テーブルに手形をつけたのと同一人物の手だ。どちらの指紋も、親指が蹄状《ていじょう》で人指し指が渦状《かじょう》……。おい、ピート」カメラマンに指示を出す。「ドアノブの写真も何枚か頼む」

　写真を撮り終えると、デューボイス、ベラミー、カメラマンは引き揚げていった。

　それからしばらくすると、モラン警視も挨拶を交わして出ていった。入り口で警視と入れ違いに、白い制服姿の研修生が二人、死体の搬出にやって来た。

5　差し錠のおりた扉

九月十一日（火曜日）午前十時三十分

　部屋には、マーカム、ヒース、ヴァンス、そして私の四人だけになった。低くたれこめる黒雲が太陽を覆い隠し、灰色がかった光が部屋の悲愴感を強調する。葉巻に火をつけ、ピアノに寄りかかるようにして立っていたマーカムは、暗く沈んではいるが、決然とした態度で周囲を確認している。ヴァンスは居間の壁にかかる絵のひとつを——ブーシェ（1）の《眠れる羊飼い《ベルジ・アンドルミ》》だったと思う——皮肉っぽい蔑《さげす》みの目で眺めていた。

「ふくよかな裸体、戯《たわむ》れるキューピッド、ふわふわの雲。やんごとなき娼婦《ココット》向きの絵だ」とヴァンス。ルイ十五世時代の頽廃期《たいはいき》フランス絵画を、彼はことのほか忌《い》み嫌っていた。「青い若草やリボンで飾った羊をあしらったなまめかしい田園詩が生まれる以前の高級娼婦は、閨房《けいぼう》にどんな絵を飾ったんだろうな」

「今のぼくはそんなことより、この閨房で昨夜何が起こったかのほうに興味があるね」マーカムがいらついた声で切り返した。

「それについちゃ、疑問はあまりありません」ヒースが励ますように言う。「デューボイスが採取した指紋を警察の記録と照合すれば、誰がやったかわかったも同然だと思いますよ」

ヴァンスは彼に悲しそうな笑顔を向けた。「そううまくいきますかね、部長刑事。このぼくなんか、この胸を打つ事件が解明されるはるか手前で、除虫粉（当時の指紋採取に用いられた）使いのあの怒りっぽい警部が指紋なんか見つけてくれなきゃよかったってことになりゃしないかと思うんですがね」冗談めかした強調の身ぶりをしてみせる。「こっそり言わせていただけるなら、あそこにある紫檀《ローズウッド》のテーブルや、カットガラスのドアノブに署名を残していった人物は、うるわしきマドモワゼル・オウデルの突然の死には何も関係していませんよ」

「何を疑っている?」マーカムが鋭く詰問する。

「何も、マーカム」平然と言ってのけるヴァンス。「ぼくは惑星と惑星のあいだ、道しるべひとつない魂の闇の中をさまよっているんだ。暗黒のあぎとが牙をむいてぼくをむさぼり食う。ぼくは果てもなき広漠、夜のただなかにいる。わが心の闇はエジプトの冥土《めいど》、地獄、キムメリオス[ii]の暗黒の世界だ——ぼくはまったく光のない暗黒界《エレボス》にいるんだよ」

マーカムは強いいらだちで顎をこわばらせている。ヴァンスがのらりくらりと無意味なおしゃべりを続けるのは、毎度のことだ。事件の核心に触れないまま、ヴァンスはヒースに声をかけた。

「この建物の住人の取り調べは終わったんですか？」

「オウデルのメイドと管理人、電話交換手から話を聞きましたが、詳しくはまだ――あなたを待っていたので。それでも、これだけは言えます。彼らの供述にはめまいがしました。あの三人が証言の一部を撤回しなかったら、こっちはえらいことになりますよ」

「それなら、三人をここに呼ぼう」とマーカム。「まずメイドから」彼はベンチ形ピアノスツールに、鍵盤を背にして座った。

ヒースは立ち上がったものの、ドアではなく出窓のほうに歩み寄った。「ひとつ、連中の話を聞く前に、注意しておいてほしいことがあります。このアパートメントの出入口のことですが」

ヒースは金色の紗《しゃ》のカーテンをたぐり寄せた。「この鉄格子を見てください。バスルームも含めて、この建物の窓には全部、こういう鉄格子がはまっています。ここはたかだか地上八ないし十フィートですからね、誰だか知りませんが建てた人間は、絶対に窓から侵入できないようにしたわけです」

彼はカーテンから手を離し、大股で玄関ホールへ向かった。「そう、このアパートメントには出入口がひとつしかない。メインホールに通じるこのドアです。ここには明かりとり窓も通《つう》気孔《きこう》も小型エレベーターもない、つまり、誰かがこのアパートメントを出入りする唯一の方法は——唯一のですよ——このドアを通ることなんです。この事実を念頭に置いて、三人の証言をお聞きいただきたい。……では、メイドを連れてこさせましょう」

ヒースの指示を受けた刑事が、三十歳前後のムラート（白人と黒人の第一代混血）女性を部屋に連れてきた。身なりがきちんとして、有能そうな印象だ。口を開くと、落ち着いた明瞭な話しぶりから、彼女の階級にしては標準以上の教養があるとうかがえた。

名前はエイミー・ギブスンだという。マーカムが予備質問で、次のような事実を引き出した。その朝、エイミーは七時ちょっと過ぎにアパートメントに出勤し、いつもどおり合い鍵を使って部屋に入った。女主人はたいてい遅くまで寝ているのだ。

彼女は週に一、二度は早めに出てきて、ミス・オウデルの遅いお目覚めまでに縫いものや繕いものをすませる。その朝も、ガウンの直しのために早出した。

玄関ドアを開けるなり、荒らされた室内を目の当《ま》たりにした。居間に続くヴェネツィアンガラスのドアが開け放たれていたのだ。ほぼ同時に、大型ソファ《ダヴェンポート》の上の女主人にも気づいた。すぐに、そのとき勤務中だった夜勤の電話交換手、ウィリアム・エルマー・ジェサップを呼ぶと、居間の様子を一瞥《いちべつ》した彼が警察に通報した。そのあと彼女は、共用の応接室に座って警官たちの到着を待った。

証言は簡潔にして率直であり、わかりやすくまとまっていた。もし不安や動揺を覚えているとしても、彼女は感情を巧みに抑えていた。

「さて」短い間をおいて、マーカムが質問を続ける。「昨夜のことに話を戻そう。ミス・オウデルの部屋を何時に出たのかね？」

「七時ちょっと前でございます」それが彼女独特の話し方らしい、感情のこもらない淡々とした口調の答えが返る。

「いつもの帰宅時間だったのか？」

「いいえ。たいていは六時ごろ失礼しております。でもゆうべ、ミス・オウデルはディナー・ドレスのお召し替えを手伝ってくれとおっしゃったので」

「ディナー用の着替えをいつも手伝っているわけではないんだね？」

「ええ。ですがゆうべは、殿方とご一緒に夕食とお芝居にお出かけになるとかで、格別おしゃれをなさりたかったんです」

「ほう！」マーカムが身を乗り出す。「その殿方とは？」

「存じません――ミス・オウデルはどなただかおっしゃいませんでした」

「誰だったか心当たりはないのか？」

「ございません」

「では、今朝早く来るようミス・オウデルに言われたのはいつだ？」

「ゆうべの帰りぎわでございます」

「ということは、彼女は昨夜会う相手を怖いとも危ないとも思っていなかったんだな」

「心配なさっているご様子ではありませんでした」考え込むかのように、ちょっと言葉を切る。

「ええ、確かにそんなそぶりはお見せになりませんでした。ご機嫌よろしゅうございました」

マーカムがヒースのほうを向く。

「ほかに何か訊きたいことがあるかね、部長刑事？」

ヒースは火のついていない葉巻を口からはずすと、膝に手をついて身を乗り出した。

「オウデルって女は、ゆうべどんな宝石をつけていた？」と、ぶっきらぼうに問いただす。

メイドが冷ややかな、ちょっとつんとした態度になった。

「ミス・オウデルが」――オウデルに敬称をつけなかった無礼をとがめるかのように、〝ミス〟を強調する――「つけていらっしゃったのは、お持ちの指輪全部、五つか六つと、ブレスレットを三つ――スクウェアカットのダイヤモンドのと、ルビーのと、ダイヤモンドとエメラルドをあしらったのと。それと、首のチェーンに洋ナシ形ダイヤモンドの日輪形《にちりん》ペンダントトップ、そして、ダイヤモンドと真珠をはめ込んだプラチナの柄付眼鏡《ロルネット》をお持ちになりました」

「ほかにも宝石を持っていたのか？」

「たぶん、こまごましたものをいくつか。よくわからないけど」

「部屋にあった鋼《はがね》の宝石箱にしまっていた？」

「ええ――身につけていらっしゃらないときはね」答え方に隠しきれない嫌味があった。

「へえ、身につけてる宝石にも鍵をかけてるのかと思ったもんでね」メイドの態度にヒースは敵意をかきたてられていた。彼女が自分への返事には敬語を省くのを聞き流すわけにはいかなかった。そこで立ち上がると、紫檀のテーブルに置いてある黒い書類箱を不機嫌そうに指し示した。

「あれを見たことがあるか？」

女は平然とうなずく。「何度も」

「いつもどこに置いてある？」

「あの中」ブール細工のキャビネットのほうへ首を振る。

「中身は？」

「知るわけないでしょ？」

「知らないだと――ほう？」ヒースは顎をぐいと突き出したが、その威嚇するようなそぶりにも無表情なメイドは動じない。

「知らない」と、落ち着いて答える。「いつも鍵がかかっているし、ミス・オウデルが開けているのを見たことがないから」

部長刑事は、居間にあるクローゼットのドアに向かった。

「あの鍵が見えるか？」と、腹立たしげに訊ねる。

女はまたうなずいた。今度はその目にかすかな驚きの色が浮かんだのを、私は見てとった。

「鍵はいつもドアの内側にあるのか？」

「いえ、いつも外側にありました」

ヒースがさっと好奇の目をヴァンスに向ける。そして、眉をひそめてドアノブをしばしにらみつけてから、メイドを連れてきた刑事に手で合図した。

「応接室に連れて帰れ、スニトキン。オウデルの宝石全部について詳しい調書をとってくれ。

……まだあそこで待たせておくんだぞ。あとでまた用がある」

スニトキンとメイドが出ていくと、ヴァンスは事情聴取のあいだ座っていた大型ソファ《ダヴェンポート》にのうのうともたれかかり、煙草の煙を天井に向けて、らせん状にくゆらせた。

「なかなか啓発的じゃないかい？　あの褐色の乙女《マドモワゼル》が、ぼくらをかなり先へ進めてくれたね。クローゼットの鍵がいつもと違う側にあることも、われらが踊り子《フィーユ・デ・ジョワ》がお気に入りの男友達《イナモラーティ》のひとりと芝居見物に出かけたこともわかった。おそらく、その男に送ってもらって帰宅した直後に、この邪悪な世界を旅立ったんだな」

「あの話が役に立つとお考えなんですね？」ヒースが勝ち誇ってせせら笑うような口調でつっこむ。「電話交換手のとんでもない証言を聞くまでお待ちになったほうがいいですよ」

「わかったから、部長刑事」マーカムがせかせかと口をはさむ。「そのとんでもない証言とやらを聞こう」

「そこなんですが、ミスター・マーカム、先に管理人の話を聞きましょう。なぜかと申しますと」ヒースはアパートメントの玄関へ向かうと、出入口のドアを開けた。「ちょっとご覧ください」

メインホールに一歩踏み出した彼が、左手にある狭い通路の向こうを指し示した。オウデルの部屋と応接室裏の何もない壁のあいだに、長さ十フィートほどの通路がある。突き当たりは頑丈なオーク材の扉で、そこから建物脇の中庭に出る。

ヒースが説明する。「この建物の通用口とか裏口とかにあたるのは、あの扉だけです。あそこに差し錠がおりていれば、正面玄関を使う以外には誰も建物内に入れない。別の部屋を通って建物に入り込むことも無理ですよ、この階の窓という窓には格子がはまっていますから。この点については、ここに来てすぐに確認しました」

ヒースは居間へ引き返した。

「さて、今朝がた現場検証を終えて」と続ける。「犯人は通路突き当たりの通用口から、夜勤の電話交換手に姿を見られることなくこのアパートメントにしのび込んだものと私は考えました。そこで、通用口が開くかどうか確かめてみたんです。しかし、内側に差し錠がおりていた——いいですか、鍵じゃありませんよ、差し錠がおりていたんです。しかも、外から鉄梃《かなてこ》でこじあけたりちょっとした細工ではずしたりできるようなスライド式じゃなくて、手ごわい旧式の、頑丈な真鍮製《しんちゆうせい》回転式差し錠です。……ということで、管理人がそのあたりのことをどう言うか聞いていただきたいんです」

マーカムがわかったというしるしに黙ってうなずくと、ヒースはホールにいる警官のひとりに指示を与えた。ほどなく、骨が高い陰気な顔だちの、ぼんやりしたドイツ人の中年男が、顎をぎゅっとこわばらせて私たちの前に立った。怪しむような目で、こちらをひとりひとり眺めていく。

ヒースがただちに取り調べ官の役を引き受けた。「夜何時にここを引き揚げるんだ?」どういうわけか、けんか腰になっている。

「六時——それより早いときも、遅いときもあります」男の話し方はまるっきり一本調子だ。

規律正しい日常業務に予期せぬじゃまが入って、機嫌を損ねているらしい。

「朝は何時に出勤してくるんだ？」

「通常は八時」

「ゆうべは何時に帰った？」

「六時ごろ――六時十五分ごろだったかと」

ヒースはひと息つくと、先ほどからときおり口にくわえていた葉巻にようやく火をつけた。

「それじゃあ、例の通用口の話をしてくれ」と、相変わらず攻撃的な口調で話を続ける。「毎晩、帰る前に鍵をかけると言ってたな――間違いないか？」

「はい《ヤー》――そのとおり」男は何度も首を縦に振った。「ただ、鍵をかけるのではなくて――差し錠をおろします」

「よろしい、おまえは差し錠をおろす、と」しゃべるヒースの唇のあいだで葉巻がくいくい上下し、口から煙と言葉が同時に吐き出される。「それで、ゆうべもいつもどおり六時ごろ差し錠をおろしたんだな？」

「たぶん十五分過ぎでした」管理人が、ドイツ人らしいきちょうめんさで訂正する。

「ゆうべ、おまえは確かに差し錠をおろしたんだな？」食いつかんばかりの勢いだった。

「ヤー、ヤー。確かです。毎晩している。絶対忘れません」

男の真剣さから、問題の扉には昨夜六時ごろ、内側から差し錠がおろされたのは疑いようがなかった。それでもヒースがしばらく執拗にその点を攻めたものの、扉に差し錠がおりていたという事実がさらに強固なものになっただけだ。管理人はようやく解放された。

「間違いなさそうだねえ、部長刑事」ヴァンスはおもしろがっている。「あの実直なラインラント（現在のドイツのラインラント＝プファルツ州）人が扉に差し錠をおろしたってのは」

「ええ、そうでしょうとも」ヒースはせきこむように答える。「そして、今朝八時十五分になっても差し錠はやはりおりていた。そこですよ、みごとにこんがらがってわけがわからないのは。あの扉に昨夜六時から今朝八時まで差し錠がおりていたんなら、誰かに霊柩車で来てもらって、カナリア嬢のゆうべのお遊び相手がどうやってこの部屋に入ったか教えてもらいたいもんですよ。あともうひとつ、どうやって外に出たのかもね」

「正面玄関からじゃないのか?」とマーカム。「きみの説によると、理にかなった出入口はそれしか残らないようだが」

「私だってそう考えていましたよ」とヒース。「でも、まずは電話交換手の話をお聞きになってください」

「電話交換手の持ち場は、メインホールで正面玄関とこの部屋のあいだになるな」と、ヴァンスが考え込む。「したがって、昨夜このあたりの平和を乱した紳士は、来たときも帰るときも電話交換手の目と鼻の先を通らねばならなかったわけだ――だろう?」

「そうなんです!」ヒースがすかさず返す。「しかも交換手いわく、そんな人物の出入りはなかったと」

　じれったがるヒースの気持ちがマーカムにも伝わったらしい。「その男を呼んでくれ。私が尋問しよう」
ヒースは、意地悪でも仕掛けるかのようにいそいそと指示に従った。

6　助けを呼ぶ声

九月十一日（火曜日）午前十一時

ジェサップは、部屋に入ってきた瞬間から好印象を与えた。真面目で意志の固そうな三十代前半の男で、がっちりとして体格がよく、固く張った肩が軍隊で訓練を受けたことを物語る。歩き方が明らかにぎこちない——すぐわかるほどに右足を引きずっている。また、まるで肘がつぶれて固まってしまったかのように、左腕が彎曲《わんきょく》したままになっているのに、私は気づいた。寡黙で控えめで、沈着な目からは知性がうかがえた。マーカムがすぐに勧めたクローゼットのそばの籐椅《とうい》子《す》を断って、軍人然とかしこまった気をつけの姿勢で地方検事の前に立っている。

マーカムは、いくつか個人的な質問をして尋問を開始した。そこからわかったのは、ジェサップは軍曹として参加した先の大戦で二度重傷を負い(1)、休戦の直前に傷病兵として本国に帰還したこと。電話交換手という今の仕事に就いて一年以上になる。

「さて、ジェサップ」と、マーカムが続ける。「ゆうべの悲劇に関して、きみに教えてほしいことがある」

「はい《イエッサー》」このもと軍人は間違いなく、知っていることなら正確に告げるだろうし、もし情報の正確さに疑いがあれば、そう言うだろう。慎重でしっかりした証人としての資質がある。

「まず、ゆうべは何時に勤務に就いた?」

「十時であります」何の気負いもない率直な返事だ。ジェサップはしかるべき時間にきちんと来たのだと思える。「私が短時間勤務の番でした。昼間の担当者と私で、交互に短時間と長時間のシフトを組みます」

「ゆうべ、芝居が終わって帰ってきたミス・オウデルを見かけたか?」

「はい《イエッサー》。入ってくる人は誰でも交換台の前を通らないわけにはいきません」

「彼女が帰ってきたのは何時だ?」

「十一時を二、三分と過ぎていなかったはずです」

「ひとりだったか?」

「いいえ、男性がご一緒でした」

「誰だかわかるか?」

「お名前は存じません。ですが、以前にもミス・オウデルを訪ねていらっしゃるのを何度かお見かけしました」

「人相を説明してもらえるだろうね」

「はい《イエッサー》。長身で、白髪交じりの短い口髭《くちひげ》のほかはきれいに剃っています。四十五歳くらいでしょうか。見たところ——言わんとするところわかっていただけますね——裕福で地位のある男性のようです」

マーカムはうなずいた。「ふむ。で、その男はミス・オウデルと一緒に部屋に入ったのか、それともそのまま帰ったのか？」

「ミス・オウデルと一緒に入って、三十分ほどお部屋にいらっしゃいました」

マーカムの目がきらりと光り、次の言葉には押し殺したような熱がこもっていた。「つまり、その紳士は十一時にやって来て、十一時半ごろまで部屋にミス・オウデルと二人きりだったんだな。間違いないな？」

「はい《イエッサー》、そのとおりです」

マーカムはひと息ついて、身を乗り出した。

「さてと、ジェサップ、よく考えてから答えてくれ。ゆうべのうちに、ほかにも誰かがミス・オウデルを訪ねてきたか？」

「いいえ、誰も」ためらいのない返事だった。

「どうしてそう断言できる？」

「訪問者があれば私が見たはずです。この部屋に来るには、交換台の前を通らざるをえませんから」

「きみが交換台から離れることはないのか？」とマーカム。

「ありません」と、勢い込んで請け合うジェサップ。あたかも持ち場を放棄したという非難に抗議しているかのようだ。「水を飲んだり用を足したりするときには、応接室の小さな手洗いを使います。ですが、ドアは必ず開けておいて、電話がかかってきて表示灯が点《つ》くといけませんから、交換台から目を離しません。たとえ私が手洗いにいたとしても、私の目をかすめてホールを通り抜けていくことなど誰にもできません」

誠実なジェサップが、かかってきた電話をのがすことがないよう交換台からかたときも目を離さずにいたことは、充分に信用できそうだ。いかにも仕事熱心で信頼の置ける男だ。ミス・オウデルを訪ねてきた者がもうひとりあったとしたら、ジェサップが知っているはずだということを、私たちの誰ひとり疑わなかったように思う。

しかし、何ごとにも徹底しているヒースは、すばやく立ち上がってメインホールへ出ていく。すぐに、困りながらも満足げな顔で戻ってきた。

「そのとおりです！」彼はマーカムにうなずいてみせる。「手洗い所のドアと交換台のあいだをさえぎるものはありません」

ジェサップは自分の証言が確認されたのを気にもとめず、目をしっかりと地方検事に向けて立ったまま、次の質問を待っていた。その落ち着いた態度はあっぱれであり、そこには人の信頼を勝ち得るものもあった。

「ゆうべはどうだった？」マーカムが再び尋問を始めた。「交換台から何度も、あるいは長いあいだ離れていたか？」

「一度離れただけです、サー。それも、ほんの一、二分手洗いに立っただけでした。ですが、そのあいだもずっと交換台を見張っていました」

「それでは、十時以降にミス・オウデルを訪ねてきた者は誰もいない、その時間以後、彼女の部屋から出ていった者は送ってきた紳士以外には誰もいないと、宣誓のうえで供述できるかね？」

「はい《イエッサー》、できます」

ジェサップは真実をありのまま述べていた。マーカムはしばらく考えて先へ進んだ。

「通用口はどうだ？」

「夜間は戸締まりがしてあります。管理人が帰るときに差し錠をおろして、朝になってから解錠するんです。私が手を触れることはありません」

マーカムは体を後ろに引いて、ヒースのほうを向いた。

「管理人とこのジェサップの証言で、状況がミス・オウデルを送ってきた人物にかなり絞られてきたようだな。合理的な推定だと思うんだが、通用口の扉に一晩じゅう差し錠がおりていたのなら、そしてほかには誰も正面玄関を出入りしなかったのなら、われわれが捜したい男は彼女を送ってきた人物ということになるだろう」

ヒースが短く、おもしろくなさそうな笑い声をあげる。「ゆうべ、ここらへんで別のちょっとしたことが起こってなきゃ、それでけっこうだったんですがねえ」と言うと、ジェサップに顔を向けた。「地方検事に、その男について、残りの話をお聞かせしてくれ」

マーカムも興味津々で電話交換手のほうを向いた。ヴァンスは片肘をついて顔を上げ、耳を傾けた。

ジェサップが平静な声で、上官に報告する兵士のようにきびきびと、だが慎重に話し出した。

「その紳士は十一時半ごろミス・オウデルの部屋から出てくると、交換台に立ち寄って、私にタクシーを呼んでくれと頼まれました。私が電話をして、そのかたがタクシーを待っていると、ミス・オウデルが悲鳴をあげて助けを呼ばれたのです。紳士が振り返って部屋に駆けつけ、私もすぐにあとに続きました。そのかたがドアをノックしました。最初は返事がありませんでした。そのかたはもう一度ノックして、ミス・オウデルにどうしたんだと声をかけました。すると、返事がありました。何でもない、心配いらないから帰ってくれとおっしゃいます。それで、そのかたはミス・オウデルは寝入りばなに悪い夢でも見たのだろうとおっしゃりながら、私と一緒に交換台まで戻られまして。二人でしばらく戦時中の話などしているうちに、タクシーがまいりました。そのかたはおやすみとおっしゃって出ていかれ、タクシーの走り去る音が聞こえました」

ミス・オウデルを送ってきた氏名不詳の人物の話が、マーカムの説を完全にくつがえしてしまうのは明らかだった。彼はがっくりとうなだれ、しばらくはやたらと煙草をふかしていた。そして、ようやく口を開く。

「ミス・オウデルの悲鳴が聞こえたのは、その男が部屋を出てからどれくらいあとのことだった？」

「五分くらいです。私がタクシー会社に電話をしたあと、一分ほどで悲鳴が聞こえました」

「その男は交換台のそばにいたのか？」

「はい《イエッサー》。そばにいたどころか、交換台に片腕をかけていらっしゃいました」

「ミス・オウデルは何度くらい悲鳴をあげた？　それに、何と言って助けを求めた？」

「悲鳴は二度で、そのあと『助けて！　助けて！』と叫ばれました」

「じゃあ、二度目にノックしたときの、その男の言葉は？」

「私が思い出せるかぎりでは、そのかたは『ドアを開けてくれ、マーガレット！　どうしたんだ？』とおっしゃいました」

「それで、彼女が何と答えたか、正確な言葉を覚えているか？」

ジェサップはためらい、思い出すように眉を寄せた。「私が覚えているところでは、『何でもないの。ごめんなさい、悲鳴をあげたりして。だいじょうぶよ、お帰りになって、心配いらないから』でしたか。……もちろん、正確にそうではなかったかもしれませんが、ほぼそういう言葉でした」

「ドア越しにはっきり聞こえたんだな？」

「ええ、そうです。ドアはそれほど厚くありませんから」

マーカムは立ち上がると、考え込むように歩きだした。しばらくすると、交換手の目の前で足を止め、もうひとつ質問した。

「その男が帰ってから、この部屋でまた怪しい音はしなかったか？」

「何も音がしませんでした」ジェサップはきっぱりと言う。「しかしながら、それから十分ばかりあとで、外からミス・オウデルに電話があったんですが、あのかたの部屋で電話に出たのは男性の声でした」

「なんだって！」マーカムはくるっと向き直り、ヒースは目を見開いて身を起こした。「その電話のことを詳しく話してくれ」

ジェサップは動じることなく求めに応えた。

「十二時二十分前ごろ、交換台の本線ランプが点灯したので電話をとると、男性からミス・オウデルへの呼び出しでした。接続プラグを差し込んでしばらく待っていると、あのかたの電話の受話器がはずされて――交換台の表示灯が消えますから、フックから受話器が上がったことがわかるんです――そして、男の声が『もしもし』と応答したんです。私は聴取プラグを抜きましたから、もちろんそれ以上は聞いていません」

室内がしばし静まり返った。それから、聴取のあいだじっとジェサップを観察していたヴァンスが口を開いた。

「ところでジェサップさん」何気ない訊き方だ。「あなたご自身、ひょっとしてちょっとばかり――何と言いましょうか――ミス・オウデルの魅力にうっとりしたなんてことがありますか？」

この部屋に入ってきて初めて、ジェサップが落ち着きをなくした。頰がぼんやり赤みを帯びている。「とても美しいかただと思っていました」と、意を決したように答えた。

マーカムはヴァンスに責めるような視線を投げると、不意に交換手に話しかけた。「ジェサップ、とりあえずのところ話はこれで終わりだ」

ジェサップは堅苦しいお辞儀をして、足を引きずりながら部屋を出ていった。

くつろいだ。「この事件はますます魅力的になっていくね」とヴァンスはつぶやき、再び大型《ダヴェンポート》ソファの上で

「この状況を喜んでくれているやつがいるのが、せめてもの慰めだよ」というマーカムの声にはとげがあった。「ちょっと訊くがね、死んだ女性に対するジェサップの気持ちを訊いたのはどういう魂胆《こんたん》だ？」

「ああ、ぼくの頭の中でもやもやしていた、ただの思いつきさ」とヴァンス。「それにね、少しばかりなまめいた話《ブードワール・ラコンタージュ》があったほうが場が盛り上がるってもんだろう？」

ヒースが憂鬱《ゆううつ》そうな放心状態から気を取り直して、口を開いた。

「ミスター・マーカム、まだ指紋があります。きっと犯人を割り出してくれるでしょう」

「しかし、デューボイスが指紋の主《ぬし》をつきとめたとしても」とマーカム。「そいつがゆうべどうやってここに入り込んだのかを証明しなければならない。事件以前についた指紋だと主張するに決まっている」

「だとしても確かなのは」ヒースは頑固に言い張った。「ゆうべオウデルが芝居から戻ったときに、ここには誰か男がいたこと、そしてその男はもうひとりの男が十一時半に帰っていったあとにも、まだいたってことです。彼女の悲鳴と、十二時二十分前にかかってきた電話に男が出たことからして。それに、ドクター・ドリーマスが殺人は十二時前に起こったと言ってるんですから、ここに隠れていた男がやったという事実は曲げられません」

「議論の余地はなさそうだな」と、マーカムが同意する。「そいつは彼女の知り合いだろう。

おそらく、男が姿を現わしたときに悲鳴をあげたものの、誰だかわかって気を取り直し、ホールの男には何でもないと言ったんだろう。……そのあと、男が彼女の首を絞めた」

「そして、ぼくが思うに」ヴァンスが付け加える。「男の隠れ場所はあのクローゼットだった」

「違いない」ヒースも同意する。「ですが、わからないのはどうやって入り込んだかです。ゆうべの十時まで交換台にいた昼間の交換手が言うには、オウデルを訪ねてきたのは、彼女を迎えにきて夕食に連れ出した男だけだとのことですし」

マーカムがいらだちのあまりうめき声をもらした。

「昼間の交換手を連れてきてくれ。疑問を解かなければ。ゆうべ誰かがここに入り込んだんだ。ここを引き揚げるまでに、どうやって入り込んだのかをつきとめてやる」

ヴァンスは、いたわるような、おもしろがるような目でマーカムを見た。

「なあ、マーカム。ぼくは霊感《インスピレーション》に恵まれてるわけじゃないが、二流詩人が〝名状しがたい〟とか言いそうな、妙な予感がするよ。きみが本気で、ゆうべ謎の訪問者がここに入り込んだ方法がわかるまでこの散らかった閨房《けいぼう》に居残るつもりなら、洗面道具と替えの下着も何組か持ってきてもらったほうがよさそうだぞ――もちろん、パジャマも。このささやかな夜会《ソワレ》を考え出したやつは、出入りについてきわめて慎重に抜け目なく計画を練っている」

マーカムはうさんくさそうな目でヴァンスを見つめたが、言葉は返さなかった。

7　謎の訪問者

九月十一日（火曜日）午前十一時十五分

ホールに出ていったヒースが、昼番の電話交換手を連れて戻ってきた。血色の悪い痩せた青年で、ハリー・スピヴリーという名前だった。ポマードで後ろに撫でつけている髪はほぼ漆黒《しっこく》に近く、そのせいでよけいに顔が青白く見える。ほんのちょっぴりはやしている口髭《くちひげ》はかろうじて小鼻を越えるほどしかない。ちょっと度が過ぎるほどめかし込み、体の線にぴったりと沿った鮮やかなチョコレート色のスーツに、甲が布張りになったボタン留めの靴を履き、そろいの固い折り返し襟がついたピンクのシャツを身につけていた。緊張しているらしく、部屋に入るなりドアのそばの籐椅子《とういす》に腰を下ろし、ズボンのぴしっとした折り目を指でもてあそびながら、舌先で唇をなめ回している。

マーカムは、いきなり本題に入った。

「きみは、昨日の午後から夜の十時にかけて電話交換台にいたそうだが、間違いないね？」

スピヴリーはごくりとつばを飲み込むと、うなずいた。「はい」

「ミス・オウデルが食事に出かけたのは何時だった？」

「七時ごろです。ぼくがちょうど、隣のレストランにサンドイッチを買いにいってもらい――」

「彼女はひとりで出かけたのか？」説明をさえぎるようにマーカムが訊いた。

「いえ。男の人《フェラ》が迎えにきました」

「その〝フェラ〟は、きみも知っている人か？」

「ミス・オウデルを訪ねてくるのを二度ばかり見かけましたが、どういう人かは知りません」

「どんな風貌だった？」マーカムがせっかちに訊く。

女を迎えにきた男に関するスピヴリーの説明は、彼女を送ってきた男に関するジェサップの説明と符合した。もっとも、スピヴリーのほうがジェサップよりも多弁なくせに緻密さに欠けてはいたが。ミス・オウデルが男と七時に出かけ、同一人物と十一時に帰ってきたのは間違いない。

「そこでだ」マーカムが、さらに言葉に力をこめて質問を続ける。「ミス・オウデルが食事に出かけてからきみが交換台を離れる十時までのあいだに、ほかに誰が彼女を訪ねてきたか教えてくれ」

スピヴリーはその問いに戸惑い、アーチ形の薄い眉を上げ、それから眉根を寄せた。「あの――どういうことでしょう」と口ごもる。「お留守のミス・オウデルを訪ねてきたというのは？」

「誰かが来たらしい」とマーカム。「部屋に入って、十一時に彼女が帰宅したときも部屋の中にいた」

スピヴリーは目を大きく見開き、口をぽかんと開けた。「そうなんですか！」と声をあげる。「じゃあ、そうやってミス・オウデルを殺したんですね！――待ち伏せて！……」そこでふと口をつぐむ。犯罪へつながる謎めいた出来事の一環において自分も無関係ではないのだと気づいたのだ。「でも、ぼくの勤務中には誰もこの部屋に入っていません」怯えて、出し抜けに語気を強める。「誰も！　あの人がお出かけになってから勤務時間が終わるまで、ぼくは一度も交換台を離れなかったんですから」

「通用口から入ったということは？」

「まさか！　錠がはずれていたんですか？」スピヴリーは驚愕の声をあげた。「夜間に差し錠がおりていないはずはありません。管理人が六時に帰るときに施錠します」

「ゆうべ、何用かあって錠をはずしたということはないか？　思い出せ！」

「いいえ、はずしていません！」スピヴリーは真剣に首を振った。

「ミス・オウデルが出かけたあと、正面玄関を通ってこの部屋に入った者がいないのは確かなんだな？」

「確かです！　ぼくはかたときも交換台を離れませんでしたから、誰かが横を通れば気づかなかったはずがありません。ひとりだけ、ミス・オウデルを訪ねようとなさったかたが――」

「なに！　やっぱり誰か来たんじゃないか！」マーカムが嚙《か》みつくように言った。「何時ごろだ？　何があった？――ようく思い出してから答えろ」

「別にたいしたことじゃありません」青年は心底震えあがっている。「男の人《フェラ》が入ってきて呼び出しベルを鳴らし、すぐにまた出ていっただけです」

「たいしたことかどうかは、きみが考えることじゃない」マーカムは冷たく言い放った。「その男は、何時に来たんだ?」

「九時半ごろでした」

「どんな男だった?」

「若い男の人《フェラ》で、ここへミス・オウデルを訪ねてくるのを、何度か見かけたことがあります。名前は知りませんが」

「何があったのかを、正確に話してくれ」マーカムはさらに追及する。

スピヴリーはまたごくりとつばを飲み、唇をなめた。

「こんなふうでした」一生懸命に語りはじめる。「その男の人《フェラ》が入ってきてホールの奥へ歩いていくので、『ミス・オウデルならお留守ですよ』と声をかけました。ところが、足を止めるでもなく、『そうかい、ともかく念のためにベルを鳴らしてみよう』とおっしゃって。ちょうどそのとき電話が入ったので、お引き止めしませんでした。その人はベルを鳴らしてドアをノックしましたが、当然返事はありません。すぐに戻ってきて、『きみの言うとおりらしいな』とおっしゃいました。そのあと、五十セント硬貨をぽんとよこして出ていきました」

「出ていくのをちゃんと見届けたんだね?」マーカムの声に落胆がにじむ。

「はい、この目で見ましたとも。扉の手前で立ち止まって煙草に火をつけると、扉を開けて、ブロードウェイのほうへ向かわれましたね」

「一枚、また一枚とバラの花びらが散り落ちていくね」ヴァンスのけだるい声が聞こえた。

「なかなかおもしろくなってきたじゃないか!」

マーカムは、九時半に現われて去っていったこの訪問者が犯人かもしれないという期待を、棄《す》てきれずにいた。

「どんな男だった？」と訊ねる。「人相は？」

スピヴリーは姿勢を正すと、この訪問者をひとかたならぬ関心をもって見ていたのがわかる熱のこもった口調で語りだした。

「ハンサムで、年配というほどではなく――三十歳くらいでしょうか。服装は夜会服にエナメル革の靴、ひだのある絹のシャツ――」

「なになに？」信じられないと言わんばかりに、ヴァンスが大型ソファ《ダヴェンポート》の背もたれから身を乗り出した。「絹のシャツに夜会服だと！　これはまた、ずいぶんめかし込んで！」

「はあ、おしゃれな人たちはよくお召しですがね」スピヴリーが見下すような調子で答える。

「ダンスのときの服装として大流行ですよ」

「まさか――へえ！」ヴァンスはあきれた様子だ。「これは研究してみなければ。……ちなみに、そのシルクシャツの伊達男《ボー・ブランメル》、玄関扉のところで足を止めたとき、ベストの下ポケットに入れてる細長くて平べったい銀のケースから煙草を取り出したんじゃないかい？」

青年は、賞賛と驚きのまなざしでヴァンスを見つめた。

「どうしてわかったんですか？」

「単純な推理さ」ヴァンスは、またもだらりと横になった。「夜会服用のシルクシャツには、ベストのポケットに金属製の大ぶりなシガレットケースを入れるのがなんとなく似合いそうじゃないか」

マーカムは途中でじゃまされたのがいかにも気にくわない様子で、さっさと人相の続きを話すよう交換手を促した。

「髪はきれいに撫でつけてあって」スピヴリーが続ける。「わりと長めの髪ですが、最新のスタイルにカットされていました。小さな口髭をワックスで固めていましたね。上着の襟に大きなカーネーションを挿して、シャモア革の手袋を……」

「こりゃすごい！」ヴァンスがつぶやく。「ジゴロだ！」

ナイトクラブの悪夢が重くのしかかるようによみがえってきて、マーカムは顔をしかめ、深いため息をついた。ヴァンスの見立てをきっかけに、不愉快な思いが次々に呼び覚まされたのだ。

「背は高かったか、低かったか？」マーカムが次の質問をする。

「それほど高くありません——ぼくと同じくらいで」とスピヴリー。「どちらかといえばほっそりとした体型でした」

その口調からひそやかな憧れが容易に感じ取れて、この若き電話交換手は、ミス・オウデルを訪ねてきた男の体格や服装に、ある種の理想を見出したのではないかと私は思った。手にとるようにわかる賞賛ぶりがこの青年を感心させたやや大げさな服装とあいまって、その言葉のはしばしから、今は亡き女の部屋のベルをゆうべ九時半ごろに鳴らし、むなしく帰っていった男の人相風体《ふうてい》がかなり正確に伝わってきた。

スピヴリーがお役ご免になると、マーカムは席を立ち、頭のまわりに葉巻で煙幕を張りながらうろうろ歩き回った。ヒースはといえば、眉を寄せてぼんやりその姿を眺めている。

ヴァンスが立ち上がって伸びをした。

「興味の尽きない問題は、相変わらず現状維持《ステートウス・クオ》のようだな」と、快活に言う。「いかにして、ああまったくもって、うるわしのマーガレットを処刑したやつはいかにして部屋に入ったものか?」

「ねえ、ミスター・マーカム」ヒースが低い声でもったいぶって切り出す。「考えてたんですがね、そいつは昼間のうちに来ていたんじゃないでしょうか——つまり、通用口が施錠される前に。オウデルが自分から部屋に入れてやったのかもしれない。そして、別の男が夕食の迎えにきたときにはかくまってたんですよ」

「そのようだな」とマーカム。「もう一度メイドを連れてきてくれ、確かめてみよう」

連れてこられたメイドにマーカムが午後のあいだの行動について質問したところ、彼女は四時ごろ買いものに出かけて五時半ごろ戻ってきたとのことだった。

「戻ったとき、ミス・オウデルに誰か客が来ていなかったか?」

「いいえ、ございませんでした」メイドは即答した。「あのかたおひとりでいらっしゃいました」

「誰かが訪ねてきたという話は?」

「いいえ、ございませんでした」

「では」と、くいさがるマーカム。「七時に引き揚げるとき、この部屋に誰かが隠れていたということは？」

メイドはあからさまに驚いたが、ちょっと怯えてもいる。「どこに隠れるというんでしょうか？」そう言って、部屋を見回した。

「隠れられそうなところがいくつかある」とマーカム。「バスルーム、クローゼット、ベッドの下、カーテンの陰……」

メイドはきっぱりと首を横に振った。「誰も隠れていたはずがありません。バスルームには五、六回出入りいたしましたし、クローゼットからミス・オウデルのガウンを出しました。暗くなりはじめるとすぐに、全部の窓にこの手で日よけをおろしました。それに、ベッドですけれども、ほとんど床につきそうなつくりでございます。誰も下にもぐり込めません」

ベッドをよく見てみると、その言葉どおりだった。

「この部屋のクローゼットはどうだ？」マーカムが期待をこめて質問したが、メイドはやはり首を振った。

「誰もいませんでした。そこに私の帽子とコートをしまっておくんです。帰り支度をしているときに取り出しました。それに、帰る前にもミス・オウデルの古いドレスをそのクローゼットにしまい込みました」

「絶対に確かなんだな」マーカムが念を押す。「帰るとき、ここには誰も隠れていなかったというのは」

「確かでございます」

「ひょっとして、帽子をとろうとしてクローゼットの扉を開けたとき、鍵が内側にあったか外側にあったか覚えていないか？」

メイドはちょっと黙り込んで、クローゼットの扉を見ながら考えていた。「外側にございました、いつものとおり」と、しばし考えてから発言する。「そういえば、古いドレスをしまおうとして、シフォンの生地《きじ》に鍵が引っかかりましたので」

マーカムが眉をひそめてから質問を再開する。「ミス・オウデルのゆうべのディナーのお相手だが、名前を知らないんだったな。あの人がよく一緒に出かけていた相手で、名前がわかる男はいないか？」

「ミス・オウデルが私の前でお名前を口になさったことはございません。言わないようとても気をつけてもいらっしゃいましたし——秘密主義とでも申しましょうか。なにしろ、私がこちらへまいりますのは昼間だけです。お知り合いの殿方はたいてい夜になってからおいでになりました」

「誰かが怖い——不安を感じる相手がいるという話を聞いたことはないか？」

「いいえ、ございません——追い払おうとなさっていた男性ならひとりありましたけれど。たちの悪い男で——私、これっぽっちも信用ならないと思っておりました——気をつけたほうがいいとミス・オウデルに申しあげたんです。ですが、昔からのお知り合いらしく、ひところはたいそう寛大に接してらっしゃいました」

「どうしてそんなことがわかるんだ?」

「あるとき、一週間ほど前だったと存じますが、昼食のあとで戻ってまいりますと、あちらの部屋にその男が来ていました。仕切りのカーテンが引いてあったので、私が戻ってきた音が向こうには聞こえなかったようです。男はお金を要求していました。ミス・オウデルが退《しりぞ》けようとなさると、脅しにかかるんです。ミス・オウデルは、前にもその男にお金を渡したことがあるようなことをおっしゃいました。私がもの音をたてましたところ、口論はやんで、男はまもなく出ていきました」

「どんな男だ?」マーカムの関心が再び高まる。

「どちらかというとやせ型で――背はあまり高くありません――三十歳前後というところでしょうか。怖い顔をしています――男前だって言う人もいるかもしれませんけれど。薄いブルーの目にぞっとさせられます。髪の毛はいつも後ろに撫でつけて固め、ちょっぴりはやした口髭の先をぴんととがらせていました」

「ははあ!」とヴァンス。「あのジゴロじゃないか!」

「その後も来ていたかね?」とマーカム。

「存じません――私のいるときには来ておりません」

「このくらいにしておこう」マーカムがそう言い、メイドは退出した。

「たいして役に立ちゃしませんでしたね」と、ヒースがこぼした。

「なんと!」ヴァンスが声をあげる。「すごく役に立ったじゃありませんか。未解決だった点をいくつもはっきりさせてくれて」

「それで、あの情報のいったいどのあたりが特に啓発的だというんだ？」いらだちを隠しきれないマーカムが訊いた。

「もうわかっただろう」と、ヴァンスは澄ました顔で言い返す。「昨晩あの女中《ボン》が帰るとき、ここには誰も潜伏《ペルデュ》していなかったってことが」

「それじゃ役に立つどころか」と、マーカムがやり返す。「その事実のおかげで状況がかなり複雑になってしまったんじゃないか」

「今のところはそうかもしれないなあ。だけど、そのうち――わからないもんだぜ？――何よりも頼もしい、ありがたい手がかりになるかもしれないよ。……さらに、鍵が移動していたことが確かめられて、あのクローゼットに誰かがとじこもっていたらしいこともわかったし、そのうえ、その雲隠れが起こったのはあの侍女《アビゲイル》がいなくなってから、つまり、そう、七時以降ってことだ」

「なるほどね」ヒースがひねくれた冗談めかして言う。「通用口にゃ錠がおりてるわ、メインホールにゃ交換手が座ってるわってころですなあ。交換手は絶対誰も入っていないって言うし」

「ちょっとした不思議だね」ヴァンスはしぶしぶ認めた。

「不思議だと？　不可能なんだよ！」マーカムがうなる。

考えにふけりながら挑むようにクローゼットをのぞき込んでいるヒースが、力なく首を振った。

「どうも腑に落ちない」と、考え込む。「クローゼットに隠れていたやつ、どうして出てきてから中を荒らさなかったんだろう。ほかは部屋じゅうくまなく荒らし回っているのに」

「部長刑事」とヴァンス。「問題の核心に触れましたね。……ねえ、きちんとしたまま乱されていないのは、このすてきな部屋をくまなく探し回った不作法者がクローゼットへの配慮を怠ったということでしょう。内側から鍵がかかっていて開けられなかったからです」

「おいおい！」とマーカム。「その説だと、昨夜ここには未詳の人物が二人いたことにならないか」

ヴァンスはため息をついた。「悲しいかな、そういうことになるね。論理上、ぼくらはひとりだってこの部屋に引き込めていないのに。……まいってしまうね」

ヒースは、新しい線で考えることに慰めを見出そうとした。

「いずれにせよ、ゆうべ九時半に訪ねてきたエナメル革の靴のしゃれ者が、おそらくオウデルの愛人で、彼女にたかっていたことはわかったわけです」

「そのわかりきったことが、いったい、いかなる深遠な方法で暗雲を追いやってくれるんだね？」とヴァンス。「いまどきの妖婦《デリラ》にはたいてい強欲な情夫《アモロソ》がついてるものだよ。まわりにそういうのがいないほうがむしろ珍しいだろう」

「それもそうですがね」とヒース。「お教えしましょうか、ヴァンスさん。ご存じないでしょうから。この手の娘たちが惚れちまう男ってのは、たいがいが悪党のたぐいなんですよ――プロの犯罪者です、いいですか。だからですよ、この仕事《ジョブ》はプロのしわざなんですから、あなたがおっしゃるように、オウデルを脅してたたかり屋のやつと、ゆうべこのへんをうろついてたやつが同一人物とわかったからには、悠長にしちゃいられません。……もうひとつ申しあげますとね、この男、続々増えてきてる終夜カフェにたむろしている一流の泥棒って人相書きに、ぴったりくるようですよ」

「じゃあ、確信があるんですね」ヴァンスが穏やかに言う。「あなたの言うこの仕事《ジョブ》をしたのはプロの犯罪者だと？」

ヒースは軽蔑的と言っていいほどの答え方をした。「そいつは手袋をして鉄梃《かなてこ》を使っちゃあいませんでしたかね？　金庫破りの仕事《ジョブ》ですよ、間違いない」

8　姿なき殺人者

九月十一日（火曜日）午前十一時四十五分

マーカムは窓辺に立ち、手を後ろに組んで、舗装された狭い中庭を見下ろしていた。ややあって、ゆっくりと振り向く。

「ぼくが見たところ、状況は要するにこういうことだな。オウデル嬢は、そこそこ地位のある男と食事をして劇場へ行く約束をしていた。七時ちょっと過ぎに迎えにきた男と二人そろって出かけ、十一時に帰ってくる。男は一緒に部屋に入り、三十分ばかり中にいた。それから十一時半に部屋を出て、電話交換手にタクシーを呼んでくれと頼んだ。車を待つあいだ、助けを求める女の悲鳴が聞こえるが、どうしたと訊ねると、なんでもないから帰ってくれと言う。やがてタクシーが到着し、彼はそれに乗って帰っていった。その十分後、オウデル宛てに電話があり、部屋で電話に出たのは男だった。そして今朝、彼女は死体で見つかり、部屋は荒らされていた」

そこでマーカムは、深々と葉巻を吸った。

「ということは、ゆうべオウデルが男と一緒に帰ってきたときに、この部屋のどこかにもうひとりの男がいたのは間違いない。送ってきた男が去ったあと彼女が生きていたのも確かだ。つまり結論として、この部屋にひそんでいた男が殺人犯ということになる。犯行は十一時から十二時のあいだに行われたという、ドクター・ドリーマスの見立てとも一致する。ただ、送ってきた男が部屋を出たのは十一時半で、そのあとも女と言葉を交わしているから、実際に殺人が行われたのは十一時半から十二時のあいだということになるだろうね。まあ、現時点で提示された証拠から推測できる真相は、こんなところだ」

「それと大きくはずれているということはないでしょうな」と、ヒースが同意した。

「いずれにせよ、おもしろくなってきた」ヴァンスはつぶやいた。

マーカムは、しきりに行きつ戻りつしながら語りつづけた。「その推測される真相を取り巻く状況は、こうだ。七時の時点で――メイドが帰った時刻だ――部屋には誰もひそんでいなかった。つまり、殺人犯が部屋に侵入したのはそれ以降ということだ。そこで、まず通用口について考えてみよう。メイドが帰る一時間ほど前に、管理人が内側から差し錠をおろし、電話交換手は二人とも、通用口へは近寄ってもいないと断言している。それに、部長刑事、きみ自身も今朝、錠がおりているのを確認しているね。そういうわけで、通用口には一晩じゅう内側から錠がおりていて、そこからは誰も侵入できなかったと考えられる。ということは、殺人犯は玄関から入ったと考えざるをえない。そこで、ほかに侵入方法がないかどうか検討してみよう。昨夜十時まで勤務していた電話交換手は、玄関から入ってホールをこの部屋の前までやって来た人物は、ベルを鳴らしたが返事がないのですぐに帰っていった男しかいないと言っている。十時から今朝まで勤務していたもうひとりの交換手も、玄関から入って交換台の前を通り、この部屋までやって来た者はひとりもいなかったと、同じように断言している。さらに、この階の窓にはすべて鉄格子がはまっていることや、交換手と顔を合わせずに上の階から廊下へ下りてくるのは不可能だということを考え合わせると、そこで行き詰まってしまうんだ」

ヒースは頭をかき、陰気に笑った。「どうもつじつまが合いませんねえ」

「隣の部屋はどうなんだい?」とヴァンス。「通用口へ続く通路に入り口が面している部屋——確か二号室だったと思うが?」

ヒースが偉そうな態度で彼のほうを向いた。「それについては、私が今朝一番に調べました。二号室には独身女性が住んでいます。八時にその女性を起こして部屋を捜索しましたが、何も見つかりませんでした。どっちみち、この部屋と同じで、あっちの部屋へ行くにも交換台の前を通るしかありませんし、ゆうべは誰も出入りしていないそうです。それにジェサップが——

あのしっかりした正直な男が、二号室の住人はもの静かで上品な女性で、彼女とオウデルとは面識すらないはずだと言っていました」

「なかなか周到じゃないか、部長」ヴァンスがぼそっと言った。

「もちろん」とマーカムが口をはさむ。「七時から十一時のあいだに、誰かが電話交換手の目を盗んであの部屋からここへしのび込み、殺人を犯したあとこっそり戻った可能性はある。だが、ヒース部長刑事が今朝調べたところでは誰も見つからなかったわけだから、犯人があの部屋から来た可能性は排除してもいいだろう」

「きみの言うとおりだと思うよ」ヴァンスは、あっさりと認めた。「だがね、マーカム、状況をみごとに総括したきみの説によると、犯人がどこかから入ってきた可能性がことごとく排除されてしまうんじゃないかな。……それでもやっぱり、犯人は侵入し、不運な乙女の首を絞めて、去っていった――となると？　これはちょっとおもしろいぞ。絶対に見のがせないな」

「不可解だ」マーカムが暗澹《あんたん》たる声で言った。

「心霊かと思いたくなるね」とヴァンス。「かぐわしき降霊術のにおいがする。実際、どこかの霊媒がゆうべこのあたりをうろついて、最高レベルの降霊術《エクトプラズム》を披露したんじゃないかという気がしてきたよ。……ねえ、マーカム、きみは相手が心霊体でも起訴できそうかい？」

「指紋を残す幽霊なんていやしませんよ」ヒースがむっとして、嚙《か》みつくように言った。

せわしなく歩き回っていたマーカムがふと足を止め、いらだたしげにヴァンスをにらみつける。「くそっ！　まったくもってばかげてる。犯人はなんらかの方法で入ってきて、出ていったんだ。どこかが間違っている。メイドが帰るときに、ここに誰かがいるのに気づかなかったのか、電話交換手のどちらかが、居眠りでもしたのを隠しているのか」

「あるいは、誰かが嘘をついているのか」と、ヒースが付け加えた。

ヴァンスはかぶりを振った。「あの褐色の小間使《フィーユ・デ・シャーブル》いは絶対に嘘をついていないと思うよ。それに、もし知らぬまに誰かが正面玄関からこっそりしのび込んだ可能性があるとしたら、状況が状況だけに、居眠りしていたんなら交換手たちも進んでそうと認めるさ。……マーカム、この事件はね、いわば星空から見下ろすように取り組まなくちゃいけないんだ」

マーカムは、ヴァンスのふざけたもの言いへの嫌悪感を声に出した。「そういう捜査方法は、思弁哲学的理論と深遠なる仮説をお持ちのきみに任せるよ」

「だがね、考えてみたまえ」ヴァンスが、からかうように反論する。「きみがはっきりと証明したように――というよりもむしろ、法的に論証したように――ゆうべは誰もこの部屋に出入りできなかった。そして、きみがいつも言うように、法廷は周知の事実や推定される事実ではなく、証拠に基づいてあらゆる決定をくださなければならない。この事件における証拠は、肉体をもつあらゆる関係者に確かなアリバイがあることを証明している。しかし、だからといって、まさかあの女性が自分で自分の首を絞めたという説は成り立たないだろう。せめて毒殺だったなら、非の打ちどころのない自殺事件として片づけられただろうに！　それにしても、ヒ素じゃなく自分の手を使うとは、殺人癖のある客人もずいぶん軽率なまねをしたものだ！」

「そう、そいつは女の首を絞めた」とヒース。「私はね、ゆうべ九時半に女を訪ねてきて部屋に入れなかった男がホシと見ましたよ。そいつの話を聞いてみたいですね」

「ほんとかい？」ヴァンスは、煙草をもう一本取り出した。「こう言っちゃなんだが、男の風采やなんかを聞くかぎり、特に魅力的な話が聞き出せるとも思えないがね」

ヒースの目が意地悪くきらりと光った。「私らにはね」と、歯をくいしばったまま言う。「機知に富んだやりとりにたけちゃいない連中からも、じつにおもしろい話を聞き出す手管《てくだ》があるんですよ」

ヴァンスは、ふうっとため息をついた。「それは社交界にぜひともほしい人材だなあ、部長刑事！」

マーカムは腕の時計を見た。

「検事局で急ぎの仕事が待っているんだ。こうして話していても埒《らち》が明かない」ヒースの肩をぽんとたたく。「あとは任せた。今日の午後、さっきの連中を検事局へ呼んでもう一度尋問してみるとしよう――もう少し彼らの記憶を呼び起こせるかもしれない。……きみのほうにも捜査方針があるんだろう？」

「お決まりのやつですよ」ヒースはわびしげに答えた。「オウデル関係の書類にざっと目を通して、部下を三、四人ばかり、彼女の身辺調査に当たらせます」

「タクシー会社にもすぐに当たってみたほうがいい」マーカムが助言する。「できれば、ゆうべの十一時半に帰っていった男が何者で、どこへ行ったのかをつきとめておいてくれ」

「まさか」とヴァンス。「殺人に心当たりのある男が、わざわざホールで立ち止まって、タクシーを呼んでくれって交換手に頼んだなどと思っているんじゃあるまいね?」

「いや、そういう面ではさほど期待しちゃいないさ」マーカムが面倒くさそうに答える。「ただ、何かわれわれの手がかりになりそうなことを、女から聞いているかもしれない」

ヴァンスはおどけた調子で首を振った。「おお、来たれ、清らかなる日の信仰よ、真白き手の希望よ、汝《なんじ》は黄金の翼で空を舞う天使なり!(1)」

マーカムは冗談に応酬するような気分ではなかった。ヒースのほうを向くと、無理して快活に話しかける。「午後にでも電話をくれないか。さっき話を聞いた連中から、何かしら新たな証拠が出てくるかもしれない。……それと」と彼は付け加えた。「忘れずに見張りをひとり立ててくれよ。もう少し状況が見えてくるまで、部屋はこのままにしておいてほしい」

「お任せください」ヒースは請け合った。

マーカム、ヴァンス、私の三人は外に出て、車に乗り込んだ。しばらくすると、セントラル・パークを抜ける曲がった道に車を飛ばして街を横切っていた。

「ついこのあいだの、雪の上の足跡をめぐる会話を思い出さないか?」五番街に出て南に向かうところで、ヴァンスが問いかけた。

マーカムはうわのそらでうなずく。

「確か」と、ヴァンスは考え込む。「仮説としてきみがもちだした例には、足跡ばかりか、冬景色を横切る何者かの姿を見た目撃者も十人以上——神童もひとりいたな——出てきたんだった。……親愛なる友よ、理論はすべて灰色なり《グラウ・トイラー・フロイント・イスト・アレ・テオリー》! こいつはひどくやっかいなことになったね。

だって、残念なことに雪の上の足跡もなければ、逃げていく人影を目撃した者もいないんだから。つまり、きみには直接証拠と状況証拠の両方ともないわけだよ。……やれやれ、嘆かわしい」

彼は憂《うれ》わしげに首を振った。

「ねえ、マーカム、この事件の証言は、あの女性が死亡した時間に故人のそばには誰もいなかったはずだ、ゆえに《エルゴ》彼女はおそらく生きているであろうという、決定的な法的証拠となっているように思えるよ。あのレディの絞殺死体は、ぼくが思うに、法的手続きという観点からして関連性のないひとつの状況にすぎないんだ。きみの経験じゃ、死体がなければ法律家は殺人事件と認めないってことだったが、殺されてはいない他殺死体《コープス・デイリクティ》を、きみはいったいぜんたいどうする?」

「くだらない話だ」マーカムは怒りもあらわに非難した。

「ああ、まったくだ」とヴァンス。「なんらかの足跡が残されていないってのは、法律家にとって悲惨なことなんだねえ? なんとも腹立たしいことじゃないか」

マーカムがいきなり体を横に向けた。「そりゃあきみには、足跡なんか必要ないさ。ほかのどんな物的証拠もな」と、ヴァンスをなじるようにぶちまける。「きみには、凡人にはないような明察力がおありだからな。ぼくの記憶が正しければ、きみは言ったね、いささか大言壮語かもしれんが、犯罪の性質と状況さえわかれば、足跡が残っていようがいまいが確実に犯人のことを描写できるって。そう豪語したよな?……さあ、犯罪だ、そして犯人は行きにも帰りにも足跡を残していない。どうかオウデル嬢を誰が殺したのかこっそり教えて、ぼくの気苦労を終わらせてくれんかね」

不機嫌なマーカムに挑発されても、ヴァンスの落ち着きぶりはびくともしない。しばらくのんびり煙草をふかしていたかと思うと、身を乗り出して、煙草の灰を窓の外にはたき落とした。「誓ってもいいがね、マーカム」と、平然として言い返す。「この愚かしい殺人事件の究明に、ぼくはいささか乗り気になっているよ。だけどもうちょっと待って、途方に暮れたヒースがどんな人物を調べだしてくるか見てみようと思うんだ」

マーカムはあざけるようになり、背もたれに寄りかかった。「ご親切なことで、泣けてくるね」

9　総がかりの追及

九月十一日（火曜日）午後

その午前中、ダウンタウンへ向かう途上、私たちはマディソン・スクウェアの北で渋滞に引っかかってかなり時間をとられた。マーカムは心配そうに時計を見ていた。

「正午を過ぎたな」と彼は言った。「クラブに立ち寄って軽く昼めしにしようか……こんなに早くから食事というのは、きみのような繊細な温室育ちの花には卑《いや》しいことかもしれないがね」

ヴァンスは誘いを吟味している。

「きみのおかげで朝食を食べそこなったんだ」と彼は言った。「エッグ・ベネディクトでもごちそうしてもらおうか」

ほどなくして私たちはスタイヴェサント・クラブのほとんど客のいないグリルに入っていき、マディソン・スクウェアの木々のてっぺんが見下ろせる、南向きの窓のそばのテーブルに席をとった。

注文をしてまもなく制服の接客係が入ってきて、マーカム地方検事のそばでうやうやしくお辞儀をすると、クラブの封筒に入れて封をした宛名書きのない手紙を差し出した。手紙を読むマーカムの表情がしだいに好奇心をつのらせ、署名を確かめた目には軽い驚きが浮かんだ。ようやく目を上げ、待っている接客係にうなずくと、ちょっと席をはずすと言って、いきなり姿を消した。戻ってきたのはゆうに二十分はたってからだ。

「奇妙な話だよ」とマーカム。「ゆうべあのオウデルを夕食と芝居に連れていった男が、手紙をよこした。……世間は狭いな。彼はこのクラブにいる。非居住者会員で、この街にいるときにはここを活動拠点にしているそうだ」

「知り合いなのか?」ヴァンスはさして興味もなさそうに訊ねた。

「何度か会ったことがある——スポッツウッドという男だ」マーカムは複雑な表情をした。「名門の出で、住まいはロングアイランドのカントリーハウス。上流社会の一員としてあまねく高い敬意を払われている——オウデルのような女とかかわるとは思えない男だよ。だが、本人が白状したところでは、ニューヨークに来てはずいぶん一緒に遊び回っていたらしい――〝遅ればせながら若気の放蕩《ほうとう》〟というやつさ、本人いわく。そして昨夜は、夕食に〈フランセルズ〉へ連れ出し、そのあと〈ウィンター・ガーデン〉へ行った」

「知的でもなければ、ためになるとさえ言えないような夜遊びだな」とヴァンス。「あまつさえ、そんなことのためにひどく不運な日を選んでしまったわけだ。朝刊を開いて、前夜のお相手だったいとしい貴婦人《プティ・ダム》が絞殺されたと知るなんてね！　びっくり仰天したんじゃないか？」

「もちろんめんくらってる」とマーカム。「一時間ばかり前に夕刊の早刷りを見て、ぼくのオフィスに十分ごとに電話をかけていたら、突然ぼくがここへやって来たというわけさ。あの女との関係が外部にもれて、不名誉なことになるのを怖れてるんだ」

「もれないのかい？」

「まずないよ。昨夜彼女をエスコートした男が何者なのかは誰も知らない。明らかに犯罪とは関係ないんだから、彼を引きずり込んで何になる？　スポッツウッドはぼくに何もかも話してくれたし、こちらが望むのならこの街にとどまるとも言っている」

「今しがた戻ってきたきみにまとわりつく、落胆の気配から察するに、その男の話には手がかりになりそうなものが何もなかったようだね」

「なかった」マーカムは認めた。「彼女が自分の私的な事柄を話してくれたことはなかったようだ。スポッツウッドも手がかりになるような情報はもってない。昨夜のいきさつは、ジェサップの話と完全に一致していたよ。七時に彼女を訪ねて十一時ごろに家まで送り、三十分かそこら部屋にいて辞去した。助けを呼ぶ彼女の声にはぞっとしたが、何でもないと本人に言われ、きっとうたた寝でもして悪夢を見たんだろうと思って、それ以上心配しなかった。それから十二時十分前ぐらいに、まっすぐこのクラブに来たそうだ。タクシーから降りるところをレッドファーン判事が見つけて、上の判事の部屋で待っている連中と一緒にポーカーをしようと誘った。午前三時までやっていたそうだ」

「ロングアイランドのドンファンは、とうてい雪の上の足跡を提供してくれそうもないね」

「何にせよ、彼がここでみずから出てきてくれたおかげで、尋問する先がひとつ消えたし、時間もずいぶん無駄にせずにすんださ」

「これから尋問する先がどんどん消えていけば」ヴァンスがそっけなく言う。「苦しいジレンマに陥るだけなんじゃないかな」

「今ある尋問先だけでも大忙しなんだ」マーカムは自分の皿を押しやり、勘定書を頼んだ。立ち上がり、それから足を止めて、思うところありげにヴァンスを見やる。「興味があるなら一緒に来るかい？」

「え、なんだって？　それはそれは！……うれしいな、ほんとに。だが、そうだな、ちょっとだけ待ってくれ――いい子だから！――ぼくがコーヒーを飲み終わるまでね」

お気楽に冷やかしながらではあれヴァンスが誘いに飛びついたのに、私は少なからず驚いた。その日の午後にヴァンスは、〈モントロス画廊〉で開かれる中国の古典絵画展に行く予定だったはずだ。宋時代の絵画の中でも非常にすぐれたものと言われる、梁楷《リョウカイ》と毛益《モウエキ》の作品が出るという。ヴァンスはことのほか自分のコレクションに加えたがっていた。

私たちはマーカムとともに刑事裁判所ビルに向かうと、フランクリン・ストリート側のドアから入って専用エレベーターで地方検事の個人オフィスまで行った。広々としてはいるが薄汚れたオフィスからは、ニューヨーク市の拘置所、通称〝墓場《トウームズ》〟の城壁のような灰色の石壁が見下ろせる。ヴァンスは机の右側にある彫刻のほどこされたオークのテーブルのそばで、重々しい革張りの椅子に腰かけ、皮肉っぽい楽しげなそぶりで煙草に火をつけた。

「正義の車輪がぎりぎりと音をたてるのを、ぼくは期待に満ちた喜びで待ちうけているよ」ヴァンスはものうげに椅子にもたれて言った。

「残念ながら、車輪の最初の回転音は聞けないね」マーカムが切り返した。「回転はこのオフィスの外から始まる」それから判事室へ続くスイングドアを通って姿を消した。

五分ほどして戻ってきたマーカムは、机の前にある背もたれの高い回転椅子に座り、オフィスの南側の壁に四つある縦長の窓に背を向けた。

「レッドファーン判事に会ってきた」とマーカム――「ちょうど昼の休廷時間だった――判事はスポッツウッドとポーカーをやったことを証言したよ。あと十分で真夜中という時刻にクラブの外でスポッツウッドと会って、午前三時まで一緒にいた。時刻を覚えているのは、十一時半にはクラブに戻ると客人たちに約束してたのに、二十分も遅れてしまったからだそうだ」

「なんでまた、明らかにどうでもいい事実を立証するんだ?」とヴァンス。

「お決まりの手順だよ」マーカムの口調にいらだちがにじむ。「こういう場合、どんなにメインの問題とは関係なさそうに見えても、すべての要因をいちいち確認しなければならない」

「まったく、ねえ、マーカム」――ヴァンスは椅子の背に頭を乗せて、ぼんやりと天井を見つめている――「きみたち法律家連中が熱烈に崇《あが》めている、そんな果てしない手順とやらが、実際にときどきは成果をあげていると思う人間もいるかもしれないがね。そんなものでは何も解決しないよ。ほら、『鏡の国のアリス』の赤の女王が――」

「今、手順か霊感《インスピレーション》かって議論をしている暇はない」マーカムはぞんざいに言うと、机の縁《ふち》の下側にあるボタンを押した。

若く元気のいい秘書のスワッカーが、地方検事のオフィスと応接室とのあいだにある狭い小部屋に続くドアから顔をのぞかせた。

「何でしょう、検事?」べっこう縁の大きな眼鏡の奥で、秘書の瞳が期待に輝いている。

「今すぐ誰かをここによこすよう、ベンに言ってくれ[1]」

スワッカーは廊下に面したドアを出ていった。一、二分して、丸々太った人当たりのいい男が、きちっとした身なりに鼻眼鏡《パンスネ》という出《い》で立《た》ちで部屋に入ってきて、愛想のいい笑顔でマーカムの前に立った。

「おはよう、トレイシー」マーカムの口調は愛想よくもそっけない。「オウデル事件とつながりのある証人のリストだ。この四人をすぐここへ連れてきてほしい――電話交換手二名、メイド、管理人。西七十一丁目一八四番地に行ってくれ。ヒース部長刑事がそこに足止めしている」

「かしこまりました」トレイシーはそのリストを受け取り、堅苦しいがちっとも野暮ではないお辞儀をして出ていった。

それからマーカムは、午前のあいだにたまっていた事務仕事に一時間ばかり没頭し、私は彼の途方もない活力と効率のよさに舌を巻いていた。普通のビジネスマンなら丸一日かかるような重要な仕事をどんどん片づけていく。スワッカーが電流のように元気よく行き来し、ブザーで呼ばれたおおぜいの事務員も顔を出しては息もつかぬすばやさでいなくなる。ヴァンスは有名な放火事件裁判をまとめた学術書を退屈しのぎに眺めていたが、ときどき感心したように顔を上げ、人々の活発さを軽く非難するかのように首を振った。

トレイシーが四人の証人を連れて戻ったとスワッカーが知らせたのは、二時半ちょうどのことだった。それから二時間、マーカムは証人相手に、法律家である私の目から見てもめったにお目にかかれないほど洞察力のある徹底的な尋問と反対尋問を繰り広げた。二名の電話交換手に対するマーカムの尋問は、その日すでにすませていた簡単な尋問とはまったく違っていた。関連のありそうな事柄が最初の証言からひとつでも省略されていたら、間違いなくマーカムの厳しい尋問に引っかかっていただろう。だが、ようやく彼らが帰してもらえるころになっても、新しい情報は何ひとつ明るみに出てこなかった。証人たちの話には疑いの余地がないことがはっきりした。誰ひとりとして――殺された女自身とその同伴者、九時半に来て落胆して帰った客以外は――七時以降に正面玄関から入り、オウデルの部屋に続く廊下を通った者も、同様に出ていった者もいなかった。管理人は六時ちょっと過ぎに裏口の差し錠をおろしたと頑強に言い張り、なだめすかそうが脅かそうがその不屈の確信が揺るぐことはなかった。メイドのエイミー・ギブスンからも、最初の証言以外の新しい話は出なかった。マーカムの徹底的な追及を前にしても、彼女はすでに話したことを繰り返すばかりだった。

新たな可能性は——それまで思いつかなかったことは——何ひとつ出てこない。結局、この二時間の対話によって、ありえそうもない事件におけるすべての抜け道が閉ざされてしまっただけだ。四時半になるとマーカムは疲れ果て、ため息をついて椅子にもたれた。この驚くべき事件の真相に近づく有望な手段を発掘しようという試みは、これまで以上に困難なものとなってしまったようだ。

ヴァンスは手にした学術書を閉じ、吸っていた煙草を投げ捨てた。

「ねえ、マーカム」——にやりと笑う——「この事件はじっくり考えなくちゃならないんだよ、お決まりの手順を踏むんじゃなくてさ。水晶玉をのぞいてくれるエジプト人占い師でも呼んだらどうだい?」

「こんなことがずっと続いたら、ご忠告に従いたくなることだろうよ」と、マーカムは元気なく言い返す。

ちょうどそこへスワッカーが戸口から顔をのぞかせ、ブレナー警視補から電話だと伝えた。マーカムは受話器をとると、話を聞きながら用箋《ようせん》にメモを走り書きした。通話を終えると、ヴァンスに向き直る。

「きみは寝室にあった鋼《はがね》の宝石箱の状態が気になるようだったな。そう、強盗用具の専門家からの電話だった。今朝ほどの見解に間違いないとさ。あの箱をこじあけたのは、プロの泥棒ぐらいしか持っていないし使いこなせなさそうな、特殊なつくりの金属用たがね《コールド・チズル》だった。刃は一インチ八分の三のはす縁（刃が柄までずっと楔形の鋭角をもつ）で、一インチの平らな柄《え》が付いている。使い込まれた道具で——刃に特徴的な欠け跡があるんだ——こないだ夏の初めにパーク・アヴェニューの北側でしてやられた押し込み強盗、あれに使われたものだ。……とびきり刺激的な情報だろ、気がかりは晴れたかい？」

「あいにくだが」ヴァンスはまた真面目な当惑顔になっている。「それどころか、さらにとんでもない状況になってしまうよ。……あたり一面真っ暗闇の中で、ひとすじの光が見えそうだったのに——得体の知れぬ超自然的なものかもしれないが、それでも感知できる光がね——あの宝石箱と鋼ののみさえなかったら」

マーカムが反論しようとしたところへスワッカーがまた顔をのぞかせ、ヒース部長刑事が到着して会いたがっていると知らせた。

ヒースは午前中に別れたときとはうって変わって元気になっていた。マーカムの勧める葉巻をもらうと、地方検事席の正面にある会議テーブルについて使い古しの手帳を取り出す。

「ちょっとしたつきに恵まれましたよ」と、彼は切り出した。「バークとエメリが——この事件に投入した二人の部下なんですがね——取り調べにかかったとたんにオウデルがらみの情報をつかみましてね。二人の調べからすると、彼女の遊び相手はそう多くなかったらしい——金離れのいい何人かだけに絞って、いわゆる手練《てれん》手管《てくだ》で手玉にとっていたんです。……その筆頭が――彼女と一緒のところをいちばんよく見かけられている男ってことですが――チャールズ・クリーヴァーです」

マーカムが姿勢を正した。「クリーヴァーなら知っている――同一人物だとしたらだが」

「そう、その男ですよ」とヒース。「もとブルックリン税務署長の。ずっとジャージーシティの賭博場に入りびたってる男。スタイヴェサント・クラブにもよく出入りしちゃ、昔なじみの民主党派閥組織《タマニー・ホール》の仲間とつきあってます」

「そいつだ」マーカムがうなずく。「あれはプロの遊び人みたいなもんだ――ポップとか呼ばれていたな、確か」

ヴァンスは虚空《こくう》を見つめた。

「ふむ。で、その〝ポップ〟クリーヴァー君が、われらが〝狡猾《こうかつ》にして楽天的なドロレス〟(1)とも、からんでいたわけだ。あの彼女が美しの瞳《ボー・ジュー》に射止められたはずはないがね」

「思いますに」と、ヒースが続けて言う。「クリーヴァーはスタイヴェサント・クラブにしょっちゅう出入りしているようですから、あなたからオウデルのことを訊いてみちゃあいかがでしょう。何か知ってるはずですよ」

「ぜひそうしよう、部長刑事」マーカムは用箋にメモした。「今夜にでも連絡をとってみる。……ほかにも誰か名前が挙がっているか？」

「マニックスって男がいます――ルイス・マニックス。彼女がファリーズ座にいたころからの知り合いですが、一年ほど前、見限られました。以来、二人一緒のところを見た者はいません。

男のほうもいまは別の娘に乗り換えています。マニックス・アンド・レヴィーンっていう毛皮輸入商会の会長で、あなたを悩ませてるナイトクラブの常連客ですよ——たいそうな浪費家でね。だけど、こっちをつついてみてもあまり役には立たないんじゃないでしょうか——オウデルとの仲はとっくの昔に冷えてるんですから」

「そうだな」とマーカム。「この男ははずしてもかまわないんじゃないかな」

「ねえ、この調子でどんどんはずしていってたら」と、ヴァンスが口をはさむ。「あとには彼女の死体のほか何も残らないってことになりゃしないかい」

「それからですね、ゆうべ彼女を連れ出した男なんですが」とヒース。「誰も名前を知らないようで——分別のある慎重なおやじだったにちがいありません。最初はクリーヴァーだろうと思ったんですが、人相が一致しない。……それはともかく、おかしなこともあるもんです。この男、ゆうべオウデルと別れたあと、スタイヴェサント・クラブまでタクシーを乗りつけて、そこで降りたっていうじゃありませんか」

マーカムがうなずいた。「その件は全部承知しているんだ、部長刑事。何者だったかも知っている。クリーヴァーじゃない」

ヴァンスは含み笑いをしている。「スタイヴェサント・クラブときたら、すっかりこの事件の最前線になってしまったようだ。心から思うよ、ニッカーボッカー・アスレティックのような悲運をこうむることにならなきゃいいがねえ(2)」

ヒースは本題からそれなかった。

「誰なんです、ミスター・マーカム？」

この相手に秘密を打ち明けるのは妥当かどうかと思案しているのか、マーカムはためらっていたが、結局口を開いた。「名前を教えるが、決して口外しないように頼む。ケネス・スポッツウッドだ」

そして彼は、昼食の席で呼び出しを受けたこと、スポッツウッドからは有益なヒントは何も引き出せなかったことを語った。また、クラブでレッドファーン判事に出くわしてからの行動についてこの男が申し立てたことは確認ずみだとも、ヒースに伝えた。

「それに」と、マーカムが付け加える。「あの娘が殺される前に帰っていったのは明らかなんだ、彼をわずらわせる必要はない。じつは、彼の家名を守るためにも、巻き込まないようにすると約束したんだ」

「それで納得してらっしゃるのなら、けっこうです」ヒースは手帳を閉じてしまい込んだ。「もうひとつだけ、ちょっとしたことですが。オウデルは以前、百十丁目に住んでいたことがありましてね、エメリがそのとき彼女の家主だった女性を捜し出して、あのメイドの話に出ためかし屋がちょくちょく訪ねてきてたってわかりました」

「それを聞いて思い出した、部長刑事」マーカムは、ブレナー警視補との通話中に書きとめたメモを取り上げた。「例の宝石箱のこじあけ方について、教授からもらったデータがあるんだった」

ヒースは食い入るようにメモを読んだ。「やっぱりな！」満足げにうなずく。「まごうかたなきプロの仕事《ジョブ》だ、前々からこの手のことをやってきているやつのしわざですよ」

ヴァンスが勢い込んで言う。「そうだとしてもだよ、その熟練の泥棒がなぜ、まずはなまくらな火かき棒なんぞ使ったんだろうね？　それに、なぜ居間のクローゼットを見のがしたのか？」

「今にわかるでしょうよ、ヴァンスさん。私がそいつをつかまえたときにね」ヒースがいかめしい目つきで請け合った。「そこで、私がちょっぴり内緒話をしてみたいと思うのは、ひだつき絹シャツにシャモア革の手袋って野郎なんですがね」

「好みは人それぞれだけどね《シャクー・ア・ソン・グー》」と、ヴァンスはため息をつく。「ぼくだったら、その男と話なんかしたいとも思わない。どうも、略奪のプロが鋼の箱を鋳鉄《ちゅうてつ》の火かき棒でこじあけようとするなんて、ちょっと想像できないな」

「火かき棒のことは置いときましょうよ」と、ヒースはぶっきらぼうに意見した。「あの箱は鋼のみでこじあけたんです。そして、そののみが、こないだ夏にパーク・アヴェニューで起きた強盗事件でも使われている。それについちゃ、いかがです？」

「ああ！　それが頭の痛いところなんですよ、部長刑事。その気がかりな事実さえなかったら、ねえ、ぼくも今ごろは心も軽くお気楽に《サン・スーシ》、〈クレアモント〉ででも大好きなお茶を心ゆくまで味わっているところなんですが」

ベラミー刑事の到着が知らされて、ヒースはぱっと立ち上がった。「指紋のことがわかったってことですよ」と、希望的観測を述べる。

入ってきたベラミーは、無表情で地方検事のデスクに向かった。

「デューボイス警部の使いでまいりました。オウデル事件の指紋について、報告を待ってらっしゃるだろうということで」ポケットに手を伸ばすと小振りな薄いフォルダーを取り出し、マーカムから合図されてそれをヒースに渡す。「身元を特定しました。デューボイス警部がおっしゃっていたとおり、二つとも同一人物のものです。指紋の主はトニー・スキール」

「気取り屋《デュード》スキールか？」部長刑事の声が、抑えきれない興奮に震えている。「ほら、ミスター・マーカム、先へ進めますよ。スキールは前科者で、その道の達人なんです」

　彼はフォルダーを開いて、長方形のカードと、八行か十行ばかりタイプしてある青い用紙を取り出した。カードをじっくり見て満足げなうなり声をもらし、マーカムに手渡す。ヴァンスと私もそばへ寄ってのぞき込んだ。いちばん上が正面向きの顔と横顔の、いかにもな犯罪者写真で、かしこまって写っているのは髪の毛が濃くて顎の角ばった若者だ。左右に離れた目は色が薄く、小さめにむらなく刈り込んだ口髭《くちひげ》の両端をワックスで固めてぴんととがらせている。二枚組写真の下にはモデルの人相が簡潔にまとめられ、本名および別名、住所、ベルティヨン式身体測定値(ii)を記したうえで、携わっている非合法な職業の性質が示されていた。その下に小さな正方形が十個、二列に並び、それぞれの枠に黒インクで指紋が押捺されている――上段が右手、下段が左手の指紋だ。

「ということは、正装に絹シャツをとりいれてた、あの通人《アルビテール・エレガンシアラム》(iii)か！　なんとまあ！」ヴァンスは、身元確認カードを皮肉っぽい目で見た。「この男がタキシードにゲートルを着けるっていう流行を引き起こしてくれるといいんだが——ニューヨークの劇場ときたら、冬になると恐ろしく風通しがいいからね」

　ヒースはカードをフォルダーに戻し、同封のタイプされた書面に目を通した。

「こいつが犯人ですよ、間違いありません、ミスター・マーカム。読み上げましょう。『トニー・〝気取り屋《デュード》〟・スキール。一九〇二年から一九〇四年まで、エルマイラ少年院に二年。一九〇六年、軽窃盗罪でボルティモア郡刑務所に一年。一九〇八年から一九一一年まで、暴行および強盗罪でサンクエンティン刑務所に三年。一九一二年、シカゴ、押し込み強盗罪で逮捕、訴訟棄却。一九一三年、オールバニー、不法侵入罪で逮捕、起訴、無罪。一九一四年から一九一六年まで、不法侵入および押し込み強盗罪でシンシン刑務所に二年八カ月』」彼は書類をたたんでカードと一緒に胸ポケットにしまう。「ほれぼれするような経歴じゃありませんか」

「ご期待に添う情報でしたか？」と、落ち着き払ったベラミーが訊く。

「もちろんだ！」ヒースはうきうきしていると言っていいほどだ。

　ベラミーは、期待をこめて地方検事のほうを片目で見ながらぐずぐずしている。ふと思い出したかのようにマーカムが、葉巻入れを取り出して彼に勧めた。

「どうもありがとうございます」ベラミーはミ・ファヴォリタスを二本もらうと、さもだいじそうにベストのポケットにしまって退出していった。

「さしつかえなければ電話をお借りしたいんですが、ミスター・マーカム」とヒース。

　彼は殺人課に電話した。

「トニー・スキールを捜せ——気取り屋《デュード》スキールだ——ただちにな。見つかりしだい連行しろ」というのが、スニトキンへの指示だった。「記録にある住所を調べて、バークとエメリを同行させるんだ。やつが姿をくらましてたら、全署に非常呼び出しをかけてつかまえさせろ——誰かしらやつの情報をつかんでくれるはずだから、わかったか？……それと、いいか。やつの部屋で泥棒用具を捜し出せ。そのへんに放り出しちゃいないだろうが、特に捜してもらいたいのは、一インチ八分の三の、刃に欠け跡があるのみだ。……三十分ほどで本部に戻るよ」

　彼は受話器を置くと、両手をこすり合わせた。

「さあ出航ですよ」と喜ぶ。

　ヴァンスは窓辺に立ち、両手をポケットに深くつっこんで〝嘆きの橋〟(iv)を見下ろしていた。その彼がゆっくりと振り向いて、考え込むようにヒースをじっと見る。

「無駄でしょうね」彼は断言した。「お友だちの気取り屋《デュード》さんはあのいまいましい箱を無理やりこじあけたかもしれませんが、そのほかのゆうべの所業《しょぎょう》はあの人の頭の形に合っていませんから」

　ヒースは鼻であしらった。「骨相学者じゃありませんからね、私は指紋の形によって進みますよ」

「犯罪捜査法におけるひどい過ちですよ、わが部長刑事《セルジエンテ・ミオ》」ヴァンスはうっとりするような口調で言い返す。「この事件の何に対して有責かという問題は、あなたが思ってらっしゃるほど単純じゃありません。こみいった問題になります。あなたが写真を後生だいじに持っている、流行を映す鏡、礼儀作法のお手本(v)みたいなその男は、こみいった事情を増やしているだけなんですから」

10　強引な聞き込み

九月十一日（火曜日）午後八時

マーカムはいつものようにスタイヴェサント・クラブで夕食をとり、ヴァンスと私も誘われて同席した。私たちが夕食の席にいれば、それが防波堤のような役目をして、知り合いも声をかけてこないと思ったに違いない。マーカムは、穿鑿《せんさく》好きな連中と社交辞令を交わすような気分ではなかった。午後遅くに雨が降り出し、夕食が終わるころには土砂降りになって、夜更けまでやみそうにない勢いだった。われわれは談話室の隅の目立たない席に移り、煙草をくゆらしながら居座った。

席を移ってから十五分とたっていなかったと思うが、ひとりの男が、静かだがしっかりした足どりでやって来て、マーカムに気持ちよく挨拶した。やや太りぎみで、顔はふっくらして血色がよく、白髪まじりの髪は薄くなっている。それがチャールズ・クリーヴァーなのは、初対面の私にもわかった。

「フロントで、あなたが会いたがってると伝言をもらいましたので」これほどの図体の男には不似合いな優しい声だが、その紳士的な物腰にもかかわらず、どことなく計算高さと冷たさが感じられる。

マーカムは立ち上がって握手をすると、ヴァンスと私を紹介してくれたが、どうやらヴァンスは以前から少しはこの男を知っているらしい。男はマーカムが勧める席に座り、懐中時計の大げさな鎖につけた金のシガーカッターでコロナ・コロナの端をていねいに切り取ると、口にくわえたまま回転させて湿らせ、手で囲って火をつけた。

「ご面倒をおかけして申し訳ありませんね、クリーヴァーさん」マーカムが切り出す。「もうご存じでしょうが、マーガレット・オウデルという若い女性が、七十一丁目のアパートメントで昨夜殺害されまして。……」

マーカムはひと息ついた。これほど微妙な話をどうやって切り出すべきか思案しているらしく、クリーヴァーのほうから進んであの女との関係を語ってくれないかと期待しているふうでもあった。だが相手の表情は微動だにせず、マーカムはすぐに話を再開した。

「この女性の行動について捜査しているうちに、あなたが――ほかにも何人かいますが――彼女と非常に親密な関係にあったとわかりました」

再び話が途切れる。クリーヴァーはほとんど気づかない程度に眉を吊り上げたが、何も言わない。

マーカムは、相手の用心深い態度にかすかないらだちを覚えながらも話を続けた。「じつは報告書によれば、あなたは彼女と一緒にいるところを、ほぼ二年間にわたって何度も目撃されているのです。言うまでもないことですが、このことから引き出せる唯一の結論は、あなたがミス・オウデルと、単なる顔見知り以上の関係にあったということです」

「そうですか」この返事は穏やかではあったが、同時にひどく漠然としたものだった。

「そうです」マーカムが返す。「さらに言わせていただくと、今は言い訳や隠しごとをするときではありません。今夜の私は、ほとんど職務としてお話ししているのです。というのも、あなたならこの事件を解決する手がかりを与えてくださるだろうと思ったからです。現状ではある特定の人物が重大な嫌疑をかけられていて、すぐにでも逮捕したいと思っています。ですが、いずれにしろわれわれは助けを必要としていて、だからこのクラブであなたとちょっとお話ししたいと申し出たわけです」

「で、どうお助けすればいいのです？」クリーヴァーの顔には、相変わらず何の表情も浮かんでいない。問いかけたときに唇が動いただけだ。

「あなたのようにこの女性をよく知っていれば」マーカムは根気よく説明する。「どうやら当人も予期していなかったらしいこの残虐な殺人の手がかりとなる、なんらかの情報——ある特定の事実とか秘密と言ってもいいですが、そういうものをご存じでしょう」

クリーヴァーはしばらく黙っていた。視線は目の前の壁に向けられたが、顔の他の部分はこわばったままだ。

「残念ですが、ご要望には添いかねます」クリーヴァーがやっと答えた。

「そういう対応は、良心に曇りのない人間らしからぬものですな」マーカムが不快感をあらわにする。

相手は地方検事にそれとなくさぐるような視線を投げた。

「私が彼女を知っていたからって、殺人と何の関係があるんです？　誰かに殺されそうだなどと打ち明けられたことはない。自分の首を絞めたがってるやつがいるなんていう話も聞いてません。そんなことがわかっていれば、彼女も殺されないですんだはずですからね」

　私の隣に少し距離を置いて座っていたヴァンスが身を乗り出してきて、ひそひそ声《ソット・ヴォーチェ》で私の耳にささやいた――「相手はまたもや法律家だぜ――マーカムも災難だな！……えらいことになったもんだ」

　しかし、この対話の始まりがどんなに幸先の悪いものだったとしても、それは無慈悲な闘いに発展したあげく、結局はクリーヴァーの全面降伏で終わった。その上品さ、優しさとは裏腹に、マーカムは敵に回したが最後、恐るべき策謀家となったので、クリーヴァーから貴重な情報を引き出すのにたいして時間はかからなかった。

　クリーヴァーの皮肉な逃げ口上に答えようと、マーカムはすぐに相手を見据えて身を乗り出した。

「クリーヴァーさん、あなたは証言台に立って自分を弁護しているわけではないんですよ」と、鋭い口調で言う。「あなたが、いくら自分のことをその立場にふさわしい人間だと考えているとしてもです」

　クリーヴァーはマーカムを無言でじっとにらみつけ、一方マーカムは、まばたきひとつせずに目の前の男を凝視して、その落ち着き払った表情を可能なかぎり判読しようと意気込んでいた。だがクリーヴァーも、相手《ヴィザ・ヴィ》に何ひとつ読み取らせまいと決心していたらしく、その表情はマーカムの観察眼をもってしても砂漠のように不毛だった。マーカムは、とうとう椅子に深深と身を沈めてしまった。

「たいした問題でもないんですがね」と、投げやりな口調で言う。「あなたが、今夜このクラブでこの問題について語ろうと語るまいと。明日の朝にでも、召喚状を持った保安官に連行されて私のオフィスに来たいというなら、それでもかまいませんよ。喜んでお泊めしましょう」

「好きなようにすればいいさ」クリーヴァーはけんか腰で答えた。

「それに、新聞にどう書かれるかという点についても、記者の好きなように、ということになりますな」マーカムが言い返す。「彼らに状況を説明して、面談の内容を一言一句正確に伝えることになるでしょう」

「ですが、私にはお話しすることなんてありませんよ」相手の口調が突然穏やかになったが、これは明らかに、新聞で公《おおやけ》にされるのがいやでたまらなかったからだ。

「そのせりふはもうお聞きしましたよ」マーカムは冷たく言った。「もうお引き取りいただいてけっこうです」

不愉快な問題がやっと片づいたと言わんばかりに、マーカムはヴァンスと私のほうに顔を向けた。

しかし、クリーヴァーは立ち去る気配を見せない。しばらく考え込むように葉巻を吸っていたが、突然、顔の筋肉ひとつ動かさずに大声で短く笑った。

「やれやれ！」とぼやいて、わざとらしく善人ぶってみせる。「あなたのおっしゃるとおりだ、私はなにも証言台に立ってるわけじゃない。……何を知りたいんです？」

「状況はお話ししましたよ」マーカムの声は、興味といらだちを隠しきれなかった。「あなたは私がほしいたぐいの情報を持っていらっしゃる。オウデルさんの暮らしぶりはどうだったか？　誰と親しかったのか？　彼女を排除したがっている者はいたか？　敵はいたか？——彼女の死を説明できそうな情報なら何でも。……ついでに」と、マーカムは辛辣《しんらつ》な調子で付け加える。「直接間接を問わず、あなたがこの事件に関与していないという情報なら何でも」

　クリーヴァーはこの最後のひとことに態度を硬化させ、憤然と抗議しそうになったが、すぐに戦略を変更した。あざけるように微笑みながら、革の札入れから折りたたんだ小さな紙切れを取り出して、マーカムに渡した。

「私の容疑なら簡単に晴らせますよ」と、クリーヴァーは余裕たっぷりに宣言する。「ニュージャージー州のブーントンから、スピード違反で呼び出しをくらってましてね。日時を見てください。九月十日の十一時半、つまり昨夜ですよ。ホウパトコンに向かってたんですが、ちょうどブーントンを通り過ぎてマウンテン・レイクスの手前あたりで、バイクの警官に違反切符を切られたんです。明朝、裁判所に出頭することになってます。迷惑千万ですよ、こういう田舎のお巡りっていうのは」そして、計算高い目つきでマーカムをしばらく見つめた。「うまく処理できませんかねえ？　ニュージャージーまで出向くなんてたまらないし、明日はいろいろとやることもありましてね」

マーカムは呼び出し状をさりげなく調べていたが、それをポケットに入れた。

「こちらで処理しますよ」と、愛想よく微笑みながら約束する。「では、知っていることを話してくれますか」

クリーヴァーは考え込むように葉巻をふかした。それから椅子の背に寄りかかって足を組み、いかにも率直そうに話をした。

「あなたの役に立つようなことを知ってるかどうかわかりませんが。……カナリア、そう呼ばれていたあの女のことは好きでしたよ――じつは一時期、彼女を本気で愛していたことがありましてね。ばかなことをいろいろやりました――去年キューバに行ったときには、くだらない手紙をたくさん書いてね。アトランティック・シティでは一緒に写真を撮ったこともあります」クリーヴァーは自嘲的《じちようてき》な笑みを浮かべた。「それから彼女が冷たくなりはじめて、私から離れていきました。約束の場所に来なかったことも何度かありました。それでずいぶん怒ったんですが、返ってきたのはお金を無心する言葉だけで……」

クリーヴァーはひと息入れて、葉巻の灰を見下ろす。細めた目に激しい憎悪が光り、下顎の筋肉がこわばる。

「嘘をついてもしかたないですからね。彼女は私の手紙やら何やらみんな持っていて、けっこうな額のお金と引き換えに、やっと返してくれた……」

「それはいつのことです？」

一瞬のためらいがあった。「今年の六月です」そして急いで続ける。「マーカムさん」声に怒りがこもった。「死んだ人間の顔に泥を塗りたくはありませんが、あの女は狡猾《こうかつ》このうえない冷酷なゆすり屋で、知り合ってしまったのは私の一生の不覚ですよ。それにもうひとつ言うことがあります——あいつに搾《しぼ》り取られたのは私だけじゃないってことです。ほかにも言いなりになった連中がいる。……あいつはルイス・マニックスのところでもいろいろと嗅ぎ回って、大金をせしめたことがあります——マニックス本人から聞いたことですが」

「そういう目にあった人たちの名前を、ほかにもお教え願えませんか？」マーカムは冷静を装いながら訊いた。「マニックスの話は、すでにこちらでもつかんでましてね」

「いや、それは無理ですね」クリーヴァーは残念そうに答えた。「カナリアがあちこちでいろいろな男と一緒にいたのは見てますし、最近は特にひとりだけ目立つ男がいました。ですがそいつらの素性を知らないので」

「マニックスの件は、今ではもうすっかり片づいているのでは？」

「ええ——もう過去の話ですよ。その方面からは何の手がかりも得られないでしょう。でも、ほかにもいるんです、マニックスより新しい連中が——そっちは調べてみる価値があるかもしれません、もしあなたがたに見つけられればですが。私はあまり根にもたないほうでしてね、あるがままを受け入れるんですよ。ですが、人によっては私と同じような目にあわされればカッとするでしょうから」

本人がそう言ってはいても、私にはクリーヴァーが根にもたないタイプには見えず、むしろ自制心のある冷たい人間で、ものに動じないあの態度は、どんなときも狡猾さや私利私欲に操られているせいなのではないかと思った。

マーカムは相手をじっくりと見つめた。

「ということは、彼女の崇拝者が幻滅のあげくに復讐した結果がこの殺人なんだとお考えなんですね？」

クリーヴァーは慎重に返事を探した。「理にかなった結論だと思いますが」そして最後に言った。「自業自得ですよ」

しばしの沈黙――やがてマーカムが口を開く。「彼女が興味をもっていた若者のことを知りませんか――ハンサムで小柄な、金髪の口髭《くちひげ》と明るい青色の目の持ち主で――スキールという名前ですが？」

クリーヴァーはあざけるように鼻を鳴らした。「あいつはカナリアだけのものじゃありませんよ――私の知るかぎりでは、彼女は若い連中のことは放っておいたはずです」

そのとき、ボーイがクリーヴァーのところにやって来てお辞儀をした。「お話し中申し訳ありません。弟さまに電話が入っております。重要な話だそうなのですが、弟さまは今このクラブにはいらっしゃいませんので、交換手はあなたさまが居場所をご存じではと」

「私がそんなことを知ってるもんか」クリーヴァーはぷりぷりした。「あいつの電話のことなんぞで、じゃましないでくれ」

「弟さんがこの街に？」マーカムが気軽に訊いた。「何年か前にお会いしましたよ。サンフランシスコに住んでらっしゃるんですよね」

「ええ――カリフォルニアを熱愛してましてね。ニューヨークに二週間ばかり滞在してるんですが、向こうに戻ったらもっとフリスコ（サンフランシスコのこと）好きになってるでしょうな」

クリーヴァーはしぶしぶ話をしたうえ、妙にいらだっているように見えた。だがマーカムは、どうやら目の前の問題に集中しすぎて他人の不機嫌にまで気が回らないらしく、すぐさま殺人の話題に戻ってしまった。「最近オウデルさんに興味をもっていた男をたまたま知っているんです――あなたが見かけたのと同じ男かもしれませんが――背が高く、四十四、五歳で、灰色の口髭を短く刈り込んでいる」（私にはスポッツウッドのことだとわかった）。

「その男ですよ」クリーヴァーは言った。「先週見かけたばかりです、〈ムーキン〉で」

マーカムは肩を落とした。「残念ですが、その人物は容疑者リストからは除外された。……ですが、彼女が腹を割って話せた相手がきっといるはずです。もうこれ以上頭をひねっても、役に立ちそうな話は出ませんか？」

クリーヴァーは考えているようだ。

「もし彼女の信頼を得ている人物というだけの話でしたら、医者のリンドクイスト先生がいますが――名前はアンブロワーズだと思います。レキシントン・アヴェニューの近くの四十何丁目かに住んでますよ。ただ、あなたがたの役に立つかどうかはわかりませんよ。それでも、あの先生、彼女と昵懇《じっこん》にしていた時期がありましたからね」

「そのリンドクイスト先生とやらが、彼女に対して仕事を超えた関心をもっていたということですか？」

「それにお答えするのは差し控えたいと思います」クリーヴァーは、心の中でこの状況を吟味するかのように、しばらく葉巻を吸いつづけていた。「まあ、どういうことかというと、ドクター・リンドクイストは上流社会専門の医者なんです——神経科医を自称していますが——確か神経症の女性の療養所のような個人施設の、所長になっているはずです。金持ちなのは間違いないし、もちろん社会的地位も重要な財産と言えるでしょうな——まさに、カナリアが収入源として選びそうな部類の人物ですよ。それともうひとつ——あの手の医者にしては、えらく頻繁に彼女を訪れてました。ある晩、彼女の部屋で出くわしたことがあるんですが、紹介されたときの態度ときたら、お世辞にも礼儀を心得ているとは言えませんでしたね」

「少なくとも調べてみる価値はありそうですね」マーカムは、あまり熱意を見せずに言った。「ほかに、何か知っていそうな人物の心当たりはありませんか？」

クリーヴァーはかぶりを振った。

「いえ——そんなところですね」

「で、彼女は、誰かを怖がってるとか、何か面倒なことが起こりそうだとか、その手のことをにおわせるような話をあなたにしたことはない、と」

「ひとことも。じつは、ニュースを聞いてすっかり驚いてしまって。《ヘラルド》の朝刊以外は読まないんですよ——いやもちろん、夜には《デイリー・レーシング・フォーム》を読みますがね。朝刊には殺人については何も書いてなかったものですから、夕食の直前になるまで知らなかったんです。ビリヤード・ルームで若いやつらが話題にしていたので、部屋を出て夕刊を見にいきました。さもなければ、明日の朝まで知らなかったでしょう」

マーカムは、クリーヴァーと事件について八時半ごろまで話していたが、それ以上の情報は得られなかった。やがて、クリーヴァーは腰を上げた。

「もっとお役に立てればよかったのですが」血色のいい顔で微笑みながら、親しみをこめてマーカムと握手をする。

「あのやっかいな御仁《ごじん》を、なかなかうまく手なずけたね」クリーヴァーが立ち去ってから、ヴァンスが言った。「だが、あの男にはひどく妙なところがある。博打《ばくち》打ち特有の無表情な目つきから、おしゃべりなゴシップ屋への変身があまりに急だった——実際、ただごとでなく急だったよ。ぼくがひねくれているだけかもしれないが、あいつは真実の輝ける柱、てなわけでもなさそうだがな。あの冷たい、怒りのこもった目を、ぼくが好きになれないからかもしれない——開けっ広げの正直さを熱演する姿に、あの目はどうもそぐわない気がするんだ」

「彼の面倒な立場を考えれば、少々のことは大目に見てやるべきだよ」マーカムは思いやるように言った。「惚れた女からいっぱいくわされて、脅迫までされたなんてことを認めるのは、楽しいことじゃないからね」

「だがね、もし六月に手紙を取り返したんなら、なんでそのあともあの女性のご機嫌とりをしてたんだろう？　ヒースの話では、あの男は最後までそっち方面に熱を入れてたそうじゃないか」

「彼は、根っからの好色家なのかもしれんよ」マーカムが微笑む。

「ソロモン王とアブラの関係みたいにかい？

『われ、その名を呼ばぬ間に、アブラそこにあり
別の名を呼ぼうとも、アブラ、来たりぬ[i]』

たぶんそんなところか……現代のケイリー・ドラムルになれる資格はあるかもしれない[ii]」

「ともかく、ドクター・リンドクイストの名前を教えてくれた。何か手がかりが得られるかもしれない」

「確かにそうだ」ヴァンスも同意した。「そこが、あいつの熱心な告白全体で唯一信頼できそうなところだな。沈黙で節度をもってほのめかそうとしたのはあのときだけだからね。……このご婦人専門アエスクラピウス（ローマ神話の医神）からは、できるだけ早く話を聞くことをお勧めするよ」

「ぼくはもうへとへとだよ」マーカムは抵抗した。「明日にしよう」

ヴァンスは石造りのマントルピースの上にある大時計に目をやった。

「確かにもう遅いな。だがピッタコス（前六五〇頃－五七〇頃。ギリシャの哲学者。七賢人のひとり）が言ったように、時の前髪をつかんだほうがよくないか？

『一度チャンスを逃したら、二度とつかまえることはできない。

チャンスの神さまには、前髪しかないのだから』

と言ったのはカウリー（一六一八－一六六七。十七世紀イングランドの詩人）だ。だが大カトー[iii]はカウリーに先んじて言っている。『風紀二行詩』の中でね。『前髪はあるが《フロンテ・カピラータ》――』」

「行こう！」マーカムが立ち上がる。「蘊蓄《うんちく》たれ流しをとにかくせき止めるぞ」

11　情報収集

九月十一日（火曜日）午後九時

十分ばかりのち、私たちは東四十四丁目で、荘重な古い褐色砂岩《ブラウンストーン》の邸宅の呼び出しベルを鳴らしていた。

着飾った執事がドアを開けると、マーカムが名刺を差し出す。

「これをドクターに渡して、急ぎの用だと伝えてくれ」

「ドクターはちょうど夕食を終えられるところです」いばった感じの執事は、心地よくふかふかの椅子と絹のカーテン、落ち着いた照明という贅沢な応接室へ私たちを案内してくれた。

「典型的な婦人科医の後宮《こうきゅう》だな」部屋を見回しながらヴァンスが言った。「後宮の主《パシャ》ご本人も、さぞや威厳ある風雅な人物でいらっしゃるだろう」

彼の予測は当たっていた。ドクター・リンドクイストはまもなく、まったく解読できない楔形文字《くさびがたもじ》で書いてでもあるかのように地方検事の名刺を調べながら、部屋に入ってきた。背の高い四十代後半の男で、髪と眉が濃く、肌の色が異常なほど白い。長い顔に左右が不均衡な目鼻立ちにもかかわらず、まず美男と言っていい。夜会服姿の身のこなしは、みずからの重要性を過度にひけらかす自意識過剰な人物そのものだ。彼はマホガニーに彫刻をほどこしたインゲン豆形の机につき、マーカムに向かって如才《じょさい》なく問いかけるように眉を上げてみせた。

「ご訪問いただいて恐縮ですが、どのようなご用でしょうか？」もったいをつけたような、耳に心地よい声で、言葉をひとつずつゆっくり愛撫するように問いかける。「たまたま在宅しておりまして幸いでした」と言うと、マーカムが口を開く前に付け加える。「患者を診るのは予約にかぎっておりまして」もってまわった儀礼的な手続きなしに私たちを迎え入れてしまったことに、屈辱を感じているようだ。

もともと遠回しなやり方やわざとらしさが大嫌いなマーカムは、いきなり要点をつく。

「診察をお願いしているわけではありません、ドクター。以前の患者だったミス・マーガレット・オウデルについてうかがいにまいりました」

ドクター・リンドクイストは、昔を思い出すようなぼんやりとした目で、目の前にある金のペーパーウェイトを見つめた。

「ああ、ミス・オウデルですか。たった今、暴力的な最期を迎えたという記事を読んでいたんです。なんという不運で悲劇的な出来事でしょう。……どういった点で、私がお役に立てるものでしょう？　それにもちろんご理解いただいていることでしょうが、医師と患者のあいだには秘密を守るという神聖な――」

「充分に承知しております」マーカムがぶっきらぼうに口をはさむ。「しかし一方で、殺人に正義をくだすために警察を助けるのは、すべての市民にとっての神聖な義務でもあります。もし解決に向けて助けになることをご存じでしたら、必ずやお教えくださるものと信じております」

リンドクイストは軽く手を上げて、礼儀正しく抗議した。「もちろん、たってのご要請とあらば、ご協力することにやぶさかではありません」

「ドクター、いまさらさぐりを入れたりしなくてもよろしいんですよ」マーカムが言う。「ミス・オウデルが長いことあなたの患者だったことはわかっています。それに、確かにそうだったとは言わないまでも、彼女の死を招くことになったかもしれない個人的な事柄をあなたに話したこともありうると考えています」

「しかし、ええと――」ドクター・リンドクイストは、わざとらしく名刺をちらりと見た。「マーカムさん、私とミス・オウデルとの関係は純然たる職業上のものでして」

「しかしながら」マーカムがたたみかける。「おっしゃることは形式上では真実でしょうが、とはいっても、何と言いますか、その関係にはある非公式なものがあったと理解しています。おそらく彼女への場合、あなたの職業的態度は単なる科学的興味を超越していたと言ったほうがよろしいかと」

ヴァンスの小さな含み笑いが聞こえた。私自身も、マーカムのえらくまわりくどい非難を聞いて笑いをこらえきれない。しかしドクター・リンドクイストは、一見したところまるで動じていなかった。もの思いにふけるような様子で、こう言った。「あくまでもはっきりさせるために打ち明けるのですが、彼女の治療がいくぶん長びくうちに、私はある種の、そうですね、父親のような愛情とでも言いましょうか、そういうものを感じるようになりました。しかし、私がそのような温かい気持ちでいることに、彼女のほうは気づいていなかったのではないでしょうか」

ヴァンスの口もとが軽くぴくりと動く。けだるそうな目をして座っている彼は、おもしろくてたまらないという顔でドクターを観察していた。

「では、彼女が個人的な心配ごとをあなたに話したことはないというのですか?」マーカムがくいさがる。

ドクター・リンドクイストは両手の指先をピラミッド形に突き合わせて、その質問をじっくり考えているようだった。

「ええ、そんな話は何も思い出せません」慎重かつ丁重な言葉だった。「当然ながら、彼女の暮らし方についても大まかには存じていますが、詳細については、わかっていただけると思いますが、完全に医者としての領分を越えたことですから。彼女の神経疾患は、私の診断から結論づけるに、夜ふかしや興奮、不規則で贅沢な食事——つまりは、いわゆる放埒《ほうらつ》な生活に起因するものでしょう。この熱狂的な時代、現代女性は——」

「最後に彼女に会ったのはいつだったのか、お教え願えますか?」マーカムがいらだたしげに口をはさんだ。

ドクターは、いかにも驚いたという身ぶりをしてみせた。

「彼女に会った最後ですか?……そうですねえ」思い出すのにかなり苦労しているようだった。

「たぶん二週間くらい前だと思いますが、それより前だったかもしれません。本当に、よく覚えていないんです。……書類を見てみましょうか？」

「その必要はありません」マーカムが言った。彼はちょっと言葉を切って、いかにも愛想のいい顔でドクターを見つめた。「その最後の訪問は、父性的なものでしたか、それとも単に職業上のものでしたか？」

「もちろん、職業上のものです」ドクター・リンドクイストの目は冷静で、いくぶん興味を示しているだけだったが、その顔には、まさに彼の考えていることがそのまま反映されているように私には感じられた。

「お会いになったのはここですか、それとも彼女の部屋ですか？」

「確か彼女の住まいを訪ねましたね」

「あなたは彼女をたびたび訪ねていらっしゃいました、ドクター——そういう情報を得ています——それも、かなり普通ではない時間に。……これは、予約のみで患者を診るというご方針にあくまで沿ったことなのでしょうか？」

マーカムの口調は明るかったが、質問内容からして、この男のしらじらしい偽善者ぶりにすっかり立腹し、この男が関係する情報を意図的に隠そうとしていると感じているらしい。

しかし、ドクター・リンドクイストが返事をする前に執事が現われて、机のそばの低い台に置いてある内線電話を黙って指さした。ドクターは慇懃《いんぎん》に謝罪の言葉をつぶやきながら、振り返って受話器を取り上げた。

ヴァンスがこの機会を利用して紙切れに何か走り書きすると、マーカムにこっそり手渡した。

電話を終えると、ドクター・リンドクイストは偉そうに座り直し、人を見下したような冷淡な態度でマーカムに向かい合った。

「地方検事の仕事とは」と、彼は冷ややかに訊く。「れっきとした医師を無礼な質問で悩ませることなんですか？　医者が患者を訪問するのが違法だとは——あるいは珍しいことだとは——思いもしませんでしたがね」

「今はそんな話をしているのではありません」——マーカムは副詞を強調した——「あなたが法律に違反しているかどうかという話ではない。しかし、私が考えてもいなかった可能性を示唆してくださったのですから、よろしかったら教えていただきましょうか——単なる形式上の質問です——昨晩十一時から十二時まで、どちらにいらっしゃいましたか？」

この質問は驚くべき効果をあげた。ドクター・リンドクイストは急にぴんと張ったロープのように体をこわばらせ、ぎくしゃくしながらゆっくりと立ち上がると、激しい憎悪のこもった冷たい目で地方検事をにらみつけた。ヴェルヴェットの仮面ははがれ落ちていた。私は、彼の抑えつけた怒りの下にひそむ別の感情を見出した。その表情には恐怖が隠れていたのだ。憤怒《ふんぬ》も、激しい不安をほんの一部しか隠しきれていない。

「私が昨晩どこにいようと、きみたちには何の関係もない」彼は息を激しく乱し、絞り出すように言った。

マーカムは動じた様子もなく、目の前で体を震わしている男に目を据えたまま待った。その平然とした目つきが、男の自制心を完璧に押しつぶした。

「無理やり押しかけてきて卑劣な中傷に及ぶとは、いったいどういうつもりだ？」リンドクイストはわめいた。怒りでまだらになった顔はぞっとするほどゆがみ、手は痙攣《けいれん》するように動き、全身がぶるぶる震えている。「出ていけ、おまえも、そこの手下二人も！　放り出される前に出ていけ！」

　怒りだしたマーカムが何か言おうとしたとき、ヴァンスが彼の腕をつかんだ。

「ドクターはぼくたちに帰れとお優しく言ってくださってるんだよ」とヴァンス。そしてびっくりするほど手早くマーカムの体を回すと、さっさと部屋から連れ出した。

　またタクシーに乗ってクラブに戻る道すがら、ヴァンスは楽しそうに笑いを噛み殺していた。

「みごとな見本だったね、あれは！　被害妄想《パラノイア》のね。いや、それよりも病的抑鬱性《よくうつせい》精神錯乱のほうかな――循環性妄想《フォリ・シルキュレール》タイプの。病的に興奮する時期ときわめて明晰な正気の時期が交互に訪れるんだ。ともかく、あのドクターの混乱ぶりは精神病の範疇《はんちゅう》に入る――性衝動の円熟あるいは衰退に関連しているね。ちょうどそういう歳のころでもあるし。神経症の変質者《ニューロテイツク・デジエネレート》――それがあの口の達者な医者《ヒポクラテス》の正体だ。今にもきみに襲いかかりそうだったぞ。……まったく！　ぼくが救いの手を差し伸べたからよかったものの。ああいう手合いの及ぼす害ときたら、ガラガラヘビ並みなんだからな」

　彼はさも落胆したふうを装ってかぶりを振った。

「本当に、ねえ、マーカム、相手の頭蓋に現われている特徴にもっとよく気をつけたほうがいい――外見は魂の指標《ウルトゥス・エスト・インデクス・アニミ》なりだよ。ひょっとして気づかなかったのかい、あの男の角ばった広い額や左右不ぞろいの眉、おぼろな光を宿した目に？　耳なんか、上側の縁《ふち》が薄くて耳珠《じじゅ》（耳外道口前方にある軟骨の舌状突起）がとがってて、耳たぶは割れていた。……抜け目のないやつだよ、あのアンブロワーズってのは――精神的痴愚者だがね。ああいう、顔の形が洋ナシっぽいやつには用心しろよ、マーカム。ああいうアポロン的ちんぷんかんぷんの思わせぶりなんか、正当に評価されない女たちに任せておくんだな」

「あの男、本当はどんなことを知っているんだろう？」と、腹立ちまぎれにマーカムがこぼす。

「そりゃ、何か知っている――間違いなく！　それがぼくらにもわかりさえすれば、捜査はかなり進展するだろうさ。もっと言うなら、あの男が隠している情報は何かしら本人にとって不都合なものだ。やつはいささかご機嫌をそこねた。とんでもなく度を越した堅苦しい態度をとっていたし、別れぎわの怒号はぼくらに対する本音だったよ」

「そうだな」とマーカム。「ゆうべのことを質問したのは爆竹を投げ込んだようなものだった。なんでまたあんな質問をさせた？」

「理由はいろいろある――やつは殺人事件の記事を読んだばかりだと、その必要もないのに明らかに虚偽の申し立てをした。職業上の守秘義務についてまるっきり誠意のないお説教を垂れた。保身のために偽善者ぶって、あの娘に対して父親のような思いやりをもっていたなどとぬかした。最後に彼女と会ったのはいつか、思い出すのにえらく苦労した――特にこれが疑わしかったように思うね。そして、やつの人相には精神病質だってことが表われている」

「ふうむ」とマーカム。「あの質問は効《き》いたな。……あの売れっ子医学博士《MD》にはまた会うことになりそうな気がする」

「会うだろうさ」とヴァンス。「さっきはやつの不意をついた。だけど、ゆっくり考える時間ができてもっともらしい話をでっちあげたら、あの男、とんでもなくおしゃべりになるぞ。……さて、今夜はもうおしまいだ。きみも夜明けまではキンポウゲに思いをめぐらせるがいいよ(i)」

しかし、オウデル事件に関するかぎり、夜はまだすっかりおしまいにはなっていなかった。クラブの談話室に戻っていくらもたたないうちに、私たちの席に立ち寄った人物がマーカムに堅苦しくお辞儀をした。驚いたことに、マーカムは立ち上がって挨拶を返すと同時に、椅子を勧めた。

「もう少しお訊ねしたいことがあるんですよ、スポッツウッドさん。ちょっとお時間を割《さ》いていただけますか」

その名前を聞いて、私はその男をしげしげと見た。前夜、あの娘を夕食と芝居に連れていった匿名の人物に、少なからず興味があったのだ。スポッツウッドは典型的なニューイングランドの上流人士だった。お堅くて動作が悠長で打ち解けず、地味ながら流行の服装で決めている。髪と口髭《くちひげ》には白いものがちらほら——それがどうやらピンクがかった肌の色を引き立てている。六フィートにやや足りないくらいの身長で均斉のとれた体つきだが、やや骨ばっていた。

マーカムが彼にヴァンスと私を紹介し、私たちは事件に協力している、私たちに秘密を打ち明けるに越したことはないと考えたのだと、簡潔に説明した。

スポッツウッドはマーカムに不審の目を向けたが、すぐ、その決断を受け入れたしるしに頭を下げた。

「おおせのままに、マーカムさん」品はいいけれどもどことなく気位の高そうな声だ。「もちろん、あなたが望ましいとお考えになることでしたら同意しますとも」彼は弁解がましい笑みを浮かべてヴァンスのほうを向いた。「なんとも困った立場に立たされていまして、どうしようもなく神経過敏ぎみになるんですよ」

「ぼくには無律法主義(11)めいたところがありまして」ヴァンスは愛想よく言う。「とにかく道徳《モラリス》家《ト》ではない。ですから、その件に関してはあくまで純理論的な態度でいます」

スポッツウッドは控えめな笑い声をあげた。「私の一族も同じような考え方だといいんですが。だが、私の弱点にそれほど寛容でいてくれそうにはありません」

「申しあげておかなくてはなりませんが、スポッツウッドさん」マーカムが口をはさむ。「わずかながら、証人になっていただかざるをえなくなる可能性はあります」

はっと目を上げた彼は顔を曇らせたが、とやかく言いはしなかった。

「つまりですね」と、マーカムが言葉をつなぐ。「まもなく犯人逮捕というところでして、ミス・オウデルの帰宅時間を確証するために、また、あなたが辞去なさったあと何者かが部屋にいたらしいと実証するためにも、ご証言が必要になるかもしれないのです。あの人の悲鳴と助けを求める声が聞こえたというのが、有罪判決を得るのに決定的な証拠となりそうですから」

スポッツウッドはそれよりも、あの娘との関係が表沙汰になると思ってぞっとしているらしく、しばらくは目をそむけてじっとしていた。

「おっしゃりたいことはわかります」と、ようやく認めた。「ただ、自分の不品行が世間の知るところとなることのほうがたまらなくて」

「そういう事態を全面的に避けられるかもしれない」とマーカム。「よほどのことでないかぎり証人喚問はしないとお約束します。……さて、お訊きしたいことというのはほかでもない、ひょっとしてドクター・リンドクイストをご存じないでしょうか？　ミス・オウデルかかりつけの医者らしいんですが」

スポッツウッドはあからさまに当惑した。「その名に聞き覚えはありませんね。それどころか、ミス・オウデルが私に医者の話をしたこともありません」

「では、スキールという名が出てきたことは？……あるいはトニーと呼んだかもしれませんが」

「ありませんね」きっぱりした答えだった。

マーカムはがっかりして黙り込んだ。スポッツウッドもやはり沈黙している。夢想にふけってでもいるように。

「あの、マーカムさん」と、スポッツウッドがしばらくして口を開いた。「こんなことを打ち明けるのはお恥ずかしいかぎりなんですが、本心を申しますと、あの娘がたいそういとおしいのです。彼女の部屋はそのままの状態になっているんでしょうね。……」口ごもっていた彼の目に、懇願と言ってもいいような表情が宿った。「できることならもう一度部屋を見たいんですが」

マーカムは同情するように彼を見やったものの、最終的には首を横に振った。

「それはまずいでしょう。きっとあの交換手に気づかれてしまう——記者がうろついているかもしれないし——そうなれば、あなたを事件から遠ざけてはおけなくなります」

スポッツウッドは落胆したようだったが、異を唱えはしなかった。それからしばらく、誰も口を開かずにいた。やがて、ヴァンスが座ったままわずかに姿勢を起こした。

「スポッツウッドさん、ひょっとして、ゆうべお芝居のあと、ミス・オウデルとご一緒だった三十分ほどのあいだにあった、何か普通でないことを覚えてはいらっしゃいませんか?」

「普通でないこと?」彼の態度にありありと驚きが表われる。「ありませんね。二人でしばらくおしゃべりして、そのうち彼女が疲れたようだったのでおやすみの挨拶をして部屋を出ました。今日また昼食を一緒にする約束をして」

「それにしても、あなたの在室中、誰かほかの人間があの部屋にひそんでいたのはもう、ほぼ間違いないようじゃありませんか」

「その点に疑問はなさそうですね」スポッツウッドはびくついているようだ。「あの悲鳴は、私の退出後しばらくして隠れていたやつが出てきたということだったように思えます」

「なのにあなたは、助けを呼ぶ声を聞いて不審をいだかなかったのですか?」

「最初はおかしいと思いました——当然です。しかし、何でもないから帰ってくれとはっきり言われて、悲鳴は悪い夢にうなされたせいだと思いました。彼女が疲れていたのは確かだし、私の帰りぎわに彼女は入り口近くの籐椅子《とういす》にかけていて、悲鳴はそのあたりから聞こえたんです。ですから、ついうたた寝してしまって寝言で声をあげたんだと思っても無理はないでしょう。……ああ、あんな早とちりをするんじゃなかった！」

「お気の毒です」ヴァンスはしばらく黙り込んでから、また質問にかかる。「ひょっとして、居間にあるクローゼットの扉に目をとめませんでしたか？　開いていましたか、閉まっていましたか？」

スポッツウッドは、部屋の様子を思い描こうとでもするかのように眉をひそめた。しかし、うまくいかない。

「閉まっていたんじゃないでしょうか。扉が開いていたら気がついたでしょうから」

「では、扉の鍵が錠に差してあったかなかったかも、わかりませんね？」

「そんな、無理ですよ！　扉が鍵つきだったかどうかさえ知りません」

事件についてさらに三十分ばかりやりとりしたところで、スポッツウッドはそろそろ失礼すると挨拶して立ち去った。

「おかしなものだな」マーカムが考え込む。「なんでまたあんなに育ちのいい男が、頭の空《から》っぽなうわついた女に溺れてしまうんだろう」

「ぼくに言わせれば、しごくもっともだよ」とヴァンス。「きみは救いがたいモラリストだなあ、マーカム」

12　状況証拠

九月十二日（水曜日）午前九時

翌日の水曜日は、オウデル殺害事件に重大な、一見決め手となりそうな進展をもたらしたばかりか、捜査へのヴァンスの積極的な協力が始まる日ともなった。この事件の心理学的側面の魅力に抗しがたいヴァンスが、捜査のこの段階で早くも、通常の警察のやり方では絶対に最終的な答えにまで行き着けないと思ったのだ。彼に頼まれたマーカムが朝九時少し前に訪ねてきて、私たちはそのまま車で地方検事局へ向かった。

着いてみると、ヒースがじりじりしながら待っていた。やる気満々、ひそかに勝ち誇っているような顔つきで、明らかにいい知らせがあるしるしだ。

「うまくいってますよ」腰をおろした私たちに、ヒースが伝えた。本人は気分が昂《たか》ぶって落ち着かず、大ぶりな黒い葉巻を指でもてあそびながらマーカムの机の前に立ったままだ。

「気取り屋《デュード》を見つけて――昨日の午後六時のことです――ただちに拘束しました。ライリーという私服警官《CO》（ニューヨーク市警の俗語）が六番街の三十丁目あたりをパトロール中に、やつが路面電車から飛び降りて〈マカナニー質店〉に向かうのを目撃しましてね。ただちに街角の交通警官に合図しておいて、ライリーは質屋の店内まで気取り屋《デュード》のあとを追いました。まもなく交通警官が巡査を連れて合流し、この指輪を質入れしようとしていたわれらが伊達《だて》男を三人がかりでつかまえたんです」

　彼は地方検事のデスクに、線細工をほどこしたプラチナの台にスクウェア・カットのダイヤモンドひと粒がはまった指輪をころんと置いた。

「連行されてきたとき本部に居合わせましたので、指輪をスニトキンにハーレムまで持っていかせてメイドに見せましたところ、オウデルのものだとのことでした」

「でも、あの晩彼女が身につけていた装身具《ビジュトウリ》ではないですね、部長刑事?」ヴァンスがさりげなく口にした。

　ヒースはとっさに、不機嫌に値踏みするような目を向けた。

「だったらどうなんです?　のみでこじあけた宝石箱にあったものですよ——さもなきゃ私は反逆者ベン・ハーですかね(i)」

「もちろん入っていたものではあろうがね」ヴァンスはつぶやいて、ふっと脱力した。

「だから、運がいいんですよ」ヒースがマーカムを振り向いて言い放つ。「その指輪が強盗殺人事件とスキールを直接に結びつけているんですから」

「スキールはどう言ってる?」マーカムは熱心に身を乗り出した。「きみが尋問したんだろう」

「われわれが、ですね」ヒースの声にはためらいがあった。「一晩じゅう寝かせずに取り調べたんですがね。いわく、一週間前にあの娘から指輪をもらい、そのあとおとといの午後まで彼女とは会っていない。あの日、午後四時から五時のあいだに彼女の部屋を訪ね——ほら、メイドが出かけていたと言っていた時間です——通用口から出入りした。その時間帯には施錠されていませんからね。その日の夜九時半ごろもう一度訪ねてきたのは認めていますが、彼女が外出中だったのでそのまま自宅に引き揚げ、以降外出はしなかった。下宿のおかみと夜半過ぎまでビールを飲みながらトランプ遊び《クン・カン》に興じていたというアリバイがあります。今朝がたちょいと出向いて、おかみに確かめました。ただし、あてにはなりませんよ。やつの住まいはちょっとしたならず者のたまり場で、そのおかみだって大酒飲みのうえ、万引きで何度かムショのお世話になっているんですから」

「指紋についてスキールは何と？」

「もちろん、午後に訪ねたときのものだと言ってますよ」

「クローゼットのドアノブの指紋は？」

ヒースはあざけるような声をもらした。

「そっちについてももっともらしいことを言ってます——誰かが入ってくる気配がしたので、クローゼットにとじこもったと。姿を見られてオウデルのお楽しみのじゃまになりたくなかったというんです」

「美人のじゃまをすまいとは、なんて思いやりのある男だろう」ヴァンスがものうげに口をはさむ。「胸を打つ義理堅さじゃないか？」

「あの野郎の言うことが信じられないってことですか、ヴァンスさん？」ヒースは意外そうに憤慨する。

「信じられないよ。だが、われらがアントニオ[ii]の言い分にはともかく筋が通っている」

「筋が通り過ぎなのが、どうにも気にくわないんです」と、部長刑事は怒声をあげる。

「聞き出せたのはそれだけか?」ヒースがスキールを取り調べた結果に、マーカムは明らかに不満そうだった。

「だいたいそんなところです。やつは自分の供述に吸いついて離れません」

「部屋でのみは見つかったのか?」

ヒースは発見できなかったことを認めた。「しかし、いつまでもとっておくとはかぎらないでしょう」

マーカムはしばらくのあいだ、判明した事実をじっくり考えていた。「動かぬ証拠をつかんだとは言えなさそうだな、どんなにスキールが有罪だと思っても。やつのアリバイは弱いかもしれないが、電話交換手の証言と合わせて考えると、法廷でりっぱに通用するとは思うが」

「指輪はどうです?」ヒースはひどく落胆していた。「それに、脅迫のこともある。指紋だってあるんだし、似たような窃盗の犯歴もあるんですよ?」

「有力な要因にすぎない」とマーカム。「殺人で立件するには、少なくともいちおうの証拠がなければならないんだ。たとえ私が起訴を固められても、有能な刑事弁護士なら二十分もあれば被告を無罪にできるさ。なあ、一週間前にオウデルがあいつに指輪をやったというのも、ありえない話じゃないんだ――ほら、あのメイドが、そのころにあいつが女主人に金を無心していたと証言していただろう。それに指紋だって、本当は月曜の午後遅くについたものではないと示すことはできない。さらに、あの男とのみを結びつけるわけにもいかないんだよ、先だっての夏のパーク・アヴェニュー事件では犯人がわかっていないんだから。スキールの話は事実にぴったり一致している。こちらには反駁《はんばく》できるような材料がひとつもない」ヒースは力なく肩をすくめた。彼の張った帆を、風はことごとく避けていった。

「やつをどうなさりたいんです？」と、ヒースが情けない声を出した。

マーカムははたと考え込む——彼もやはりあてがはずれたのだった。

「答えを出す前に、私自身でもその男を取り調べてみよう」

彼はブザーで呼び出した事務員に、必要な要請書を作成するよう命じた。要請書の写しに署名すると、スワッカーを呼んでベン・ハンロンに届けさせる。

「あの絹のシャツのことを忘れずに訊いておくれよ」とヴァンス。「それに、できれば確かめてほしいな、夜会服に白のベストを合わせるのがお約束《デ・リグール》だと考えているのかどうかも」

「ここは紳士服の店じゃないんでね」マーカムがきつくたしなめる。

「しかしね、マーカム、この趣味人《ペトロニウス》から得られる情報はそれくらいしかないだろうに」

十分後、拘置所《トゥームズ》の保安官代理が手錠をかけた逮捕者を連れてきた。

この日の朝、スキールの風貌は〝気取り屋〟という通り名にそぐわなかった。やつれて青白い顔をしている。前夜の厳しい取り調べが痕跡を残していたのだ。髭《ひげ》も剃っていなければ、髪にくしも通していない。口髭の両端がたれ下がり、幅広のタイ《クラヴァット》はひん曲がっている。だが、姿はみすぼらしくとも、態度はさっそうとして傲慢《ごうまん》だった。横目でヒースをきっとにらむと、スキールは人をなめたような無関心を装って地方検事に向き合った。

彼はマーカムの質問に対して、ヒースにしたのと同じ話を頑として繰り返した。苦心して暗記した内容がすっかり身についているような用意周到な正確さで、どんな細かい点をついてもいっこうにぼろを出さない。マーカムは、おだてたかと思うと脅しをかけたりいびったりして抗戦する。いつもの愛想のよさは鳴りをひそめ、血の通わぬ動力機関さながらだ。だが、神経が鋼《はがね》でできているかのようなスキールも、燃えさかる炎のような厳しい詰問にびくともせず耐えている。その抵抗ぶりには私も、スキールや彼が表象しているものをみな嫌悪しているにもかかわらず、いささか賞賛の念を禁じえなかった。

スキールから不利な供述を引き出そうとする努力がことごとく阻止され、三十分ばかりでマーカムは音《ね》をあげた。そろそろ放免してやろうとしたそのとき、ヴァンスがけだるそうに立ち上がると、地方検事の机に歩み寄った。机の端に腰をあずけると、スキールに冷たい好奇の目を向けた。

「じゃあ、クン・カンがよっぽど好きなんだな？」と、そっけなく口にする。「くだらないゲームじゃないか？　コンキアンやラミーよりはおもしろいか。ひところはロンドンのクラブでもやってたけどね。確か、東インドの発祥だったかな。……今でもやっぱりカードを二組使うんだろうね。それに、隣どうしで組んでいいんだろう？」

スキールは思わず眉間《みけん》にしわを寄せた。容赦ない地方検事には慣れっこだし、警察の脅しめいたやり口などおなじみだが、この質問にはまったく意表をつかれた。戸惑いと不安を覚えるのも無理はない。この斬新な敵対者に彼は、おもしろがっているようなうすら笑いで立ち向かうことにした。

「それはそうと」ヴァンスは、声の調子を変えずに話を続ける。「オウデル宅の居間のクローゼットに隠れて鍵穴をのぞいたら、大型ソファ《ダヴェンポート》が見えるのかい？」

いきなりスキールの顔から笑みがあとかたもなく消えた。

「それに」ヴァンスは相手をじっと見つめたまま、間髪を入れず続ける。「なぜ警告してやらなかった？」

スキールを注意深く見ていると、表情を変えてはいなかったものの、瞳孔《どうこう》が広がっている。マーカムもやはりその現象に注目したようだった。

「わざわざ答えなくてもいい」口を開きかけた相手に、ヴァンスがたたみかける。「だが、これだけは教えてくれないか。いささかぞっとする眺めだったんじゃないのか？」

「何の話だか」スキールはふてくされたような無礼な口調で言い返した。だが、終始落ち着き払っていたスキールの態度に、一抹《いちまつ》の不安が感じられる。平然とした見せかけをとりつくろうと必死になるあまり、言葉に確信がいっさいなくなっていた。

「気分のいい状況じゃなかっただろうね」ヴァンスは返事に耳を貸さない。「真っ暗なクローゼットにうずくまっていたら、ドアノブが回る。誰かが入ってこようとしてるんだ――どんな気分だった？」相手に射るような目をひたと据え、しかし声の調子は無頓着なままだ。

スキールは顔の筋肉をこわばらせたが、言葉は出てこなかった。

「幸い、用心して内側から鍵をかけていた――そうだろ？」ヴァンスは引き下がらない。「ドアが開けられでもしたら――ああ！　そうしたら、どうなっていた？」

　そこでひと息ついて、どんな怒声攻撃よりも身にしみる、やわらかく甘ったるい笑みを浮かべた。

「ねえ、武器として鋼ののみを構えていたのかい？　でも、機敏な相手で力でもかなわないかもしれない――それに、のみで殴りかかるより先に、両手で喉を絞められるかもしれない――だろ？……あの暗闇で、そう考えていたのかい？……いや、正確には気分がよくないなんてものじゃないな。ちょっとぞっとするような状況、だな」

「何をぶつぶつ言ってるんだ？」スキールは横柄《おうへい》に言い捨てる。「いかれたことを」だが、それまでの尊大さはどこへやら、その顔を恐怖に似た表情がよぎる。とはいえ、隙ができたのもつかのま、たちまちうすら笑いを取り戻した彼は、蔑《さげす》むように首を左右に振った。

　ヴァンスは席に引き返し、まるで事件に対する興味がまたしても消え失せたかのように、ものうげに体を伸ばした。

　マーカムはこの小芝居をくいいるように見守っていたが、ヒースは当惑を隠しきれずに煙草を吸っていた。続く沈黙を破ったのはスキールだった。

「ははあ、おれは罪を着せられるんだろう。何もかも仕組まれているんだな？……やれるもんならやってみろ！」そう言うと、彼は耳ざわりな声で笑った。「おれの弁護士はエイブ・ルービンだ。おれが会いたがってるって、電話してもらおうか」(1)

　マーカムはわずらわしそうに手を振って、保安官代理にスキールを拘置所へ連れ戻させた。

「きみは何をしようとしてたんだい？」男が行ってしまったところで、彼はヴァンスに訊いた。

「心の奥底にあるとらえどころのない観念が、光明を求めてもがいているだけさ」ヴァンスはしばし落ち着いて煙草をくゆらせた。「スキールを説き伏せて、思いのたけを吐き出してもらおうと思ったんだ。それで、言葉巧みに口説《くど》いてみたんだがね」

「あれじゃ、いじめですよ」とヒース。「そのうちに、ナイフ投げ遊びをしたかとか、おまえのばあさんはフクロウだろうとかおっしゃりだすんじゃないかと思いましたよ」

「頼むよ、部長刑事、お手やわらかに。そんな悪口には耐えられないよ。……いや、それにしても、ぼくとスキールのおしゃべりから、ひとつ可能性を思いつかなかったですか？」

「もちろん」とヒース。「やつがクローゼットに隠れているときにオウデルが殺されたってことですね。しかし、それでどうなるってんですか？　犯人はスキールじゃないってことになりますよ、あれはプロのしわざだったのに。それに、あいつは盗品所持の現行犯でつかまったというのに」

　彼はうんざりしたように地方検事のほうを向いた。

「さて、どうしたものですか？」

「どうも気にくわないな」とマーカム。「スキールがエイブ・ルービンに弁護をさせるとすれば、今ある証拠じゃわれわれに勝ち目はない。やつがかかわってはいたはずだとは思うんだが、私の主観的な感触を証拠に採用してくれる判事などいないだろう」

「気取り屋《デュード》を釈放して尾行をつけちゃどうでしょう」ヒースがしぶしぶ提案する。「うっかり手の内を明かすようなことをしているところをつかまえるんです」

マーカムは考えていた。

「それがよさそうだ」と応ずる。「やつをとじこめているかぎり、これ以上の証拠は得られそうにないからな」

「それしか打つ手がなさそうです」

「よし、あいつにはもう用がすんだと思わせておけ。油断するかもしれない。全面的に任せるよ、部長刑事。腕ききの二人組を二十四時間態勢でつけておくんだ。何か起きるかもしれない」

不運な男、ヒースは席を立った。「了解しました。そのように手配します」

「それから、チャールズ・クリーヴァーの詳しい情報がほしいんだが」とマーカム。「オウデル嬢との交際をできるだけ調べてみてくれないか。それに、ドクター・アンブロワーズ・リンドクイストの情報も手に入れてくれ。どういう経歴の持ち主か？　どんな習慣があるか？　きみはそのへん、心得ていると思うがね。ドクターはあの娘の謎の病気だか架空の病気だかを治療していたんだ、腹にいちもつあるんじゃないだろうか。ただし、じきじきに近づいてはいけない――まだ」

ヒースは、気乗りしない様子で手帳にその名を書きとめた。

「それから、あの小粋《こいき》な逮捕者を解放する前に」と、ヴァンスがあくびまじりに口をはさむ。「オウデルの部屋の合い鍵を持っているかどうか確かめたほうがいいんじゃないかな」

ヒースがひょいと顔を上げ、にやりと笑った。「やあ、それは一理ありますな。……おかしいな、自分では思いつかなかった」そして、一同と握手を交わして出ていった。

13　かつての情人

九月十二日（水曜日）午前十時三十分

どうやら声をかけるきっかけを待っていたらしいスワッカーが、ヒース部長刑事がドアを通り抜けるやいなや部屋に入ってきた。

「記者が集まっています」秘書は顔をしかめて知らせた。「十時半に会見するとおっしゃってましたね」

上司がうなずいてみせると、彼は開けたドアを手で押さえた。十数人もの新聞記者がぞろぞろと入ってくる。

「今朝は質問なしでお願いしたい」マーカムは愛想よく頼んだ。「時期尚早なので。しかし、わかっていることは残らずお教えしますよ。……ヒース部長刑事と意見の一致するところですが、オウデル殺害はプロの犯罪者によるものと見ています――この夏、パーク・アヴェニューでアーンハイム邸に押し入ったのと同一犯です」

彼は事件に使われたのみについて、ブレナー警視補の見解を簡潔に伝えた。「まだ逮捕には至らないものの、おそらく遠からずのことでしょう。つまり、警察では証拠に手ごたえを感じているけれども、万が一にも評決で無罪とならないよう慎重を期しているということです。紛失していた宝飾品の一部をすでに回収いたしました。……」

彼は記者たちに向かって五分ばかり語りかけたが、メイドや電話交換手の証言には触れず、人名を口にすることも慎重に避けた。

また室内に私たちだけとなったところで、ヴァンスが感心したようにくすくす笑った。

「みごとなはぐらかしっぷりだったねえ、マーカム！　法律家修業もそれなりに役立つもんなんだな――いや、断然役に立つよ。……『紛失していた宝飾品の一部をすでに回収いたしました』だって！　すばらしく高遠にして適切な言い回しじゃないか！　偽りではない――ああ、そうだとも！――しかし、なんというまぎらわしさ！　いやあ、耳に心地よい虚偽の暗示《サジェスティオ・ファルシ》と真実の隠蔽《サプレシオ・ヴェラィ》（一）のわざを、ぼくも本気で習得しなくちゃ！　きみをたたえてギンバイカの花冠を捧げたいよ」

「そんなことはさておき」マーカムがいらだちぎみに言い返す。「ヒースがいなくなったところで聞かせてもらいたいんだがね、スキールにあんな言葉の魔法をかけたのはどういう魂胆《こんたん》だったのか。クローゼットの暗闇だの警告だの、首を絞められるとか鍵穴からのぞくとか、魔術師の呪文みたいなあのおしゃべりはいったい何だったんだ？」

「ああ、ぼくのおしゃべりはもうさほど意味不明じゃなくなっただろう？」とヴァンス。「気《ルシ》取り屋《エルシエ》トニーが、事件のあった夜のある時間帯に、あのクローゼットにこっそり《ア・ラ・スルディーヌ》ひそんでいたのは間違いない。そこで、アマチュアであるぼくなりのやり方で、あの男が潜伏していた時間を確定しようとしたまでだよ」

「確定したのか?」

「はっきりとはしなかった」ヴァンスは無念そうに首を振った。「ねえ、マーカム、ぼくには自慢の仮説があるんだ——曖昧模糊《あいまいもこ》として非現実的なうえに、まるでわけがわからないんだが。おまけに、その説が立証されたとしたって、ぼくらの役に立つかどうかもわからないんだ。とっくに不可解な状況がさらに混迷するんだからね。……ヒースの伊達男《ボー・ナッシュ》に口出ししなければよかったと思うくらいだ。考えがめちゃくちゃになってしまった」

「ぼくが思うに、きみはスキールが殺人を目撃したかもしれないと考えているようじゃないか。どこからどう考えたって、きみのありがたい仮説とも思えないが?」

「仮説の一部なんだよ、ともかく」

「きみにはまったく驚かされるよ!」マーカムは無遠慮に笑った。「それじゃ、きみの説によると、スキールは無実だ。なのに、知っていることを胸にしまってアリバイをでっちあげ、逮捕されようが口を割らないっていうのか。……穴だらけの説だ」

「そうなんだ」ヴァンスはため息をつく。「まさしくざるだよ。それなのに、その考えが頭から離れない——悪霊みたいにとりついている——奥のほうまでくいこんでしまってるんだ」

「わかっているのか? そのとんでもない説によると、スポッツウッドとミス・オウデルが芝居から帰ってきたとき、部屋に二人も人が隠れていたということになるんだぞ——互いを知らない二人が——つまり、スキールときみの仮説上の殺人犯が」

「もちろんわかっているとも。だから、頭がおかしくなりそうなんだよ」

「おまけに、二人が別々に部屋に入り込んで、別々に隠れなくちゃならない。……いやまったく、どうやって？　それに、どうやって出ていったんだ？　スポッツウッドが部屋を出たあと、あの娘はどっちのやつに悲鳴をあげたんだ？　そのとき、もうひとりのやつは何をしていたんだ？　スキールが震えあがって声も出ず、手をこまねいて傍観していたんだとしたら、やつが宝石箱をこじあけてしっかり指輪を手に入れたのはどういうわけだ——？」

「もういい！　やめてくれ！　そういじめないでくれよ」とヴァンス。「頭がどうかしてるって自覚はあるんだ。妄想しがちなのは生まれつきなんだがね——しかしまあ！——これほど異常な妄想はかつてなかったな」

「ともかくその点については、なあ、ヴァンス、ぼくらの意見はまったくみごとに一致を見たよ」マーカムは頬をゆるめた。

そこへスワッカーがやって来て、マーカムに一通の手紙を渡した。

「使いの者が持参してきまして、『至急』と書いてあります」

意匠を凝らした厚手の便箋《びんせん》にしたためられたその手紙は、ドクター・リンドクイストからだった。月曜日の夜十一時から午前一時までは、自分が所長を務める療養所の患者に付き添っていたという内容だ。また、居場所を訊ねられた際のふるまいを詫《わ》び、くどくどとあまり説得力のない弁明もしている。いわく、めったにないほどたいへんな一日だったので——それでなくとも神経症患者というのはやっかいなものだが——突然の訪問とマーカムのいかにも非友好的な質問とがあいまって、すっかり動顚《どうてん》してしまった。感情を激発させてしまってまことに申し訳なかったが、できるかぎり協力させていただく所存である、と。月曜夜の行動は難なく説明できたものを、自分が平静さを失ったのは関係者全員にとって残念なことだった、とも書き添えてあった。

「頭を冷やして考えてみたんだな」とヴァンス。「その結果がこれ、きみに捧げる巧妙なるアリバイだ。なかなかくずせないだろうね。……狡猾《こうかつ》なやつだ——情緒不安定ないかさま精神科医ってのはみんなそうだがね。考えてもみろよ。患者と一緒だったっていうんだぜ。そうだろうともさ！　どんな患者だ？　そりゃ、病状が重くて尋問なんか無理な患者に決まってる。……そういうことだ。アリバイと見せかけた行き詰まり《クル・ド・サック》。なかなかいいじゃないか？」

「たいしておもしろくもない」マーカムは手紙を片づけた。「このもったいぶったばか医者であっても、人目につかずにオウデルの部屋へ入り込めたはずがない。まわりくどい手段でしのび込むとも思えないね」そう言って、書類に手を伸ばした。……「さてと、さしつかえなければ、ぼくは一万五千ドルの給料分の仕事に精を出すとしよう」

ところが、ヴァンスは出ていこうとせず、ふらりとテーブルに近寄って電話帳を開いた。

「ひとつ提案なんだが、マーカム」彼はちょっと調べてみてから切り出した。「日々の退屈な仕事はちょっと棚上げしておいて、ミスター・ルイス・マニックスと懇談してみようじゃないか。浮気なマーガレットの推定愛人に名前が挙がった中で、彼だけまだ事情聴取していない。ぜひともじっくり拝謁《はいえつ》して、神秘の物語を傾聴したいものだ。そうすれば、いわば関係者の環《ファミリー・サークル》が完結する。……メイデン・レーン(ii)でご活躍のようだね。ここに連れてくるのにさほど時間はかかるまい」

マニックスの名前が出たので、マーカムは座ったままくるりと振り向いた。異議を唱えようとしたが、経験上、ヴァンスが根拠のない気まぐれから提案しているわけではないのも確かだ。黙って、しばらく熟考していた。事実上あらゆる捜査の道がことごとく閉ざされたのだ、マニックスに話を聞くという思いつきを彼は大いに気に入ったのではなかろうか。

「いいだろう」彼は同意し、ブザーでスワッカーを呼んだ。「役に立つとは思えないがね。ヒースの話じゃ、オウデルはそいつを一年も前に袖にしたんだぞ」

「まだ機嫌が悪いかもしれないし、ホットスパー(iii)のごとく怒りにあふれているかもしれない。それはわからんね」ヴァンスは席に引き返した。「でも、いかにもな名前の持ち主じゃないか、その名にかけても取り調べに応じるだろうよ」

マーカムはスワッカーを、トレイシーのもとへ使いに出した。温厚なトレイシーが喜々としてやって来ると、地方検事の車でマニックスをオフィスへ連れてくるよう指示を受けた。

「召喚状を持っていって、必要とあらば使うんだ」とマーカム。

三十分ばかりでトレイシーが戻ってきた。

「マニックスは難色を示しませんでした。それどころか、たいそう協力的で。今は応接室に控えています」

トレイシーが出ていき、マニックスが部屋に通された。

大柄な男だった。寄る年波に目をつぶってうわべの若さにしがみつく、肥満がきざしはじめた中年男にありがちな暗黙の悪あがきだが、努めて快活な足どりで歩こうとしている。細身の竹製《ワンギー》ステッキを携え、格子縞のスーツにブロケード織のベスト、パールグレイのゲートル、リボンをめぐらせたホンブルグ帽（フェルト製中折れ帽）という出《い》で立《た》ちは、きざと言ってもいいほどだ。しかし、あれこれと粋《いき》がってみせてはいても、その顔つきを見たとたんに帳消しになってしまう。小さな目にずるそうな光が宿り、酒好きそうな鼻も、ぽってりと肉感的な唇と突き出た顎の上で不釣り合いに小さく見えるのだ。態度におもねるような如才《じよさい》ないところがあって、それがすぐに鼻につき、嫌悪感をかきたてる。

マーカムに勧められた椅子に浅く腰かけると、彼は左右の膝にそれぞれぽっちゃりした手を乗せた。警戒心と猜疑心《さいぎしん》の表われた姿勢だった。

「マニックスさん」マーカムが、愛想よく詫びるような口調で切り出す。「お手間をとらせて申し訳ありませんが、当面の問題が深刻かつ切実でして。……ミス・マーガレット・オウデルなる人物がおととい の晩殺害され、捜査の過程で、あなたがかつて被害者をよくご存じだったという情報を得ました。捜査の助けとなるようなことを何かご存じかもしれないと思いましてね」

愛想笑いのつもりか、厚ぼったい唇が割れて、とらえどころのない笑みがもれた。

「いかにも、私はカナリアを存じておりました――ずいぶん昔のことですが、ええ」と、ため息をついてみせる。「きれいな、とびきりいい女でしたよ、そう言っては何ですが。美人で着こなしじょうずで。ショービジネスの世界でやっていけなくなったのが、返す返すも残念だ。だが」――手で拒絶の身ぶりをしてみせる――「私はもうあの女性と会っていないのです、ええ、もう一年ほど――申しあげるまでもなく、言いたいことはわかっていただけるでしょう」

見るからに警戒しているマニックスは、丸く小さく光る目を地方検事の顔からかたときもそらさない。

「ひょっとしてけんかでもなさったとか？」マーカムは、おもしろくもなさそうに訊いた。

「ううむ、まあ、けんかしたとまでは申しません。けんかではない」マニックスはためらい、適切な言葉を探した。「意見が合わなかったとでも申しましょうか――折り合いをつけるのにうんざりして、袂《たもと》を分かつことにしたのです。いつのまにか離れていったというか。私が最後にかけた言葉は、友だちが必要になったらいつでも私がいるから、でした」

「えらく寛大でいらっしゃる」マーカムがつぶやく。「その後はよりを戻さなかったんですね？」

「ええ――二度と。その日からこっち、あの人に声をかけた覚えはありません」

「私の得ているある情報を考え合わせますとですね、マニックスさん」――遺憾そうな口調のマーカム――「いささか立ち入ったことをうかがわなければなりません。彼女があなたをゆすろうとしたことはありませんでしたか？」

マニックスは口ごもり、めまぐるしく頭を働かせているのか、小さな目がさらに小さくなったように見えた。

「とんでもありません！」遅ればせに強い口調で答える。「まったくありませんよ。そういったたぐいのことはなかった」その考えをはねつけるように、両手を上げた。そして、うさんくさそうに質問を返す。「なぜまたそんなことを？」

「教えてもらったのです」とマーカム。「彼女が崇拝者のひとり二人から金をゆすり取っていたと」

マニックスは、しらじらしくも驚いたように顔をしかめてみせた。「おや、まあ！　まさか！　そんなばかなことがあるでしょうか？」地方検事の顔を抜け目なくうかがう。「ゆすられていたのはチャーリー・クリーヴァーあたりでは――そうですか？」

マーカムがすかさずその言葉尻をとらえる。

「なぜクリーヴァーと？」

マニックスがまた、今度はすまなさそうに、ずんぐりした手を振る。

「特に理由はありませんよ、ね。ちょっと思いついただけです。特に理由もなく」

「クリーヴァーがゆすられたと話したことでもあるんですか？」

「クリーヴァーが私に？……はて、おうかがいしますが、マーカムさん、どうしてクリーヴァーが私にそんな話をするというのです――どうしてまた？」

「あなたからクリーヴァーに、オウデルにゆすられたと話したこともないんですね？」

「ありませんとも！」マニックスは蔑《さげす》むような笑い声をあげたが、わざとらしくて本心からとは思えない。「私が？　ゆすられたとクリーヴァーに話すですって？　いや、おかしな話だ、まったく」

「では、つい先ほどはどうしてクリーヴァーの名を挙げたんです?」

「理由なんか全然ありませんよ——申しあげたとおり。……彼はカナリアと知り合いでしたから。でも、そんなことは秘密でも何でもないんですから」

マーカムが話題を変える。「ミス・オウデルとドクター・アンブロワーズ・リンドクイストの関係を、どの程度ご存じですか?」

これにはマニックスが明らかにめんくらった。「その名前は聞いたことがない——ええ、聞いたことがありません。私が彼女と出かけていたころには知り合っていなかったんでしょう」

「クリーヴァー以外に、彼女が親しくしていた相手は?」

マニックスは重苦しく首を振る。

「さあ、わかりません——まったくわからない。彼女がとっかえひっかえ男と一緒にいるのは見かけましたよ、そこらのみんなも見ていたように。しかし、その相手が何者だったのかは知りません——まるっきり」

「トニー・スキールという名に聞き覚えは?」マーカムはさっと身を乗り出し、穿鑿《せんさく》するかのように相手の目をのぞき込む。

マニックスはまたもや口ごもり、抜け目なく目を光らせた。「さあ、そう言われれば、聞いたことがあるような気がします。ただし、はっきりとはしませんよ、ね。……どうして、そのスキールとかいう名に聞き覚えがあると思われるんですか?」

マーカムはその質問を無視した。

「ミス・オウデルに恨みをいだいていた、あるいは彼女を怖れるようなわけがあったらしい人物に心当たりは？」そういう人間にはまるっきり心当たりがないと、マニックスは断固としてよどみなく答えた。その後のいくつかの質問でも否定の答えしか引き出せず、マーカムは彼を放免した。

「なかなかおもしろかったじゃないか、マーカム――え、どうだい？」ヴァンスは会見に満足したようだ。「どうしてああも隠しだてするんだろう？　いけ好かないね、マニックスってやつは。それに、情報をもらさないようにものすごく気をつかってたな。これまた、どうしてだろう？　やけに慎重だった――そう、やけに慎重だったよ」

「いやというほど慎重だったさ、とにかくわれわれには何ひとつ教えないようにな」マーカムはうんざりしていた。

「そうは思わないね」ヴァンスは背もたれに寄りかかって、ゆったり煙草をふかした。「光の筋がここかしこからもれていた。われらが女好きの毛皮輸入商は、ゆすられていたことを否認した――明らかに事実に反する。彼とうるわしのマーガレットが、キジバトのごとく甘いささやきを交わして別れたと、ぼくらに思い込ませようとした――たわごとだ！……それに、クリーヴァーの名前を出したりして。あれは自然に出てきたわけじゃない――いやいや、自然じゃないね。マニックス君と自然さはかけ離れている。理由があってクリーヴァーを引き入れたんだ。その理由が何なのかわかれば、盛大にバラの花をまき散らしたくなるような、そんなふうな気分になるんじゃないかな。なぜクリーヴァーなんだろう？ あの公然の秘密《スクレ・ド・ポリシネル》とかいう釈明は、理由としてはいささか弱い。二人の情夫の軌道がどこかで交わっているのさ。ともかく、それをマニックスはうっかりぼくらに教えてくれたわけだ。……ついでに、彼があの牧神耳《サテュロス》の売れっ子医者《ヒーラー》を知らないこともはっきりした。だが、その一方で、スキールの存在は知っていて、知り合いであることは否定したいらしい。……してみると——それが問題《ヴォワラ・ラフェール》だ。情報はたっぷりある。しかるに——いやはや！——それをどう処理すべきか？」

「まいったな」マーカムはあきらめきっていた。

「そうだな。なんという無情な世界なんだろう」ヴァンスが同情する。「だけど、オラ・ポドリーダ(iv)を前にすれば目も輝くさ。そろそろ昼食どきだ、シタビラメのマルゲリー・ソース(v)がけでも食べればうんと元気が出るだろう」

マーカムは時計に目をやると、おとなしくローヤーズ・クラブまでついてきた。

14 ヴァンスの仮説

九月十二日（水曜日）夕方

ヴァンスと私は昼食のあと地方検事局には戻らなかった。マーカムは多忙な午後を控えていたし、ヒース部長刑事がクリーヴァーとドクター・リンドクイストの調査をすませるまで、オウデル事件関連では何の進展も見られそうになかったからだ。ヴァンスがジョルダーノ（一八六七

—一九四八。イタリアの作曲家）のオペラ『マダム・サンジェーヌ』の席をとっていたので、二時にメトロポリタン歌劇場に行った。舞台はすばらしかったが、ヴァンスはうわのそらでろくに見ていない。何かありそうだと思ったら、オペラのあとヴァンスが運転手に告げた行き先は、スタイヴェサント・クラブだった。たしか彼にはお茶を飲みにいく約束があったし、夕食には車で〈ロング・ヴュー〉（ブロードウェイにあったレストラン）へ行く予定だったはずだ。マーカムと一緒にいるためにそういうつきあいを自分の都合でとりやめてしまうところからも、彼がこの事件にいかに没頭しているかがわかる。

六時過ぎに、悩ましそうな疲れた顔のマーカムがやって来た。食事中、事件の話題は出ず、ただ、マーカムがさりげなく、クリーヴァー、ドクター・リンドクイスト、マニックスについてヒースから報告があったと口にしただけだった（昼食のあとでさっそく部長刑事に電話して、調査対象者としてマニックスの名前も追加したらしい）。殺人事件を俎上《そじょう》に載せたのは、談話室の隅のお気に入りの席にひきこもってからだ。

そして、簡潔で一方的なものだったその議論が、捜査をそれまでとまるっきり違う方向に向けることになる——最後には加害者のもとへ至る方向に。

マーカムはぐったりと椅子に体を沈めていた。ここ二日の徒労による無理が隠せなくなってきている。目が少しどんよりしているし、口もとは険しく引き結ばれている。ゆっくりと慎重に葉巻に火をつけると、何度か深々と吸った。

「いまいましい新聞屋どもめ！」と不平をもらす。「地方検事局の好きなように仕事をさせてくれたっていいじゃないか？……夕刊を見たかい？　どの新聞もみな、殺したのは誰だって大騒ぎして。ぼくが切り札として隠し持ってるみたいじゃないか」

「お忘れのようだがね、きみ」ヴァンスがにやりと笑う。「ぼくらは慈悲深く意識高きデモクリトスの統治下に生きているんだってことを。無知な者にもみな、目上の人々をむやみやたらと批判する特権が与えられているんだよ」

マーカムは鼻を鳴らした。「批判されるのが不満なんじゃない。腹立たしいのは、油断も隙もない若い記者連中のどぎつい想像だよ。あさましい犯罪を、情欲がほとばしり謎の有力者が陰で糸を引く、中世の恋愛並みに華麗なる虚飾だらけのボルジア風メロドラマ的事件に仕立てようとしているんだからな。……この国の至るところでちょくちょく起こっている強盗や殺人と変わらない、よくある事件にすぎないってことは、子供にだってわかりそうなものだろうに」

煙草に火をつけようとしたヴァンスが手を止めて、眉を吊り上げた。マーカムを軽い不信の目で見る。「おい！　それじゃあ、記者会見では正直なところを発表したというのかい？」

マーカムは驚いて顔を上げた。「もちろんそうだが。……『正直』ってのはどういう意味だ？」

ヴァンスは力なく笑う。「いやね、記者向けの演説なんだから、偽りの安心感で真犯人を油断させ、捜査をやりやすくしようという戦略の一端だとばかり」

マーカムは彼をまじまじと見ていた。

「おいおい、ヴァンス」と、じれったそうに言う。「いったい何が言いたい?」

「何も——本当だよ、きみ」ヴァンスはなだめるように言う。「やったのはスキールだとヒースが本気で考えているのはわかったが、思ってもみなかったんだよ、きみまでプロの強盗のしわざと見ているとは。愚かにも、今朝はスキールが殺人の加害者に導いてくれるのを期待して彼を釈放したんだと思ってた。信じやすい部長刑事のばかげた意見に同調するのも、彼をからかってるんだくらいに思ってたんだが」

「ああ、そうかい! まだあの、悪いやつは二人いて、それぞれクローゼットに隠れていたとかなんとかいう、おかしな仮説にこだわってるってことか」マーカムは皮肉を控えようともしなかった。「知能の高い人が考えそうなことだ——ヒースの考えよりよっぽど気がきいてるよな!」

「おかしいと言われれば、そのとおり。だけど、あいにくなことに、きみらの単独強盗説だっておかしなことじゃひけをとらないよ」

「いったいどういう理由で?」マーカムはいらだちをつのらせてくいさがる。「なんで強盗説がおかしいんだ?」

「単純な理由だ。プロの泥棒のしわざなんかじゃなくて、とびきり頭のいいやつが何週間もかけて準備してきたに違いない、故意に人を欺《あざむ》く行為だからだ」

マーカムは座ったまま背中をそらして盛大に笑った。「ヴァンス、きみときたら、そうでなければ暗くて気が滅入るばかりだった事件に射し込む、ひとすじの日の光だな」

ヴァンスはわざとへりくだってお辞儀をした。

「それは光栄の至りだ。どんより曇った心象風景にわずかなりとも光をもたらせたとあらば」

短い沈黙が訪れたあと、マーカムが口を開いた。「オウデルという女を殺したやつはきわめて知能が高いという、そのほれぼれするほど独創的な結論は、きみが独自に始めた心理学的な推理法とやらに基づくものなのかい？」間違いなくあざけりのまじる声だった。

「その結論に達したのはね」ヴァンスはにこやかに説明する。「アルヴィン・ベンスンを殺したやつをつきとめたときと同じ論理過程をたどってなんだよ」

マーカムは顔をほころばせた。「一本とられたな！……ぼくがあのときのきみの功績を見くびるような恩知らずだと思わないでくれよ。だが、今回のきみは、仮説をどうしようもなく間違った方向へ進めてしまったんじゃないだろうか。今度のようなのを警察ではわかりきった事件《オープン・アンド・シャット》と呼ぶんだぞ」

「著しく閉じた《シャット》事件だよ」ヴァンスはそっけなく訂正した。「そして、きみも警察も、きみたちが疑いをかけた者が手の内を明かすのを手をこまねいて待っているという、悲惨な状況に陥っているんだ」

「まったく思わしくない状況だということは認めよう」と、不機嫌なマーカム。「だとしても、この事件にきみの深遠なる心理学的手法の出る幕はなさそうだ。あんまりわかりやすすぎて――それが難点なんだが。今必要なのは証拠であって、仮説ではないんだ。新聞記者どもがロマンティックな空想をとめどなく広げたりさえしなかったら、事件に対する世間の関心もとっくに冷めきっていただろうに」

「マーカム」ヴァンスは穏やかな、だが珍しく真剣な口ぶりで言った。「もし本気でそう考えているんなら、とっとと事件を手放したほうがいい。失敗するに決まっているから。きみはこれがわかりやすい犯罪だと思っている。しかし、言わせてもらえば、とらえにくい犯罪というものがあるとしたら、これがそうだ。とらえにくいと同時に巧妙でもある。並みの犯罪者のしわざじゃない——いいかい。やったのは、きわめて高い知能と驚くべき創意の持ち主だ」

自信満々、冷静沈着なヴァンスの口調には、不思議と説得力があった。マーカムは笑い飛ばしてしまいたい衝動を抑え、精いっぱい皮肉な態度をとった。

「教えてくれよ、どんな謎めいた精神作用がはたらいて、そんな奇想天外な結論に達したのかを」

「いいとも」ヴァンスは何度か煙草をふかして、巻き上がる煙をものうげに見た。[1]

「ねえ、マーカム」彼は感情をこめずにゆっくり話しはじめた。「どんな芸術作品にも、本物ならば、批評家が言うところの鋭気《エラン》なる資質があるものだ——つまり、熱意や自発性だね。模写や模倣にはそのきわだつ特徴が欠けているんだ。完璧すぎる、入念すぎる、正確すぎる。いかに賢明なる法学の徒といえども、ボッティチェリにもへたなデッサンがあり、ルーベンスにもプロポーションの狂いがあるってことは知ってるんじゃないか？　オリジナル作品にはね、そんな瑕疵《かし》など問題じゃない。だが模倣者は決してきずをつけようとしない。思い切ったことができないんだ——何もかも細部まで正確にしようとする一心で。模倣者は自覚しつつ細心の注意を払うが、創造の苦しみを味わう芸術家なら、そんなことを気にしていられないよ。さて、ここがだいじなことだが、オリジナルの絵にある熱意や自発性は――鋭気《エラン》は、絶対に模倣できないんだ。どんなにオリジナルそっくりに模写しても、原画と模写のあいだには心理学的に大きな違いがある。模写には不誠実、不自然な完璧さ、意識しすぎといった雰囲気が漂う。……わかるかい？」

「すごくためになるよ、ラスキン君（ジョン・ラスキン。一八一九―一九〇〇。十九世紀英国の美術評論家、社会改革家）」

その評価に対してヴァンスは素直に頭を下げ、楽しげに先へ進んだ。「さて、オウデル殺人事件だがね。きみもヒースもそろって、ありふれた、残酷であさましい、独創性のかけらもない犯罪だと考えている。しかし、手がかりを追うきみたち二頭のブラッドハウンドと違ってこのぼくは、単なる見かけに囚《とら》われることなくさまざまな要素を分析してきた――いわば、事件を心理学的に見てきたわけだ。そして、本物の偽らざる犯罪ではないと――つまり、オリジナルの犯罪ではなく、腕のいい模倣者による、自覚と熟慮のうえの精巧な模写にすぎないと気づいたんだ。なるほど、あらゆる細部にわたって正確かつ模範的。だが、それこそが失敗なんだよ。うますぎる、腕前が完璧すぎるんだ。全体として、いわばどうもしっくりこない――鋭気《エラン》に欠けているんだ。美学的に言って、大傑作たるあらゆる特徴を備えているんだがね。俗に言う贋作《フェイク》というやつさ」彼はひと息ついて、マーカムに愛嬌のある笑顔を見せた。「いささか神託めいた熱弁になったが、退屈していないだろうね」

「どうぞ続けてくれたまえ」マーカムは大げさなほど丁重に促した。おどけた態度ではあったが、その口調には彼が真剣に傾聴していると思わせるところがある。

「芸術について言えることは人生にも当てはまる」ヴァンスは落ち着いて話を再開した。「人間の行動にだって、ほら、本物らしさか偽物らしさか——嘘偽りないものか打算があるか、どちらかの印象がつきまとうものだろう。例えば、食卓についた二人が、同じようにナイフとフォークを操って似たような食べ方をしていると、一見まったく同じことをしているようだね。だけどね、鋭い観察眼の持ち主ならば、どこがどう違うと指摘はできないまでも、どちらの行儀作法が生まれつき身についた本物なのか、どちらの行儀作法が自覚して模倣しているものなのか、たちまちのうちに察知するんだ」

彼は煙の輪を天井に向かって吹き上げると、いっそう深く体を沈めた。

「では、マーカム、衆人認めるところの、強盗殺人という卑劣な犯罪の特徴とは？……残虐、乱雑、性急、荒らされた引き出し、散らかされた机、壊された宝石箱、被害者の指から抜き取られた指輪、引きちぎられたペンダント・チェーン、引き裂かれた衣服、ひっくり返された椅子、倒れたランプ、割れた花瓶、ねじれたカーテン、ものが散乱する床、などなど。大昔からそういうものだとされている徴候だ——だろう？　しかしだよ——ちょっと考えてもみてくれよ、きみ。小説や芝居の世界以外で、その徴候が全部現われる犯罪がどのくらいあるものか——すべて完璧な配置で、全体的な印象にそぐわない要素はただのひとつもないんだよ？　つまりだね、非の打ちどころなく完璧な舞台が設定されている犯罪が、現実にどのくらいある？……あるもんか！　それはなぜか？　理由は簡単、現実の人生では——自然な本物の人生では、細部まで何もかもみなが了解しているかたちにおさまることなどないからだ。偶然や過ちの法則が働くのは避けられない」

彼は心なしか、教えさとすような身ぶりをしてみせた。

「それがどうだい、この犯罪は。よく見てごらんよ。わかるだろう? 舞台効果《ミザンセーン》を狙ってるような気がしないかい。あらゆる細部まで細かく演出して、芝居を上演しているような――ゾラの小説か何かのようにね。計算し尽くされた完璧さと言ってもいいほどだ。そこにだよ、念入りに考え抜き、計画を練った結果だという推論が、いやおうなく成り立つ。芸術用語で言うなら、凝り過ぎ《ティックルド・アップ》なんだ。したがって、なりゆきで思いついたような犯罪ではない。……それにしても、ねえ、特にこれといったきずが見つけられないんだ。きずがないというのが大きなきずなんだから。きずがないものってのは、自然でも本物でもないんだよ」

マーカムはしばらく無言でいた。

「ありふれた強盗があの娘を殺したって可能性は、これっぽっちもないというのか?」やっと口を開いた彼の声にはもう、皮肉っぽさのかけらもなかった。

「ありふれた強盗のしわざだったら、心理学なる科学の出番はないね」と、ヴァンスが応じる。「哲学的真理などお呼びじゃないし、芸術の法則をもちだすまでもない。同じように、もしあれが本物の強盗事件だったら、古典的名作と技巧を凝らした模写とのあいだにどんな相違があろうとどうでもいい」

「物盗りという動機をすっかり除外するということだな」

「物盗りなんて、でっちあげた細部のひとつにすぎないよ」ヴァンスは断言した。「罪を犯したのが非常に抜け目のない人物であるというところからして、物盗りを隠れ蓑《かくれみの》にしたはるかに強い動機があるのは確かだ。これほど独創的かつ巧妙に人を欺くことができるのは、教養も想像力も豊かな人物に違いないね。よほどの災難を怖れているのでないかぎり、そういう男が女性を殺すなどという途方もないリスクを冒すはずがない——はっきり言うと、彼女が生きていては精神的苦痛がつのるばかりで、この犯罪そのものよりなお大きな危難に陥りそうだとでもいうのでないかぎりね。そこで、彼はとんでもなく大きな危険二つを比べて、まだましだと思う殺人のほうを選ぶわけだ」

マーカムはすぐには口をきかなかった。考えにふけっているようだ。やがてわれに返ると、疑い深い目でヴァンスをにらむ。「のみでこじあけられた宝石箱はどうなんだ？　プロの強盗用具が慣れた手つきで使われているんだぞ、きみの美学的仮説にそぐわない——いや、そんな仮説には真っ向から対立するじゃないか」

「わかりすぎるほどよくわかってるさ」ヴァンスはのろのろとうなずく。「それが使われた証拠に目をとめた初日の朝からずっと、あの鋼《はがね》ののみには苦しめられ、さいなまれているんだよ。……マーカム、そうでなければまがいものの犯行なんだが、あののみひとつだけは本物らしい。まるで、模倣者が贋作を完成させた瞬間に本当の芸術家が登場して、巨匠のその手で小さな題材をひとつだけ描いたかのようだ」

「だが、それじゃ、やっぱりスキールじゃないか？」

「スキールね――ああ、そうだな。それならわかるよ、確かに。だが、きみの納得のしかたとは違う。スキールは宝石箱をこじあけた――それを疑問には思わないよ。だが――けしからんことに！――あの男がしたのはそれだけ。それしかすることが残っていなかったんだ。だから彼には、うるわしのマルグリートがあの晩身につけていなかった指輪しか手に入らなかった。ほかの宝飾品は――すなわち、彼女の身を飾っていた品々は――すでにはぎ取られてなくなっていたのさ」

「どうしてそう言い切れる？」

「ああ、火かき棒だよ――火かき棒！……わからないかい？　素人くさく石炭をつつくための鋳鉄《ちゅうてつ》の棒で宝石箱に襲いかかったのが、こじあけられたあとではありえない――火かき棒のほうが先のはずだ。鋼鉄を鋳鉄で壊そうという正気の沙汰とは思えない試みは、舞台設定のうちだったんだ。真犯人は、箱が開こうが開くまいがかまいやしなかった。いかにも開けようとしたように見せかけたかっただけだ。だから火かき棒なんかを使って、へこんだ箱のそばに転がしておいたんだ」

「きみの言いたいことはわかる」マーカムは、ほかにヴァンスがもちだしたどの論点よりも強く感銘を受けたようだ。なにしろ、化粧台の上に火かき棒があったことは、ヒースにもブレナー警視補にもうまく説明がつけられなかったのだ。……「それで、スキールがきみの言う別の客がいるところに居合わせたかのような質問をしたのか？」

「そのとおり。宝石箱という証拠からわかったのは、強盗というまやかしの犯罪が上演中に彼もアパートメントにいたか、でなければ、終演して演出家が立ち去ったところで舞台に登場したか、どちらかということだからね。……ぼくの質問に対する反応からして、居合わせたんじゃないかって気がするよ」

「クローゼットに隠れて?」

「そう。それで、あのクローゼットが手つかずだったことも説明がつく。ぼくの考えでは、あのクローゼットが荒らされていなかったのは、おしゃれなスキールが鍵をかけて中にとじこもっていたからという、単純だがかなり異様な理由からだね。でなければ、にせ強盗があれほどくまなく荒らしているのに、あのクローゼットだけがまぬかれたわけないだろう? わざと荒らさずにおいたわけはないし、あれほど徹底的なやつがたまたま見落としたはずもない。それに、ドアノブに指紋もついてるんだ。……」

ヴァンスは椅子の肘掛けを軽くたたいた。

「ねえ、マーカム、この仮説を前提にして今回の犯罪についての考えを組み立て、それに沿って先に進んでいくべきだよ。そうしなければ、きみが建物を築くたびに音をたてて崩れ落ちていくようなはめになるぞ」

15　四人の容疑者

九月十二日（水曜日）夕方

ヴァンスが話を終えると、長い沈黙が訪れた。マーカムは相手の本気に気圧《けお》されて、黙考している。それまでの考えがぐらついているのだ。指紋が同定された時点からすがりついてきたスキール犯人説が、全面的に満足のいくものでないことは認めざるをえないが、ほかの説をもちだすこともできずにいた。今、その説をヴァンスが全面的に否認するとともに、漠然としてはいるが、それでも事件の具体的な点をあますところなく説明できる別の説を打ち出したのだ。当初こそ反撥《はんぱつ》していたマーカムだが、ふと気づいてみるとほとんど意に反して、新たに示された観点にどんどん引き寄せられていくのだった。

「まったくもう、ヴァンス！　演出がどうのなんていうきみの説にはちっとも納得がいかないね。なのに、きみの分析の奥底に妙なもっともらしさを感じてしまうんだよ。……知りたいんだが――」

彼はきっと目を向けると、しばらくのあいだ相手の様子をじっくりうかがっていた。

「いいか！　たった今あらすじを聞かせてくれた芝居の主役に、誰か心当たりがあるのか？」

「おっと、誰があの女性を殺したかについてはまるっきりわかっていないんだ」とヴァンス。

「ただ、殺人犯を見つけようとするなら、あの娘から取り返しのつかないほどの目にあわされる危険が差し迫っていた、賢くて傲慢《ごうまん》で度胸のある男を捜すことだな——生まれつき残酷で執念深い男だ。このうえなく自己中心的で、多かれ少なかれ運命論者でもある。それに、狂ったようなところもあるんじゃないだろうか」

「狂ってるのか！」

「いやいや、精神異常というわけじゃなく、常軌を逸して熱狂するだけで、完全に正常で論理的にして抜け目のないやつだ——ここにいるきみやぼく、ヴァンと変わりはない。ただ、ぼくらの趣味には害がない。この男の異常な熱意は、きみが崇《あが》めたてまつっている法律の埒外《らちがい》にある。だからこそきみが追うわけだ。切手収集やらゴルフやらに常軌を逸して熱中している程度なら、そんなやつ、きみだってもう見向きもしないだろうがね。ところが、完璧に理性のあるまま、自分のじゃまになる下賤《げせん》の女たちを始末するのが異様に好きとなれば、きみは心底ぞっとする。きみの趣味には合わない。その結果、生きながらにしてそいつの皮をはいでやりたいと、熱い思いに駆られるわけだ」

「わかったよ」マーカムが冷淡に言う。「ぼくが狂ってると考えたのは殺人偏執狂のことだ」

「だけど、そいつは殺人に執着しているわけじゃないよ、マーカム。きみは心理学の細かい区別をことごとく見落としている。この男はとある人物に悩まされ、自分勝手な理屈から、自分の悩みの根源を取り除くべく仕事にとりかかったんだから。そして、ずばぬけてうまくやってのけた。なるほど、彼のとった行動はいささか恐ろしいよ。だがね、つかまえてみたら、あまりにも正常な男だとわかって驚くことだろう。正常で、りっぱな男でもある——そう、あくまでもりっぱな男だ」

またしてもマーカムがふっと黙って考え込む。かなりたってからやっと口を開いた。

「きみの独創的推理の唯一の難点は、事件の既知の状況には合致しないことだ。なあ、ヴァンス、事実ってのを、われわれ旧弊《きゅうへい》な法律家の一部は今なお、多かれ少なかれ決定的なものとみなしているんだぞ」

「なんでまた、必要もないのに自分たちの欠点を懺悔《ざんげ》するんだ？」ヴァンスはそう言ってから、やや置いてこう切り出した。「ぼくの推理と相反するように思える事実とやらを聞こうじゃないか」

「そうだな、オウデルという女を殺す理由がわずかなりともありそうな、きみの言うようなタイプの男は四人しかいない。ヒースのところで彼女の経歴を相当徹底的に内偵したところ、この二年のあいだ――つまり、彼女がファリーズ座に登場して以来――部屋に出入りするほどのお気に入り《ペルソナ・グラータ》は、マニックス、ドクター・リンドクイスト、〝ポップ〟クリーヴァー、そしてもちろんスポッツウッド、この四人しかいなかったんだ。カナリアは多少相手を選んでいたらしいな。殺人者候補と考えてもいいほど近づいた男はほかにいない」

「じゃあ、ちゃんと四人組《カルテット》が組めるほどの頭数がそろってるようじゃないか」ヴァンスの口調は冷淡だ。「何を望むっていうんだ――一連隊もいてほしいのか？」

「いや」マーカムは辛抱強く答える。「理にかなう候補者がひとりいてくれさえすればいい。ところが、マニックスは一年以上も前に娘と手を切っている。クリーヴァーとスポッツウッドには水ももらさぬアリバイがある。残るドクター・リンドクイストは、かんしゃくもちではあるけれども、首を絞めたり強盗のまねごとをしたりするとはとうてい思えない。ついでに、彼にもアリバイがあるんだった。本物のアリバイかもしれないし」

ヴァンスは首を左右に振った。「無邪気な法的判断信仰にはまったく救いがたいものがあるな」

「たまにはあくまでも合理性に執着するものじゃないのか?」とマーカム。

「おいおい!」ヴァンスがいましめる。「そのせりふに暗に含まれている仮定は、ひどく不謹慎なものだぞ。合理性と不合理性とを区別できるんだったら、きみは法律家になんかなってないはずだ——神になってたはずだからな。この事件の本当の要素は、きみの言う既知の状況ではなくて、未知数のほうだよ——いわば、人間におけるXだ——きみのカルテットの人格なり性質なり」

彼は取り出したばかりの煙草に火をつけると後ろにもたれかかり、目を閉じた。

「そのおつきの騎士《キャヴァリエリ・セルヴァンティ》四人についてわかっていることを教えてくれ——ヒースが報告書を出したと言っていただろ。彼らの母親はどういう人物なんだ? 朝食に何を食べるのか? ウルシにかぶれやすい体質か?……スポッツウッドのファイルから始めようか。きみもあの男のことは知っているんだったか?」

「だいたいのことはね」とマーカム。「古くから続く清教徒《ピューリタン》の家系だよ、確か——代々、知事やら市長やら、何人か貿易で財をなした者も出ている家柄で。祖先はみんなニューイングラン《ヤン》ド住民《キー》だ——まじりっけなしの。はっきり言って、スポッツウッドは最も保守的で厳格なニューイングランド上流階級そのものだ——とはいえ、いわゆる清教徒の葡萄酒もこのごろはすっかり薄められてしまっているんだろうね。オウデルみたいな娘との情事など、昔の清教徒の禁欲ぶりにほとんど一致するところなしじゃないか」

「だが、そういう禁欲による抑制に伴いがちな心理的反応にはぴったり一致するさ」とヴァンス。「それにしても、彼は何をしているんだ？　金はどこから出てくる？」

「父親が自動車の付属品製造でひと財産つくって、その事業を彼に譲ったんだ。その仕事をしてはいるが、それほど身を入れてはいない。ただ、備品のデザインをいくつか手がけているはずだ」

「まさかあの、紙でできた造花を挿す、おぞましいカットグラス製つぼが彼のデザインじゃなければいいが。あの座席飾りを考案したやつなら、どんなひどい犯罪でもやってのけられるぞ」

「じゃあ、スポッツウッド考案じゃないんだろう」マーカムは辛抱強く言った。「彼が絞殺魔を内にひそめているとはとても考えられないからな。彼があの娘の部屋を出たあとも彼女は生きていたんだし、彼女が殺された時間に彼はレッドファーン判事と一緒にいたんだ。……さすがのヴァンス君にも、そういう事実をあの紳士の不都合になるよう巧みに処理することはできまい」

「ああ、ともかくそれには同意する」とヴァンス。「その紳士については、それだけかい？」

「だと思うが、あとひとつ、裕福な女性と結婚している——南部の政治家の娘だったと思うが」

「何の役にも立たないな。……それではと、マニックスの経歴を聞こう」

マーカムはタイプされた書類を参照する。

「両親ともに移民——三等船室で渡航。もとの名はマニキーウィッチとかなんとかだ。イーストサイド(1)の生まれ。父親が経営するヘスター・ストリートの小売店で毛皮販売を見習い、サンフラスコ・クローク・カンパニーに職を得て、工場長まで勤めあげる。金を貯め、不動産をうまく動かして資金を増やしてから、自力で毛皮事業に参入、着実に今の裕福な地位を築きあげた。公立学校と夜間の商業専門学校を出ている。一九〇〇年に結婚、一年後に離婚。生活ぶりは派手だな——いくつものナイトクラブに金をつぎ込んでいるが、酔っぱらうことはない。金払いのいい、人におごるのが好きな部類に入るんだろうな。ミュージカル・コメディにいくらか投資していて、つねに演劇界の美女をお供に従えている。ブロンド美人に目がない」

「格別発見はないね」ヴァンスはため息をつく。「この街はマニックスみたいな男だらけだ。……あのお上品《ボン・トン》な医者に関しては、どんなことがわかった?」

「ドクター・リンドクイストみたいな男も、この街にはざらにいるんじゃないかな。中西部あたりの育ち——フランス人とマジャール人(ハンガリーの主要民族)の血統。オハイオ州立大学で医学博士号取得、シカゴで開業——そこで何やらいかがわしいことをやったが、有罪とはならず。オールバニーにやって来て、レントゲン装置の大流行に便乗する。搾乳器《さくにゅうき》を考案して、株式会社を設立する――それでちょっとした財産をつくったんだ。ウィーンに二年間――」

「ははあ、フロイト派らしくなってきた！」

「――ニューヨークに戻って私設療養所を開設、法外な料金をふっかけ、それゆえにわか成金たちにもてはやされる。以来、人気者街道をまっしぐらだ。何年か前に婚約不履行で被告になったが、訴訟は示談で解決した。結婚はしていない」

「しないさ」とヴァンス。「ああいう手合いが結婚なんかするものか。……だがまあ、なかなかおもしろい梗概だ――いや、じつにおもしろいよ。神経症にでもなってアンブロワーズに治療してもらいたくなるね。あの先生のことをもっとよく知りたくてたまらない。この言語道断な医者《ヒーラー》は、われらが罪深きお嬢さんがみまかったとき、どこに――ああ、いったいどこにいたのか？　はて、誰か知っているだろうかね、マーカム？　ひょっとして――ひょっとして？」

「いずれにしても、あの男は誰も殺していないと思うぞ」

「それは予断というものだよ！　だが、不本意ながら先に進もう。クリーヴァーの人物描写《ポルトレ・パルレ》はどんなものだ？　サイダー《ポップ》なんていうあだ名で親しく呼ばれてるってことが、まずは有益な情報か。ベートーヴェンをちび《ショーティ》と呼んだり、ビスマルクのことをかわいこちゃん《スヌーカムズ》なんて言ったりすることは、ちょっと考えられないものな」

「クリーヴァーは一生を通じて政治家だ――民主党派閥組織《タマニー・ホール》の〝常連〟でね。二十五歳で行政区の政治指導者。一時期、ブルックリンである種の民主党組織を運営。市会議員を二期務め、手がける分野を限らない弁護士事務所を開業。税務署長に任命される。政治を離れて、小規模な競走馬厩舎《きゅうしゃ》を建てる。のちにサラトガで、非合法ギャンブルの利権を確保。現在はジャージーシティに賭博場を経営。きみならプロの遊び人と呼びそうな男だよ。大の酒好きでね」

「未婚か？」

「結婚の記録はなし。だけど、おいおい、クリーヴァーははずれだよ。あの晩、十一時半にブーントンで違反切符を切られてるんだ」

「ひょっとして、ついさっき水ももらさぬアリバイとか言ってたのはそれか？」

「ぼくの原始的な法的視点からは、どう考えてもそうだ」マーカムはヴァンスの質問に憤慨している。「呼び出し状が十一時半に手渡されている。日付と時間がそう記入されているんだ。ブーントンといえば、ここから五十マイルばかり——車でゆうに二時間はかかる。したがって、クリーヴァーが九時半ごろニューヨークを出たのは間違いない。そして、そこからすぐに車で引き返したとしても、ここに着くのは、検屍官が明らかにしたあの娘の死亡時刻よりずっとあとになってからだ。決まった手順だから、ぼくは呼び出し状をちゃんと調べたし、それを発行した警官に電話で問い合わせまでしたんだぞ。もちろん本物だったとも——わかってはいたんだがね。呼び出しは取り消してもらったよ」

「そのブーントンのドグベリー（シェイクスピア『空騒ぎ』に登場する愚鈍な警吏）は、クリーヴァーを見知っていたのかい？」

「いや、だが、その警官が伝えてくれた人相はまさにクリーヴァーだった。当然ながら、車のナンバーも控えていたよ」

ヴァンスは目を丸くして気の毒そうにマーカムを眺めた。

「ねえ、マーカム――きみときたら――わからないのかい？　きみが実際に証明したのは、交通違反に天罰《ネメシス》をくだす女神のはずののほほんとした警官が、殺人のあった晩十一時半にブーントン付近で、クリーヴァーの車を運転中の髭《ひげ》をはやしていない中年のがっちりした男に、スピード違反の呼び出し状を手渡したってことだけなんだよ。……それに、まったくもう！　そいつはまさに、真夜中あたりにあの女性の命を奪おうとたくらんだ中年男が用意しておきそうなたぐいのアリバイじゃないか？」

「おい、よせよ！」マーカムが笑い飛ばす。「ちょっとばかりこじつけが過ぎるぞ。法律に違反した者なら誰でも、ひどく邪悪な陰謀を巧妙に仕組むものだとでも思っているのか」

「思っているんだ」ヴァンスはそっけなく認める。「そして――いいかい――そんなのは違反者がいかにも仕組みそうな陰謀じゃないかな、殺人の予定があってそれに自分の命がかかっているとしたら。まったく驚かされるよ、きみたち捜査官が、殺人者が将来の身の安全に頭をめぐらすことなんかないと無邪気に決めてかかっているのには。いじらしいもんだね」

マーカムはうめいた。「いいか、言っておくがな、呼び出し状を受け取ったのはクリーヴァー本人だったんだ」

「まあ、そうなんだろうね」ヴァンスは降参した。「ごまかしだった可能性だってあると指摘しただけさ。ぼくが譲れないポイントはたったひとつ、魅惑的なミス・オウデルを殺したのは狡猾《こうかつ》ですぐれた知性の持ち主だってことなんだから」

マーカムが腹立たしげに言い返す。「じゃあ、ぼくのほうが譲れないのは、殺してしまおうとするくらい親しく彼女の人生にかかわっていた男は、マニックス、クリーヴァー、リンドクイスト、スポッツウッドの四人しかいないってことだ。もっと言えば、そのうちのひとりたりとも容疑者として見込みがあるとは思えないね」

「遺憾ながら、その反対じゃないだろうかね」ヴァンスは落ち着き払っている。「全員が容疑者だよ——そして、四人のうちのひとりが犯人だ」

マーカムはあざけるような視線で彼をにらみつけた。

「ようし、いいだろう！　かくして一件落着だ！　さあ、あとはきみが誰が犯人かを教えてくれるだけ、ぼくはそいつを即刻逮捕して日常業務に戻らせてもらうよ」

「きみはいつもせっかちだなあ」と、ヴァンスは嘆いた。「どうしてそう一足飛びに駆け上がろうとする？　この世の哲人たちの叡智《えいち》はその逆を教えているのに。カエサルいわく、急が《フェステ》ば回れ《イナ・レンテ》。ルフス（一世紀ローマの歴史家）は同じことを、急ぐと遅れる《フェスティナティオ・タルダ・エスト》と言ったな。そしてコーランはきわめてありていに、性急は悪魔の賜物《たまもの》だと説く。シェイクスピアは一貫して性急をけなしている。『早く馬を走らせるものは、また早く馬を疲らせもする』(ii)しかり、『分別をもってゆっくりとだ、駆けだすものはつまずくぞ』(iii)しかり。それに、モリエールの戯曲『スガナレル』を読んだことは？　『急《せ》いてはことを仕損じる』(iv)だ。チョーサーもやはり同じような見解だった。『うまく急ぐ者は、賢明に我慢ができる』(v)とね。神のみもとの平凡な民たちですら、その知恵を無数の格言にこめてきてるじゃないか。『上出来と大急ぎはめったに両立しない』だの、『せっかちに災い絶えず』だの――」

マーカムが、たまりかねたように立ち上がった。

「知ったことか！　きみが寝物語を始める前に、ぼくは帰らせてもらう」

皮肉なことに彼の捨てぜりふがあとをひいて、その晩ヴァンスは〝寝物語〟をすることになった。ただし、語る相手は私で、ヴァンスの自宅書斎にひきこもってからのことだったが。要旨は次のようなものだった。

「ヒースは、スキールが犯人だと骨の髄まで信じきっている。マーカムはといえば、哀れなカナリアが力強い手に首を絞められたのにも似て、法的文書を綴《と》じる赤紐に事実上首を絞められている。ああ《エヘウ》、ヴァン！　明日はガボリオーの探偵、ムシュー・ルコックみたいに伴奏《アカペラ》なしで乗り出していって、正義という崇高なる大義のために何ができるかやってみるしかないね。ヒースもマーカムも無視して、荒野のペリカン、砂漠のフクロウ、屋根にとまるたった一羽のスズメになってやる。……いやあ、ぼくはこの世の復讐者《アヴェンジャー》でもなんでもないんだが、問題が未解決なのには我慢がならないからね」

16　重大事の発覚

九月十三日（木曜日）午前

カーリがひどく驚いたことに、ヴァンスは翌朝九時に起こすよう指示した。十時、私たちはこぢんまりした屋上庭園で、九月なかばのやわらかい日射しを浴びながら朝食をとっていた。「ヴァン」カーリがコーヒーのお代わりを運んできたところで、彼が話しかけてきた。「どんなに秘密主義の女性にだって、胸の内を打ち明ける相手は必ずいるものなんだよ。女性らしい気質に相談相手は不可欠なんだ。相手は母親かもしれないし、恋人や聖職者、医者のこともあるし、もっと一般的には親友の女の子かな。カナリアの場合、母親や聖職者は見当たらない。恋人のおしゃれなスキールは敵に回りそうだったしね。医者も、彼女の場合は除外したほうが無難だな——如才《じょさい》ない彼女のことだ、リンドクイストみたいなやつに秘密を打ち明けるはずがない。すると、残るは女友だちだ。今日はその娘を探すよ」彼は煙草に火をつけて、立ち上がる。「だが、まずは七番街のミスター・ベンジャミン・ブラウンを訪ねなくては」

ベンジャミン・ブラウンは著名な演劇人相手の名の知れた写真家で、劇場街の真ん中にギャラリーを構えている。朝食のあと二人で豪勢なスタジオの応接室に入っていくと、この訪問の目的に対する私の好奇心は抑えきれないところまでかきたてられた。ヴァンスは、燃えるような赤毛で目にはしっかりマスカラを塗った若い女性が控えるデスクにまっすぐ近づいていくと、貫禄たっぷりのお辞儀をした。そして、ポケットから台紙のついていない小さな写真を取り出して、彼女の前に置く。

「ミュージカル・コメディの製作中なんですがね、お嬢さん《マドモワゼル》。ぼくのところに自分の写真を置いていった娘さんに連絡をとりたいんですよ。あいにく、彼女の名刺をどっかにやっちゃったらしくて。でも、写真にブラウンという撮影者の名前があったので、こちらでファイルを調べて、この人が何者で、どこへ行けば会えるのか教えてもらえるとありがたいんですが」

記録簿の角に五ドル紙幣をすっと挟み込んで、彼は悪びれずに期待する様子で待った。

若い女性はいぶかしげに彼を見たが、口紅をやけにこってり塗った唇の端にかすかな笑みが見えるような気がした。しかし、ややあってものも言わずに写真を取り上げた彼女は、裏手のドアから姿を消した。十分ほどすると戻ってきて、ヴァンスに写真を返す。写真の裏側に彼女の手で名前と住所が書いてあった。

「このかたはミス・アリス・ラ・フォス、ベラフィールド・ホテルにお住まいです」今度は見間違いようのない笑顔だった。「応募してきたかたの住所を、そんなにぞんざいになさってはいけませんよ――契約をふいにしてしまった気の毒な娘さんもいらっしゃったんじゃないかしら」

「お嬢さん《マドモワゼル》」と、ヴァンスは大まじめな顔をしてみせる。「今後はきっとご忠告を肝に銘じましょう」そして、もう一度貫禄のあるお辞儀をして退散した。

「いやはや！」と、七番街に出るなり彼は言った。「まいったな、握りが金のステッキと山高帽に紫のシャツやなんかで、プロデューサーらしく変装してくればよかった。あの娘、ぼくがけしからんことをたくらんでるものと、すっかり思い込んでるぞ。……すてきな赤毛《テトルージュ》のおりこうさんだ」

彼は角のところで花屋に寄り道して、アメリカン・ビューティという深紅の大輪のバラ一ダースを選ぶと、「ベンジャミン・ブラウンの受付嬢」へ配達を頼んだ。

「さてと、ぶらっとベラフィールドまで歩いて、アリス嬢に謁見《えっけん》を求めようじゃないか」

街を横切っていきながら、ヴァンスが説明してくれた。

「初日の朝、ぼくらがカナリアの部屋を見せてもらっていたときに、ゾウみたいにのっそりした警察の並大抵のやり方ではこの殺人事件を絶対に解決できないと確信した。いかにもな見かけとは裏腹に、巧妙に練り上げた計画的犯罪なんだからね。お決まりの捜査じゃたちうちできない。内密の情報が必要になる。だから、ライティングデスクの上で散らばった紙の陰に、このアリスの黄ばんだ写真が埋もれかけているのを見て、思ったのさ。『お！　死んだマーガレットの女友だちか。この娘が必要な情報をもっているかもしれないな』って。そこで、部長刑事が広い背中を向けている間に、写真をポケットに入れたんだ。あのあたりにほかの写真はなかったし、これにはよくある感傷的な献辞も添えてあったしね。『ずっといつまでもあなたの』、そして『アリス』という署名。そこから結論するに、カナリアがサッフォー（紀元前六世紀頃活躍したギリシャの女性抒情詩人）なら、アリスはアナクトリア[i]の役だったんだな。もちろん、ブラウンのところの何でもお見通しな巫女《みこ》さんに見せる前に、献辞は消しておいたよ。……さあ、もうベラフィールドだな、ちょっぴり教えてもらえるといいが」

ベラフィールドは、西三十丁目に建つこぢんまりした高級アパートメント・ホテル（長期滞在客用に家具や台所が備わっているホテル）だった。アン王朝様式をアメリカナイズしたロビーにいる客の様子から察するに、金に不自由していないこざっぱりした人たちにひいきにされているようだ。ヴァンスが名刺をミス・ラ・フォスに届けてもらい、二、三分のうちに会うという伝言をもらった。ところが、二、三分がずるずると四分の三時間に延びていき、華麗なベルボーイがやって来て私たちをご婦人のアパートメントに案内してくれるころには正午に近くなっていた。

造化の神がミス・ラ・フォスに数々の技巧をほどこし、神がうっかり手を抜いたところはミス・ラ・フォスがみずから埋め合わせていた。ほっそりしたブロンドの女性だ。濃いまつげに縁《ふち》どられた大きな青い目をしているが、大きく見開いて相手に向けても、彼女がそこに知性の輝きを偽装するのは無理だった。さぞかし身仕度に念を入れていたのだろう。シェレ（一八三六―一九三二。フランスの画家、アールヌーボーの先駆者）が描くパステル調ポスターのモデルにぴったりだと、ついつい考えてしまう。

「まあ、あなたがミスター・ヴァンスでいらっしゃいますのね」彼女が甘くささやく。「お名前は街の話題《タウン・トピックス》でちょくちょく拝見いたしますわ」

ヴァンスは身震いした。

「こちらはミスター・ヴァン・ダイン」と、すかさず彼が言う。「――ほんの弁護士に過ぎませんので、その高級週刊誌に取り上げられたことはまだありませんが」

「おかけになりませんこと？」（ミス・ラ・フォスは台本にあるせりふをしゃべっているに違いない。この訪問をごたいそうな儀式か何かにしてしまっている。）「どういうご用件でお訪ねいただいたのか、まるでわかりませんけれど。お仕事のことかしら。ひょっとして、社交界のバザーとかそういった催しに顔出ししてほしいと思ってらっしゃるとか。でも私、忙しい身なんですのよ、ミスター・ヴァンス。仕事がどんなにたて込んでいるか、お考えも及ばないでしようけれど。……仕事はだいじですもの」彼女はうっとりとため息をついた。

「やはり仕事をだいじにしている人はごまんといます」ヴァンスは、最大限の礼儀正しさで切り返す。「あいにく、お美しいあなたにご来駕《らいが》いただくようなバザーの予定はありません。もっと深刻な用件でうかがいました。……ミス・マーガレット・オウデルのたいへん親しいご友人でいらっしゃいましたね――」

カナリアの名前が出たとたん、ミス・ラ・フォスはぱっと立ち上がった。ぎらつく険しい目に、まぶたがなかばかぶさっている。冷笑にキューピッドの弓のような形の上唇の線をゆがめて、頭をつんと後ろにそらした。

「ちょっと！　何様のつもり？　何も知らないし、何も言うことはないわ。さっさとお引き取りください――あなたの弁護士も連れてね」

だが、ヴァンスはびくともしない。シガレットケースを取り出し、慎重な手つきでレジー煙草を一本抜き取る。

「吸ってもよろしいでしょうか？　あなたも一本いかがですか？　コンスタンティノープルの特約店から直接取り寄せたんですよ。ブレンドの具合が申しぶんない」

娘は鼻を鳴らし、冷たい軽蔑の目で彼を見る。かわいらしいお人形さんが、いっぱしの女傑《じょけつ》に変身していた。

「出ていかないと、警備員を呼ぶわよ」と、そばの壁にかかった電話のほうを向く。

ヴァンスは、彼女が受話器を持ち上げるまでじっとしていた。

「あなたが警備員を呼んだら、ミス・ラ・フォス、地方検事局へ事情聴取にお連れするように命じますよ」と、どうでもよさそうに言い、煙草に火をつけて椅子の背にもたれかかった。

彼女はゆっくりと受話器を戻し、振り向いた。「いったいどういうおつもり？……私がマーギーと知り合いだったとして——だとしたら何だっていうの？　それがあなたにどんな関係があるんです？」

「悲しいかな、まるで関係ありません」ヴァンスは愉快そうに顔をほころばせた。「だがそういえば、誰にも関係がないようです。じつは、あなたのお友だちを殺したかどで、やはり関係のない、気の毒なある男が今にも逮捕されそうなんです。ぼくはたまたま地方検事の友人で、どういう状況なのかよく知っていましてね。警察は犯人捜しに血道をあげていて、次にどっち方向へ首をつっこんでいくやらわかったもんじゃない。ですからねえ、ここでちょっとなごやかにおしゃべりしておけば、さんざん不愉快な思いをせずにすむと思うんです。……もちろん、ぼくから警察にお名前を告げ口して、警察ならではの容赦ない聴取に身を委ねるほうがいいとおっしゃるなら、そうしますよ。でもね、今のところまだ、警察はおめでたいことにあなたとミス・オウデルのつながりに気づいていないようですから、あなたさえ聞き分けよくしてくださるなら、わざわざ知らせなくてもいいんじゃないでしょうか」

娘は片手を電話に置いたまま立ち尽くし、さぐるような目でヴァンスを一心に見ていた。彼がのんきそうに、気楽な口調で話を終えると、とうとうもとのところへ座り直した。

「さあ、一服してはいかがです？」彼は、優しくとりなすように煙草を勧めた。

考えもせず勧められるまま煙草をもらう彼女の目はかたときも相手から離れず、どこまで信じていいものか値踏みしようとしているかのようだ。

「誰なんです、逮捕されそうなのは？」表情ひとつ動かさずに質問する。

「スキールという男です。ばかばかしいったらないでしょう？」

「あの人を！」彼女の口調に軽蔑と反感がまじる。「あのちんけな泥棒を？　あんな人、ネコを絞め殺す度胸だってありゃしないのに」

「まったくです。だが、泥棒を理由に電気椅子送りにはできないでしょう？」ヴァンスは身を乗り出して、相好をくずす。「ミス・ラ・フォス、ぼくを赤の他人と思わずに五分ばかりお話ししてくださるなら、市警にも地方検事にもあなたのことを教えないと、名誉にかけてお約束します。ぼくは当局と何のつながりもありませんが、何というか、不当に罰せられる人間を見るにしのびないんですよ。ご厚意で教えていただいた情報の出どころは失念してしまうとお約束します。ぼくを信じるのが、結局はあなたにとって何よりも楽な道でしょう」

娘はしばらくのあいだ答えようとしなかった。ヴァンスを鑑定しているようだった。そして、いずれにせよ——カナリアと友だちだったことが知られてしまったからには——これ以上わずらわせるようにはしないと約束しているこの相手に話したところで、失うものは何もないと心を決めたらしい。

「たぶんあなたを信じてだいじょうぶだとは思います」と、疑念を押し隠すようにして言う。

「どうしてそう思うのかわかりませんけれど」そこでひと息ついた。「でも、いいですか、この件にはかかわるなと言われているんです。かかわらないようにしていないと、私、放り出されて、コーラスガールに逆戻りしかねません。それじゃ、私みたいな贅沢好みの甘えっ子には生きていけない——本当に！」

「ぼくの側で配慮が足りずにそういう災難があなたに降りかかるなんてことは、決してありませんよ」ヴァンスは、気さくに大まじめに請け合った。……「かかわるなと言ったのは誰です？」

「私の——婚約者です」どことなく媚《こび》のある言い方だった。「有名人なので、あの事件に私が証人として巻き込まれるとか、そんなたぐいのことにでもなれば、外聞がよくないだろうって」

「そう思われるのももっともです」ヴァンスは、ものわかりよさそうにうなずく。「ちなみに、世界一幸運なその男性はどなたなんです？」

「まあ！　おじょうずだこと」彼女はお愛想に、はにかんだようなふくれっつらをしてみせた。「でも、まだ婚約を公表していないんですもの」

「つれないことを言わないでくださいよ。よくおわかりでしょう、婚約者のお名前くらい、ちょっと調べればすぐわかります。ほかから教えてもらわざるをえなくなれば、あなたの名前は出さないというお約束も拘束力を失うでしょうね」

ミス・ラ・フォスはその点を考えてみた。

「そう、調べればわかることでしょうね。……私からお教えしても同じことね——かばってくださるというお約束を信じこそすれですけれど」大きく見開いた目を、哀れを誘うかのようにヴァンスへ向ける。「信頼を裏切ったりはなさらないわね」

「もちろんですとも、ミス・ラ・フォス！」ヴァンスは心外だとでもいうような口調だった。

「そうね、婚約者はミスター・マニックス、大きな毛皮輸入商会の会長なんです。……ご存じなんでしょ」——まとわりつくように親密な口調になる——「ルーイったら——ミスター・マニックスのことですけど——以前はよくマーギーを連れ歩いていたんです。それで、私がこの件に巻き込まれるのはいやなんです。あの人、自分は警察にあれこれうるさく質問されるだろう、新聞に名前が出るかもしれないって言ってました。それに、商売上の立場も悪くなるだろうって」

「よくわかりますよ」ヴァンスがつぶやく。「ひょっとして、マニックスさんが月曜の晩どこにいらっしゃったかご存じありませんか？」

娘がぎくっとした。

「もちろん知ってますとも。まさにこの部屋に、私と一緒にいました、十時半から午前二時まで。あの人も関係している新作ミュージカルのことを話し合ってたんです。あの人、私に主演させたいって」

「きっと当たりをとりますよ」ヴァンスは、警戒心を解くように親しげに話しかけた。「月曜の夜、早い時間は、ずっとここにおひとりだったんですか？」

「まさか」そう考えるだけでおかしいとでもいうようだった。「『スキャンダルズ』を観に出かけていました――早めに帰ってきましたけど。ルーイが――ミスター・マニックスが、いらっしゃることになってましたから」

「彼は果報者だな、そんなに思いやってもらって」マニックスに思いがけずアリバイがあって、ヴァンスは落胆していたはずだ。とどめを刺されたようなもので、この件に関してはそれ以上さぐりを入れても無駄だと思われる。しばし黙り込んでから、彼は話題を変えた。

「ところで、チャールズ・クリーヴァーさんのことをご存じですか？　ミス・オウデルの友人の」

「あら、ポップなら知ってるわ」会話の風向きが変わって、娘はあからさまに気をゆるめていた。「感じのいい人よ。マーギーにぞっこんだったわね。あの子が彼を振ってミスター・スポッツウッドに乗り換えてからも、彼のほうはご執心で、とでも言うのかしら――しょっちゅう追いかけたり、お花やら贈りものやらを届けたりしてました。そんな男性もいるものなんですね。かわいそうなポップちゃん！　月曜の夜だって、マーギーを呼び出してくれないかって私に電話してきたんですよ、パーティの用意をしようとしてて。もしかして私が呼び出してたら、彼女は今も死んではいなかったのかしら。……不思議な世の中だわね？」

「ええ、限りなく不思議ですよ」ヴァンスはしばらく静かに煙草を吸っていた。私は彼の自制心に驚嘆の念を禁じえなかった。「クリーヴァーさんが電話してきたのは、月曜の夜何時ごろだったか――ご記憶ですか？」どうでもいい質問をしているように思える声だった。

「ええと……」彼女は唇をかわいらしくすぼめた。「ちょうど十二時十分前でした。そう、炉台の小さなチャイム時計が鳴って、ポップの声が最初はよく聞こえなかったんだったわ。ほら、いつも時計を十分進めてあるんです、約束の時間に遅れることのないように」

ヴァンスは、その時計と自分の腕時計を見比べた。

「いかにも、十分進んでいますね。それで、そのパーティはどうなったんです？」

「ああ、それが、新しいショーの話で頭がいっぱいだったものですから、お断りせざるをえなくって。ともかく、ミスター・マニックスがあの晩はパーティに乗り気じゃなかったものですから。私の責任じゃありませんよね？」

「これっぽっちも」ヴァンスは彼女を安心させにかかる。「お楽しみよりも仕事優先ですよ――あなたのお仕事のような価値あるものなら特に。……ところで、もうひとりの男性についてあなたがご存じのことを教えていただきたいんですが、それだけうかがえば、もうおじゃまはしません。――ミス・オウデルとドクター・リンドクイストのあいだはどうなっていたんですか？」

ミス・ラ・フォスは、はっきりと動揺した。

「そういうご質問になるんじゃないかと思っていました」目に憂慮の色がある。「いったい何と申しあげたらいいのか。あの人、狂おしいくらいマーギーに恋してました。あの子のほうも、そうさせておいたんです。だけど、あとになって悔やんでいました。彼が嫉妬深くなったから――異常なくらい。あの子に耐えられないような思いをさせてたんです。一度なんか――まったくもう！――彼女を撃ち殺して自分も死ぬんだって脅したんですから。私、彼には気をつけろってマーギーに言ったんですよ。だけど、あの子は怖がっていないようでした。とにかく、あの子はひどい危険を冒していたと私は思います。……いやだわ、まさか——あなたが考えてらっしゃるのは——？」

ヴァンスが言葉をはさむ。「ほかに、同じような気持ちだったかもしれない人物はいませんでしたか？　ミス・オウデルが怖れていたような人物は？」

「いいえ」ミス・ラ・フォスは首を振った。「マーギーには親しいおつきあいがそう多くありませんでした。相手をとっかえひっかえしてはいなかったんです、言いたいことはわかっていただけると思いますけど。あなたが名前を挙げられたかた以外には誰もいません、もちろん、ミスター・スポッツウッドは別として。何カ月か前に、あのかたがポップを蹴落としちゃったんです。月曜の夜だって、あの子のディナーのお相手はあのかたでした。私が一緒に『スキャンダルズ』を観に行こうって誘ったのに——それで知ったんですけどね」

ヴァンスは立ち上がって、片手を差し出した。

「本当にありがとうございました。何もご心配ありません。今日のちょっとした訪問のことは決して口外しませんから」

「誰がマーギーを殺したとお思いですか？」娘の声には心からの感情がこもっていた。「宝飾品狙いの泥棒だろうって、ルーイは言うんですけれど」

「マニックスさんの意見を疑ったりなどして、お幸せな二人に不和の種をまいたりしないのが賢明というものですね」ヴァンスが冷やかしぎみに言う。「誰のしわざなのか、誰にもわかっていないんです。でも、警察はマニックスさんと同じ意見です」

つかのま疑念がまた頭をもたげたらしく、娘はヴァンスをさぐるように見た。「あなたはなぜ、そんなにも関心をもっていらっしゃるの？　マーギーの知り合いではなかったでしょう？　あの子があなたの話をしたことはないもの」

ヴァンスは笑った。「まいったな！　なぜぼくはこの事件にこうも深入りするのか、ぼくが教えてほしいくらいですよ。まったく、あなたにご説明できるようなことはかけらもない。……ええ、ミス・オウデルにはお目にかかったこともありません。しかし、ミスター・スキールが罰を受けて、真犯人は大手を振って歩いているということにでもなれば、ぼくの心の平安が乱れます。感傷的になっているのかもしれません。どうしようもない性分ですよね？」

「私も気弱になっているみたい」彼女はうなずきながら、なおも目の端でヴァンスをうかがっている。「幸せな家庭を壊す危険を冒してまでお話ししたのは、なぜだかあなたを信用してしまったから。……ねえ、ひょっとして、私をだまそうとしてるんじゃないでしょうね？」

ヴァンスは片手を胸に当てて、厳粛に言う。

「ミス・ラ・フォス、一歩外に出てしまえば、一度もおじゃましたことがないも同然になります。ぼくとミスター・ヴァン・ダインのことはお忘れください」

彼の態度に疑いが払拭されたらしく、彼女はあだっぽく別れの挨拶をした。

17　アリバイを確かめる

九月十三日（木曜日）午後

「ぼくが探偵したほうがうまくいくじゃないか」再び通りに出たヴァンスは、大得意だった。「金髪のアリスはまぎれもなく情報の宝庫だった――どうだい？　ただ、あの娘が最愛の人の名前を口にしたとき、きみはもっと自制してくれたほうがよかったがね――いや、ほんとだよ、ヴァンときたら。びくっとして吐息をついてたぞ。あんなふうに感情を見せるなんて、弁護士らしくもない」

ホテル近くのドラッグストアで、彼は公衆電話からマーカムに電話した。「昼食に誘おうと思ってね。内緒の話をたっぷり聞かせてやるよ」しばらく押し問答していたが、ヴァンスは勝ち誇った顔でブースを出てきた。すぐにタクシーでダウンタウンへ向かう。

「アリスはおりこうさんだ――あのふわふわ頭には脳みそがちゃんとある」彼は会見を反芻《はんすう》していた。「ヒースなんかよりよっぽど冴えてるよ。スキールがやったんじゃないとすぐに察した。けがれなきスキールの性格描写なんか、品はよくなかったけどじつに的を射ていたな――ああ、じつに的確だった！　それに、きみももちろん気づいただろうが、ぼくを信用しきっていたよ。いじらしいじゃないか、なあ？……結び目がこんがらがってなかなかほどけないな、ヴァン。何かがどこかで間違っている」

何ブロックか通り過ぎるあいだ、彼は黙って煙草を吸った。

「マニックスねえ。……妙だな、ひょっこりまた出てきた。それに、アリスに箝口令《かんこうれい》を敷いたとは。はて、どうしてなのか？　彼女に言ったとおりの理由かもしれないが。わからないぞ。一方で彼は、十時半から朝方までいとしの恋人《シェ・ラ・ミ》と一緒だったというのか？　うーん。これまたわからないぞ。仕事の話をしてたってのも何やら怪しい。……それに、クリーヴァー。きっかり十二時十分前に電話している——そう、そうなんだよ、電話したんだ。あれは作り話じゃなかった。だが、車をぶっとばしながら電話なんかできるものか？　無理だ。つれないカナリアとパーティをしたがっていたのは本当かもしれないがね。しかし、だったらなぜアリバイなんか偽造する？　臆病風に吹かれたのか？　かもしれない。それにしても、どうしてあんなまわりくどいことを？　どうして失恋相手に直接電話しなかったんだ？　おっと、ひょっとして電話したのか！　十二時二十分前に、確か彼女に電話してきたやつがいたな。そこを調べてみなくちゃな、ヴァン。……そうだ、クリーヴァーは、電話したら男の声が答えたもんだから——それはそうと、答えた男がちんけな泥棒だったんだろうか？——アリスに泣きついたのかもしれない。いかにもありそうなことだ、なあ。とにかく、彼はブーントンにいたんじゃない。かわいそうなマーカム！　そうとわかったら、どんなに動顚《どうてん》することか！……しかし、ほんとに心配なのは、あのドクターの話だね。嫉妬に狂うってのは、アンブロワーズの性格そのまんまだ。すぐに理性を失うやつだからね。父性愛とかいう告白をしたのは、注意をそらすために決まってる。いやはや！　それで、ドクターがピストルを振り回して脅したって？　そいつはまずいよ。気に入らないね。ああいう耳の持ち主は、躊躇《ちゅうちょ》なく引き金を引くぞ。被害妄想《パラノイア》——まさにそれだ。迫害されているという思い込み。おそらく、あの娘とポップが——あるいはあの娘とスポッツウッドかもしれないが——示しあわせて自分を苦しめ、自分のことを笑っているとでも思ったんだな。ああいうやからは予測がつかない。手に負えなくて危険だ。鋭いアリスはそれをちゃんと見抜いていた——カナリアに警告してやった。……全般的に見て、ひどくこ《デヴィリッ》みいった状況《シュ・タングル》だよ。ともかく、元気は出た。ぼくらは前進している——そう、間違いなく前進している——どっちへ向かっているのか見当もつかないとはいえ。いや、困ったもんだ」

バンカーズ・クラブで待っていたマーカムが、じれったそうにヴァンスを迎えた。「ぼくに聞かせなきゃならん、どんなだいじな話があるって？」

「まあ、そういらつくなよ」ヴァンスは上機嫌だ。「きみたちの希望の星、スキールのお行儀はどうだい？」

「今のところ、共励会《クリスチャン・エンデヴァー・ソサエティ》にはまだ入会していないが、ありとあらゆる善行を積んでいる」

「もうすぐ日曜だ。待ってやれよ。……だから機嫌が悪いんだな、マーカム？」

「ほかに用事があるのに引っぱり出されたのは、ぼくの精神状態を報告するためか？」

「報告するまでもない。きみの精神状態はすこぶる悪い。……元気を出せ！　考える材料を持ってきてやったから」

「ふん！　考えなくちゃならんことなら、もうありあまってるね」

「まあ、ブリオッシュでも食べてからだ」ヴァンスは、私たちのどちらにも相談せずに注文をすませた。「さてと、発覚《リヴェレーションズ》したことを教えよう。第一《インプライミス》に、こないだの月曜の晩、クリーヴァーはブーントンにいたんじゃない。この現代のゴモラ（旧約聖書に出てくる、住民が邪悪であるため神に焼き滅ぼされた町）のまさにど真ん中にいて、真夜中にパーティを開こうとしていたんだ」

「おみごと！」マーカムは鼻を鳴らした。「知恵の湧く泉で水浴びでもさせてもらうよ。どうやら、彼の分身がホウパトコンへ至る路上にいたようだ。超常現象とわかってがっかりだ」

「汎《はん》宇宙論者になるなら、どうぞご勝手に。クリーヴァーは月曜日の真夜中にニューヨークにいたんだ、刺激を求めてね」

「スピード違反の呼び出し状はどういうことなんだ？」

「それを説明するのはきみの仕事だ。だが、ぼくの忠告を聞く気があるなら、呼び出し状を渡したっていうブーントンの下っ端役人を呼んできて、ポップを面通しさせるんだね。それで切符を切った相手はクリーヴァーだったたっていうんなら、ぼくはつつしんで自説をひっこめる」

「いいとも！　それなら、やってみるだけのことはある。その警官を午後のうちにスタイヴェサント・クラブに連れてきて、ぼくがクリーヴァーを指させてやろう。……ほかにも衝撃のお告《リヴェレーションズ》げを用意しているのか？」

「マニックスをたたけば、ほこりが出るよ」

　マーカムはナイフとフォークを置いて、のけぞった。「まいったよ！　その世界最高峰の聡明さ！　そこまで言われたんじゃあ、彼を即刻逮捕すべきだな。……なあ、ヴァンス、気は確かか？　このごろめまいがするんじゃないか？　急に頭痛がしたりはしないか？　膝蓋《しつがい》反射は正常か？」

「もうひとつ、ドクター・リンドクイストはカナリアにひどくのぼせあがっていて、嫉妬に気も狂わんばかりだった。最近は、ピストルをもちだしてあわや自分も一緒に死ぬところまで追い詰められていた」

「さっきよりはましな話だな」マーカムは背中を起こした。「どこからその情報を？」

「おっと！　それは秘密なんだ」

　マーカムがむっとする。

「どうして秘匿なんか？」

「やむをえない事情でね。そう約束したとでもいうところだ。ぼくはいささかドン・キホーテっぽいところがあるもんで――子供のころセルヴァンテスを読みすぎたせいだな」彼はさらっと言ってのけたが、相手をよく知るマーカムはそれ以上追及しなかった。

　私たちが地方検事局へ戻って五分とたたないうちに、ヒースがやって来た。

「マニックスについて新たにわかったことがあります。昨日お渡しした報告書に追加なさりたいんじゃないかと思いましてね。バークがあの男の写真を手に入れて、オウデルのところの電話交換手に見せたんですよ。二人とも顔を知っていました。何度かあそこに来ているんですが、訪ねたのはカナリアじゃない。二号室の女なんです。名前はフリスビー、マニックスのところで毛皮製品のモデルをしていました。あの男は過去六カ月のあいだに数回訪ねてきて、一、二回は女を連れて出かけています。ただし、もうひと月かそこらは来ていませんでした。……何かの役に立ちますかね？」

「なんとも言えないな」マーカムはヴァンスに、うかがうような視線をさっと向けた。「しかし、情報はありがたいよ、部長刑事」

「ついでながら」ヒースが出ていくと、ヴァンスは歌うように言った。「ぼくの気分は上々だよ。頭痛はしない。めまいもしない。膝蓋反射は申しぶんなし」

「それは何より。それでも、知り合いの毛皮モデルを訪ねてるって理由で、殺人の罪には問えないね」

「またそんなせっかちな！　どうして殺人罪に問わなくちゃならない？」ヴァンスは立ち上がってあくびをする。「行こうか、ヴァン。今日はメトロポリタン美術館でエジプトのペルネブの墓でも眺めていたい気分だな。つきあわないか？」出ようとしたところで足を止めた。「そうだ、マーカム、ブーントンの執行吏《しっこうり》は？」

マーカムが、スワッカーを呼ぼうとブザーを押す。「すぐに調べる。その気があったら五時ごろクラブに寄ってくれ。例の警官を呼んでおこう。クリーヴァーはきっと夕食どきまでにやって来るはずだから」

ヴァンスと私が午後遅くにクラブへ戻ってみると、マーカムが円形広間《ロタンダ》のメイン出入口に面した談話室に陣取っていた。彼の隣に、背の高い、がっしりした体格で日焼けした四十がらみの男が、警戒態勢で落ち着かなげに座っている。

「交通巡査のフィップスだ。ついさっき、ブーントンから来てくれた」マーカムが紹介を兼ねて言う。「もうクリーヴァーがいつ現われてもおかしくない。ここで五時半に待ち合わせがあるんだ」

ヴァンスが椅子をひとつ引き寄せた。

「時間を守るやつだといいんだがね」

「同感だね」マーカムが意地悪く切り返す。「きみの自殺行為《フェローデセ》が待ちきれないからね」

「わが命運は尽き、わが希望は悲しき絶望と変わりにけり(i)」と、ヴァンスはつぶやいた。

十分としないうちに、クリーヴァーが通りから円形広間に入ってきた。デスクのところで立ち止まり、ぶらぶらと談話室に足を向ける。マーカムが選んだ観察地点を避けて通ることはできなかった。私たちのそばを通りかかって挨拶を交わす。マーカムが何気ない質問をいくつかして足を引き止めたあと、クリーヴァーはそのまま行ってしまった。

「あの男かね、切符を切ったのは?」マーカムがフィップスに訊ねた。

フィップスは顔をしかめて迷っている。「どことなく似てはいます。よく似てはいるんですが。でも、あの人じゃありません」首を振る。「違いますね、あの人じゃありません。私が呼び出し状をつきつけた相手は、あのかたより恰幅がよくて、背はあんなに高くありませんでした」

「確かなのか?」

「はい——間違いなく。私が違反切符を切った相手は難癖をつけようとして、さらに金で片をつけようともしたんです。ヘッドライトを相手の真正面に向けていましたし」

フィップスはたっぷり心付けをはずんでもらって解放された。

「ああ、ありがたや《ヴェ・ミゼロ・ミヒ》」ヴァンスが吐息まじりに言う。「吹けば飛ぶような命を長らえた。おあいにくさま。だけど、きみには耐えてもらわなくちゃな。……なあ、マーカム、〝ポップ〟クリーヴァーの弟ってのはどんなやつなんだい？」

「それだ」マーカムがうなずく。「彼の弟には会ったことがあるんだ。兄より背が低くて恰幅がいい。……どんどん手に負えない状況になっていくな。今すぐクリーヴァーに話をつけてやる」

立ち上がろうとする彼を、ヴァンスが無理やり引き戻して座らせた。

「あわてるもんじゃない。忍耐力を養うんだ。クリーヴァーは逃げていきやしない。もうひとつ二つ準備段階を踏んだほうが絶対にいい。マニックスとリンドクイストもまだ、ぼくの好奇心をひどくそそるしね」

マーカムはあきらめようとしない。「マニックスもリンドクイストも今ここにはいないが、クリーヴァーはいる。呼び出し状のことでなぜぼくに嘘をついたのか知りたいね」

「それならぼくから教えてやれるさ」とヴァンス。「月曜の真夜中に彼はニュージャージーの荒野にいたと、きみに思っててほしかったんだ。単純な話だろ？」

「聡明なきみの言いそうなことだ！　クリーヴァーが犯人だなんて、きみが本気で考えてなきゃいいが。そりゃあ、何か知っているかもしれない。でも、あの男が絞殺魔だとは想像もできない」

「それはなぜだい？」

「そんなタイプじゃない。ありえないよ——どんなに不利な証拠があろうとも」

「ほう！　出たな、心理学的見解！　彼の性格が状況にそぐわないと思うゆえに、クリーヴァーを犯人候補から除外するわけだ。なあ、深遠なる仮説ってやつに——つまり形而上学的《けいじじょうがくてき》推理に、危険なほど近づいてはいないかい？……しかし、そのクリーヴァーへの仮説の当てはめ方には、全面的に賛成はしかねるね。魚のような冷たい目をしたあのギャンブラーには、人知れず悪事に手を染める可能性がある。ただし、仮説そのものにはぼくもまったく同意見だ。どうしたことだ、マーカム、きみのほうこそ心理学を応用して初歩的推測をしているんだぞ。それでいて、ぼくが心理学をもっと高度に展開するとばかにするんだからな。一貫性をうんぬんするのは心が狭いのかもしれないがね、やっぱり一貫性はきわめて貴重でたいせつなものだよ。……お茶でも飲もうか？」

　パーム・ルームへ移動して、入り口近くのテーブルについた。ヴァンスはウーロン茶を注文したが、マーカムと私はブラックコーヒーにした。非常に腕のいい四人編成《カルテット》の楽団がチャイコフスキーの『くるみ割り人形』を演奏する中、私たちは話をせずに、座り心地のいい椅子にくつろいだ。マーカムは疲れて意気消沈、ヴァンスは火曜日の朝以来没頭しつづけている問題をせっせと考えている。彼がこんなに熱中するところは見たことがない。

　三十分ほどもそうしていただろうか、そこへスポッツウッドがすたすたと入ってきた。足を止めて話しかけてきた彼に、マーカムが同席を勧める。この男も元気がなさそうで、心配ごとのありそうな目をしていた。

「お訊ねするのも気が引けるのですが、マーカムさん」ジンジャーエールを注文したあとで、彼はそう切り出した。「私が証人として呼び出される見込みはどの程度のものでしょうか」

「この前お会いしたときよりも大きくなっていないことは確かです」とマーカム。「実際のところ、状況が大きく変わるようなことは何も起きていません」

「嫌疑をかけてらした男は？」

「依然嫌疑は晴れていませんが、逮捕にも至っていません。しかし、遠からず事態は打開されるものと思っています」

「では、私はまだこの街にとどまっていたほうがよろしいと？」

「そうしていただけるなら――ここにいていただきたい」

スポッツウッドはしばらく沈黙してから口を開いた。「責任逃れだと思われたくはないのですけれど――こんなことを申しあげるのもずいぶん自分勝手だと思われそうではありますが――いずれにせよ、ミス・オウデルの帰宅時間や助けを呼ぶ声については、電話交換手の証言で充分事実を確証できるのではないでしょうか、私が補強しなくとも？」

「もちろん、それは私も考えていますとも。あなたの召喚を抜きにしても事件を起訴にもちこめるとなれば、絶対に召喚はしません。目下のところは、あなたを証人としてお呼びする必要はなさそうですよ。しかし、この先どうなるか予断を許しませんからね。被告側が正確な時刻を争点にして、交換手の証言になんらかの理由で疑義や不適格を唱えたりしたら、あなたに出てきていただくことにもなりかねません。そんなことにならなければ、だいじょうぶです」

　スポッツウッドはジンジャーエールをちびちび飲んだ。憂いが少しだけ晴れたようだ。

「お心づかい、ありがとうございます、マーカムさん。お礼の申しあげようもありません」ためらいがちに顔を上げる。「私があのアパートメントを訪ねるのは、まださしさわりがあるんでしょうか。……どうかしている、ひょっとして感傷的になっているのかとお思いでしょうか。でも、あの子は私の人生のたいせつな存在だった。それを引きはがされるのがつらい。わかっていただこうとは思いません――自分でもよくわかりませんし」

「そういうものでしょう、お察ししますよ」と、ヴァンスが、彼には珍しい同情あふれる言い方をした。「弁解などなさるまでもない。歴史にも寓話にも同じような状況がふんだんにありますが、その渦中の人物は決まって今のあなたそっくりの感情を表出するものです。いちばん有名なあなたのそっくりさんといえばもちろん、海の精カリュプソに魅せられてシトロンかぐわしきオイギア島にとどまったオデュッセウス。感受性の強いアダムを赤毛のリリス（ユダヤ教の教典タルムードに出てくる、アダムの最初の妻）がころりとまいらせて以来、男の首には魅惑的な美女《セイレーン》のしなやかな腕が巻きついてくるものなのです。ぼくらはみんな、あの危なっかしい男の末裔《まつえい》なんですからね」

　スポッツウッドの顔がほころぶ。「ともかく私には歴史的背景があると言ってくださるんですね」そう言って、マーカムのほうを向く。「ミス・オウデルの所有物はどうなるのでしょう――家具などは？」

「ヒース部長刑事のところに、シアトルにいるおばさんから連絡がありました」とマーカム。「ニューヨークに向かっているとのことですから、そのかたがあの部屋のものを引き取られることになるのでは」

「それまでは手つかずのままになるんでしょうか?」

「たぶん、もっと先まで、予期しないようなことでも起きないかぎりは。ともかく、それまでは現状保存します」

「ちょっとしたものをひとつか二つ、もらっておけたらと思いまして」そう打ち明けるスポッツウッドの顔が、ちょっと恥じ入っているように思えた。

もうしばらくとりとめのない話をしてから、用があるのでと断りながら腰を上げた彼は、私たちに挨拶して立ち去った。

「あの男の名前が出ないようにしてやれるといいんだがね」彼がいなくなると、マーカムが言った。

「確かに。うらやましくなるような立場じゃないな」とヴァンス。「いつだって隠しごとが見つかってしまうのはばつが悪いものだ。モラリストなら、当然の報いだとか言って鼻であしらうところだろうがね」

「今度の場合、運というやつが道徳的正しさの味方をしたに違いない。よりによって月曜の晩に『ウィンター・ガーデン』になど行きさえしなければ、今ごろは自分の家族のふところにおさまって、うしろめたい気持ちこそすれ、それ以上気に病むこともなかっただろうに」

「確かにそんなところだろうな」ヴァンスは腕時計をちらりと見た。「『ウィンター・ガーデン』で思い出したよ。きみさえかまわなければ、早めの夕食にしないか？　今夜はちょっと軽薄な気分でね。『スキャンダルズ』を観に行こうと思うんだ」

私たち二人とも、気でも違ったのかという目で彼を見た。

「そんなにショックを受けることはないだろう、マーカム。ぼくだって衝動に身を任せることくらいある。……そうだ、ついでながら、明日の昼食どきまでにはきみに吉報をもたらせてあげられるんじゃないかな」

18　罠

九月十四日（金曜日）正午

翌日のヴァンスは朝寝坊した。前夜は私も、彼が忌《い》み嫌うタイプの娯楽に行きたがるとはいったいどういう風の吹き回しなのか、とんとわからないまま、『スキャンダルズ』に同行した。正午に車を出すよう指示した彼が運転手に告げた行き先は、ベラフィールド・ホテルだった。

「あの魅力的なアリスをもう一度訪ねようと思ってね。彼女の聖堂に捧げる花束でも携えたいところだが、いとしのマニックスがへんに勘ぐらないともかぎらないからな」

ミス・ラ・フォスは、恨めしそうにうなだれて私たちを迎えた。

「こんなことだろうと思った！」彼女は蔑《さげす》むようなわけ知り顔でうなずいた。「あなたのほうでは指ひとつ動かさなかったけれど、警察が私のことをかぎつけたとでもおっしゃるんでしょうよ」あっぱれなほど高慢な態度だった。「警官を引き連れていらしたの？……たいした人よね、あなたって！——だけど、かつがれたのは私がばかだったからだわ」

彼女が侮蔑的な長広舌《ちょうこうぜつ》をふるい終えるまで、ヴァンスはじっと待っていた。そして、愛想よくお辞儀する。

「とんでもありません、ちょっとご挨拶に立ち寄って、警察が提出したミス・オウデルの知り合いについての報告書にはあなたの名前が出ていなかったとお知らせしようと思ったまでです。昨日のあなたはそこのところがちょっとご心配のようでしたから、すっかり安心させてさしあげられるんじゃないかと、ふと思いついたんです」

彼女の警戒が解けた。「本当に？……ああ、よかった！　うっかり口をすべらせたのがルーイに知れたら、どうなることかと」

「知られっこありませんよ、あなたから話すことになさらないかぎり。……よろしかったら、ちょっと座らせていただけませんか？」

「どうぞ、どうぞ——失礼いたしました。ちょうどコーヒーをいただいているところです。ぜひご一緒に」彼女は呼び鈴《りん》を鳴らして、コーヒーの追加を頼んだ。

ヴァンスがコーヒーを二杯も飲んでから三十分もたっていなかったので、おいしくもないホテルの飲みものを大喜びする彼に、私はびっくりした。

「ゆうべ、遅ればせながら『スキャンダルズ』を観ましてね」彼が何気ない雑談口調でもちかける。「あのレビューはシーズン初めに見そこなっていたものですから。あなたもご覧になるのがずいぶん遅かったんですね、どうしてまた？」

「忙しかったものですから。『クイーンのワンペア』の稽古中で。でも、上演が延期になってしまったんです。ルーイの気に入る劇場が見つからなかったものですから」

「レビューはお好きですか？」とヴァンス。「レビューの主役というのは、普通のミュージカル・コメディよりやりにくいものなんでしょうね」

「そうです」彼女の口ぶりがその道のプロらしくなった。「それに、どうしても満足がいかないんです。個人が埋没してしまって。ひとりの人間の才能を発揮する余地がないも同然なんです。息が苦しくなるというか、わかっていただけるかしら」

「そうなんでしょうね」果敢にもヴァンスはコーヒーに口をつけた。「それでも、『スキャンダルズ』にはいくつか、あなたが演じたらすてきだろうと思うような曲目がありましたね。格別あなたにぴったりだと思うような。あなただったらと想像してしまいましたよ――そんなことを考えて、出演していた若い女性がつまらなく見えてしまいました」

「うれしがらせてくださいますわね、ミスター・ヴァンス。でもまあ、私、いい声をしているんですよ。お稽古も一生懸命してきましたし。それに、踊りはマルコフ先生にご指導いただいたんです」

「それはすごい！」（ヴァンスはその名を聞いたこともないはずだが、いかにもマルコフ先生をバレエ界屈指の大御所だと知ったうえで感心しているかのようだった。）「では、間違いなく

『スキャンダルズ』で主役を張れるじゃありませんか。思えば、ゆうべの女性の歌は可もなく不可もなく、踊りのほうはもの足りませんでしたね。もっと言うなら、個性や魅力の点でもあなたより数段落ちますね。……正直なところ、月曜の夜、『中国の子守歌』をご自分で歌いたいなんて、ちょっと思ったりしませんでしたか？」

「さあ、どうでしょう」ミス・ラ・フォスはじっくり考えてみている。「照明をぐっと落としたままでしたね。それに、ああいうサクランボ色、私には似合いませんし。だけど、すばらしい衣装でしたねえ？」

「あなたが着ればすばらしかったでしょうね。……あなたはどんな色が特にお好きなんですか？」

「淡い紫系の色が大好き」彼女は熱心に語る。「ターコイズ・ブルーはちっとも似合わないんですけど。だけど、いつも白い服を着るようにって、画家のかたに言われたこともあるんです。そのかた、私の肖像画を描きたがってらしたんですけど、そのとき婚約中だった紳士がその画家を気に入らなくって」

ヴァンスが彼女を品定めするように眺めた。

「画家のかたがおっしゃることは当たっているような気がしますね。そういえば、『スキャンダルズ』のサンモリッツの場面、あれはあなたにまさにうってつけでしょう。白ずくめで雪の歌を歌ったブルネットの女性はなかなか楽しませてくれましたが、今思えば、あれが金髪だとよかったんだ。黒っぽい髪の美女は南国風ですものね。それに、彼女には真冬のスイスの行楽地というきらめきと生気に欠けているような気がします。あなたなら、それにみごとにぴったりだ」

「ええ。そっちのほうが、中国の曲よりも好みかしらね。ホッキョクギツネの毛皮も私のお気に入りですし。だとしても、レビューだと、ひとつの曲に出たら次の曲ではひっこんでいることになります。舞台が終わるころには忘れられてしまうんです」彼女はさびしげにため息をついた。

ヴァンスはカップを下に置いて、妙に非難がましい目つきで彼女を見た。ややあって口を開く。「お嬢さん、月曜の晩のミスター・マニックスの帰宅時間を、なぜごまかしたんです？あんまりほめられたことじゃありませんね」

「どういう意味ですか？」ミス・ラ・フォスはぎょっとして憤慨の声をあげ、有無を言わせぬ尊大な構えをとった。

「いいですか」とヴァンス。「『スキャンダルズ』がサンモリッツの場面まで進むのは十一時近くなってからで、そのあと幕が下りる。つまり、あの場面を観ていながら、なおかつミスター・マニックスを十時半にここで迎えるのは不可能です。――ね。月曜の晩、あの人は何時ごろここに着いたんですか？」

娘は怒りに顔を紅潮させた。「ずいぶんこざかしいまねをなさるのね？お巡りにでもなればいいんだわ。……へえ、うちに帰ってきたのがショーのあとだとしたら、何だっていうの？何か罪になることでもある？」

「何の罪にもなりはしません」ヴァンスは静かに言った。「ただ、昨日の話で早めに帰ってきたとおっしゃったのは、いささか誠意に欠けていましたね」真剣な顔つきで身を乗り出す。「あなたを困らせようとしているんじゃありませんよ。その逆です。難儀や面倒ごとが降りかからないよう、守ってさしあげたいんです。いいですか、もし警察が嗅ぎ回りでもしたら、あなたに行き当たるかもしれないんですよ。しかし、月曜の晩にあった一定の出来事に関して、ぼくから地方検事に正確な情報を伝えておけるとしたら、警察があなたのことを調べにくる危険性がなくなるじゃありませんか」

ミス・ラ・フォスの目がいきなり険悪な光を帯び、眉根に決意のしわが寄る。「いいわ！　隠しだてすることなんか何もないんだから、ルーイにもよ。だけど、十時半にどこそこにいたことにしてくれとルーイに頼まれたら、私はそのとおりにする――おわかり？　交際するって、そういうことだと思うわ。ルーイにだって、そう頼むからにはちゃんとした理由があったのよ、わけもなく頼んだりしない。だけど、あなたがそこまでずうずうしく、私が不当な駆け引きをしたって責めるから言うわよ、あの人がここにいたのは真夜中よりあとになってからでした。ただし、誰かほかの人に訊かれでもしたら、そんなの知ったことですか、十時半だって話しかしませんからね。おわかり？」

ヴァンスは頭を下げた。「わかりました。そう聞いて、あなたのことが気に入った」

「でも、勘違いしたまま帰らないでちょうだい」熱にうかされたようにきらめく目をして、彼女はあわてて話を継ぐ。「ルーイがここに来たのは真夜中過ぎだったかもしれないけど、マーギーが死んだことについて何か知ってるなんて思うなら、頭がいかれてるわ。あの人、マーギーとは一年前に別れたのよ。そう、あの子がどうしているかも知らなかった。ルーイが事件にかかわってるなんて考えるまぬけなお巡りがいたら、私がアリバイを証明する——神に誓ってね！　それがこの世で最後の仕事になろうとも」

「ますます気に入りましたよ」ヴァンスは別れぎわに彼女が差し出した手をとって、口もとまで持ち上げた。

車でダウンタウンに向かいながら、ヴァンスは考え込んでいた。そろそろ刑事裁判所ビルに到着しようかというところで、口を開く。

「純情なアリスがすっかり好きになったよ。口先だけのマニックスにはもったいない。……女ってのはすごくりこうだよ——そのくせころりとだまされる。まるで魔法かと思うような明察ぶりで男心を見抜く一方で、自分のだいじな人のことになったらむやみやたらと目をつぶるんだから。かわいいアリスがあんなにマニックスを信用するのがいい証拠だ。あの男、月曜の晩は事務所で仕事に追われていたとでも彼女には言ったんだろうさ。当然、彼女もそんなことを信じちゃいない。だけど、わかっているんだ——わかっているんだよ、いいかい——彼女のルーイにかぎって、カナリアの死にかかわるなんて絶対ありえないとね。ああ、まったく、彼女の思っているとおりで、マニックスがつかまったりしなければいいんだがね——せめて、彼女の次のショーの資金が調達できるまでは。……やれやれ！　探偵をやっていくのにもっとレビューを観なくちゃならないんだったら、ぼくはご免こうむりたいね。いやしかし、月曜の晩にあのご婦人の観にいったのが映画じゃなくてまだしもだった！」地方検事のオフィスに着いてみると、ヒースとマーカムが協議中だった。マーカムは、何ページかにわたって表やら注やらをびっしり書き込んだ用箋《ようせん》を前にしている。葉巻の煙が彼を取り巻いていた。その向かいに座るヒースは、テーブルに両肘を乗せて頬杖をついている。威勢はいいが陰気な顔つきだ。

「部長刑事と事件を再検討しているところだ」私たちのほうにちょっと目をやって、マーカムが説明する。「目につく点を全部、ある程度きちんと並べて、これまで見落としていたつながりがないか確かめようと思ってね。あのドクターがのぼせあがってて脅しまでしていたことも、交通巡査のフィップスが面通ししたクリーヴァーを別人だと言ったことも、部長刑事に伝えてある。しかし、情報が増えれば増えるほど、混乱していくばかりのようじゃないか」

彼は広げた用箋を拾い上げてまとめ、クリップでとめた。「じつのところ、誰に対してもちゃんとした証拠がひとつも見当たらないんだ。スキールとドクター・リンドクイストとクリーヴァーには疑わしい状況がある。マニックスについても、話を聞いて疑いがきれいに晴れたわけじゃない。だが、直視してみるとどうだ、なんという状況だろう！　月曜の夕方ついたらしいスキールの指紋。月曜の晩の居場所を訊くと凶暴になり、あとから説得力のないアリバイを提出するドクター・リンドクイスト。あの娘を父親のような気持ちで気にかけていたと言いながら、その実彼女に夢中――虚偽の陳述そのものだ。クリーヴァーは弟に車を貸し、嘘をついて、月曜の真夜中にはブーントンにいたと思わせている。そしてマニックスは、あの娘との関係について質問するとごまかしてばかりいる。……金でもめたことなんかないとな」

「どうしようもない情報というわけでもないじゃないか」ヴァンスは部長刑事の隣の椅子にかけた。「適切に組み合わせられさえすれば、どれもみなひどく貴重《デヴィリシュ》な情報になるかもしれない。それが難しいのは、パズルに欠けている部分があるからじゃないだろうか。欠けてる部分を見つければ、すべてがぴったりおさまること請け合いだ――モザイクみたいにね」

「『見つける』と言うのは簡単だがね」マーカムは不平がましく言う。「どこを探せばいいのかわからないから困ってるんだ」

ヒースは火の消えた葉巻にもう一度点火して、もどかしげなしぐさをしてみせた。

「スキールを忘れないでくださいよ。あいつに決まってる。エイブ・ルービンさえいなけりゃ、やつを締めあげて真実を聞き出してやるところですがね。そういえば、ヴァンスさん、あの男はオウデルの部屋の合い鍵を持っていましたよ、当たりです」ためらいがちにマーカムをちらりと見やる。「非難しているように思われたくはありませんがね、オウデルの男友だちを追っかけるのは時間の無駄のような気がします――クリーヴァーとかマニックスとか、その医者だとか」

「きみの言うとおりかもしれない」マーカムもそう思いたがっているように見えた。「それでも、リンドクイストがなぜああいう行動をとったのかは知っておきたい」

「まあ、いくらかは役に立つかもしれません」ヒースが折れた。「あの医者が撃ち殺してやると脅すほどオウデルにのめり込んでいたんなら、それに、アリバイを訊かれて逆上したんなら、たぶん何か教えてもらえるでしょう。ちょっとばかり脅しをかけてみちゃいかがです？　いずれにせよ、たいしてごりっぱな経歴でもないんですから」

「すばらしい思いつきだ」ヴァンスが調子を合わせた。

マーカムは上目できっとにらみつけてから、自分のスケジュール帳を調べた。「今日の午後はいくらか手があいているから、彼をここへ連れてきてもらおうか、部長刑事。必要なら召喚状をとってくれ――確実に来てもらえるように。昼食のあと、なるべく早くに頼むよ」じれったそうにデスクをこつこつたたく。「ほかにすることがないなら、この事件に群がっているお荷物どもをいくらか片づけていくとするか。リンドクイストから始めようがほかの誰かからにしようが、変わりはないさ。疑わしい状況のあれやこれやにどうにか説明をつけるか、さもなくばひっくり返すか。そうすれば、われわれの立ち位置がわかってくるだろう」

ヒースは悲観的な顔で握手をすると、退出していった。

「気の毒に、不運な男だ！」あとを見送りながら、ヴァンスがため息をつく。「絶望の苦しみと憤《いきどお》りのあまり、くじけてしまった」

マーカムが噛《か》みつくように言う。「きみだってくじけるだろうさ、政界の暇に新聞がこぞってきみを血祭りにあげてるとしたらね。ところで、今日の昼には、うれしい知らせをもってくるとかなんとか、そんなことを言っていなかったか？」

「わりと期待できそうなことをつかんだと思うよ」ヴァンスは座ったまま、しばらく瞑想にふけるように窓の外を眺めていた。「マーカム、あのマニックスってやつ、磁石のようにぼくを引きつけるんだ。ぼくをいらだたせ、動揺させる。ぼくの眠りを妨げる。わがパラスの像へと降り立った鴉（一）だ。バンシー（家に死者が出ることを、大声で泣いて予告する女妖精）さながらにぼくを悩ませる」

「そのくどくどした恨みごとが、お知らせの冒頭に当たるのか？」

「心安らかに眠れもしないんだよ」ヴァンスは続ける。「毛皮商人のルーイが、月曜の晩十一時から十二時までのあいだどこにいたのかわかるまでは。あの男はどこかいるはずじゃないところにいた。マーカム、きみはそれを探り出さなくちゃならない。お荷物どもを攻撃する二番目の相手は、マニックスにしてくれないか。適度に高圧的に出れば、あの男は和平交渉に応じるだろうよ。例の毛皮モデルのことを訊くんだ——名前は何だったかな？　そうだ、フリスビー——」ちょっと言葉を切って、眉をしかめる。「そんなばかな——ああ、まさか！　いや、どうだろう。……うん、そうだよ、マーカム、あの毛皮モデルのことを訊いてもらわなくちゃ。彼女と最後に会ったのはいつか訊くんだ、わけ知り顔で、怪しんでいるような態度でね」

「おいおい、ヴァンス」——マーカムはいらだちをつのらせていた——「この三日というもの、マニックスのことばかり繰り返してるぞ。どうしてそんなにこだわるんだ？」

「直観だ——まるっきり直観なんだ。ほら、ぼくには霊感があるからね」

「きみと十五年もつきあってこなけりゃ、そう信じてやるんだが」マーカムはうさんくさそうな目でさぐりを入れていたが、やがて肩をすくめた。「リンドクイストを片づけたら、マニックスにとりかかるとしよう」

19　医師の釈明

九月十四日（金曜日）午後二時

私たちは地方検事の私室で昼食をすませた。二時にドクター・リンドクイストが到着したが、連れてきたヒースの表情から、部長刑事が彼のことをまったく気に入らないことがありありとわかる。

マーカムに言われるまま、医師は地方検事のデスクに正面から向き合うように座った。

「またもこんな侮辱を受けなくちゃならないとは、どういうことなんです？」と、冷ややかに詰問する。「自分の用事を放り出すよう市民に強要していじめようなんて、あなたにそんな特権があるんですか？」

「殺人犯を裁判にかけるのが私の職務ですので」マーカムが同じく冷ややかに応じる。「当局に協力することを侮辱だと思うとしたら、まあ、それは市民の特権なんでしょうね。私の質問に答えるのに不安がおありなら、ドクター、あなたには弁護士を呼ぶ権利もあります。今ここで電話して、弁護士に法的保護をしてもらいたいですか？」

ドクター・リンドクイストは躊躇《ちゅうちょ》した。「法的保護は必要ありません。とりあえず、私はなぜここへ連れてこられたのか教えていただけませんか？」

「もちろん。あなたとミス・オウデルとの関係について、その後判明した何点かについて説明するため、そして——あなたにそのおつもりがあればですが——前回お目にかかったときにあなたが私をだましたのはなぜか、その理由を解明するためにです」

「私のプライベートな問題を不当に穿鑿《せんさく》していらっしゃるようですが。そういうやり方が、かつてのロシアなどでは横行していたらしいですがね。……」

「不当な穿鑿であれば、そうであることを私に納得させるのはたやすいことでしょう。そうすれば、あなたに関してはどんな情報だろうと、われわれは即座に忘れてしまいますよ。本当のところ、あなたがミス・オウデルに寄せる関心は単なる父性愛を超えていたのではありませんか？」

「この国の警察には、ひとりの人間のそっとしておいてほしいという心情すら尊重してもらえないのか？」ドクターの口調に、尊大なあざけりがまじる。

「状況によっては尊重されます。そうはいかない場合もある」マーカムは、驚くほどどりっぱに憤怒《ふんぬ》を抑えている。「もちろん、お答えいただかなくてもけっこう。しかし、ここで腹を割って話すことになされば、法廷という場で人々の法定代理人から公然と質問されるという屈辱をしのばずにすむのではありませんか」

ドクター・リンドクイストは顔をしかめて、しばらくそれについて熟慮した。「それで、ミス・オウデルに対する私の思いは父性愛以上のものだったと認めたら——それでどうなるんです？」

マーカムは、その質問を容認と受け取った。

「彼女に激しく嫉妬していましたね、ドクター？」

「嫉妬ですか」ドクター・リンドクイストは、皮肉っぽい、いかにも医者らしい態度で言う。「相手に夢中になると生じる、珍しくもない副産物ですね。クラフト＝エビング、モール、フロイト、フェレンツィといった精神科の権威者たちも、愛欲的誘引から直接導かれる心理的結果とみなしているはずです」

「たいへんためになりますよ」マーカムが、感謝のしるしにうなずいてみせる。「ということは、私の想定するところ、あなたはミス・オウデルに夢中だった――いや、愛欲的に引きつけられていたと言いましょうか。そして、ときどきはその直接の心理的結果である嫉妬をあらわにしていたんですね？」

「好きなように想定するといい。それにしても理解に苦しむね、私の感情なんかをどうして問題にするのか」

「あなたの感情が問題のある不審な行動につながっていなければ、私も関心などもたなかったんですがね。しかし、信頼できる筋から聞き及んだところによると、その感情が正常な判断力を狂わせるほどつのって、ミス・オウデルを殺して自分も死ぬと脅されたというじゃありませんか。そうやって脅された当の娘さんがその後殺害されたという事実に鑑《かんが》みるに、法が穿鑿するのは当然――理にかなったことでしょう」

いつもは青白い医師の顔が、黄味を帯びたように見える。ぶかっこうな長い指は、椅子の肘掛けをぎゅっとつかんでいた。にもかかわらず、彼は身じろぎもせずにしっかり威厳を保ち、地方検事を一心ににらみつけているのだった。

マーカムは言い添えた。「否定なさればこちらの疑念がふくらむだけですが、そんなことはなさらないでしょうね」

男の様子をじっと観察していたヴァンスが、にわかに身を乗り出した。

「ねえドクター、ミス・オウデルをどういう方法で殺してやると脅しました？」

ドクター・リンドクイストはくるっと首をめぐらせて、ヴァンスのほうに顔を突き出した。耳ざわりな音をたてて長々と息を吸い込んだかと思うと、全身がぴんと張りつめる。頰に血がのぼり、口もとと喉の筋肉がひきつる。一瞬、自制を失うのではないかとはらはらさせられた。しかし、彼はやがて、必死で落ち着きを取り戻した。

「首を絞めてやると言って脅したとでも思っているんだろう？」激しい怒りに声が震えている。「それで、脅したからといって絞首刑の首つり縄にもちこみたいというんだな？――ふん！」

ひと息ついて再び口を開くと、声に落ち着きが戻った。「ミス・オウデルを殺して自分も死んでやると、無分別にも彼女を怖がらせてやろうとしたことがあるのは確かです。でも、先ほどうかがったところでは、正確な情報をつかんでいらっしゃるはずだ。私が拳銃で脅したのはご存じでしょう。口先だけの脅しをするときに決まってもちだす武器じゃありませんか。絞殺魔《サーギー》みたいな脅しはしていません。そんな忌《い》まわしい行為を考えてみたことがあったとしても」

「なるほど」と、ヴァンスがうなずく。「かなりうまいこと要所をついていますね」

医師はどうやら、ヴァンスの態度に元気づけられたらしい。再びマーカムに面と向かって、詳しい打ち明け話を始めた。「ご存じでしょう、脅しが前兆になって暴力行為に至ることはめったにありません。歴史の浅い人間心理の研究でも、脅しというのはその人物が無害である一見明らかな証拠だと言われます。脅しというのは概して怒りから生まれ、それ自体が安全弁の働きをするんです」彼は視線を転じた。「私は結婚していない。言うなれば、感情面で安定していないんです。そのうえ、神経が過敏で張りつめた人たちと始終密に接しています。異様に感じやすくなっている時期に、あの人に心酔するようになった。その気持ちに、彼女は報いてくれませんでした――そう、私と同等の情熱で応えてはもらえなかった。私は苦しみのどん底にいた。彼女はちっとも私の苦しみをやわらげてくれようとしなかった。それどころか、ほかの男と一緒にわざと意地悪をして私をいたぶっているんじゃないかと、一度ならず疑いました。ともかく、彼女は自分の不貞をわざわざ私に隠しもしませんでした。正直なところ、頭がへんになりそうだったことも一、二度あります。脅したのは、怖がられでもしたほうが、私にもっと従順で思いやりのある態度をとってくれるんじゃないかと思ったからです。人間性を見抜く眼識をおもちのあなたになら、きっとわかっていただけると思いますが」

「それはさておき」マーカムは、あたりさわりのない言葉を返す。「月曜の晩の居場所について、もっとはっきり説明していただきましょうか？」

またもや男の顔色がじわじわと黄味を帯び、それとわかるほどに体がこわばる。しかし、口を開くと、出てくるのは持ち前のていねいな言葉だった。

「そのご質問にはお手紙で充分お答えしたつもりでしたが。お伝えし忘れたことがありましたか？」

「あの晩付き添っていたという患者のかたは、なんというお名前ですか？」

「ミセス・アンナ・ブリーダン。ロングブランチのブリーダン・ナショナル銀行の、故エイモス・H・ブリーダンの未亡人です」

「そのかたの病室に、確か十一時から一時までいらしたということでしたね」

「そうです」

「その時間にあなたが療養所にいたことをご存じなのは、ミセス・ブリーダンおひとりだけですか？」

「だと思います。ええ、夜十時を過ぎると呼び鈴《りん》は鳴らしません。自分で鍵を開けて入るんです」

「では、ミセス・ブリーダンに話をうかがう許可がいただけるんでしょうね？」

ドクター・リンドクイストは心底残念そうに言う。「ミセス・ブリーダンは重病人なんです。去年の夏ご主人を亡くされたときにひどいショックを受けて、それ以来、事実上意識もうろうとしたままで。ときとして正気を疑うことさえあります。ほんのわずか興奮するだけでも、深刻な事態を引き起こしかねません」

彼は金縁《きんぶち》の携帯用書簡入れから新聞の切り抜きを取り出して、マーカムに手渡した。

「この死亡記事をご覧ください。彼女が疲憊《ひはい》して私設療養所に入所したことに触れています。長年私が彼女の主治医を務めていましてね」

マーカムは、切り抜きをざっと見てから返した。訪れたしばらくの沈黙を、ヴァンスの質問が破る。

「ところで、ドクター、おたくの療養所の夜勤看護婦はなんというお名前ですか?」

ドクター・リンドクイストはさっと顔を上げた。

「夜勤看護婦? なんでまた――どんな関係があるというのです? 月曜の晩、彼女は大忙しでしたよ。理解できない。……まあ、名前を知りたいとおっしゃるんでしたら、私に異存はありません。フィンクルといいます――ミス・アメリア・フィンクル」

ヴァンスはその名を書きとめ、立ち上がって、ヒースにその紙切れを届けた。

「部長刑事、明日午前十一時に、ミス・フィンクルをこちらへお連れしてください」と、片方のまぶたをわずかに下げてみせる。

「承知いたしました。いい思いつきだ」ミス・フィンクルにとってはいい思いつきではなかったが。

ドクター・リンドクイストの顔に不安の暗雲がたれこめる。

「僭越《せんえつ》ながら、そういう配慮に欠けるやり方は無神経というものではありませんか」軽蔑しきった口調だった。「とりあえず私への尋問はこれでおしまいなんでしょうね?」

「ここまででけっこうかと存じますよ、ドクター」マーカムは慇懃《いんぎん》に答えた。「タクシーを呼びましょうか?」

「身にあまるご配慮、恐縮です。しかし、自分の車が下に駐めてありますので」そう言って、ドクター・リンドクイストは偉そうに引き揚げていった。

マーカムは即刻スワッカーを呼んで、トレイシーへ使いに出した。すぐ駆けつけてきた刑事は、鼻眼鏡《パンスネ》を磨きながら愛想よく頭を下げた。刑事というよりも俳優のようだが、扱いが難しい問題を処理する能力にかけて検事局内で彼の右に出る者はいない。

「ルイス・マニックスをもう一度つかまえてきてほしいんだ」とマーカム。「今すぐここに連れてきてくれ。待っているから」

トレイシーはにこやかにお辞儀して鼻眼鏡をかけ直すと、任務を果たしに出ていった。

「さてと」そう言ってマーカムは、ヴァンスを非難の目でにらんだ。「どういう了見で、夜勤看護婦のことなんかもちだしてリンドクイストを警戒させたのか、教えてもらおうか。今日のきみは、頭脳絶好調とは言いがたいね。ぼくが看護婦のことを考えなかったとでも思うのか？もうきみが警告してしまった。明日午前十一時までに、あいつは看護婦に答え方を指導するに決まってる。まったくもう、ヴァンス、あの男のアリバイを確かめようとしているのに、それをわざわざぶちこわすあれ以上の方法は考えても思いつかないよ」

「ちょっぴり脅しをかけただけだよ？」ヴァンスはのんきににやにやしている。「相手は、きみの意見がどうかしているって大げさにけなしはじめるころにはもう、喉もとまで怒りがこみあげているような手合いなんだから。だけどねえ、マーカム、ぼくの頭の調子がよくないと言って泣きだしたりしないでくれよ。きみとぼくが二人とも看護婦のことに思い至ったんだとすると、ずる賢いあのドクターだってやっぱり思いついたんじゃないか？　そのミス・フィンクルとやらが偽証してくれるようなタイプなら、二日前にもう偽証サービスを頼んであって、彼が月曜の晩は療養所にいたという証人として、昏睡《こんすい》状態のミセス・ブリーダンと一緒に看護婦の名前も挙がっていたはずさ。彼のほうから看護婦の話をすっかり避けていたところからして、口車に乗せて嘘をつくと誓わせることができなかったんだ。……誤解だよ、マーカム。ぼくは意図してあの男を警戒させた。さあこれで、ぼくらがミス・フィンクルに話を聞くまでに何か手を打たなくてはならなくなっただろ。自慢じゃないが、どういうことになりそうかぐらい承知してるさ」

「念のためうかがいますが」ヒースが口をはさんだ。「私は明日の朝、そのフィンクルとやらを引っぱってくるんですか、こないんですか？」

「連れてこなくていいだろう」とヴァンス。「われわれは、そのフローレンス・ナイチンゲール女史の顔を拝めない運命にあるような気もする。ぼくらの逢瀬《おうせ》はあの医者がいちばん望まないことだろうからね」

「そうかもしれない」とマーカム。「しかし、忘れちゃいけない。あの男は月曜の晩、殺人とはまるで関係のないことをしていて、それを人に知られたくないだけなのかもしれない」

「そのとおり――まったくだ。それにしても、カナリアの知り合いは誰もかれもこぞって、月曜の晩には秘密の微罪《サブ・ローザ》にふけることにしていたようじゃないか。ちょっと偏《かたよ》っていないか？スキールはトランプ遊び《クン・カン》に夢中だったと思わせようとする。クリーヴァーは――彼の言葉どおりに受け取るなら――ニュージャージーののどかな湖水地方を旅していたという。リンドクイストは病人を慰めている図を想像してほしがる。そしてマニックス。ぼくはたまたま知っているんだが、ぼくらが知りたがってはいけないというので、彼はわざわざアリバイをこしらえていた。いやはや、誰もがみんな人に知られたくないようなことをしていたんだよ。はて、知られたくないこととは何ぞや？　そしてまた、なぜよりにもよって殺人のあった晩に、そろいもそろって、嫌疑を晴らすためであっても口にするのをはばかるような内緒ごとにいそしんでいたんだ？　あの晩この街に悪霊《イフリート》たちの侵略でもあったのか？　この世界に、人にこそこそみだらな行為をさせるような呪いでもかかっていたのか？　黒魔術でも流布《るふ》していたんだろうか？　そんなわけはないだろう」

「私はスキールに賭けています」ヒースが断固として言う。「プロの仕事は見ればわかる。それに、例の指紋やのみについての教授の報告書をなかったことにはできません」

　マーカムは痛々しいほど途方に暮れていた。如才《じょさい》なくて教養のある男が念入りに考え抜いた末の犯罪だというヴァンスの説に、スキールのしわざだという考えがある程度ぐらついていたのだ。ところが今また、優柔不断にもヒースの意見のほうへ揺り戻されている。

「正直言って、リンドクイストにしろクリーヴァーにしろマニックスにしろ、無罪だと確信をもてるような人物ではない。だが、三人とも似たり寄ったりなもので、彼らに対する疑いがなんとなく分散してしまうんだ。結局、絞殺犯という役回りに論理的に当てはまる候補者はスキールただひとり。明らかな動機があるのもあの男だけだ。彼にだけは反証もあるし」

　ヴァンスはうんざりしてため息をついた。「はい、はい。指紋――のみの跡。きみってやつは、疑うことを知らないんだな、マーカム。スキールの指紋があの部屋で見つかった。ゆえに、スキールがあの女性を絞殺した。いやになるほど単純だ。それ以上悩むことがあるかい？　既《ショ》決事件《ーズ・ジャジー》――判決は下った。スキールを電気椅子送りにして、一件落着！……能率的だがね、芸術的と言えるものだろうか？」

「批判に熱心なあまり、きみはスキールへの反証を軽く扱っているぞ」マーカムはとげとげしく言った。

「ああ、彼への反証はよくできていると認めよう。いまいましいほど巧妙で、軽くあしらうつもりはさらさらない。しかし、いちばん人気のある事実というのは単によくできているだけ――だからこそ大きな間違いなんだ。きみの説は大いに大衆受けするだろうさ。それでも、ねえ、マーカム、本当のことじゃない」

　実際的なヒースは心を動かされなかった。ぼんやりとテーブルをにらんで座っている。マーカムとヴァンスの意見交換は耳に入っているのかどうかすら怪しいものだ。

「ねえ、ミスター・マーカム」とりとめもない考えが思わず口をついて出たような言い方だった。「スキールがオウデルの部屋をどうやって出入りしたのか示すことができれば、反証を固めることになりゃしませんかねえ。私は思いつきません――お手上げです。それで、あの部屋を建築家にでも見てもらってはどうかと考えてたんですが。あの建物は古い時代のものだ――そもそもいつごろ建てられたのかわからないくらい――われわれがまだ見つけていない出入口があるのかもしれません」

「なんとまあ！」ヴァンスは彼を、皮肉っぽい驚きの目でまじまじと見た。「それじゃ、まぎれもない空想家だ！　秘密の通路、隠し扉、壁にはさまれた階段。そういうところですか？いやはや、まったく！……部長刑事、映画には用心したほうがいい。だめになる人間が多いんですよ。たまにはグランドオペラでもご覧になるといい――映画より退屈ですが、害は少ない」

「はいはい、わかりましたよ、ヴァンスさん」ヒース本人も、建築家案を格別いいと思っているわけではないらしい。「でも、スキールがどうやって入ったのかがわからないかぎり、やつが入らなかった方法のほうはいくつか確実になるってことでもありますよ」

「私もそう思うよ、部長刑事」とマーカム。「すぐに建築家を手配しよう」彼はスワッカーを呼んで、必要な指示を与えた。

　ヴァンスは足を伸ばしてあくびした。

「さて、ハーレムの寵姫《ちょうき》をはべらせ、黒人たちにシュロの葉であおいでもらって、ピチカート演奏の音楽でも流してもらいたいところだね」

「ご冗談を、ヴァンスさん」ヒースは新しい葉巻に火をつけた。「しかし、もし建築家があの部屋に何もおかしなところを見つけなくたって、スキールのやつはいつ馬脚を現わしてもおかしくない」

「ぼくはマニックスに子供っぽい信頼を置いているよ」とヴァンス。「なぜなんだろうね。だが、彼はりっぱな男じゃないし、何か隠している。マーカム、あの男が月曜の晩どこにいたか教えてくれるまで、何としても放すんじゃないぞ。それから、忘れずに毛皮モデルのことをいわくありげにちらつかせるんだ」

20　真夜中の目撃者　　九月十四日（金曜日）午後三時三十分

三十分ほどでマニックスが到着した。ヒースが新来者に席を譲って、窓の下にある大型の椅子に移った。ヴァンスはマーカムの右手の小さなテーブルにつき、マニックスの顔と斜めに向かい合った。

また呼び出されたことをマニックスが喜んでいないのは、明らかだった。小さな目がオフィスをすばやく見回し、ヒースのところでしばし不審そうにとどまってから、最後に地方検事に落ち着く。初回よりもさらに警戒していた。鼻につくほど丁重ではあったが、マーカムへの挨拶のし方にも動揺が隠れている。マーカムの態度にも、相手を落ち着かせようという配慮はない。陰悪で不屈な検察官然として、相手に着席を促す。マニックスは、帽子とステッキをテーブルに置き、椅子の縁《ふち》に、背中を旗竿《はたざお》のようにまっすぐ立てて腰をおろした。

「水曜日におっしゃったことにはまるで納得できません、マニックスさん」と、マーカムが切り出した。「ミス・オウデルの死についてご存じのことを、私が思い切った手段で聞き出さざるをえなくなるようなことにはしたくないはずですね」

「ご存じのこと?」マニックスは、無邪気を装おうとして無理やり笑顔をつくった。「ミスター・マーカム――」いつも以上に愛想よく、両手を広げてどうしようもないと訴えてみせる。「もし私が何か知っていたら、ちゃんと申しあげますとも――もちろん申しあげます」

「それはうれしいですね。進んで話していただければ、私も仕事がやりやすい。ではまず、月曜日の真夜中、あなたがどこにいらっしゃったのか教えてください」

マニックスは目をゆっくり細めていったが、身じろぎもせずにいた。そして、かなりの時間がたってから口を開いた。

「私が月曜日にどこにいたか? なぜお教えしなくてはならないんですか? ひょっとして、殺人の嫌疑をかけられている――そうなんですか?」

「今のところ何の嫌疑もかかっていません。質問に答えるのをしぶっていらっしゃるらしいところは、確かに疑わしいですが。居場所をおっしゃりたくないのはなぜです?」

「隠すような理由はありませんよ」マニックスは肩をすくめる。「恥じるようなことは何もないんだから――まるっきり!……事務所で片づけなくてはならない用事がいっぱいあったんです、冬季の仕入れのことで。事務所に十時までいて――もしかしたらもっと遅かったかもしれない。それで、十時半に――」

「もうけっこう!」ヴァンスがぴしりと切り込む。「ここでほかの人を巻き込む必要はありません」

妙に意味ありげに強調する彼をマニックスはずる賢く観察して、その言葉の裏にどんな情報が隠されているのか読み取ろうとしていた。だが、ヴァンスの顔つきからは何もわからなかった。それでも警告の響きだけは伝わって、話を中断したのだった。

「私が十時半にどこにいたのか、聞きたくないということですか?」

「別にどうでもいい」とヴァンス。「真夜中にどこにいたのかを知りたいですね。誰と一緒だったかおっしゃる必要はありません。あなたが本当のことを話せば、それもわかることですから」先ほどマーカムに指示していたわけ知り顔で謎めいた態度を、自分自身もとっている。アリス・ラ・フォスとの約束を破ることなく、マニックスの心に疑いの種をまいたのだ。

相手に答えを用意する隙を与えず、ヴァンスは立ち上がって、地方検事の机に身を乗り出した。

「ミス・フリスビーというかたをご存じですね。七十一丁目にお住まいの。詳しく申しあげると——一八四番地ですが。もっと正確に言えば——ミス・オウデルがお住まいだった建物の、二号室です。ミス・フリスビーはもとあなたのモデルだった。社交的なかたですね。今でもかつての雇い主に——あなたのことですよ——言い寄られて、寛大にもてなしているとは。彼女に最後に会ったのはいつのことですか、マニックスさん?……時間をかけてお答えください。じっくり考えてごらんになりたいのではありませんか」

マニックスは時間をかけた。たっぷり一分ほどして口を開くと、出てきたのはまた質問だった。

「私には女性を訪ねる権利もないんですか——そうなんですか?」

「もちろん権利はおありですよ。ですから、そんな当たり前であたりさわりのない質問でそわそわなさることはないでしょう？」

「そわそわ？」マニックスは必死で笑い顔をつくってみせた。「私のひそかな情事のことをお訊ねになるなんて、何を考えていらっしゃるんだろうと思っただけです」

「よろしいですか。ミス・オウデルは月曜の真夜中ごろ殺害されました。あの建物の正面玄関を出入りした者はいないし、通用口は施錠されていた。彼女の部屋に入ることができたとすれば、二号室からしかありません。ミス・オウデルの知り合いで二号室を訪れたことがあるのは、あなた以外に誰もいないんですよ」

その言葉を聞いてマニックスは、テーブルの端を両手でつかんで身を乗り出した。目を大きく見開き、肉感的な唇をぽっかり開けている。しかし、その格好に感じられるのは恐怖ではなく、純粋な驚きだった。座ったまましばしヴァンスを、唖然《あぜん》として信じられないように見つめていた。

「そんなふうに考えていらっしゃったんですね？　通用口が施錠されていたからには、二号室から以外には誰も出入りできなかったと？」短く、意地の悪い笑い声をあげる。「月曜の晩にたまたま通用口が施錠されていなかったとしたら、私の立場はどうなるんです――ええ？　私の立場は？」

「われわれの側寄りになるんじゃないでしょうか――地方検事の側にね」ヴァンスはネコのように相手を見守っている。

「そのはずですよ！」と、吐き出すようにマニックスが言う。「味方として言わせてもらいましょう。私は味方という立場なんですから——文句なしに！」彼は重々しく首をめぐらせて、マーカムに顔を向けた。「私にやましいところはないんですよ。でも、そろそろ口を閉じていなくてもいいでしょう。……月曜の晩、通用口は施錠されていませんでした。そして、十二時五分前にそこからこっそり出ていったのは誰か、私は知っている！」

「そうこなくちゃ《サ・マルシュ》！」ヴァンスはそうつぶやくと、また腰をおろし、落ち着いて煙草に火をつけた。

マーカムは驚きのあまり、とっさに声も出ずにいた。ヒースは、葉巻を口に持っていきかけたまま動きを止めている。

やがてマーカムは背中をそらし、腕組みをした。

「全部話していただいたほうがよさそうですね、マニックスさん」有無を言わせぬ声だった。

マニックスのほうも、座ったまま背中をそらせた。

「ええ、お話しします——もちろん、お話ししますとも。お考えになっていたとおりです。私はあの晩、ミス・フリスビーと一緒に過ごしました。不都合なことはありませんでしたよ、だからといって」

「あそこには何時に行ったんですか？」

「勤務時間のあと——五時三十分か四十五分ごろです。地下鉄に乗って、七十二丁目で降りて歩きました」

「建物内には正面玄関から入りましたか?」

「いいえ。路地を通って、通用口から入りました――たいていそうしています。私が誰を訪ねようと誰の知ったことでもないし、メインホールの電話交換手に知られないからといって彼に迷惑がかかったりもしないでしょう」

「今のところ問題はないな」とヒース。「管理人が通用口に施錠するのは六時以降なんだから」

「そして、その晩はずっとその部屋に?」とマーカム。

「ええ――真夜中ちょっと前まで。ミス・フリスビーが夕食をこしらえてくれて、私はワインを一本持参しましたから。ちょっとした社交パーティですよ――二人だけのね。アパートメントの外には出ていません、ええ、十二時五分前まで。あの人をここへ呼んで、訊いてもらってもかまいません。今すぐ私から彼女に電話して、月曜の晩の状況をきちんと説明しましょう。私の言葉をうのみにしてもらおうとは思いません――いや、まったく」

マーカムが手を振ってその提案を却下する。

「十二時五分前に何があったんです?」

マニックスは、その話に移るのは気が進まないとでもいうかのように口ごもる。

「やましいことはありません、ええ。友人といえばあくまでも友人ですから。それにしても――わかりません――だからといって、自分にまるっきり関係のないことのために、人の反感を買うほどの理由になりますかね?」

待っていても答えが返らないので、彼は話を続けた。

「いや、まったくだ。ともかく、何があったかはお話ししますよ。申しあげたとおり、私はそのご婦人を訪ねていました。そのあと別の約束もありましてね。真夜中少し前に別れの挨拶をして帰途につきました。でも、ドアを開けたちょうどそのとき、見えたんです。カナリアの住まいからしのび出てきた男が、奥の通路から通用口に向かうところだった。通路に明かりがついていて、二号室のドアは通用口の真正面にあたりますからね。今のみなさんの姿と同じくらいはっきり見えました——そりゃもうはっきりと」

「誰だったんです?」

「ええ、どうしてもとおっしゃるならお教えしますが、〝ポップ〟クリーヴァーでした」

マーカムの頭がかすかにぴくっと動く。

「それで、どうしました?」

「どうもしません、ミスター・マーカム——まったく何もしませんでした。あまり深く考えなかったんですよ。ポップがカナリアに追いすがっているのを知っていましたし、彼女を訪ねてきてたんだなと思っただけで。だけど、ポップに姿を見られたくはありません——私がどこで時間を過ごそうが、彼の知ったことじゃない。ですから、鳴りをひそめて待ちましたよ、彼が出ていくまで——」

「通用口からか?」

「もちろん。そこで、私も同じようにして出ていきました。それまでは正面玄関から帰るつもりでいましたよ、通用口のほうは夜間いつも施錠されているのを知っていましたから。でも、ポップがそっちから出ていくのを見て、私もそうしようと思いました。電話交換手に知られずにすむのなら、わざわざ知らせる意味もありません――ええ、まったく。ですから、来たときと同じところから出ていきました。ブロードウェイに出てタクシーを拾い、そこから――」

「もういい！」またもやヴァンスが話をさえぎった。

「おっと、わかりました――わかりましたよ」そこで話を終わりにできて、マニックスは喜んでいるようだ。「ただ、ねえ、誤解されたくない――」

「だいじょうぶです」

マーカムはこの中断にめんくらっていたが、それをとやかくは言わず先に進む。

「新聞でミス・オウデルの死を知って、その非常に重要な情報を警察に知らせようとなさらなかったのはなぜです？」

「巻き添えをくってしまうじゃありませんか！」マニックスはあきれて声をあげる。「わざわざ招くまでもなく、面倒ごとは間に合っています――ありあまるほどですよ」

「なんともせちがらいことで」マーカムは嫌悪感をあらわにした。「まあそれでも、事件のことを知って、クリーヴァーがミス・オウデルにゆすられていたと告げ口だけはしたわけだ」

「そうですとも。それが、あなたを通じて――あなたに貴重なヒントを与えることによって、私が正しいことをしたかったというしるしじゃありませんか？」

「あの晩、通路や路地でほかには誰か見かけませんでしたか？」

「誰も――誰ひとり見かけませんでした」

「オウデル宅でもの音がしませんでしたか――ひょっとして、誰かがしゃべったり動き回ったりしていませんでしたか？」

「何も聞こえませんでした」マニックスは首をきっぱり左右に振った。

「クリーヴァーが出ていくのを見かけた時刻は確かなんですね――十二時五分前というのは？」

「間違いなく。腕時計を見て、あの人に『日付が変わらないうちに帰るよ、明日までにはまだ五分あるからね』と言いましたから」

マーカムは話の要所をひとつずつ確認し、手を替え品を替えしてすでに述べたこと以外にも白状させようとした。しかし、マニックスが自分の供述を追加することも細部を変更することもなく、三十分ほど容赦なく追及されたのち、彼は放免された。

「ともかくも、パズルの欠けていたピースがひとつ見つかったわけだ」とヴァンス。「完成形のどこにどんなふうにはまるのかはまだわからないが、役に立つし意味のあるピースだよ。それに、ねえ、マニックスが怪しいというぼくの直観がみごとに証明されたじゃないか！」

「ああ、いかにもね――たいした直観だよ」マーカムが彼に不審の目を向ける。「あの男の話を二度もさえぎったのはどういうわけだ？」

「ああ、きみが知ることは決してない《オー・チュ・ヌ・ソラ・ジャメ(1)》」とヴァンス。「教えるわけにはいかないんだ。心からすまないと思うよ」

妙な態度だったが、こんなときのヴァンスが内心あくまでも真剣なことをマーカムは知っていたので、それ以上問いただしはしなかった。それにしてもミス・ラ・フォスは、これほどのヴァンスの誠意をちゃんと心から信じてくれていただろうかと、私はどうしても考えてしまうのだった。

ヒースは、マニックスの話にかなり動揺していた。

「まさか、通用口が施錠されてなかったってことはないでしょう。マニックスが出ていったあと、いったいどうやって内側にまた差し錠がおりたってんです？　それに、誰が六時以降に錠をはずしたってんですか？」

「そのうち何もかもわかるでしょうよ、部長刑事」とヴァンス。

「かもしれませんし――わからないかもしれない。でも、今私から言っておきますが、わかってみれば答えはきっとスキールでしょうよ。やつのネタをつかまなきゃなりません。クリーヴァーは手練《てだ》れの鉄梃《かなてこ》使いじゃない。マニックスだって違います」

「やはり非常に腕のいい技巧家が、あの晩あそこに居合わせたんです。それは気取り屋《デュード》じゃなかった。あの宝石箱にのみをふるった彫刻家《ドナテッロ》は彼だったかもしれないがね」

「腕の立つ二人組がいたってことですか？　そういう説なんですか、ヴァンスさん？　前にもそんなふうなことをおっしゃってましたし、それは間違いだと言いたいんじゃありませんがね。どっちかひとりの役をスキールに振れるってんなら、相棒は誰なのかやつに吐かせましょう」

「相棒なんかじゃないよ、部長刑事。よく知らない人間だという可能性のほうが高い」

マーカムは座ったまま宙をにらんでいる。

「この事件でのクリーヴァーの役どころが、まったくもって気に入らないね」とマーカム。「月曜以来、あの男はどうもうさんくさくてしかたがない」

「それに、ほら」とヴァンス。「あの男の偽アリバイが、ここに来てぐっと怪しげな意味を帯びてきたんじゃないか？　昨日クラブで、彼を問い詰めるっていうきみを引き止めたわけが、もうわかっただろう。マニックスに本当のことを吐き出させることができたら、クリーヴァーからも強い立場で告白を引き出せるんじゃないかと思ったんだよ。どうだい？　またしても直観の勝利だ！　今つかんだ情報があれば、あいつを容赦なく締めあげてやれる——だろ？」

「まさにそうしてやるつもりだ」マーカムはスワッカーを呼んだ。「チャールズ・クリーヴァーに連絡をとってくれ」と、せっかちに指示する。「スタイヴェサント・クラブと、それから自宅にも電話するんだ——住まいは西二十七丁目のクラブの目と鼻の先だ。三十分以内にここへ来てほしい、さもなくば刑事をやって、手錠をかけて連行してやると伝えてくれ」

それから五分ほど、マーカムは窓に向かって立ったままそわそわと煙草を吸い、ヴァンスは愉快そうな笑顔でせっせと《ウォール・ストリート・ジャーナル》をめくっていた。ヒースは水を一杯飲んで、部屋の中を行ったり来たりしはじめた。そのうち、スワッカーが戻ってくる。

「すみません、チーフ、だめでした。クリーヴァーはどこか田舎のほうへ出かけています。帰りは夜遅くなるとのことで」

「なんだと！……わかった——しかたがないな」マーカムはヒースのほうを向いた。「今夜のうちにクリーヴァーの身柄を確保しておいてくれ、部長刑事。明日の朝九時にここへ連れてきてもらおう」

「了解、連れてまいります！」ヒースはうろうろ歩いていた足を止めて、マーカムに面と向かった。「ずっと考えていたんですが。ひとつ、何と言いますか、繰り返し頭に浮かんでくることがありましてね。覚えてらっしゃるでしょう、居間のテーブルの上にあった黒い書類箱を？　空《から》っぽでした。女性があういう箱に入れておくのは、手紙とかそれに類するものですよ。さて、そこですよ、私が気になってしかたないのは。あの箱はこじあけられていませんでした——鍵で開けられていたんです。それに、ともかくプロの泥棒は手紙や書類に手を出しません。……私の言いたいことはおわかりですね？」

「おお、わが部長刑事よ！」と、ヴァンスが声をあげる。「あなたの前ではぼくもかたなしだ！　足もとにも及ばない！……あの書類箱——きちんと開いていた、空っぽの書類箱！　もちろんそうだ。スキールが開けたんじゃない——絶対に彼じゃない！　あれが別のやつのしわざだったんだ」

「その箱についてどんなことを考えていたんだ、部長刑事？」とマーカム。

「つまりですね。ヴァンスさんがずっとおっしゃっていたように、あの晩、スキールのほかにも誰かがあの部屋にいたかもしれないってことです。おっしゃってましたよね、六月ごろオウデルにたっぷり金を払って手紙を取り戻したと、クリーヴァーが白状したって。だけど、金なんか払っちゃいなかったとしたら、そして月曜の晩にあそこへ手紙をとりにいったんだとしたら、話のうえでだけ手紙を買い戻したって言ったんじゃありませんかね？　マニックスが偶然あそこで彼の姿を見たのは、そういうことだったのかもしれませんよ」

「ありえなくもないな」マーカムも認める。「だが、だとしたらどうなる？」

「そうですねえ、クリーヴァーが月曜の晩に手紙をとっていったとしたら、まだ手もとにあるかもしれない。その中に日付が六月以降の手紙があれば、六月に買い戻したと言ってるんですから、決定的な証拠をつかんだことになるでしょう」

「それで？」

「ですから、ずっと考えていたんです。……さあ、クリーヴァーは今日一日街を出ている。あの手紙を押収できたら……」

「役に立つかもしれないさ、もちろん」マーカムは部長刑事の目をまっすぐに見て、冷淡な声で言った。「しかし、そういうやり方ははっきりと問題外だと言える」

「そうはおっしゃいましても」ヒースは口の中でぶつぶつ言っていた。「クリーヴァーのやつ、あなたをさんざんコケにしてきてるんですすよ」

21　日付の矛盾

九月十五日（土曜日）午前九時

翌朝、マーカム、ヴァンス、私の三人は〈プリンス・ジョージ〉で一緒に朝食をとり、地方検事のオフィスには九時五分に到着した。ヒースはクリーヴァーを引き連れて、応接室で待っていた。

オフィスに入室してくるクリーヴァーの態度からすると、部長刑事から思いやりたっぷりに扱ってはもらえなかったらしい。彼はけんか腰で地方検事のデスクに詰め寄っていき、冷たい憤慨の目でマーカムをにらんだ。

「ひょっとして私は逮捕されたんですか？」彼は穏やかな声で詰問した。煮えたぎる憤《いきどお》りを抑えつけた、耳ざわりな穏やかさだ。

「いいえ、まだ」マーカムはそっけなく言う。「しかし、逮捕されたとしても自業自得でしょう。座ってください」

クリーヴァーはためらっていたが、いちばん近くにある椅子に腰をおろした。

「七時半にはあなたのところの刑事にベッドから引きずり出された」――ヒースのほうへ顎を突き出してみせる――「そういう高圧的で不当なやり方に抗議したからといって、護送車だの令状だのと脅された。どういうことです？」

「私からの呼び出しを自発的に受け入れていただけない場合は法的手続きに訴えるというだけのことです。今日は半日勤務だし、あなたから早急にご説明いただきたいことがありましてね」

「こんな状況で何か説明するなんて、とんでもない！」クリーヴァーは必死で冷静を装っているものの、自制がおぼつかなくなっている。「私は、あなたの都合のいいときにここへ引っぱってきて拷問にかけてもいいようなすりなんかじゃないんですから」

「こちらはそれで何の異存もありませんよ」マーカムが不気味な声を出す。「しかし、市民としての自発的な説明を拒まれるのでしたら、あなたの現在のご身分を変えるほかなくなりますね」彼はヒースのほうを向いた。「部長刑事、廊下の向かいの部屋にベンがいるから、チャールズ・クリーヴァーに対する令状を出してもらってくれ。それから、こちらの紳士を勾留するんだ」

クリーヴァーがぎょっとして息をのんだ。「どういう罪で?」

「マーガレット・オウデル殺害の罪で」

クリーヴァーはぱっと立ち上がった。顔から血の気が引き、下顎の筋肉がひくひくしている。「待ってくれ。それは不当な扱いだ。そちらにとっても損になるでしょう。そんな罪、千年たったって押しつけられっこない」

「かもしれない。だが、ここで話したくないとおっしゃるなら、法廷で話してもらいましょう」

「ここで話しますよ」クリーヴァーはまた腰をおろした。「どんなことを知りたいとおっしゃるんです?」

マーカムは葉巻を取り出し、ゆっくりと火をつけた。「まず、月曜の晩にブーントンにいたとおっしゃったのはなぜです?」

クリーヴァーはその質問を予期していたらしい。「カナリアが死んだという新聞記事を読んで、アリバイがほしくなったんです。ちょうど弟が、ブーントンで渡された呼び出し状をくれたところでした。すぐに使える都合のいいアリバイになるじゃありませんか。だから、それを利用したまでです」

「なぜアリバイが必要だったんです？」

「必要だったわけじゃありません。アリバイがあれば、面倒なことにならずにすむだろうと思ったんです。私がオウデルという娘を連れ歩いていたのは世間に知られていますし、彼女が私をゆすっていたのを知っている人間もいます——私から話しましたからね、ばかみたいに。マニックスもそのひとりですが。金を巻き上げられた者どうしでしたから」

「アリバイをでっちあげた理由はそれだけですか？」マーカムは射貫《いぬ》くような目を向けている。

「充分な理由じゃありませんか？　ゆすられていたというのは動機になるでしょう？」

「動機になるどころか、不愉快な容疑を招きますね」

「そうかもしれません。そういうことに巻き込まれたくなかっただけなんです。巻き添えを避けようとしたからといって責められるいわれはありません」

マーカムは不吉な笑みを浮かべて身を乗り出した。「ミス・オウデルにゆすられていたというのが、呼び出し状のことで嘘をついた唯一の理由ではありませんね。主な理由ですらない」

クリーヴァーの目が細くなったが、それ以外は彫像のように微動だにしない。「私が知っている以上のことをご存じのようだ」努めてさりげなく聞こえるような言い方をした。

「それほどではありません、クリーヴァーさん」とマーカム。「ほぼ同程度といったところですかね。月曜の夜十一時から十二時までのあいだ、あなたはどこにいらっしゃいましたか？」

「たぶん、それもご存じのことのひとつなんでしょう」

「そのとおりです。あなたはミス・オウデルの部屋にいた」

クリーヴァーはせせら笑ったが、マーカムの告発が引き起こした衝撃をうまく隠しおおせてはいなかった。

「そんなふうにお考えなんだとすれば、やっぱりご存じではないってことだ。彼女の部屋には、もう二週間というもの足を踏み入れていません」

「信頼できる目撃者から、その反対の証言を得ています」

「目撃者！」その言葉は、クリーヴァーの固く結ばれた唇を押し破って出てきたようだった。

マーカムがうなずく。「月曜の晩、十二時五分前に、あなたがミス・オウデルの住まいから出てきて、通用口から出ていくのを目撃されていたのです」

クリーヴァーの顎がわずかにたれ下がり、苦しい息づかいがはっきりと聞こえた。

「そして、十一時半から十二時までのあいだに」と、マーカムの情け容赦ない声がたたみかける。「ミス・オウデルは絞殺され身辺のものを強奪された。それについてはどうお考えですか？」

張りつめた沈黙が長く続いた。そしてクリーヴァーが口を開く。

「これはよく考えてみなければ」

マーカムは辛抱強く待った。数分後、クリーヴァーは居ずまいを正し、肩をいからせた。

「あの晩の私の行動をお話しします。取捨《しゅしゃ》はどうぞご随意に」冷静沈着なギャンブラーに戻っていた。「あなたのほうに目撃者が何人いようとかまわない。私から聞き出せる話はこれしかありませんから。最初からお話ししていればよかったんでしょうが、無理強《むりじ》いされてもいないのにわざわざ苦境に立つこともあるまいと思ったんです。先だっての火曜日の段階でなら信じてもらえたんでしょうが、今となってはもう怪しまれていることですし、誰かを逮捕して新聞を黙らせたいと――」

「お話をうかがいましょう」とマーカム。「正直に話していただけるなら、あなたが新聞のことを心配する必要はない」

その言葉に嘘はないと、クリーヴァーは内心わかっていた。最も手厳しい政敵であっても誰ひとり、どんなにささいな行為であれ不正に名声を買ったと言ってマーカムを非難できるはずがない。

「たいしてお話しすることもないんです、じつのところ」クリーヴァーが話しはじめる。「十二時少し前にミス・オウデルのところへ行きましたが、部屋には入らなかったんです。呼び鈴《りん》を鳴らしてもいない」

「それがいつもの訪問のし方なんですか？」

「うさんくさく聞こえますよね？　だけど、ありのままの話なんですよ、そうはいっても。彼女に会うつもりでした――つまり、会いたかったんです――でも、玄関先に立ってみると、その気持ちが変わるようなことが――」

「ちょっと待った。建物内にはどうやって入ったんです？」

「通用口から。路地側の入り口からです。開いているときはいつもそこから出入りしていました。ミス・オウデルにそうするように言われてましたから。しげしげ来ているのを電話交換手に見られずにすむように」

「で、月曜の晩、ドアには鍵がかかっていなかったと？」

「でなければ入れなかったでしょう？　仮に私が鍵を持っていたとしたってどうにもなりませんよ、内側から差し錠がおりているんじゃ。ただし、申しあげておきますが、夜間にあのドアが施錠されていなかったのは、私の記憶にあるかぎりあれが初めてのことです」

「いいでしょう。あなたは通用口から入った。それから？」

「奥の通路を歩いていって、ミス・オウデルが自分の部屋に誰かと一緒にいるのかもしれないと思い、彼女ひとりじゃないなら呼び鈴を鳴らしたくなかったので……」

「お話のじゃまをして失礼ですが、クリーヴァーさん」とヴァンス。「どうして部屋に誰かいると思われたんですか？」

　クリーヴァーは口ごもった。

　ヴァンスが助け船を出す。「その少し前に、ミス・オウデルに電話したとき、電話に男の声で応答があったからではありませんか？」

　クリーヴァーがのろのろとうなずく。「否定しても特にどうということはなさそうですね。……そうです、それが理由です」

「その男は何と言っていましたか？」

「ほとんど何も。『もしもし《ハロー》』と電話に出て、私がミス・オウデルと話したいと言うと、いないと言って切ってしまいました」

ヴァンスがマーカムに向かって言う。「どうやら、ジェサップの報告にあった、十二時二十分前にオウデルにかかってきたという短い電話のことらしいな」

「おそらく」マーカムは無関心な口ぶりだった。その後に起きたことをクリーヴァーがどう語るかに集中しているらしく、ヴァンスが口をはさんだ時点に話を戻す。

「彼女の部屋の玄関先で様子をうかがっていたんでしたね。どうして呼び鈴を鳴らそうとしなかったんです?」

「中で男の声がしたからです」

マーカムが背筋を伸ばした。

「男の声?　本当に?」

「申しあげたとおりです」クリーヴァーの口調は事務的だった。「男の声がしました。でなければ、呼び鈴を鳴らしていました」

「聞き覚えのある声でしたか?」

「わかりません。ひどく聞き取りにくくて。ちょっと嗄《か》れたような声でしたし。私の知っている者の声じゃなかった。でも、電話に出たのと同一人物だったような気がします」

「言っていることが何か聞き取れましたか?」

クリーヴァーは眉を寄せ、マーカムの向こうの開いた窓の先へ視線を向けた。「どう聞こえたかは覚えています」ゆっくりと言う。「そのときはなんとも思いませんでした。でも、次の日新聞を読んでから、その言葉がよみがえってきて――」

「どういう言葉だったんです?」マーカムがしびれを切らして口をはさむ。

「そうですね、聞き取れた精いっぱいのところでは、『なんということだ!《オー・マイ・ゴッド》』しか。――それを二、三度繰り返していました」

この陳述が、わびしく古めかしいオフィスに恐怖をもたらしたようだった――その苦悶の叫びをクリーヴァーが無頓着にさらりと繰り返したがために、恐怖がいやました。ちょっと間をおいて、マーカムが訊ねる。「男の声を聞いて、あなたはどうしました?」

「そっと通路を引き返して、また通用口から外に出ました。そのあとはうちへ帰りました」

しばらく沈黙があった。クリーヴァーが供述した内容は意外なものだった。だが、マニックスの供述とぴったり符合する。

やがて、椅子に深く座っていたヴァンスが体を起こした。「ところでクリーヴァーさん、ミス・オウデルに電話した十二時二十分前以降、彼女のアパートメントがある建物の通用口から入っていくまでのあいだは、何をしていたんです?」

「二十三丁目から地下鉄でアップタウンに向かっていました」ちょっと間があってから答えが返ってきた。

「へんだな――ひどくへんですね」ヴァンスは、手にした煙草の先をしげしげと見た。「それでは、その十五分のあいだに誰かに電話なんかできなかったはず――そうでしょう?」

私はふと思い出した。アリス・ラ・フォスが、月曜の夜中、十二時十分前にクリーヴァーから電話があったと言っていた。ヴァンスはその質問で、自分が知っていることは明かさず、相手を半信半疑の心理状態にしたのだった。あまりはっきりと言質《げんち》を与えたくないクリーヴァーは、言い逃れに出た。

「できるんじゃありませんかね？　七十二丁目で地下鉄を降りてから、ミス・オウデルのところまでのブロックを歩く前に、誰かに電話することは」

「ああ、なるほど」ヴァンスはつぶやいた。「それにしても、計算してみると、ミス・オウデルに電話したのが十二時二十分前、それから地下鉄で七十二丁目へ向かい、七十一丁目まで歩いて建物内へ入り、玄関先で様子をうかがってから十二時五分前に出ていったなら――全部でたった十五分にしかならない――途中で足を止め、誰かに電話する余裕なんかあまりなかったでしょうに。しかしまあ、その点はよしとしましょう。ぜひとも知りたいのは、あなたが十一時から、ミス・オウデルに電話した十二時二十分前までのあいだに何をしていたかですね」

クリーヴァーはヴァンスを、しばらくじっとさぐるような目で見ていた。「じつを申しますと、あの晩の私は気が動顛《どうてん》していました。ミス・オウデルが別の男と出かけたと知って――私との約束を破ってです――いらいら、やきもきしながら、一時間あまり街《ストリート》をうろついていました」

「街をうろついていた？」ヴァンスが眉をひそめた。

「そうです」クリーヴァーの口調に悪意がまじる。そこでマーカムのほうを向くと、打算的な目で長々と見つめた。「覚えていらっしゃるでしょう、私が以前、ドクター・リンドクイストから何か聞き出せるのではないかと申しあげたのを。……あの人を追及なさいましたか？」
マーカムが答えるより早く、ヴァンスが話に割り込んだ。「ははあ！　それだ！――ドクター・リンドクイストだ！　そうか、そうだったんだ――そうだとも！……じゃあ、クリーヴァーさん、街をうろついていたんですね？　街をです、念のため！　まさにその言葉どおり！　あなたが事実を述べ、ぼくは街という言葉をそのまま繰り返した。すると、あなたは――一見何の脈絡もなく――ドクター・リンドクイストの話をもちだす。なぜドクター・リンドクイストが出てくるのか？　それまで誰も彼のことを話していないのに。でも、街という言葉――それがつながりなんだ。街とドクター・リンドクイストは同じものなんだ――パリといえば春というのと同じで。うまい、じつにうまい。……さあ、もうひとつパズルのピースを見つけたぞ」

マーカムとヒースは、急に頭がおかしくなったんじゃないかとでもいうように彼を見た。彼は落ち着いて、シガレットケースからレジー煙草を一本選《え》りだすと、火をつけようとした。そこで、クリーヴァーに慰めるような笑顔を向ける。

「もう潮時ですよ。月曜の晩、街をさまよっているあいだ、いつ、どこでドクター・リンドクイストに会ったのか教えてください。教えてくださらないなら、ええ、ぼくが代わりに、当たらずとも遠からずのところを言ってさしあげましょう」

たっぷり一分はたってから、クリーヴァーが口を開いた。その間、地方検事に向けた彼の冷たい凝視は揺らぐことがなかった。

「もうほとんどのことをお話ししましたので、残るはそれだけです」小さく陰気な笑い声をあげる。「ミス・オウデルのところへ十一時半ちょっと前に行きました――そろそろ帰宅しているだろうと思って。そこで、路地側の入り口に立っているドクター・リンドクイストにばったり会いました。彼のほうから声をかけてきて、部屋に誰かがミス・オウデルと一緒にいると言うんです。そこで私は、角をアンソニア・ホテルのほうへ曲がっていきました。十分かそこらしてからミス・オウデルに電話すると、先ほど申しあげたように男が出ました。もう十分ばかり待って、パーティの手配をしてもらおうとミス・オウデルの友人に電話しました。でも、断られて、アパートメントに引き返しました。ドクターの姿はなく、私は路地を通って通用口から中へ入りました。もうお話ししたとおり、しばらく様子をうかがっていると男の声がしたので、その場を立ち去ってうちに帰りました。……以上です」

そのとき、スワッカーが部屋に入ってきて、ヒースに何ごとか耳打ちした。部長刑事がいそいそと立ち上がって、秘書のあとから出ていく。あっという間に戻ってきた彼は、分厚いマニラ紙のフォルダーをかかえていた。ほかの者に聞こえない低い声で話しながら、それをマーカムに手渡す。マーカムは驚くと同時に立腹してもいるようだ。手を振って部長刑事を席に戻らせると、クリーヴァーのほうを向いた。

「二、三分ほど応接室で待っていていただく必要が生じました。別に緊急の問題が、たった今もちあがったので」

クリーヴァーはひとことも言わずに退出し、マーカムはフォルダーを開いた。「こういうやり方は気に入らないよ、部長刑事。昨日きみが話をもちだしたときにそう言っておいたじゃないか」

「承知しています」しおらしげな口調のわりに、ヒースはあまり悔いていないようだった。「でも、その手紙やなんかに問題がないようでしたら、もちだしたことなど誰にも知られないようにもとのところに戻しておかせますから。それに、それでクリーヴァーが嘘つきだとわかれば、押収した言い訳もりっぱに立ちます」

その点をマーカムは議論しようとしなかった。いやそうなしぐさをしてみせると、特に日付に注意しながら手紙類にざっと目を通しはじめる。二枚の写真をさっと眺めてからフォルダーに戻し、ペンとインクでスケッチのようなものが描かれているらしい一枚の紙は毒づきながら破ってゴミ箱に捨てた。見ていると、彼は手紙を三通取り分けてかたわらに置いた。五分ばかりかけて残りも調べてみてから、フォルダーに戻す。そして、ヒースにうなずいてみせた。

「クリーヴァーを連れ戻してくれ」彼は立ち上がって向きを変え、窓の外を見やった。

クリーヴァーがデスクの前にまた腰をおろすやいなや、振り向きもせずにマーカムが言う。

「六月にミス・オウデルから手紙を買い戻したとおっしゃいましたね。その日付をご記憶ですか?」

「はっきりとは覚えていませんが」クリーヴァーはすらすら答える。「月はじめでした——第一週のうちだったと思います」

くるっと向き直ったマーカムが、選り分けておいた三通の手紙を指さす。

「では、あなたの所持品の中にたまたま、七月末にアディロンダック山地からミス・オウデル宛てに書いた和解の手紙があるのはどういうことです？」

クリーヴァーの自制は完璧だった。つかのま冷静な沈黙を守ったのち、穏やかで控えめな声でこう言うにとどめた。「その手紙は当然、合法的に入手なさったんでしょうね」

痛いところをつかれたマーカムだが、あくまでもごまかそうとする相手に激昂《げっこう》してもいた。

「遺憾ながら、あなたの部屋からもちだしてきたものだ――ただし、私の指示に反してだったとは断言しておきます。だが、はからずも私の手に入ったからには、釈明なさるのがいちばん賢明なのではありませんか。ミス・オウデルが死体となって発見された朝、あの部屋に空《から》っぽの書類箱があった。どう見ても、月曜の晩に開けられたとしか思えません」

「わかりましたよ」クリーヴァーが耳ざわりな笑い声をあげる。「いいでしょう。じつは――正直なところ、信じていただけるとは思いませんが――ミス・オウデルにゆすられて金を払ったのは八月なかばになってから、つまり三週間ほど前のことです。そのときに手紙を全部取り戻しました。六月だと申しあげたのは、なるべく日付を前倒しにしたかったからです。もめごとが古ければそれだけ、私に容疑がかかりにくくなるのではないかと考えまして」

マーカムは立ったまま、心を決めかねるように手紙をもてあそんでいる。彼の優柔不断に終止符を打ったのはヴァンスだった。

「ねえ、ミスター・クリーヴァーの釈明を受け入れて、その恋文《ビレデュ》をお返しするほうが無難じゃないかな」

一瞬ためらったのち、マーカムはマニラ紙のフォルダーを取り上げると、三通の手紙を戻してクリーヴァーに手渡した。

「手紙類の押収を私が許可したわけではないことをご理解いただきたい。持ち帰って処分なさったほうがいい——今日のところはこれ以上お引き止めしません。ただし、必要になったらいつでもこちらから連絡がとれるようにしておいていただけますように」

「逃げやしませんよ」とクリーヴァー。ヒースが彼をエレベーターまで案内していった。

22　かかってきた電話

九月十五日（土曜日）午前十時

ヒースは、ふがいなさそうに頭を振り振りオフィスへ戻ってきた。「月曜の晩、オウデルのところで定例徹夜集会でもあったに違いない」

「まったくだ」とヴァンス。「彼女の崇拝者たちの、真夜中の秘密会議ってところだな。マニックスは間違いなくあそこにいた。彼がクリーヴァーを見かけ、クリーヴァーがリンドクイストを見かけ、リンドクイストがスポッツウッドを見かけ——」

「ふん！　だが、誰もスキールを見ていないときた」

「困ったことに」とマーカム。「クリーヴァーの話がどこまで本当のことかわからない。なあ、ヴァンス、あの男が八月に手紙を買い戻したというのは本当だと思うか？」

「それがわかればね！　まったく、いまいましいほどこんがらかった話じゃないか？」

「ともかく」とヒース。「十二時二十分前にオウデルに電話したら男が出たというクリーヴァーの供述は、ジェサップの証言で裏づけられますよ。クリーヴァーがあの晩リンドクイストに会ったというのも、そのとおりなんじゃないでしょうかね。あの先生のことを最初に教えてくれたのが彼だったんですから。危険な賭けに出ましたね。だって、先生がわれわれに、クリーヴァーに会ったことを教えそうなもんでしょう」

「だけど、クリーヴァーにすてきなアリバイがあれば、ドクターが嘘をついていると言いさえすればいいんだから」とヴァンス。「ところで、クリーヴァーの興味深い語りぐさを信じようが信じまいが、あの晩オウデルのアパートメントにはスキール以外にも客がいたというぼくの言葉は、そのとおりに受け取っていいということだね」

「それもそのとおりですよ」ヒースはしぶしぶ認めた。「だとしても、そのもうひとりのやつには、スキールに不利な証拠を提供してくれるかもしれないっていう価値しかありません」

「そうかもしれないな、部長刑事」マーカムが途方に暮れたように顔をしかめる。「それにしても、通用口の差し錠がどうやってはずされて、また内側からおろされたのか知りたいものだ。真夜中前後には通用口が開いていて、マニックスもクリーヴァーもそこを出入りしたというんだから」

「ささいなことをそんなに悩むことはないさ」ヴァンスが無頓着に言う。「スキールと一緒にカナリアの金メッキの鳥かごにいたのが誰かわかれば、通用口の問題もおのずと解決するだろう。

　つまるところ、マニックス、クリーヴァー、リンドクイストの三人に絞られたんじゃないか。あそこに居合わせたらしいのは、その三人きりだ。そして、クリーヴァーの話の要点を信じるとすれば、十一時半から十二時までのあいだにあのアパートメントに入る機会が三人それぞれにあったことになる」

「そうだな。だが、リンドクイストがそのへんにいたというのは、クリーヴァーが言っているだけだ。裏づけがなければ、その証言を申し分のない事実として信じるわけにはいかないよ」

　不意にヒースがはっと時計を見た。「そうだ、十一時に連れてきてほしいとおっしゃっていた、例の看護婦はどうします？」

「もう一時間ばかり、そのことでひどく悩んでいたんですがね」ヴァンスは本当に困っているようだ。「じつはね、ちっともその女性に会いたくならないんです。今に天啓がくだるんじゃないかと思って。十時半まであのドクターを待ってみようじゃないですか、部長刑事」

　その言葉が終わるか終わらないかのうちにスワッカーが現われ、大至急の用向きでドクター・リンドクイストがやって来たとマーカムに告げた。おもしろい展開になった。マーカムはおおっぴらに笑い、ヒースはというと、わけがわからないといった驚きの目でヴァンスを見つめている。

「魔術で呼び出したわけじゃないですよ、部長刑事」ヴァンスは顔をほころばせた。「ドクターは昨日、もうすぐぼくらに嘘を見抜かれると悟った。そこで、みずから釈明して機先を制することにした。簡単な話でしょう？」

「いかにも」ヒースの顔から驚嘆の表情が消えた。

部屋に入ってくるドクター・リンドクイストを見ると、持ち前の高慢さがすっかり影をひそめていた。のっけから申し訳なさそうなおどおどした態度だ。何やらひどい心労にさいなまれているのは明らかだった。

「月曜の晩について、本当のことをお話ししにまいりました」そう言いながら、マーカムに勧められた椅子に腰をおろした。

「本当のことでしたら、いつでも喜んでうかがいますよ、ドクター」マーカムが励ますように言う。

ドクター・リンドクイストは同意のしるしに頭を下げた。

「最初に話を聞かれたときにそうしなかったことを、深く後悔しています。でも、あのときはまだ、問題の重要性がよくわかっていなかった。そして、いったん嘘の供述を始めてしまったら、それで通す以外に選択肢がないような気がしてきて。しかし、さらに熟慮してみた結果、正直にお話ししたほうが賢明だと思い至ったのです。じつは、月曜の晩、申しあげた時間帯に、私はミセス・ブリーダンに付き添っていたのではありません。十時半までは自宅にいました。それからミス・オウデルのところへ向かい、十一時ちょっと前に着きました。十一時半まで通りに立っていて、そのあとうちに帰りました」

「それだけですか。もっと詳しく話していただかないと」

「わかっています。もちろん詳しくお話しします」口ごもるドクター・リンドクイストの白い顔に緊張がきざした。両手を固く握りしめている。「ミス・オウデルがスポッツウッドという男と一緒に、夕食と芝居に出かけたことは知っていました。それを思うと心が苦しくなってきたのです。ミス・オウデルの愛情が私から離れていったのはスポッツウッドのせいだ。私が彼女を脅すところにまで追いやられたのも、あの男がじゃまに入ったからだと。あの晩、うちでじっと、その状況を病的なまでに思い悩んでいたものですから、脅しを実行に移してやろうという衝動に駆られてしまいました。耐えられないこの状況に今すぐけりをつければいいじゃないかと、自分に言い聞かせたんです。スポッツウッドも一緒に片づけてしまえ、と。……」

話しているうちに、彼はどんどん興奮していった。目のまわりがぴくぴくひきつりだし、無駄だと知りながら寒けを抑えようとするかのように両肩がわななく。

「どうぞお忘れなく、私は苦しみもだえ、スポッツウッドへの憎悪が私の理性を曇らせるようだったんです。自分が何をしているかほとんどわからないのに、いやおうなしの決意に操られるように、ピストルをポケットにつっこんで家を飛び出した。ミス・オウデルとスポッツウッドがそろそろ芝居から戻ってくるだろうから、アパートメントに押し入って計画を実行に移してやろうと思ったんです。……通りの向かいから、二人が建物に入っていくのが見えました――十一時ごろのことです――ところが、いざ現実に向き合う段になると、私は尻込みしました。復讐を先延ばしにして、私は――私は考えをもてあそんで――あの二人はもう私の思うままなのだと――ある種の異常な満足を得ていたんです。……」

彼の両手が耳ざわりな音をたてそうなくらいにひどく震え、目のあたりのひきつりもいちだんと激しくなった。

「三十分ばかり、いい気味だとほくそ笑みながら待ちました。さあ、いよいよ乗り込んで片をつけてやろうとしたそのとき、クリーヴァーという男がやって来て、私は姿を見られてしまった。足を止めた彼に声をかけられました。彼もミス・オウデルを訪ねてきたんだろうと思って、先客がいると教えてやりました。すると、そのままブロードウェイのほうへ行ってしまいます。彼が角を曲がるまで待っているうちに、スポッツウッドが玄関から出てきて、今しもやって来たタクシーに飛び乗りました。……私の計画は頓挫《とんざ》したんです――待ちすぎた。恐ろしい悪夢からはっと目が覚めたような気分でした。虚脱状態に陥りそうでしたが、どうにかこうにかうちへ帰りました。……それが本当の話です――誓って！」

彼はぐったりと椅子にもたれこんだ。話をしているあいだ彼をたきつけていた、抑制された神経的興奮がすっかり冷め、無力で無関心な様子だ。しばらく荒い息づかいでじっと座ったまま、二度ほどうわのそらで片手を額に押し当てた。質問に答えられるような状態ではない。やがてマーカムがトレイシーを呼びにやらせて、彼を自宅に送っていくよう指示した。

「ヒステリーからくる一時的な消耗だな」ヴァンスが、どうでもよさそうに言う。「ああいう偏執症のやつらはみんな、興奮して神経衰弱になりやすい。あの男も、一年とたたずに精神病棟行きだろうな」

「まあ、そうかもしれませんがね、ヴァンスさん」ヒースが、異常心理学の話題になど深入りするなといわんばかりにせっかちに言う。「たった今、私が興味をそそられたのは、全員の話のつじつまが合うことですよ」

「うん」と、マーカムがうなずく。「あの連中の供述の土台になっているのはまぎれもなく事実だ」

「しかし、考えてもごらんよ」とヴァンス。「彼らの話を聞いても、容疑者としては誰ひとり除外されないんだ。おおせのとおり、彼らの話はみごとに一致する。それでいて、つじつまはぴったりのくせに、三人のうちの誰があの晩オウデルの部屋に入り込んだとしてもおかしくない。例えばだよ、マニックスが、クリーヴァーがやって来て耳をそばだてる前に二号室から出て、入っていったかもしれない。彼が立ち去っていくクリーヴァーを見かけたのは、自分がオウデルの部屋から出ていくときだった可能性もあるからね。クリーヴァーなら、十一時半にドクターに声をかけてアンソニア・ホテルまで歩き、戻ってきて十二時ちょっと前に彼女の部屋に入ることもできただろう。それで、出てきたら、ちょうどマニックスがミス・フリスビー宅の玄関を開けたところだった、とね。激しやすいあのドクターだってやはり、十一時半にスポッツウッドが出てきたあとで入り込んだのかもしれないよ。で、二十分かそこら中にいて、クリーヴァーがアンソニアから戻ってくる前に引き揚げるんだ。……だめだめ。三人の話が合っているからといって、そのうちの誰ひとりとして容疑が晴れやしない」

「それに」とマーカム。「例の『オー・マイ・ゴッド！』という叫び声の主は、マニックスかクリーヴァーか、ドクターだったのかもしれないな――クリーヴァーが本当に聞いたならだがね」

「聞いたのは間違いないよ」とヴァンス。「真夜中ごろ、あのアパートメントで誰かが神に呼びかけていたんだ。クリーヴァーはあんな珍しい怪奇小話をでっちあげられるような演劇的センスの持ち主じゃない」

マーカムは異議を唱える。「しかし、クリーヴァーが現にその声を聞いたのなら、自動的に容疑者ではないということになるぞ」

「そんなことがあるもんか。自分が部屋から出てきたあとに聞いたのかもしれないじゃないか。それで初めて、部屋を訪問中に誰かが隠れていたと気づくんだ」

「きみの言うクローゼットの中の男ってことだな」

「そう――もちろんそうだ。……ねえ、マーカム、神を呼ぶ祈りの声をあげたのは、隠れがから出て惨劇の現場にショックを受けたスキールだったのかもしれない」

「しかし、スキールは格別信心深いようには思えないな」マーカムは皮肉っぽく言った。

「へえ、そうかい?」ヴァンスは肩をすくめた。「実証されているんだよ。不信心な人間のほうが、敬虔《けいけん》なキリスト教徒よりずっとたくさん神頼みをするんだ。神を信じないのは正真正銘の首尾一貫した神学者だけなんだからね」

座ったまま陰気にもの思いにふけっていたヒースが、くわえていた葉巻を口からはずして重重しくため息をついた。

「わかりましたよ」と、低くとどろくような声で言う。「いいでしょう、オウデルの部屋にスキールのほかにも誰かが入り込んでいたことも、気取り屋《デユード》がクローゼットに隠れていたことも認めます。だが、もしそうだとすると、もうひとりのやつはスキールを見なかったことになる。それじゃあ、そいつが誰だかわかったって、あんまり役には立ちそうにありませんよ」

「その点を気に病むことはないよ、部長刑事」ヴァンスが機嫌よく言った。「謎の客の正体をつきとめたら、苦労もすっかり吹き飛んできっと驚いてしまうはずだ。発見した時刻を赤文字で書きとめたりするんじゃないかな。うれしさのあまり宙に舞い上がるよ。小鳥のように歌ったりしてね」

「まさか！」とヒース。

スワッカーが入ってきて、タイプされたメモを地方検事のデスクに置いた。「建築家から今、電話で報告が入りました」

マーカムが目を通す。ごく短いメモだった。「役に立たないな。壁に中空《ちゅうくう》なし。無駄な空間なし。秘密の出入口なし」

「あいにくですね、部長刑事」ヴァンスがため息をついた。「映画的な着想はあきらめなくちゃなりませんよ。……残念だな」

ヒースは浮かぬ顔つきでうなり声をあげた。マーカムに向かって言う。「通用口以外に出入りする方法がなくたって、スキールを起訴できるんじゃありませんかね？　月曜の晩、通用口が施錠されていなかったとわかったからには」

「あるいはね、部長刑事。しかし、そもそもどうやって解錠されたのか、スキールが出ていったあとどうやってまた施錠されたのかを示すのが、大きな障害になるだろう。エイブ・ルービンはそこを集中的に攻めてくるだろうし。いや、今しばらく展開を見守ったほうがよさそうだ」

その〝展開〟がすぐにあった。入ってきたスワッカーが部長刑事に、スニトキンがすぐに会いたがっていると知らせたのだ。

目に見えて興奮したスニトキンが、みすぼらしいなりをした、六十歳くらいのしなびた小男を連れてきた。小男はおそれいって縮みあがっているようだ。刑事は手にした新聞紙の小さな包みを、意気揚々と地方検事のデスクに置いた。

「カナリアの宝飾品です。メイドからもらったリストと照合しましたが、全部リストに挙がっているものです」

ヒースは前に飛び出していったが、マーカムが緊張する指でもう紐をほどいているところだった。包みを開くと、ひとかたまりのみごとな装身具があった——美しい細工の指輪がいくつか、すばらしいブレスレット三つ、きらめく日輪形ペンダントトップ、精緻なつくりの柄付眼《ロルネッ》鏡《ト》。宝石はどれも大粒で、珍しいカットがほどこされている。

宝石を見ていたマーカムがもの問いたげに顔を上げると、スニトキンは決まりきった質問をされるのを待たずに説明を始めた。

「ここにいるポッツが見つけました。街路清掃人です。フラットアイアン・ビル付近の二十三丁目に設置された街路清掃課《DSC》のゴミ入れに入っていたそうです。見つけたのは昨日の午後で、家に持ち帰ったとのこと。そのあとで怖くなって、今朝がた市警本部に届けにきました」

白い制服《ホワイト・ウイング》を着たミスター・ポッツは、見てわかるほどぶるぶる震えていた。

「そのとおりでさ――そのとおりで」怯えながらも必死でマーカムに訴える。「包みがめっかりゃ、いっつものぞいてみますんで。悪気があって持ち帰ったんじゃありません。とっとくつもりじゃありませんで。夜通し心配でおちおち眠れなくって、今朝、できるだけ早く暇を見つけて警察に届けにきたってわけで」彼のあまりの動顛《どうてん》ぶりに、私は今にもひっくり返ってしまうのではないかとはらはらした。

「それでいいんだよ、ポッツ」マーカムは優しい声で言葉をかけた。そしてスニトキンに指示する。「帰してやってくれ――ただ、フルネームと住所を控えておいてくれよ」

ヴァンスは、宝飾品を包んでいた新聞紙を調べていた。

「ちょっと、きみ、この新聞紙は見つけたときのままなのかい?」

「そう――同じものでさ。何もかももとのままにしときやした」

「よし、わかった」

ミスター・ポッツはすっかり肩の荷をおろして、スニトキンのあとからよたよたと出ていった。

「フラットアイアン・ビルといえば、マディソン・スクウェアをはさんでスタイヴェサント・クラブの真向かいだな」マーカムは眉をしかめている。

「そうさ」そう言ってヴァンスは、宝飾品を載せた新聞紙の左側の余白を指さす。「ほら、昨日づけの《ヘラルド》で、三カ所にピンの跡がついている。クラブの読書室なんかによくある、木製の新聞ホルダーにはさんであったんだ」

「いい目をしてますね、ヴァンスさん」自分でも新聞紙を調べながら、ヒースがうなずいた。

「確かめてみよう」マーカムが乱暴にブザーを鳴らした。「スタイヴェサント・クラブじゃ、一週間ほど新聞を保管しているから」

現われたスワッカーに、彼はクラブの給仕長をすぐに電話で呼び出すよう頼んだ。しばらくして電話がつながった。五分ほどの通話を終えると、マーカムは受話器を置いて、ヒースにがっかりした顔を向けた。

「あのクラブは《ヘラルド》を二部とっている。昨日の分は二部ともラックに架かっているそうだ」

「この前クリーヴァーが、《ヘラルド》の朝刊以外は読まない——それと夜には競馬新聞か何かを読むとか言っていなかったかい？」ヴァンスが無雑作に訊いた。

「確かそう言っていた」マーカムは考え込んだ。「それでも、あのクラブの《ヘラルド》が二部ともあることは確かめられた」彼はヒースのほうを向いた。「マニックスのことを調べたときに、どこのクラブに所属しているか聞いていないか？」

「聞いていますとも」部長刑事は手帳を取り出して、一、二分ばかりページを繰った。「〈ファーリアーズ〉と〈コズモポリス〉の会員ですね」

マーカムは電話機を彼のほうへ押しやった。

「確かめてみてくれ」

ヒースがその仕事をこなすのに十五分ほどかかった。「成果なしです。〈ファーリアーズ〉はホルダーを使っていません。〈コズモポリス〉のほうは、バックナンバーを保管していない」

「スキールのクラブは?」ヴァンスが笑顔で訊いた。

「ああ、その宝石発見でもって、スキールに関する私の説がだいなしだってんでしょう」と、見るからに不機嫌なヒース。「だけど、繰りごとを言ってどうなるってんです? それでも、オウデルから盗んだ品がゴミ箱で見つかったというだけで、私があいつに潔白《デユード》だって太鼓判を押してやると思ったら大間違いですよ。お忘れになっちゃいけない、あの気取り屋には厳重な監視がついているんです。ひょっとしたら、用心して仲間に宝石をこっそり処分させたのかもしれません」

「経験豊かなスキールだったらむしろ、戦利品はプロの故買屋に回すんじゃないかなあ。仮に仲間に渡したとしても、スキールが心配しているからといってそのお仲間が捨てたりするものだろうか?」

「捨てないでしょうな。それにしても、宝石が見つかったには何かいきさつがあるはずです。そのいきさつがわかったって、スキールを除外することにはならないでしょうよ」

「そうだ、スキールは除外されないだろう」とヴァンス。「ただし——そうだとも!——立《ローカス・》場《スタンティ》はがらりと変わるだろうね」

ヒースは、鋭く値踏みするような目で彼をじっと見つめている。ヴァンスの口調にどこかしら好奇心をそそるものがあって、不思議に思えたようだ。人やものごとに対するヴァンスの診断が的を射ていたことがたびたびあったので、部長刑事には彼の意見をまったくないがしろにはできないのだった。

だが、ヒースが言葉を返すより早く、目を輝かせたスワッカーがさっと入ってきた。

「トニー・スキールから電話です、チーフ。あなたに話がしたいと」

いつも平静なマーカムが、はっと腰を浮かせた。「ほら、部長刑事」と、とっさに呼びかける。「テーブルの内線電話をとって、傍聴するんだ」スワッカーにうなずいてみせると、秘書は電話をつなぎにひっこんでいった。マーカムは専用電話の受話器をとって、スキールからの電話に出る。

一分かそこらは、話を聞く一方だった。そのあと短い応酬があって、どうやら相手からのものらしい提案に彼が同意した。通話はそこまでだった。

「スキールがぜひとも謁見《えっけん》を願うというんだろう、きっと」とヴァンス。「そんなことじゃないかと思っていたんだよ」

「そうだ。明日十時にここへ来る」

「そして、誰がカナリアを殺したか知っているとほのめかした――だろ?」

「まさにそのとおりのことを言った。明日の朝、何もかも話すと約束した」

「そうすべき立場にいるんだからな」と、ヴァンスがつぶやく。

「ですが、ミスター・マーカム」とヒース。まだ手をかけたままの電話機を、信じられないように呆然と見つめている。「どうして今すぐここへ連れてこさせないのか、わかりません」

「聞いただろう、部長刑事。スキールは明日と言って譲らなかった。無理強《むりじ》いするなら何もしゃべらないと脅してきた。逆らったりしないほうがいい。連行させて話を強制したら、この事件をいくらかでも解明する絶好の機会がだいなしになるかもしれない。明日なら私も都合がいい。このまわりも静かだろうからね。それに、きみの部下がスキールを見張っているじゃないか、逃げられやしないよ」

「そうかもしれませんね。気取り屋《デュード》は扱いにくいやつです。気分しだいじゃ、まるで牡蠣《かき》みたいに口を閉じてしまいかねない」部長刑事は思い入れたっぷりにそう言った。

「明日は、スワッカーに彼の供述書をとってもらおう」とマーカム。「きみのほうで部下をひとり、エレベーターにつけてもらったほうがいいな。日曜にはいつものオペレーターがいないから。それと、外の廊下にひとり、スワッカーの部屋にもうひとり配置してくれ」

ヴァンスは盛大な背伸びをして、立ち上がった。

「このタイミングで電話をくれるとは、なんとも思いやりのある紳士じゃないか。今日は〈デュラン・リュエル画廊〉でモネを見たかったんだ。この魅力的な事件を放っていくわけにはいかないと思っていたよ。さて、天啓のくだるのは明日だと予定がはっきりしたところで、印象派絵画を堪能するとしよう。……また明日《ア・ドメーン》、マーカム。じゃあまた《バイバイ》、部長刑事」

23　十時の約束　九月十六日（日曜日）午前十時

翌朝起きてみると薄く霧雨が降りしきり、空気中に冷気が漂っていた――今季一番の冬の先触れだ。私たちは八時半に書斎で朝食をすませ、九時には、前の晩に頼んでおいたヴァンスの車が迎えにきた。黄色がかった分厚い霧の毛布にくるまれて、ほとんど人気《ひとけ》のない五番街を通り、十二丁目のアパートメントへマーカムを迎えにいった。彼は建物の前で待っていて、挨拶もそこそこにさっさと乗り込んできた。待ちかねたように気もそぞろな様子からして、スキールが話そうとしていることを大いにあてにしているらしい。

誰も口をきかずにいるうち、高架線をくぐってウェスト・ブロードウェイに出ていた。マーカムがふと、黙って思い悩んでいたことが口をついて出たような疑念をもらす。

「やっぱり、スキールのやつから重要な情報は得られないんじゃないだろうか。ひどくおかしな電話だった。知っていることについて確信ありげな口ぶりではあったがね。芝居がかったことを言うでも免責を求めるでもなし――率直に自信たっぷりと、誰がオウデルという娘を殺害したか知っている、打ち明けることに決めたと言ったんだ」

「あの男自身が絞め殺したんじゃないことは確かだ」とヴァンス。「知ってのとおり、彼がクローゼットにひそんでいるあいだにけしからんことが起きたというのがぼくの説だ。彼が一部始終をひそかに見届けていたという考えを、ぼくはだいじに温めてきたんだ。クローゼットの鍵穴は、あの女性が絞め殺された大型ソファ《ダヴェンポート》の端からまっすぐ延長線上にある。隠れているときに相手が何かしていたら、のぞいてみたとしてもおかしくない――そうだろう？　ほら、ぼくがそのことについて訊いてみたら、あいつ、いささか気を悪くしたじゃないか」

「だが、そうすると――」

「ああ、わかっているとも。ぼくのとっぴょうしもない夢には、あれやこれやの難点がどっさりある。彼はなぜ警告を発しなかったのか？　なぜさっさと話してしまわなかったのか？　なぜなぜ尽くしだ。……ぼくにわからないことはないなどと言うつもりはないさ。論理的なわけがあってとっぴな考えをさまざまに結びつけているふりをするつもりだってない。ぼくの説は相変わらず概略にすぎないんだ。それでも、確信しているよ、あのモダンなトニーがあの浮気《ボナ・ロ》な女《ーバ》を殺して部屋を荒らしたのは誰なのかを知ってるって」

「しかし、あの晩オウデルの部屋に入り込んだ可能性のある三人のうち――つまり、マニックス、クリーヴァー、リンドクイストの三人だが――スキールが知っていそうなのはひとりしかいない――マニックスだ」

「ああ、確かに。そして、三人組のうちでスキールを知っているのもマニックスだけらしい。……興味深い点だな」

　刑事裁判所ビルのフランクリン・ストリート側の入り口で、ヒースが私たちを迎えた。彼もやはり不安そうで生気に乏しく、握手もおざなりでいつものような熱意がこもらない。

「スニトキンにエレベーターを操作させます」挨拶もそこそこに彼が言った。「バークを上の廊下に行かせました。エメリも一緒で、スワッカーの部屋に入れてもらうよう待機しています」

私たちは人気がなくてほとんど静まり返ったビルに入り、エレベーターで四階まで上った。マーカムがオフィスのドアの鍵を開け、みんなで入っていく。

「今スキールをつけているのはギルフォイルなんですが」私たちが腰をおろしたところでヒースが言う。「気取り屋《デュード》が部屋を出たらすぐに、殺人課に電話で知らせることになっています」

十時二十分前だった。五分ほどしてスワッカーが到着した。速記帳を携えて、マーカムの私室でスイングドアのすぐ内側に陣取る。そこなら姿を見られずに話を全部聞くことができるのだ。マーカムが葉巻に火をつけると、ヒースもそれにならった。ヴァンスはひと足先に落ち着いて煙草を吸っている。部屋の中で彼がいちばん冷静で、いっさいの気苦労にも有為転変《ういてんぺん》にも動じないかのように、大きな革張りの椅子のひとつにものうげに背中をもたせかけているのだった。だが、灰皿に煙草をやけに慎重にはじいて灰を落としているところを見ると、彼もやはり気がかりなのだとわかる。

完全な沈黙のうちに五、六分が過ぎていった。そこで部長刑事が、たまらなくなってうなり声をあげた。それまで黙って考えていた続きを、声に出してしめくくるかのように言う。「だめですね、今度のことをどう見たらいいのか、てんでわかりません。今になって宝石がそっくりきれいに包まれて見つかった……と思ったら、気取り屋《デュード》から密告の申し出だ。……わけがわからない」

「しゃくにさわるでしょうね、部長刑事。だけど、わけのわからないことだらけってわけでもありませんよ」ヴァンスはぼんやりと天井を見上げている。「あの装飾品を取り上げたやつは、それに用があったわけじゃないんだ。ほしくもなんともなかったんですよ、じつは――あれは我慢のならないじゃまなお荷物でした」

ヒースには複雑すぎてぴんとこない。前日の展開で、彼の主張は根底から揺らいでしまっていた。もう一度黙って考え込む。

十時になると、待ちきれないヒースは立ち上がり、廊下側のドアのところまで行って外をのぞいてみた。戻りながら自分の腕時計とオフィスの掛け時計を見比べると、そわそわ歩き回りだす。マーカムはデスク上の書類を並べ直そうとしていたが、いらだたしそうにそれを脇に押しやった。

「もうおでましになってもよさそうなもんだが」彼は無理して快活に言った。

「来ますよ」と、ヒースがうなるように言う。「でなきゃ、迎えの車にただ乗りさせてやる」

そして、うろうろ歩きつづけた。

しばらくして彼がいきなり向きを変えたかと思うと、廊下へ出ていった。彼がエレベーター・シャフトに向かって下にいるスニトキンを呼ぶ声が聞こえたが、オフィスに戻ってきたその表情から、まだスキールが現われたという知らせはないとわかった。

「本部に電話して、ギルフォイルから何か報告が入ってないか確かめてみます。そうすれば、ともかく気取り屋《デユード》がいつごろ自宅を出たかくらいわかるでしょう」

ところが、部長刑事が市警本部に連絡をとってみると、ギルフォイルはまだ何も報告してきていないということだった。

「やけにおかしいな」受話器を置きながらヒースが言う。

もう十時を二十分も過ぎていた。マーカムがしだいに落ち着きをなくしていく。解決に向けてどんなに努力しても埒《らち》があかないカナリア殺人事件の手ごわさに、彼はすっかり意気をくじかれていた。今朝のスキールとの面談で、謎が解明される、あるいは少なくともどういう行動をとればいいのかはっきりさせられるような情報を得られるだろうと、一縷《いちる》の望みをかけていたのに。そんなきわめて重要な約束にスキールが遅れているため、緊張感がぎりぎりまで張りつめていくのだった。

いらいらと椅子を後ろに押しやった彼は、窓辺に寄ってどんよりとかすむ霧雨を眺めやる。デスクに戻ってきたときは、顔がこわばっていた。

「われらが友人には十時半まで時間をやろう」と、険しい声で言う。「それまでに現われなかったら、部長刑事、所轄署に電話して、護送車を迎えにさしむけてくれないか」

またしばらく沈黙が訪れた。ヴァンスはなかば目を閉じて椅子にもたれかかっていたが、私がふと気づくと、まだ煙草を手にしているのに吸ってはいないのだった。眉間《みけん》にしわを寄せて、やけに静まり返っている。尋常ならざる問題で頭がいっぱいなのだ。没頭と精神集中による催眠状態だ。

見守っていると、はっと目を見開いた彼がいきなり背筋を伸ばした。内心興奮しているしるしのぎくしゃくした動きで、火の消えた煙草を灰皿に放り込んだ。

「ああ、しまった！」と、声をあげる。「まさか、そんなばかな！　なのに」――顔が曇る――「なのに、どうしてこんなことに！……ぼくはなんてばかだったんだ――なんてひどいばかだったんだろう！……ああ！」

彼はぱっと立ち上がり、自分の考えに呆然としているかのように、床を見下ろして立ち尽くした。

「マーカム、こいつは気に入らない――まったくもって気に入らないよ」怯えていると言ってもいいような話し方だった。「何か恐ろしいことが起きている――何か不吉なことが。考えるだにぞっとする。……歳をとって感傷的になってしまったんだな」無理に軽い口調にしようとしてそう付け加えたが、彼の目つきはそれと裏腹だった。「どうして昨日のうちに気づかなかったんだろう？……ぼくは手をこまぬいていた。……」

みなびっくりして彼を見つめていた。私はそれまで、これほど彼が心を動かされているのを見たことがなかった。いつもなら皮肉で冷淡、感情に左右されず外部の影響に動じない彼のこのような言葉や行動には、圧倒的な迫力があった。

しばらくして、おおいかぶさった恐怖のとばりを払い落とそうとでもいうようにかすかに身震いすると、彼はマーカムに歩み寄り、両手をデスクについて身を乗り出した。

「わからないのかい？　スキールは来ない。待っても無駄だ――そもそもぼくらがここに来たのも無駄だった。ぼくらが彼のところへ行かなくてはならなかったんだ。彼はぼくらを待っている。……行こう！　帽子をとってこいよ」

マーカムは立ち上がっていた。ヴァンスがその腕をがっちりとつかむ。

「議論はご無用」と、相手に有無を言わせない。「遅かれ早かれ、彼のところに行かなくちゃならなくなる。それならすぐに行ったほうがいいだろう。くそっ！　なんてことだ！」

驚きながらも少し抵抗しているマーカムを部屋の真ん中まで引っぱってくると、彼はあいているほうの手でヒースを手招きした。

「あなたもだ、部長刑事。こんなやっかいなことになってすまない。ぼくの落ち度だ。こうなることを見越しているべきだったよ。まったく面目ない。昨日は午後いっぱいモネのことを考えていたものだから。……スキールの住まいは知っているんだろうね？」

ヒースは無意識にうなずいていた。珍しく精力的にしつこく要求するヴァンスの魔の手に陥ったのだ。

「じゃあ、ぐずぐずせずに。あ、部長刑事！　バークかエメリを連れていくほうがいい。ここにいる必要がない――今日はもう、誰もここにいる必要はない」

ヒースは、助言を求めてマーカムのほうを見た。当惑のあまり、声も出ず決断もできない状態に陥っていた。マーカムは、ヴァンスの提案を是認するしるしにうなずいてみせると、ひとこともなくレインコートをさっとはおった。しばらくすると、私たち四人はスニトキンを連れてヴァンスの車に乗り込み、アップタウンに急行した。スワッカーは帰宅させられ、オフィスは戸締まりされた。バークとエメリは殺人課へ向かい、この先の指示を待つことになった。

スキールが住んでいるのは三十五丁目、イースト・リヴァーにほど近い薄汚れた家だった。もとはそこそこの階級の旧家の住まいだったらしく構えはりっぱだが、今やすっかり荒廃と衰退の雰囲気を漂わせている。通路はゴミだらけ。一階の窓のひとつに貸し室という表示がでかでかと掲げられていた。

その家の前に車を乗りつけると、ヒースは通りに飛び出していってあたりを鋭く見回した。やがて、はす向かいの雑貨屋の店先をうろついているだらしない身なりの男を見つけると、手招きした。男が、人目を気にしながらよろよろとやって来る。

「だいじょうぶだ、ギルフォイル」と部長刑事。「気取り屋《デュード》のご機嫌をうかがおうと思ってね。どうしたんだ？　なぜ報告してこなかった？」

ギルフォイルは心外な様子だった。「やつが出かけたら電話するようにということでした。でも、まだ出かけていません。昨夜尾行していたマロリーが、十時ごろに帰宅するのを確認して、今朝九時にマロリーから引き継ぎました。気取り屋《デュード》はまだ中にいます」

「もちろん、彼はまだ中にいますよ、部長刑事」ヴァンスはちょっといらついている。

「部屋はどこだ、ギルフォイル？」とヒース。

「二階の裏手です」

「よし。われわれが行く。待機しろ」

「気をつけてください」ギルフォイルが警告する。「やつは銃を持っています」

ヒースが先頭に立って、舗道から小さな玄関口までのすりへった階段を上っていく。呼び鈴《りん》も鳴らさず、荒っぽくドアノブをつかんで揺さぶった。ドアは施錠されておらず、私たちは風通しの悪い一階廊下に踏み込んでいった。

みすぼらしいドレッシングガウンをだらしなく着て、ざんばら髪を肩まで垂らした四十がらみの女性が、奥のドアから不意に姿を現わした。どんよりした目で憤《いきどお》ったように私たちをにらみつけながら、おぼつかない足どりでこちらへやって来る。

「ちょっと！」と、きしるような怒鳴り声。「ちゃんとしたレディのうちにどやどや押し入ってくるなんて、どういうつもり？」それから、立て板に水のような罵詈雑言《ばりぞうごん》が始まった。

いちばん近くにいたヒースが大きな手を彼女の顔面に当てて、そっと、だが強硬に、後ろへ押しやる。

「ひっこんでろ、クレオパトラ！」そう忠告して、彼は階段を上りはじめた。

二階廊下で、小さなガス灯のちらちらする炎にぼんやり照らし出された、裏手の壁の真ん中にひとつだけあるドアの輪郭が見分けられた。

「あれがスキールの住まいでしょう」とヒース。

彼はドアに歩み寄り、右手をコートのポケットにつっこみながらノブを回した。だが、鍵がかかっている。そこで、ドアを派手にノックし、柱との継ぎ目に耳を当てて様子をうかがった。スニトキンがすぐ後ろに、やはり片手をポケットにつっこんで控えている。あとの私たち三人は、やや後ろのほうにとどまっていた。

ヒースが再びノックしたところで、薄暗がりからヴァンスの声がした。「ねえ、部長刑事、そんなに形式にこだわるのは時間の無駄ですよ」

「そのとおりかも」沈黙が耐えきれなくなったころになって答えが返った。

ヒースが、しゃがんで鍵を調べる。そして、ポケットから何やら道具を取り出して、鍵穴に挿入した。

「そのとおりだ」と繰り返した。「鍵がささっていない」

彼は一歩後ろに下がると、短距離走者のように爪先ではずみをつけ、ノブのすぐ上のドア板に肩をたたきつけた。しかし、錠ははずれない。

「来い、スニトキン」

刑事二人がかりでドアに体当たりする。猛襲三度目にして板が裂け、ドアロックの舌が受け口からもぎ取られた。ドアはぐらっと揺れながら内側に倒れ込んだ。

室内はほぼ真っ暗闇だ。私たちみなが戸口で躊躇《ちゅうちょ》しているあいだに、スニトキンが用心しながら窓に向かい、音をたててブラインドを巻き上げた。窓から黄灰色の光が射し込んできて、部屋の中のものの形がたちまちはっきりする。大型の古めかしいベッドが、右手の壁から突き出していた。

「あれは！」スニトキンが声をあげて指さす。その声に、私はなぜかぞっとした。

私たちは部屋へなだれ込んだ。ベッドの上、足側寄りのドアに近いほうに、スキールのねじれた体が投げ出されている。カナリアのように、彼も絞殺されていた。頭がのけぞって脚板にかぶさり、忌《い》まわしくもゆがんだ形相だ。両腕を広げて伸ばし、片足はマットレスの縁《ふち》からぶら下がって床についている。

「絞殺魔《サーギー》だ」ヴァンスがつぶやく。「リンドクイストが言っていた。妙だな！」

ヒースは肩を丸め、体をこわばらせて死体を見つめている。ふだん赤みを帯びている顔から血の気が失せ、催眠術にでもかかったように。

「なんてこった！」畏怖のつぶやきをもらし、彼は思わず十字を切っていた。

マーカムもやはり動揺していた。顎を固く引き結んでいる。

「きみの言うとおりだ、ヴァンス」張りつめた不自然な声だった。「ここで、何か恐ろしいことが起きたんだ。……この街に悪魔が解き放たれている――狼男が」

「そうじゃないと思うな」ヴァンスは、殺されたスキールを注意深く眺めた。「うん、そうじゃないと思う。狼男じゃない。追い詰められた人間だ。窮境に立たされてはいるんだろうが、きわめて理性的かつ論理的な人間だ――まったく、いまいましいほど論理的なやつだよ！」

24 逮捕

九月十六日（日曜日）午後―九月十七日（月曜日）午前

スキールの死は、当局が全力をあげて捜査した。検屍官のドリーマス医師が即座にやって来て、犯罪が起きた時間帯を夜十時から十二時までのあいだと断定した。すぐにヴァンスが、オウデルと親しかったという男たち――マニックス、リンドクイスト、クリーヴァー、スポッツウッド――全員と即刻面談して、問題の二時間のあいだどこにいたかを説明させるよう主張した。躊躇《ちゅうちょ》なく同意したマーカムはヒースに指示し、ヒースがすぐ四人の部下にその仕事を任せた。

前夜スキールを尾行していたマロリー刑事は、訪問者があった可能性について質問を受けた。しかし、スキールの住まいがある建物には間借人が二十人以上いて、始終人の出入りが絶えないため、その経路で情報は得られなかった。マロリーにはっきりわかっているのは、スキールが十時ごろ帰宅して、それっきり出かけなかったということだけだ。惨事のせいですっかり酔いも醒めておとなしくなった下宿のおかみは、何があったかいっさい知らないという。夕食どきから〝具合が悪くて〟、翌朝われわれが彼女の回復をじゃまするまで、ずっと自室にひきこもっていたということだった。玄関のドアは、間借人たちがそんな不便なことは必要ないと言っていやがるため、施錠されることがないらしい。その間借人たちにも話を聞いたものの、成果はなかった。そもそも、もしなんらかの情報をもっていたとしても、警察にそれを差し出してくれそうな部類の者たちではない。

指紋担当者たちが室内を丹念に調べたが、スキール自身のもの以外は何の痕跡も見つけられなかった。殺された男の身のまわり品も、何時間もかけて徹底的にさぐられた。だが、殺人者をつきとめるヒントになりそうなものは何も発見されない。全弾装塡《そうてん》ずみの三八口径コルト・オートマティックが、ベッドの枕の下で見つかった。また、カーテンを吊るした真鍮《しんちゅう》の竿《ロッド》の中空《ちゅうくう》から、高額紙幣で千百ドルが出てきた。さらに、廊下のゆるんだ床板の下には、ありかのわからなかった刃に欠け跡がある鋼《はがね》のみがあった。だとしても、こうした品々はスキールの死の謎を解くには用をなさない。午後四時、部屋は応急処置の南京錠で閉鎖され、監視下に置かれた。

マーカム、ヴァンス、私の三人も、死体発見後数時間は現場にとどまっていた。マーカムはその場で事件を引き受け、間借人たちの事情聴取を指揮した。ヴァンスは警察によるお決まりの活動をいつになく熱心に見守り、捜索に参加までした。スキールの夜会服に格別関心があるらしく、一着ずつじっくり調べていった。ヒースがときおり彼の様子をうかがっていたが、部長刑事の視線には侮蔑も揶揄《やゆ》もまじっていない。

二時半になり、その日はずっとスタイヴェサント・クラブにいるとヒースに告げて、マーカムは引き揚げた。ヴァンスと私も同行する。私たちはがらがらのグリルで、遅ればせの昼食をとった。

「スキール事件の飛び入りで、あらゆることが土台からくずれてしまうな」コーヒーが出てくるころ、マーカムが元気なく言った。

「いや、違う――そんなことはないよ」とヴァンス。「むしろ、ぼくのとんでもない仮説という建造物に新たな柱が一本加わったと言おうじゃないか」

「きみの仮説か――ああ。ぼくらに残された道はもうそれくらいしかないな」マーカムがため息をつく。「今朝はそいつが間違いなく実証された。……スキールが現われなかった時点で、きみがなりゆきを正しく言い当てたのは本当にすごい」

ヴァンスがまたもや否定する。

「それは言い過ぎだよ、マーカム、ぼくは犯罪学的にちょっと思い切ったことを言ってみただけさ。そう、あの女性を絞殺したやつが、スキールがきみに申し出をしたことを知ったと想定したんだ。あの申し出はたぶん、スキール側からの脅しのようなものだったんだろう。でなければ、約束を翌日になんか設定しやしない。それまでに脅しの相手が御《ぎょ》しやすくなるだろうと思ったに違いないよ。それに、カーテン・ロッドに隠してあった金からすると、彼はカナリアを殺したやつをゆすっていて、昨日きみに電話してくる直前に、それ以上の寄贈をお断りされたんだろうと思う。そう考えれば、彼がこの間ずっと犯人の情報を自分の胸ひとつにおさめていたことの説明もつく」

「そのとおりなのかもしれない。だが、これまでよりもっと困った事態になってしまったな、教えてくれるスキールがもういないとあっては」

「ともかく、このとらえどころのない犯人を、第一の犯罪を隠すために第二の罪を犯さざるをえないところまで追い込んだんだ。そして、よりどりみどりのカナリアのお相手たちが昨夜の十時から十二時までのあいだ何をしていたかわかれば、役に立つ糸口がつかめそうじゃないか。ところで、ぞくぞくするようなその情報はいつごろ手に入りそうだい？」

「ヒースの部下たちがつきに恵まれるかどうかによるね。順調にいけば、今夜のうちには」

実際にヒースが電話で報告してきたのは八時半ごろだった。しかし、ここでもやはりマーカムははずれくじを引いたようだ。これほど満足のいかない報告など思いもよらないほどだった。ドクター・リンドクイストは前日の午後に〝神経性発作〟を起こして、エピスコーパル病院に運び込まれた。いまだに入院中で、彼の治療にあたっている高名な医師二人の言葉は疑いようもない。仕事を再開できるようになるまで、少なくとも一週間はかかるだろうという。はっきりした報告は四件のうちそのひとつだけで、ドクターについて前夜の犯罪への関与ははっきり否定された。

不思議な偶然の一致もあるもので、マニックス、クリーヴァー、スポッツウッドはいずれも確かなアリバイを申し立てられなかった。本人たちの話によれば三人とも、前の晩はずっと自宅にいたという。天候が荒れ模様だった。マニックスとスポッツウッドは宵《よい》の口に外出していたことを認めたが、その二人も十時前には帰宅したという。マニックスの住まいはアパートメント・ホテルで、土曜の夜はロビーが混み合っていたため、彼が帰ってきたのに気づいた者は誰もいなかったようだ。クリーヴァーが住んでいるのは個人の小さなアパートメント・ハウスで、彼の動向を見守るようなドアマンもホール・ボーイもいない。スポッツウッドはスタイヴェサント・クラブに滞在中だが、部屋は三階で、彼はめったにエレベーターを使わない。そのうえ、前夜はクラブで政治がらみの宴会とダンス・パーティがあった。いつでも何度でも、気づかれることなく出入りができたことだろう。

「啓発的と言えそうなことはなしだな」と、マーカムから情報を聞かされたヴァンスは言った。

「ともかく、リンドクイストは除外された」

「そうだな。ということは、自動的にカナリアの事件の容疑者からも除外される。二つの犯罪がそれぞれ、ひとつの全体に含まれる部分なんだから——同じ問題に出てくる二つの整数というかね。互いに補完し合っている。あとのほうの犯罪は、最初の犯罪との関連で起きた——いや、最初の犯罪の論理的副産物だ」

マーカムがうなずく。

「いかにももっともだな。いずれにせよ、ぼくはもう論争する段階を過ぎた。きみの仮説の流れにしばらく身を任せて、何が起こるか確かめることにしよう」

「いらだたしいことに、ぼくらが無理強《むりじ》いしないかぎりどうやら何も起こらないんじゃないかって気がしてしかたがない。この二人の人間を巧みに葬り去ったやつはじつに頭がいい」

彼が話していると、スポッツウッドが入ってきて、人を探しているふうに部屋を見回した。マーカムの姿を見つけ、けげんそうな当惑顔でつかつかとこちらへやって来る。

「お話し中おじゃまして申し訳ありませんが」彼は詫《わ》びながら、ヴァンスと私に会釈《えしゃく》した。「今日の午後、警官がこちらで、昨夜の私の居場所を調べていました。へんだなと思いながら、さほど気にせずにいたところ、たまたま今夜の号外にトニー・スキールという名前を見つけて、その男が絞殺されたと知りました。確か、ミス・オウデルに関連してそんな名前の男のことをお訊ねでしたね。ひょっとしたら、二つの殺人事件につながりでもあるのだろうか、ついに私も巻き込まれることになったのだろうかと思いまして」

「いや、そんなことはないと思います」とマーカム。「二つの犯罪が関係している可能性はありそうです。何かヒントになりそうなことが出てくることを期待して、警察は形式上、ミス・オウデルの親しいご友人がたに話を聞いているんですよ。気になさることはないでしょう」そして付け加える。「警察がお気にさわるような居丈高《いたけだか》な態度をとったりはしなかったでしょうね」

「ええ、それはもう」スポッツウッドの不安は消えたようだ。「たいへん礼儀正しくて。ただ、ちょっと含むところがありそうだったものですから。スキールというのは何者なんですか?」

「暗黒街の人物で、強盗の前科があります。ミス・オウデルに顔がきいたらしく、どうやらあの人を金づるにしてたようです」

どす黒い嫌悪がスポッツウッドの顔をよぎる。「あんな目にあっても自業自得だ」

そのあと私たちはさまざまな話題でしゃべっていたが、十時になると、ヴァンスは立ち上がってマーカムをとがめるように見た。

「ぼくはこれから、失われた睡眠時間を取り戻そうと思う。警察官の生活には向かない性分でね」

ところが、そんなふうに文句を言っておきながら、翌朝九時にはもう地方検事のオフィスに彼の姿があった。新聞を数紙持参して、スキール殺害の全容第一報を読んで大いにおもしろがっている。月曜日といえばたいていい多忙になるマーカムは、八時半前にオフィスに出てきて、オウデル事件の捜査に着手するより先に急ぎの日常業務をせっせと片づけにかかっていた。ヒースは、打ち合わせのため十時に来ることになっていた。しばらくのあいだ、ヴァンスには新聞を読むくらいしかすることがない。私も似たようなものだった。

時間ぴったり、十時にヒースが到着した。いかにも、何ごとか大いに意気のあがるような出来事があったような様子だ。舞い上がらんばかりで、まるで敗者に対する勝者さながら、ヴァンスに礼儀正しくご満悦ぎみの挨拶をする。マーカムとは、いつにも輪をかけてきっちりと握手した。

「やっかいごとは片づきましたよ」そう言うと、ひと息入れて葉巻に火をつける。「ジェサップを逮捕しました」

その驚愕の発表に続く劇的な沈黙を破ったのはヴァンスだ。

「いったいぜんたい――どういう容疑で？」

ヒースは相手の口調にいささかも動じることなく、悠然と振り向いた。

「マーガレット・オウデルとトニー・スキールを殺害した容疑でです」

「なんと、それは《オー・マイ・アーント》！　心底、驚きだ《オー・マイ・プリーシャス・アーント》！」ヴァンスは背中を起こして、ヒースをまじまじと見た。「愛らしき天使たちよ、天より舞い降りてわが身を慰めたまえ！」

ヒースの満悦ぶりは揺るがない。「天使を呼ぶことはないでしょう、おばさん《アーント》だって。こいつについて私が何を探り出したかお聞きくださいよ。やつは袋詰めにして紐をかけて、いつでも陪審に差し出せるようにしときました」

マーカムを襲った驚きの第一波はもう引いていた。「話を聞こう、部長刑事」

ヒースは椅子にかけて、ちょっとのあいだ考えをまとめた。

「じつは昨日の午後、思いついたことがありましてね。スキールは密告するって約束したあと、オウデルそっくりの方法で殺されましたね。どう見ても、二人を絞殺したのは同一人物らしい。ということで、先週の月曜の晩、あの部屋には二人の男がいたに違いないと結論しました——気取り屋《デユード》と殺人者です——まさにヴァンスさんがずっとおっしゃっていたように。それから、その二人は互いによく知っている者どうしだと考えました。だって、もうひとりのやつは気取り屋《デユード》の住まいを知っていたばかりか、気取り屋《デユード》が昨日密告するつもりでいたことまでちゃんとつかんでたに違いないんですから。二人でオウデル宅の仕事を一緒にやったんじゃないかって気がしましてね——だから気取り屋《デユード》のやつ、最初は口を割らなかったんですよ。ところが、もうひとりのやつが怖《お》じ気《け》づいて宝石類を捨てちまったもんだから、スキールはだいじをとって司法取引で証言しようと考え、あなたに電話しました」

部長刑事はちょっと葉巻を吸った。

「マニックスやクリーヴァーやあの医者を、私はあんまり重視してませんでした。ああいうたぐいの仕事をするような部類の人たちじゃないし、スキールみたいな前科者とかかわり合いになんかなりっこありませんよ。そこで、三人ともちょっと置いといて、まわりに悪党がいないか捜しはじめたんです——スキールの共犯者だったとしてもおかしくないやつをね。だけどまずは、事件のいわゆる物理的障害ってやつを考えてみました——つまり、犯罪を再構成するのに障害となるものです」

そこでもう一度ひと息入れた。

「さて、われわれをいちばん悩ませてきたのは、通用口です。夕方六時以降にどうやって解錠されたのか？　犯罪のあと誰がもう一度施錠したのか？　スキールは十一時前に通用口から入ったはずです。スポッツウッドとオウデルが芝居から帰ってきたとき室内にいたんですから。それで、クリーヴァーが十二時ごろアパートメントにやって来たあとで、たぶんそこから出ていった。だけど、どうやって内側から差し錠がおろされたのかは説明がつきません。そこですね、昨日はそれをじっくり考え直してみたんですよ。それから、あそこへ行って、もう一度あのドアを見てみました。電話交換台にスピヴリーって若いほうの交換手がついてましたんで、ジェサップがどこにいるか訊きました。ちょっと訊きたいことがあったもんですから。そしたら、その前の日に仕事を辞めたってスピヴリーが言うんです――土曜の午後ですよ！」

　ヒースはちょっと待って、その事実を浸透させる。

「ダウンタウンへ向かううちに思いついたことがありましてね。それで、はっとしましたよ。事件の全貌がすっかり見通せたんです。ミスター・マーカム、通用口を開けてまた施錠することができた人間は、ジェサップ以外に誰もいません――誰ひとり。ご自分でも考えてみてください――もうさんざん考えてこられたこととは思いますがね。スキールには無理でした。ほかには誰もいません」

　興味が湧いてきたマーカムが身を乗り出す。

「そう思いついてから」と、ヒースが続けた。「一か八かやってみることにしました。ペンシルヴェニア駅《ペン・ステーション》で地下鉄を降りて、電話でスピヴリーにジェサップの住所を教えてもらいました。

そこで最初の手ごたえがありましたよ。ジェサップは二番街に住んでました。スキールの目と鼻の先です！　途中で所轄署の者を二人ばかり拾って、やつの住まいに向かいました。行ってみると、デトロイトに行こうとして荷造りの最中じゃありませんか。勾留して、とった指紋をデューボイス警部に送りました。それで情報がつかめるだろうと思ったんですよ、カナリアを襲うなんていうデカい仕事からいきなり始めたりはしないもんですからね」

ヒースは満足げににんまりしてみせた。

「さてさて、デューボイスが身元を洗ってくれましたよ！　やつはジェサップなんて名前じゃない。ウィリアムのほうはそのとおりなんですが、本名はベントン。一九〇九年にオークランドで暴行で起訴され、サンクエンティン刑務所に一年服役してました。当時スキールもそこの囚人だった。一九一四年にゃブルックリンでも、銀行強盗の見張り役として逮捕されましたが、起訴されませんでした――というわけで、たまたま本部に指紋が記録されてたわけですな。昨夜やつを締めあげてやったところ、ブルックリンでの悪事のあと名前を変えて、軍隊に入ったってことでした。聞き出せたのはそれだけですが、それ以上は必要ありません。もうこれだけ事実がそろっている。ジェサップは暴行罪で服役していた。銀行強盗に荷担したことがある。スキールとは囚人仲間だった。スキールが殺された土曜の晩のアリバイがないし、住んでる場所はすぐそこです。土曜の午後、突然仕事を辞めました。大柄で屈強な男だから、あんなこともやすやすやってのけられるでしょう。つかまえたときには高飛びしようとしていた。そして――あの月曜の晩、通用口の差し錠をはずしてまたおろしておくことができた唯一の人物である。……そういうことじゃありませんかね、ミスター・マーカム?」

マーカムはしばらくのあいだ考え込んでいた。

「それなりにもっともな言い分だ」と、ゆっくり言う。「しかし、あの娘を絞殺する動機があったのか?」

「わかりやすい動機がね。ヴァンスさんが初日にほのめかしていらっしゃった。ほら、オウデルに対するジェサップの気持ちを訊いたじゃありませんか。ジェサップは顔を赤らめてそわそわしてましたよ」

「ああ、なんということだ!」と、ヴァンスが声をあげる。「この信じられない愚行の責任の一端がぼくにあると?……確かに、ぼくはあの女性に対する彼の気持ちを穿鑿《せんさく》しましたが、まだ何ひとつわかっていない段階でのことです。慎重を期していた――出てくる可能性をひとつひとつ調べていこうとしていたんです」

「じゃあ、あなたの質問がまぐれ当たりしたってことだ。同じことですよ」ヒースはマーカムに向き直った。「私の考えはこうです――ジェサップはオウデルに惚れ込んでいたが、女はやつに肘鉄砲をくらわせた。夜な夜《よ よ》なあそこに座って、ほかの野郎どもが女を訪ねてくるのを目にしているうち、やつはだんだん腹に据えかねていく。そこへスキールが登場、なつかしい顔に気がついて、オウデルのアパートメントに盗みに入ろうともちかける。そいつはスキールにも助けなしには無理な仕事だ。出入りの際、電話交換手の前を通らざるをえないんだから。それまでにも訪ねてきている以上、顔を知られてしまってもいる。ジェサップにすれば、オウデルに仕返しをしてほかの人間のせいにするチャンスだ。二人はその仕事を、月曜の晩に決行することにした。オウデルが出かけると、ジェサップが通用口の差し錠をはずし、気取り屋《デュード》はアパートメントに合い鍵を使って入り込む。そこへ、不意にオウデルとスポッツウッドが到着。スキールはクローゼットに隠れた。スポッツウッドが出ていってから、やつはふとしたことでもの音をたててしまい、オウデルが悲鳴をあげる。やつが出ていって、それが誰だかわかった女は、スポッツウッドに何でもないと言う。スキールが見つかってしまったんだと知ったジェサップは、それを利用することに決める。スポッツウッドが帰っていくとすぐに、マスターキーでアパートメントに入る。また誰か来たと思ったスキールは、再びクローゼットに身を隠す。そこでジェサップは、スキールに罪をかぶせるつもりで女につかみかかり、絞め殺す。だが、スキールが隠れがから出てきて、二人でとくと話し合う。やがて合意に達すると、当初の計画どおり略奪にとりかかる。ジェサップが宝石箱を火かき棒で開けようと試み、そのあとスキールが自前のみでまんまとこじあける。そのあと二人して撤退する。スキールは通用口から出ていき、ジェサップがまた差し錠をおろす。翌日、スキールは盗品をジェサップに渡し、ほとぼりが冷めるまで保管させる。そのうちジェサップが怖《お》じ気《け》づいて、それを捨ててしまう。それがもとで二人はもめる。スキールは、罪を逃れようとして洗いざらい話してしまうことに決める。それに感づいたジェサップは、土曜の晩にやつのうちまで行って、オウデルにしたのと同じようにやつも絞め殺してしまう」

ヒースは以上終わりというしぐさをして、椅子にもたれかかった。

「よくできているなあ――じつによくできている」と、ヴァンスがつぶやく。「部長刑事、先ほどいささか取り乱してしまったことはお詫びしますよ。あなたの理論には非の打ちどころがない。みごとに犯罪を再構成している。あなたは事件を解明した。……すばらしい――ただただすばらしい。しかし、間違っている」

「ジェサップを電気椅子送りにするには充分正しいですよ」

「そこが論理の恐ろしいところだな」とヴァンス。「論理によっていやおうなく誤った結論に行き着いてしまうことのなんと多いことか」

彼は立ち上がると、両手を上着のポケットにつっこんで部屋の向こうまで行って引き返し、ヒースの隣に来て足を止めた。

「ねえ、部長刑事。もしも誰かほかの人間に、通用口の差し錠をはずして、犯罪のあとまた錠をおろすことができたとしたら、ジェサップに対する容疑は根拠薄弱になると認めるに、やぶさかじゃありませんよね――でしょう?」

ヒースは気が大きくなっていた。

「もちろんです。誰かほかの人間にそれができたと証明してみせてください。そうすれば、私が間違っているかもしれないと認めますとも」

「スキールにはそれができました、部長刑事。そして、彼がやったんです――誰にも悟られずに」

「スキールですって！　現代の奇跡じゃあるまいし」

ヴァンスはくるりと向きを変えて、マーカムに向かい合った。「いいかい！　言っておくが、ジェサップは無実だよ」彼の熱弁は私を驚かせた。「ぼくがそれを証明してみせる――どうにかして。ぼくの説はかなりのところまで完成している。あと二、三のちょっとした点が欠けているだけなんだ。あいにく、まだ犯人の名前を挙げることはできずにいるよ。だけど、正しい説なんだ、マーカム。部長の説と真っ向から対立するがね。だから、ジェサップに容疑をかける前に、きみの目の前でぼくの説を実証する機会を与えてくれなくちゃならないよ。さて、ここでは実証できない。きみとヒースには、ぼくと一緒にオウデルのうちまで行ってもらおう。実証に一時間以上はかからないだろう。だけど、もし一週間かかるとしても、やはりそうしてもらわないと困る」

彼はデスクにもう一歩近づいた。

「ぼくにはわかっているんだ、犯罪の前にドアの差し錠をはずして、あとからまたおろしたのはスキールであって、ジェサップじゃないと」

マーカムは感心しているように見えた。

「わかっているって――事実としてわかっているのか？」

「そうだとも！　どうやったかもわかっている！」

25　ヴァンスの実証

九月十七日（月曜日）午前十一時三十分

三十分ばかりのち、私たちは七十一丁目のあの小さなアパートメント・ハウスに入っていった。ジェサップに対するヒースの言い分がもっともらしいにもかかわらず、マーカムは逮捕したことにすっかり納得してはいなかった。そこへヴァンスの意見が、彼の心にさらなる疑いの種をまいた。ジェサップに何よりも不利なのは、通用口の差し錠に関する問題である。スキールがどんな巧妙なやり方でそこを出入りしたか、ヴァンスが実証してみせると請け合ったとき、マーカムは半信半疑ながらも同行を承知した。ヒースもやはり興味を示し、見下すような態度ではあったが、喜んでおともしようと言ったのだった。

チョコレート色のスーツでぴしっと決めたスピヴリーが交換台にいて、私たちを気づかわしげに凝視する。だが、ヴァンスが愛想よく、十分ばかりそのへんを散歩でもしてくるよう勧めると、大いにほっとした様子で一も二もなく従った。

オウデル宅の玄関先で警備についていた警官が、前へ進み出て挨拶してきた。

「様子はどうだ？」とヒース。「訪問者があったか？」

「ひとりだけ――カナリアの知り合いだったという紳士が、部屋を見たいと言って。あなたか地方検事から許可をもらうようにと伝えました」

「それでよろしい」とマーカム。それからヴァンスのほうを向く。「たぶんスポッツウッドだな。かわいそうなやつだ」

「まったくだ」ヴァンスがつぶやく。「ご執心だな！　ローズマリー（誠実、貞操、記憶の象徴）さながらだ。……胸が痛むね」

ヒースが警官に三十分ほどぶらぶらしてくるように言い、私たちだけになった。

「さてさて、部長刑事」ヴァンスが陽気に言う。「きっと交換台の操作法をご存じですよね。しばらくのあいだスピヴリーの代役を務めていただけないでしょうか――ご親切にどうも。……いや、まずは通用口に錠をおろしてください――間違いなくしっかり施錠してくださいよ、事件のあったあの晩と同じように」

ヒースが温厚そうににやにやする。

「了解」秘密めかして人指し指を唇に当て、道化芝居のパロディ探偵よろしく、腰をかがめて抜き足差し足でホールの奥へ進んでいった。しばらくしてやはり爪先歩きで交換台に戻ってきたときも、人指し指を唇に当てたままだった。丸い目でこっそりまわりを見回して、ヴァンスの耳もとに口を寄せる。

「シーッ！　錠をおろしましたよ。ギリリッと。……」彼は交換台の前に座った。「幕はいつ上がるんです、ヴァンスさん？」

「上がっています、部長刑事」ヴァンスもヒースのおどけ気分に染まっていた。「さあ！　時刻は月曜の夜九時半。あなたはスピヴリーです――おしゃれじゃ及びもつかないし、口髭《くちひげ》もつけ忘れてますが——ともかくもスピヴリーですよ。そしてぼくが、着飾ったスキール。リアリズムを追求するなら、シャモア革の手袋やらひだのある絹のシャツやらを身につけていると想像してみてください。ミスター・マーカムとミスター・ヴァン・ダインは、さしずめ〝奈落の多頭の怪物〟役といったところですか(i)。——そうそう、部長刑事、オウデルの部屋の鍵を持たせてください。スキールは合い鍵を持っていましたよね」

ヒースが鍵を取り出して、相変わらずにやにやしながら手渡した。

「舞台監督としてひとこと」とヴァンス。「ぼくが正面玄関から出ていったら、みなさんはきっかり三分待ってから、亡きカナリアの部屋のドアをノックすること」

彼はゆっくりとした足どりで玄関ドアのところまで行くと、向き直って交換台のほうへ戻ってくる。マーカムと私は狭いアルコーヴでヒースの後ろに立って、建物の正面を向いていた。

「ミスター・スキール登場！」とヴァンス。「念のため、時刻は九時半」そう言って、交換台の横を通りかかる。「なんてこった！　せりふを忘れてますよ、部長刑事。ミス・オウデルならお留守ですよって言わなくちゃ。だが、まあいいか。……ミスター・スキールはそれでも彼女のうちのドアへ向かう。……こんなふうに」

彼が私たちのいるところを通り過ぎ、部屋の呼び鈴《りん》を鳴らす音がした。ちょっと間があって、ドアをノックする。それから、ホールを引き返してきた。

「きみの言うとおりらしいな」と、スピヴリーが報告したスキールの言葉を引用して、正面玄関へ向かう。通りへ出ていくと、ブロードウェイのほうへ曲がった。

私たちはきっかり三分間待った。誰も口をきかない。ヒースの顔つきが真剣になり、しきりと葉巻をふかしているところに期待のほどが表われていた。マーカムは禁欲的に眉をしかめている。三分たってヒースが立ち上がり、急ぎ足でホールを奥へ向かうと、マーカムと私もあとに続いた。彼のノックに応えて、部屋のドアが内側から開いた。ヴァンスが狭いロビーに立っている。

「第一幕の終了」と、軽やかにお辞儀してみせる。「かくしてミスター・スキールは、月曜の晩、通用口に差し錠がおろされたあとで、交換手に姿を見られることなくかのご婦人の閨房《けいぼう》に入ったのでありました」

ヒースは目を細めたものの、何も言わなかった。それから、おもむろに首をめぐらせて、奥の通路の突き当たりにあるオーク材のドアを眺める。差し錠のつまみは縦。留め金が回され、ドアは解錠されているということだ。しばらくそれを眺めていたヒースは、次に交換台のほうへ目を向けた。やがて、彼の口から歓声がもれる。

「おみごとです、ミスター・ヴァンス――おみごと！」と、心得顔でうなずいた。「子供だましじゃありますがね。心理学をもちだすまでもない。部屋の呼び鈴を鳴らしたあと、奥の通路を走っていって錠をはずしたんですな。で、駆け戻ってノックした。正面玄関から出て、ブロードウェイのほうへ曲がったあと、戻って通りを渡り、路地を通って通用口から中に入る。そして、われわれの背後で音もなく部屋に入り込んだ」

「簡単ですよね？」とヴァンス。

「いかにもね」部長刑事は小ばかにしたように言う。「しかし、それじゃどうにもなりゃしません。月曜の晩の仕事にからむ問題がそれだけだったら、誰にだって考えついたことでしょうよ。だけど、私が頭を悩ませてるのは、スキールが出ていったあとで通用口をまた施錠するってことのほうですからね。スキールはひょっとして――ひょっとしてですよ、念のため――あなたが演じたようにして入ってきたのかもしれない。しかし、あそこから出ていったはずがない。だって、翌朝あのドアには差し錠がおりてたんですから。そして、ここにいた誰かがやつのあとから錠をおろしたんだとすりゃ、最初っからそいつがドアを開けてやったでしょうよ。なにもスキールが、九時半に来たときに十フィートを駆け抜けて、自分で錠をはずしたりなんかしなくたって。というわけで、あなたの劇はなかなかおもしろいが、ジェサップを救うことにはならないと思いますね」

「おっと、劇はまだ終わっちゃいない」とヴァンス。「第二幕が始まろうとしてるんですよ」

ヒースがきっと眉を吊り上げる。

「はあ?」信じられないといったあざけりまじりの口調だが、さぐりを入れるような心もとない表情だった。「じゃあ、スキールが出ていってから、ジェサップの助けを借りずに、どうやって内側からドアに差し錠をおろしたか、やってみせてくださると?」

「まさにそのとおりのことをしてみせるつもりですよ、部長刑事」

ヒースは何か言おうと口を開いたが、考え直したようだった。口を閉じてただ肩をすくめ、マーカムにいたずらっぽい目を向ける。

「観客席へ行きましょうか」と、ヴァンスは私たちを、交換台の向かいにある応接室へ連れていった。すでに説明したように、この部屋は階段のすぐ裏側にあって、奥の壁沿いに通用口へ至る通路がある。

ヴァンスは私たちに仰々しく椅子を勧めて、部長刑事に目を向けた。

「ぼくが通用口のドアをノックする音がするまで、ここでおくつろぎください。音がしたら、ドアを開けにきてくださいよ」彼は入り口のアーチへ向かう。「では再び、ぼくは亡きミスター・スキール役を演じます。もう一度、盛装した姿を思い描いてください――目の覚めるような服装ですよ。……幕が上がる」

お辞儀をひとつして応接室からメインホールへ出たヴァンスが、角を曲がって奥の通路へ姿を消した。

ヒースは落ち着かなさそうにもぞもぞしながら、不安げにマーカムをさぐるような目で見た。

「うまくいくんでしょうかね?」その口ぶりに、おどけたような調子はなくなっていた。

「どうやるのかわからない」マーカムは顔をしかめている。「しかし、もしうまくいけば、きみのジェサップ犯人説が土台から揺らぐぞ」

「そんなの気にするもんですか」とヒース。「ヴァンスさんは博識だ。思いつきもいい。それにしても、いったいどうやって――?」

彼の話の途中で、通用口のドアに高らかなノックの音がした。私たちは三人同時に飛び上がり、大急ぎでメインホールの角を曲がった。奥の通路は無人だった。左右どちら側にも扉や隙

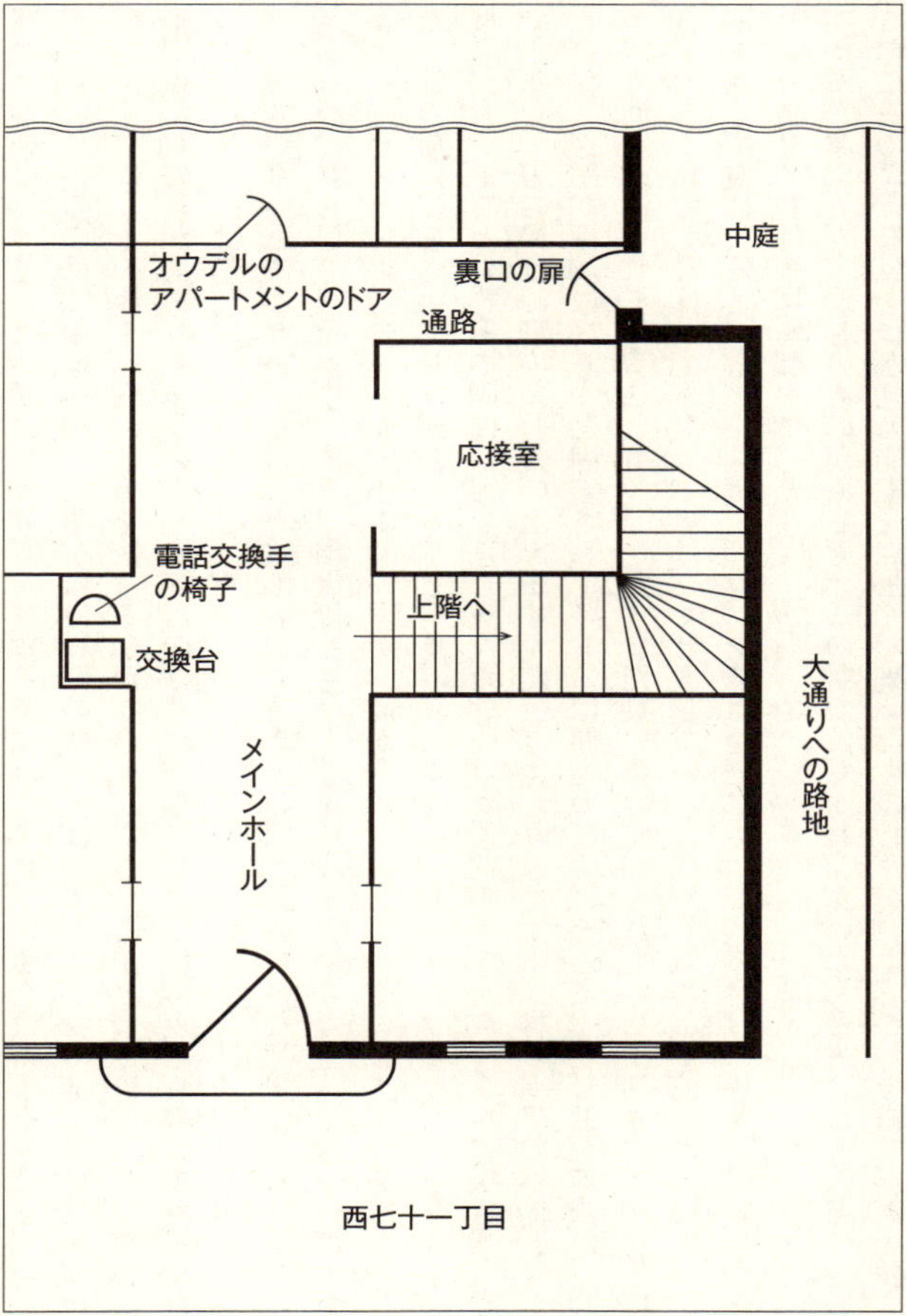
中庭
裏口の扉
オウデルの
アパートメントのドア
通路
応接室
電話交換手
の椅子
上階へ
交換台
メインホール
大通りへの路地
西七十一丁目

間のたぐいはいっさいない。のっぺりした二枚の壁にはさまれているだけだ。その突き当たりをふさいでいるのは、中庭へ出られる、ほぼ通路の幅いっぱいのオーク材のドア。ヴァンスが姿を消すには、そのオーク材のドアを抜けるしかない。私たち全員がとっさに見てとったのは――私たちの目が何よりもまずさぐりあてたのは、横向きになっている差し錠のつまみだった。つまり、ドアには差し錠がおりているのだ。

ヒースが驚いたことといったら――彼はものも言えないほど驚いていた。マーカムは不意に足を止め、立ち尽くしたまま、まるで幽霊でも見たような顔つきで無人の通路を見やった。つかのまためらっていたヒースが、小走りにドアへ向かう。ただし、すぐにはドアを開けなかった。錠の前に膝をついてしゃがみ込み、じっくり差し錠を調べた。それからポケットナイフを取り出し、ドアと外枠との隙間に刃を差し込んだ。先端が内側のモールディングに突き当たって止まり、刃の縁《ふち》は円形の差し錠の上をこすった。どっしりしたオーク材のドアの外枠とモールディングが、頑丈にぴしっと固定されているのは間違いない。そして、差し錠が内側からしっかり回しおろされていることも。しかし、まだ疑いをぬぐいきれないヒースはドアノブを握り、力をこめて引っぱってみた。ドアはびくともしない。ようやくのことで彼は差し錠のつまみを回して縦にすると、ドアを開けた。ヴァンスは中庭に立って、満足げに煙草を吸いながら、レンガ造りの路地の塀を調べていた。

「やあ、マーカム、珍しいものがあるぞ。この塀なんだがね、ずいぶんと古いものに違いない。このごろのような息もつかせぬ能率一点張りで築いたものじゃないよ。これを組んだ美を愛する職人は、われらが気ぜわしい時代の長手積み《ランニング・ボンド》――ストレッチャー・ボンド（おもてにレンガの長手面を出す積み方）じゃなくて、フランス積み《フレミッシュ・ボンド》（長手面と小口面を交互に並べる積み方）にレンガを配しているんだ。それに、あそこなんかちょっと」――彼は庭の奥のほうを指さす――「オール受けとチェッカー盤の模様になっている。すごく気がきいていてなんとも楽しい――人気のイギリス十字組み（長手面の層が小口面の層と十字形に交差するようなレンガの積み方）なんかよりいいくらいだ。そのうえ、モルタルの継ぎ目にはみんなV字の押し型模様が入っているし。……しゃれてるね！」

マーカムはいらだっている。「よせよ、ヴァンス！　ぼくはレンガ塀を築こうとしてるわけじゃない。知りたいのは、きみがどうやってドアに内側から差し錠がおりた状態のままここへ出てきたのかだ」

「ああ、それか！」ヴァンスは吸いさしの煙草を踏みしだいて、再び建物内に入った。「ちょっと犯罪用の味なからくりを使っただけさ。えらく単純なんだよ、本当に効率のいい道具っていうのはみんなそうしたものだが――ああ、言葉にならないほど単純だ。あんまり単純で恥ずかしいよ。……ご覧ください！」

　彼はポケットから小さな毛抜きを取り出した。持ち手の端に四フィートくらいの紫色の撚《よ》り糸が結びつけてある。縦になった差し錠のつまみを上から毛抜きではさむと、心持ち左に傾け、撚り糸をドアの下にくぐらせて、敷居の外に一フィートほどはみ出すようにした。中庭に出ていって、ドアを閉める。毛抜きはまだ差し錠のつまみをしっかりはさんだまま、糸はまっすぐに床まで垂れて、見えない部分がドアの下をくぐって中庭のほうへ延びている。私たち三人はかたずをのんで錠を見守っていた。糸がゆっくりと張りつめていく。ヴァンスが外からゆるんだ糸をそっと引っぱっているのだ。下向きに引っぱる力が、ゆっくりとながら着実に差し錠のつまみを回す。差し錠がおりてつまみが水平になると、糸がわずかながらぐいっと引っぱられた。毛抜きが差し錠のつまみからはずれ、カーペット敷きの床に音もなく落ちる。糸が屋外から引っぱられるにつて、毛抜きがドアと敷居の隙間に吸い込まれていった。

「子供じみてますよね？」ヒースに中へ入れてもらったヴァンスが言う。「ばかばかしくもありますね？　とはいえ、部長刑事、月曜の晩、亡きトニー・スキールはこうやって出ていったんですよ。……それはともかく、あのご婦人の部屋に入りましょう、話を聞かせますから。スピヴリーはもう散歩から戻ってきたでしょう。彼に電話交換業務を再開してもらえば、ぼくらは心おきなくおしゃべりできる」

「毛抜きと糸を使ったあの手品を、いつ考え出したんだ？」私たちがオウデル宅の居間に腰を落ち着けると、マーカムがじれったそうに問いただした。

「ぼくが考え出したんじゃないんだよ」うっとうしいほど悠長に煙草を選び出しながら、ヴァンスが無頓着に言う。「スキールのアイデアなんだ。独創的な男さ――なあ？」

「おいおい！」マーカムの平静さがとうとう乱れた。「スキールがこの方法で錠をおろして外へ出たってことが、いったいどうしてわかる？」

「昨日の朝、彼の夜会服の中にあの小道具を見つけた」

「何ですと！」ヒースがくってかかる。「昨日、スキールの部屋を捜索中に、何の断りもなくそいつをもちだしたってんですか？」

「おっと、だって、あなたのとこの刑事たちが調べたあとだったんですよ。それどころか、ぼくがあの紳士の服を見もしないうちに、経験豊富な捜査官たちが詳しく調べて洋服ダンスの扉にまた鍵をかけてしまったんですから。ねえ、部長刑事、この何と呼んだらいいかわからない小道具は、スキールのベストのポケットにあった、銀のシガレットケースの下に押し込まれていたんです。ぼくが彼の夜会服をかなり愛着たっぷりに調べたことは認めますよ。ほら、あのご婦人がこの世を去った晩に彼が着ていた服ですからね、事件に彼が荷担していたしるしがわずかでも見つからないだろうかと思って。この小さな眉毛抜きを見つけたときには、重要なものだなんてこれっぽっちも気づきませんでした。紫色の撚り糸がついているのが不思議でしかたありませんでしたけどね。スキールが眉

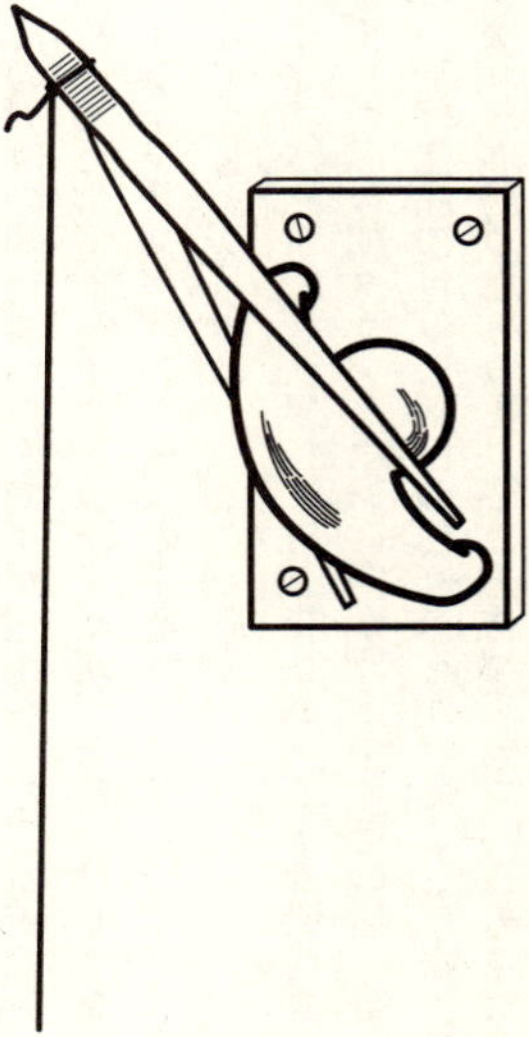

毛を抜いたとは思えない。万一眉毛を抜くのに凝っていたとしても、どうして撚り糸が？　小さくて上品な金の毛抜き——まさに、魅惑的なマーガレットが使っていそうな品です。そして、先だっての火曜の朝気づいたんですが、化粧台の宝石箱のそばに、似たような化粧道具を載せた小さなラッカー・トレイがあった。だが、それだけじゃない」

彼は、ライティングデスクそばの模造皮紙《ベラム》でできたくずかごを指さした。中に、厚手の紙がどっさり、くしゃくしゃにつっこんである。

「あそこに捨てられた包装紙に、五番街にある有名な装身具店の名がスタンプしてあるのにも気づきました。今朝ダウンタウンに向かう途中でその店に寄ってみてわかったんですが、そこでは買い上げ商品の包みに紫色の撚り糸をかけることになっているんです。そこでぼくは、スキールは、多事だったあの晩、ここを訪ねてきているあいだに、この部屋で毛抜きと撚り糸を調達したのだと結論しました。……さて、そこで問題が出てくる。なんでまた、わざわざ眉毛抜きに糸を結びつけたりしたのか？　乙女のように恥じらいながら打ち明けますが、ぼくは答えを見つけられませんでした。ところが、今朝ほどあなたがジェサップを逮捕したと言って、スキールが出ていったあと通用口にまた錠をおろすという問題を強調なさったとき、霧が晴れ、太陽が輝き、鳥たちがさえずりはじめたんですよ。ぼくはいきなり霊媒になった。霊力を得た。手口がすっかりわかった——瞬時に。……ねえ、マーカム、前に言ったじゃないか、この事件を解明するには心霊術が必要だろうって」

26　犯罪の再構成

九月十七日（月曜日）正午

ヴァンスが話し終えると、しばらく沈黙が続いた。マーカムは椅子に深く沈んで宙をにらんでいる。一方ヒースは、不本意ながらも敬服するといった目でヴァンスを見つめていた。ジェサップに対する自分の言い分が土台から崩れ去り、彼が組み立てた構成は不安定にぐらついている。マーカムにもそれはわかっていて、彼の希望は打ち砕かれてしまった。

「きみの霊感《インスピレーション》とやらに、もっとありがたみがあればいいのに」うなるように言って、ヴァンスのほうを向くと、にらみつけた。「きみの最新のお告げで、われわれは振り出しに戻ったも同然じゃないか」

「まあ、そう悲観的にならずに。晴れやかな目で前向きに対処しようじゃないか。……ぼくの説を聞きたくないかい？――見込みがかなりふくらんできたぞ」ヴァンスは、楽な体勢で椅子に体を落ち着けた。「スキールは金を必要としていた――確かに、絹のシャツはくたびれかけていたしね――あのご婦人が死亡する一週間前に、彼女に金をせびろうとして不首尾に終わったあとも、先週月曜の晩にここへ来た。彼女が外出中なのを承知で、待ち伏せるつもりだった。普通に訪ねていったのでは中へ入れてもらえないだろうからね。通用口が夜間は施錠されているのはわかっていたから、部屋に入るのを見られたくない彼は一計を案じ、九時半に無駄な訪問をする陰でみずから差し錠をはずすことにした。解錠しておいて、路地経由で舞い戻り、十一時前には部屋に入り込んだんだ。かのご婦人が男に付き添われて帰宅すると、すばやくクローゼットに隠れ、付き添いが出ていくまでそこにじっとしていた。そのあと彼が出ていき、不意の出現に度肝《どぎも》を抜かれたご婦人が悲鳴をあげる。でも、彼だとわかったので、ドアをどんどんたたいているスポッツウッドには何でもないと告げた。そこでスポッツウッドは立ち去り、ポーカーに興じた。続いては、スキールとご婦人の金銭をめぐる話し合いだ——かなり痛烈なやりとりになっただろうね。その最中に電話が鳴り、スキールが受話器をひったくってカナリアはいないと言った。また言い争いが始まる。ところが、にわかにもうひとりの求愛者が舞台に登場する。呼び鈴《りん》を鳴らしたのか、合い鍵を使って入ったのか、それはわからない——電話交換手が訪問に気づいていないのだから、おそらく後者だろう。スキールは再びクローゼットに身を隠し、幸いにも用心して鍵をかけた。また、当然ながら鍵穴に目を当てて、第二の侵入者は何者なのかとのぞいてみる」

ヴァンスはクローゼットのドアを指さした。

「鍵穴が、ほら、まっすぐ大型ソファ《ダヴェンポート》に向いている。スキールは部屋をのぞいていて、血も凍るような光景を目にした。新来の客が——おそらく甘い言葉を口にしている最中に——女の首に手を回し、喉を絞めあげにかかったんだ。……スキールの気持ちを思ってもみてごらんよ、マーカム。クローゼットの暗がりにうずくまっていて、ほんの二、三フィート先には人殺しが女の首を絞めている場面だ！　かわいそうなアントワーヌ《ポーヴル》（トニー＝アントニーの仏語名）！　すくみあがって声も出なかったとしても不思議はないよ。絞殺者の目に浮かぶ怒りは常軌を逸しているように思えただろう。かなり力の強いやつでもあったに違いない。かたやスキールはといえば、ひょろひょろで小柄と言ってもいい。……どうかごかんべん《メルシー》を。人命救助どころじゃない。スキールはじっと鳴りをひそめていた。そんな弱虫野郎を責めるわけにもいかないんじゃないかね？」

　彼は問いかけるようなしぐさをした。

「絞殺者は次に何をしたか？　さあ、どうだろう。おそらく、スキールという戦慄の場面の目撃者が、神のみもとに召されてしまった今となっては知るよしもない。それでもぼくが想像するに、その男はあの黒い書類箱を、女のハンドバッグからくすねた鍵で開け、自分に都合の悪い文書をごっそり抜き取ったんだ。それから、花火を打ち上げはじめたんじゃないだろうか。その紳士は、プロの強盗のしわざらしく見せかけるため、部屋を荒らしにかかった。女のドレスのレースを引き裂き、肩紐を引きちぎる。ランのコサージュをむしり取り、膝の上に投げ捨てる。指輪やブレスレットを抜き取る。ペンダントをチェーンからもぎ取る。そのあとランプを倒し、ライティングデスクを引っかき回し、ブール細工のキャビネットをあさり、鏡を割り、椅子をひっくり返し、カーテンを破る。……その間ずっと、スキールは恐怖に魅入られたように鍵穴に片目を張りつけて、見つかったらかつての女友達《イナモラータ》と同じところに送られるんじゃないかと怯えて身動きひとつできずにいた。もはや、扉の向こうにいる気のふれた男は錯乱状態だとすっかり信じ込んでいたに違いないからね。あやかりたくもない苦境。きわどいところだったんだよ。そりゃもう！　部屋荒らしは続く。乱暴狼藉《らんぼうろうぜき》が円形の視界からはずれていっても、音は聞こえてくる。罠にかかったネズミも同然、彼には逃れるすべがない。悲惨な状況だ——まったく！」

ヴァンスはちょっと煙草を吸って、わずかに体勢を変えた。

「ねえ、マーカム、ぼくは思うんだが、波瀾《はらん》に富んだスキールの一生涯でも、謎の破壊者がうずくまる彼の盾であるクローゼットの扉を開けようとしたのが最悪のときだったんじゃないだろうか。考えてもごらんよ！　逃げ場はないわ、鼻先二、三インチのところで殺人鬼が、白いパイン材の薄っぺらいバリケードをがたがた揺すぶって今にも迫ってきそうだわ。……やっとのことで相手がドアノブを放して目の前からいなくなったとき、あの男が感じた以上の安堵を思いつくかい？　反動で倒れてしまわなかったのが不思議なくらいだ。だが、彼は倒れなかった。恐慌状態で催眠術にでもかかったように、耳をそばだて目を開けて様子をうかがっていた。やがて侵略者が部屋を立ち去る音がすると、膝をがくがくさせ冷や汗びっしょりで出てきて、戦場を見渡した」

ヴァンスもあたりを見回した。

「気分のいい眺めじゃないな——ねえ？　そのうえ、ダヴェンポートには絞め殺された女が横たわっている。スキールはその死体が何よりも恐ろしかった。見ようとしてよろよろテーブルに近づき、右手で体を支えた——あの指紋はそうやってついたものですよ、部長刑事。そのとき、自分の置かれた立場にふと気づいて愕然とする。ひとりきりで殺された人間と一緒にいる。

彼がその女性と親しかったことは世間に知られている。強盗の前科もある。誰が無実だと思うだろう？　おそらく手をくだした男に見覚えがあったんだろうが、彼は通報できるような立場じゃない。不利なことばかり——部屋にしのび込んだのも、九時半に建物内に入ったのも。あの娘との関係、彼の職業、世間の評判も。とうてい勝ち目はない。……ねえ、マーカム、きみだったら彼の話を信じてやるだろうか？」

「そんなことはどうでもいい」と、マーカムが言い返す。「続けてくれ」彼もヒースも一心に耳を傾けていた。

ヴァンスがまた話しはじめる。「ぼくの説はこれ以降、自然のなりゆきとでもいうようなものになる。いわば慣性の力で進んでいくんだ。——スキールは、この場を逃れ、かつ自分の痕跡を隠蔽《いんぺい》するという、差し迫った問題に直面していた。切羽詰まって研ぎ澄まされた彼の頭がめまぐるしく働く。うまくいかなければ命はないんだからね。必死に考えはじめた。通用口からなら姿を見られず、すぐにも出ていける。ただし、それでは錠がはずれたままになってしまう。彼がその晩早い時間に訪ねてきたことと結びつけて考えられたら、錠をはずした手口を察せられてしまうだろう。……だめだ、そういう逃げ方はうまくない——絶対にだめだ。いずれにせよ彼は、あの女性とうさんくさい関係にある怪しげな人物という観点から、いかにも殺人の容疑をかけられそうなんだ。動機、場所、機会、時間、手段、品行、前科——彼に不利なことだらけだからね。隠蔽工作をしなければ、ねえ、さもなくば女たらし《ロサリオ》としての生涯も一巻の終わりだ。なんという窮地だろう！　当然思いついたのが、通用口を内側から施錠したまま外に出られれば比較的安全だってことだ。彼がどうやって出入りしたのか、誰にも説明がつかないだろうからね。アリバイをつくれそうな方法はそれしかない――消極的なアリバイには違いないが。だが、いい弁護士がついていれば、たぶんもちこたえられるだろう。きっとほかの脱出方法もさぐっただろうが、どうしても障害にぶつかる。望みがありそうなのは通用口だけだ。さあ、どうしたものか？」

　ヴァンスは立ち上がってあくびをした。

「それがぼくの温めている説だよ。スキールは窮状に陥り、鋭敏、狡猾《こうかつ》な頭を働かせて脱出方法を編み出した。この二つの部屋を何時間もうろうろ歩き回っているうちにひらめいたんだろう。ときどき『オー・マイ・ゴッド！』と神にすがったりもしたことだろうよ。毛抜きを利用するってことについてだが、着想するやいなやからくりも思いついたんじゃなかろうか――なあ、部長刑事、こんなふうにドアの内側の鍵をかけるってのは、古くからあるトリックなんですよ。ヨーロッパの犯罪小説にいくらでも出てきます。それどころか、ハンス・グロース教授（一八四七―一九一五。オーストリアの刑法学者。犯罪学の先駆者として知られる）の犯罪学便覧は、泥棒たちが不法な出入りに使った方策にまるまる一章を割《さ》いている[1]。ただし、ドアの錠《ロック》に関する方策ばかりで、差し錠《ボルト》相手のものは見当たりませんが。もちろん原理は同じですが、技法が違います。ドアの内側の錠をロックするには、針や頑丈で細長いピンを鍵穴につっこんで、糸で下に引っぱる。ところが、この建物の通用口には錠前も鍵もない。差し錠のつまみに孔《あな》もあいていません。――さあ、機知にたけたスキールは、何かぴんとくるものがないか探しながら神経をとがらせてうろうろしているうちに、彼女の化粧台であの毛抜きを見つけて――このごろじゃ、ああいう小さな眉毛抜きが女性の必需品みたいだね――とたんに問題が解決した。あとはその工夫を試すだけ。ただし、おさらばする前には、もうひとりのやつがへこませただけの宝石箱をしっかりのみでこじあけ、彼が後日質入れしようとした例のダイヤモンドひと粒の指輪を見つけた。それから、自分の指紋を残らず消し去ったつもりでいて、クローゼット内側のドアノブを拭き忘れ、テーブルにつけてしまった掌紋《しょうもん》を見落とした。そのあとは音もなく出ていき、さっきぼくがやってみせたようにして通用口を再び施錠して、毛抜きをベストのポケットにつっこんだまま忘れてしまったというわけです」

ヒースがもったいぶってうなずいた。

「悪党ってのは、どんなに抜け目のないやつだろうと、必ず何かを見落とすもんです」

「それは悪党ばかりじゃないでしょう、部長刑事?」ヴァンスがどうでもよさそうに訊く。

「不完全なこの世界に、何かを見落とすことのない人間なんているでしょうかね?」彼はヒースに優しく微笑みかけた。「警察だって、ほら、あの毛抜きを見落としたじゃありませんか」

ヒースがうなり声をあげた。火の消えていた葉巻にゆっくりとまた火をつけて、考え込んだ。

「どう思われますか、ミスター・マーカム?」

「状況がはっきりしてきたわけではないな」マーカムは悲観的だった。

「ぼくの説は確かに、目が覚めるような解明をもたらしちゃいない」とヴァンス。「それでも、もとのような真っ暗闇ではなくなったんじゃないかな。ぼくのとっぴな考えから得るところもあっただろう。すなわち、スキールは殺人犯を知っていたか、殺人犯に見覚えがあった。アパートメントからまんまと脱出するやいなや、なけなしの自信を取り戻した彼は、どうやら殺人を犯した仲間をゆすりにかかったらしい。彼の死は、未詳の男が自分のじゃまになる人間を片づけにかかったという二度目の現われなんだ。ぼくの説ではさらに、のみでこじあけられた宝石箱、指紋、手つかずのクローゼット、くず入れで見つかった宝石類――もちだした人物は、あの宝石類がほしくもなんともなかったのさ――それにスキールが黙っていたことの、説明もつくじゃないか。そして、通用口の解錠と施錠のし方も解明されたしね」

「ああ」マーカムはため息をついた。「何もかも明らかになったようだな、肝心な一点を除いて――殺人犯は誰か、ということだが」

「そのとおり」とヴァンス。「昼食にしようよ」

ヒースは不機嫌な当惑顔で市警本部へ向かった。マーカム、ヴァンス、私の三人は車で〈デルモニコ〉へ行き、グリルではなくメインのダイニングルームに席をとった。

「該当者はクリーヴァーとマニックスに絞られてきたようだな」昼食を終えたところでマーカムが言った。「スキールとカナリアを殺したのは同一人物というきみの説が正しいなら、リンドクイストははずれる。土曜の晩は間違いなくエピスコーパル病院にいたんだから」

「まったくそのとおり」とヴァンス。「あのドクターは間違いなく除外される。……そうだな。クリーヴァーとマニックス――すてきな二人組じゃないか。彼らに敵《かな》うやつなんかいそうにない」彼は眉をひそめてコーヒーを飲んだ。「もともと四人組《カルテット》だったのが縮小していく。気に入らないな。範囲がせばまり過ぎだ——選択肢がたった二つきりじゃ、これまでほどの考える余地がない。クリーヴァーとマニックスまでうまく除外できてしまったらどうなる？　ぼくらはどこへ行ったらいいんだ——ええ？　行き場がなくなってしまう——ずばり行き場なしだ。それでも、四人のうちのひとりが犯人なんだよ。気休めになるこの事実にこだわることにしよう。スポッツウッドではありえない。リンドクイストでもありえない。残るはクリーヴァーとマニックス。四ひく二は二。簡単な計算だよな？　ただひとつ問題なのは、事件のほうが簡単じゃないことだ。まったく、ひとすじ縄じゃいかない！——事件の方程式はどうやったら解けるんだ？　代数を用いるのか、それとも球面三角法か、はたまた微分学か？　四次元世界にもちこんでみたらどうだろう——それとも五次元、六次元……」彼は両手をこめかみに当てて頭をかかえた。「ああ、頼むよ、マーカム——このぼくに心が広くて優しい看護婦をつけておくれよ」

「きみの気持ちはわかる。ぼくだって、もう一週間も同じような精神状態なんだ」

「頭がおかしくなりそうなのは、あの四人組っていう考え方のせいなんだな」と、ヴァンスが嘆く。「四つぞろいだったのがこんなふうに容赦なく刈り込まれてしまっては、身を切られるような思いだよ。ういういしい気持ちであの四人組《カルテット》をあてにしていたのに、今やたった二人になってしまったとはね。秩序と均衡の感覚が踏みにじられてしまった。……四人組だったらいいのになあ」

「二人で間に合わせるほかないんじゃないかな」マーカムがうんざりしたように言い返す。

「ひとりは不適格、ひとりは病床についているんだ。病院に見舞いの花でも送ったらどうだい、それできみの慰めになるなら」

「ひとりは病床についている——ひとりは病床についている、か」ヴァンスが繰り返す。「あ、そうだ——確かに！　そして、四ひく一は三。計算としてはこのほうが正しい。三人だ！……また、直線などというものは存在しない。どんな線も曲がっているものだ。空間の中では円で表わされる。まっすぐに見えていても、そうじゃない。そう見えるだけなんだよ——すごくあてにならない！……口を閉じて、視覚に頼らず知性を働かせることにしよう」

彼は顔を上げて、大きな窓越しに五番街を眺めた。しばらくのあいだ、煙草を吸いながら考え込む。再び口を開くと、落ち着いた慎重な声で切り出した。

「マーカム、マニックスとクリーヴァーとスポッツウッドを——そうだな、今晩にでも——きみのうちに招くことができないだろうか？」

マーカムは手にしたカップをガチャンと置いて、ヴァンスをまじまじと見た。「今度はまた何の茶番だ？」

「ひどいな！　質問に答えてくれよ」

「ふむ、もちろん、できると思うが」マーカムはためらいがちに答えた。「ともかく全員が今はぼくの管轄下にあるんだから」

「じゃあ、招いたって不自然なことはないね——そうだろ？　彼らも断りはしないだろうさ——なあ？」

「ああ、断らないだろうな。……」

「それで、連中がきみのうちに集まったところで、きみがポーカーに誘ったとしても、おかしいと思わずに乗ってくるんじゃないか？」

「まあな」マーカムは、ヴァンスの思いも寄らない頼みに困惑している。「クリーヴァーとスポッツウッドの二人がポーカーをやるのは知っている。マニックスだって、きっとゲームはたしなむはずだ。しかし、なんでまたポーカーなんかを？　本気なのか、それともいよいよ気がふれてしまったのか？」

「ああ、いたって本気だよ」ヴァンスの口ぶりに怪しげなところはなかった。「ポーカーというゲームがね、問題の核心なのさ。クリーヴァーがこのゲームの手練《てだ》れだってことは知っている。そしてスポッツウッドは、そう、この前の月曜の晩にレッドファーン判事とプレイしていた。そこからこの計画を思いついたんだがね。マニックスもプレイするんじゃないかな」

彼は身を乗り出して、熱心に話しはじめた。

「ポーカーってのはね、マーカム、十のうち九までが心理ゲームなんだ。ゲームを理解してさえいれば、テーブルについた人間の心の内が、一年ばかり打ち解けてつきあうよりもずっとよくわかる。以前、犯罪自体のさまざまな要素を調べてきみを犯罪者へ導いてやろうと言ったぼくを、きみは冷やかしたな。だけど、きみを導いていくには当然、目指す人間をよく知っていなくちゃならない。知らなければ、犯罪の心理学的証拠を犯人の性格に結びつけられないからね。この事件の場合、罪を犯したのがどんな人間なのかはわかっている。ところが、誰がやったのかを指摘できるほどには、容疑者たちのことをよく知らない。それでも、ポーカーをやってみれば、カナリア殺人を計画し実行に移したのは誰か、きみに教えてあげられると思うんだ(2)」

マーカムは啞然《あぜん》として彼を見つめた。ヴァンスのポーカーの腕前がみごとなこと、彼が心理学的要素について並はずれた知識の持ち主であることは承知していた。それにしても、ポーカーという手段でオウデル殺人事件を解決できるという話になろうとは、予想外もいいところだ。だが、ヴァンスのあまりに熱心な語り口に、マーカムは圧倒されている。私には彼の心をよぎるものが、考えを口に出したも同然によくわかった。前回の殺人事件で、これと似たような心理学的推理によって、ヴァンスがぴたりと犯人を指摘してみせたことを思い出しているのだ。そして、彼は自分に言い聞かせてもいた。ヴァンスの頼みがどんなに不可解で、一見ばかげたことに思えようとも、その根本のところには必ずまっとうな理由があるのだ、と。

「まったくもう!」彼がやがてつぶやく。「なんともばかげた計画だ。……それでもまあ、きみがどうしてもあの連中とポーカーをやりたいっていうんなら、特に反対する理由もない。どうにもならないだろうが——先に言っておくぞ。そんな奇抜な方法で犯人を見つけようなんて、まったくばかげた考えだ」

「ああ、やれやれ」ヴァンスはため息をついた。「無駄だとしても、ちょっとした気晴らしに害はないさ」

「ところで、なぜスポッツウッドまで呼ぶんだ?」

「いやあ、他意はないんだがね——もちろん、ぼくのだいじな四人組のひとりだってこと以外には。それに、プレイヤーには多めにいてもらわなくちゃ」

「ふむ、あとになって、彼を殺人の罪で拘置しろなんて言わないでくれよ。一線は画しておかなくちゃ。門外漢のきみには不思議に思えるかもしれないが、あの罪を犯すのは物理的《フィジカリー》に不可能だったとわかっている人間を、ぼくは起訴したいとは思わない」

「それについては」ヴァンスがゆっくりと言う。「物理的不可能性《フィジカル》の前にたちはだかる障害物ってのは、物質的事実《マテリアル》だけだ。そして、物質的事実《マテリアル》というやつは、人を欺《あざむ》くことで名高い。まったくねえ、きみたち法律家はそんなもの、頭から無視したほうがいいぞ」

マーカムはそんな異説に言い返そうともしなかったが、ヴァンスをにらむ目つきに言いたいことが表われていた。

27 ポーカー・ゲーム

九月十七日（月曜日）午後九時

ヴァンスと私は昼食のあと帰宅した。四時ごろ、マーカムから、スポッツウッド、マニックス、クリーヴァーの三人とその晩の約束をとりつけたという電話があった。それを確かめるとすぐにヴァンスは出かけていき、戻ってきたのは八時近くだった。異様ななりゆきに私は興味津々だったが、彼は何も教えてくれない。ただ、九時十五分前に待たせている車のところへ行くと、後部座席に私の知らない男が乗っていた。私はすぐに、ヴァンスの謎めいた外出と結びつけて考えた。

「今夜、ミスター・アレンにも参加をお願いしたんだ」その男と私を引き合わせて、ヴァンスが教えてくれた。「きみはポーカーをしないし、ゲームをおもしろくするために、どうしてももうひとり必要なんでね。ちなみに、ミスター・アレンは昔からぼくの好敵手なんだ」

ヴァンスがマーカムのうちに、招かれていない客を無断で連れていくということにも、さらにはそれに負けず劣らず連れていく男の風貌に驚かされた。背は低いほうで、角ばった、如才《じょさい》なさそうな顔つき。粋《いき》に傾けた帽子からのぞく髪の毛は黒々と、日本人形の塗りの髪の毛のようになめらかだ。夜会服のタイに白い忘れな草の小花柄があしらってあり、シャツの胸にはダイヤモンドの飾り鋲《びょう》が散らしてあるのにも気づいた。

その彼と、あくまでも品よく、細部まできちんとした礼装のヴァンスとは、強烈なまでにくっきりと対照的だ。二人はいったいどういう間柄なのだろう。社交界の知人でも知識人仲間でもなさそうだった。

私たちがマーカムのうちの居間へ通されると、すでにクリーヴァーとマニックスが待っていた。少ししてスポッツウッドも到着する。通りいっぺんの紹介をすませてまもなく、私たちは薪《まき》の火が見える暖炉のまわりにくつろいで、煙草を吸ったり、とびきり上等のスコッチをハイボールで味わったりした。マーカムは不意の客であるアレンをもちろん温かく迎えたが、ときおり彼のほうをちらちらうかがい見る目つきからすると、そういう外見の男をなぜヴァンスが引き立ててやっているのか納得しかねているようだ。

うわべこそなごやかだがまがいものの、このちょっとした懇親会には、緊迫した雰囲気がひそんでいた。はっきり言って、無難な展開にはなりそうもない状況だ。それぞれがひとりの女性に関係していたことを互いに知っている男が三人いる。彼らがこうして集められたのは、その女性が殺害されたという理由からだ。しかし、マーカムはそういう状況にも如才なく対処し、各人を抽象的な問題を議論するために呼ばれた第三者扱いすることにおおむね成功していた。初めに、殺人事件という問題へのアプローチを見失ってしまったために〝会談〟を思い立ったのだと説明した。形式ばったことも強制もいっさいなしにまったく非公式に話し合えば、成果のあがる捜査方針につながりそうな示唆が出てくるかもしれない、と。親しげに訴えかける彼の態度に、その話が終わるころにはその場の緊張感がかなりほぐれていた。

その後に続く話し合いのあいだ、私は関係のある男たち三者三様の態度を興味深く見ていた。クリーヴァーは、自分が事態にかかわってしまったことを苦々しげに語り、何かを示唆するどころではなく自分を責めてばかりいる。マニックスは饒舌《じょうぜつ》で、大げさなほど率直さを装っているものの、言葉のはしばしから言い訳じみた用心深さがうかがえる。そういうマニックスとは違ってスポッツウッドは、その話題に入るには気が進まないらしく、始終控えめな態度でいる。マーカムに訊かれればていねいに答えるけれども、こういうひとくくりの議論に引っぱり出されるのがいやでしかたがないのをうまく隠しきれていない。ヴァンスはほとんど口を出さず、たまにひとことふたこと、決まってマーカムに向けて発言するにとどめていた。アレンはというと、話には加わらず、なんとなくわけ知り顔でおもしろがっているようにほかの面々をじっと眺めている。

ひととおり会話を聞いて私は、まったく無駄だという印象を受けた。情報を得ようとマーカムが本気で期待していたなら、どんなに落胆していたことだろうか。しかしマーカムは、異例の手順を踏む自分を正当化しつつ、ヴァンスに頼まれたポーカー・ゲームへの道すじをつけようと努めているだけなのだ。あにはからんや、その話題を切り出す段になってみると、何の異論も出なかった。

マーカムがポーカーをもちかけたのは、きっかり十一時だった。口調は愛想よく控えめだが、おりいっての頼みという誘い方をして辞退する道を事実上封じた。だが、そういう戦略的な言葉づかいをするまでもなかったようだ。クリーヴァーもスポッツウッドも、カードのおかげでいやな話をやめにする機会ができて、心からありがたがっているようだった。ヴァンスとアレンは当然、一も二もなく誘いに乗る。マニックスがひとりだけ辞退した。ゲームをあまりよく知らないし、苦手なのだという。ただし、ぜひとも観戦したいとのことだった。ヴァンスが考え直すよう説得にかかったが、だめだった。結局、マーカムは五人着席のテーブルを用意させた。

ヴァンスは、アレンが席につくのを待って、彼の右隣の椅子にさっと座った。クリーヴァーがアレンの左側の席につく。スポッツウッドはヴァンスの右、その次にマーカムが座る。マニックスは、マーカムとクリーヴァーの後ろ、彼らの中間に椅子を近づけた。

まずクリーヴァーが賭けの最大額を控えめにもちだしたが、スポッツウッドは即座にもっと

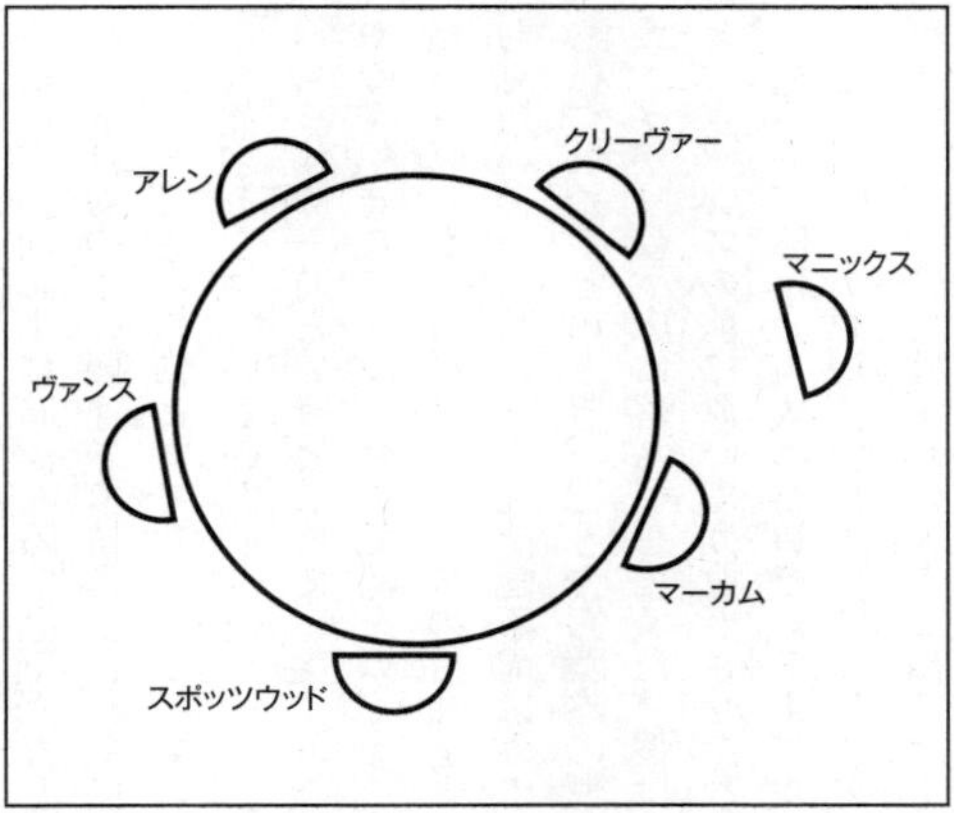

大きな賭け金を提案した。そこでヴァンスがさらに吊り上げる。マーカム、アレンの両名も同意を示し、その数字に決まった。チップにかかる金額に私は息をのみ、マニックスもヒューと小さく口笛を吹いた。

ゲーム開始から十分とたたずに、テーブルについた五人がそろってすぐれたプレイヤーであることが明らかになった。ヴァンスの友人アレンは、その晩初めて自分の場所を見つけたかのように、のびのびしていた。

初回から二つの勝負はアレンが制し、三回目と四回目はヴァンスが勝ちをあげた。それからしばらくスポッツウッドがつきに恵まれ、その少しあとにマーカムに大当たりが出て、僅差《きんさ》で先頭に立つ。それまでひとり負け状態だったクリーヴァーだが、その後の三十分ばかりで、こんでいた負けの大部分を首尾よく取り返す。ヴァンスがじりじりとトップに出ていったが、それもつかのま、勝利の機運がアレンに譲られた。それからしばらくのあいだは、勝負運がほぼ平均的に分配された。ところがその後、クリーヴァーとスポッツウッドが大負けしはじめる。十二時半になるころには、一同の上に暗澹《あんたん》たる雰囲気がたれこめていた。賭け金がとんでもない高さであるうえ、ベットはものすごい速さで積み上がっていくため、ひっきりなしに持ち主が移り変わる金額が、資力のある者たちにとっても――この場のプレイヤーには間違いなく資力があるが――ただならぬ数字となっているのだ。

もうすぐ一時というところで、ゲームの興奮が頂点に達したころ、ヴァンスがアレンにすばやく目配せして、ハンカチで額をぬぐった。知らない人の目にはごく自然なしぐさに映ることだろう。しかし、私はヴァンスのくせをよく知っているので、わざとやっているのだとたちまち見抜いた。同時に、手札を配る前にカードをシャッフルするのはアレンの番だということにも気づいた。そのとき、どうやら葉巻の煙が目にしみたらしく、アレンがまばたきした拍子にカードが一枚、床に落ちてしまった。彼はそれをさっと拾い上げ、デックをシャッフルし直すと、ヴァンスの前に置いてカットさせた。

積み立て賭け金《ジャックポット》方式の勝負で、テーブル上にはすでにひと財産ほどもチップが積み上がっていた。クリーヴァー、マーカム、スポッツウッドはパスする。かくして決断の番が回ってきたヴァンスが、けたはずれに大きな額でオープンする。アレンはそこで勝負をおりたが、クリーヴァーはとどまった。それから、マーカム、スポッツウッドの両人が離脱、ヴァンスとクリーヴァーの一騎打ちとなる。クリーヴァーが一枚、オープンしていたヴァンスは二枚、カードを引く。ヴァンスがしるしばかり賭け、クリーヴァーがしっかり賭け金のせり上げ《レイズ》をする。ヴァンスがさらにレイズするが、たいした額ではない。そしてクリーヴァーがもう一度レイズ――前回よりもさらに大幅な引き上げ方だ。ヴァンスはためらい、コールする。クリーヴァーは意気揚々と手札を開いた。

「ストレート・フラッシュ――上位札はジャック」と、彼が言い放つ。「勝てますか？」

「二枚引いてもだめだったか」ヴァンスは悔しそうだ。手札を置いてオープナーを見せる。キングが四枚。

さらに三十分ほどして、ヴァンスはまたハンカチを取り出し、額をぬぐった。前のときと同じ、アレンがカードを配る番で、今度もジャックポットの勝負。賭け金は二倍にふくらんでいる。アレンはひと息いれてハイボールを飲み、葉巻に火をつけた。そして、ヴァンスがカットしたあとで、カードを配る。

クリーヴァー、マーカム、スポッツウッドがパスし、ヴァンスが最大額いっぱいの賭け金でまたもオープンする。スポッツウッドのほか、とどまる者は誰もいない。今度はスポッツウッドとヴァンス、一対一の闘いだ。スポッツウッドがカードを一枚要求し、ヴァンスは持ち札を換えない。続く一瞬、息づまるほどの沈黙が訪れる。空気が帯電して火花が散りそうに思えたが、ほかのメンバーもそんな感じがしていたのだろう、妙に緊張しながらかたずをのんでゲームを見守っている。そんな中で、ヴァンスとスポッツウッドは一見、凍りついたかのようにあくまでも冷静な態度でいる。私は二人を念入りに観察したが、どちらともまるっきり感情を外に表わしていなかった。

先にヴァンスのベット。無言で、黄色いチップの山をテーブルの中央に動かす——今日のゲームで断然最高額の賭け金だった。ところが、間髪を入れずスポッツウッドも、そのそばにもうひと山並べる。そして、落ち着き払って手際よく残りのチップを数え、それを片手のてのひらで前へ押しやると、静かにこう言った。「最大額です」

ヴァンスは、それとわからないくらいわずかに肩をすくめた。

「賭け金はあなたのものだ」スポッツウッドににっこり笑いかけ、彼は手札をおもてに向けてオープナーをエスタブリッシュした。エースが四枚だ！

「なんとまあ！　これぞポーカー！」と、アレンが声をあげ、くっくと笑った。

「ポーカー？」マーカムがおうむ返しに言う。「あれだけの金を賭けておいて、エース四枚で降参するのが？」

クリーヴァーも驚きのうなり声をもらし、マニックスはいかにもいやそうに唇をすぼめた。

「気を悪くしないでいただきたいんですがね、ヴァンスさん。厳密に商売人の見地から今の勝負を見ていますに、あきらめるのが早すぎるんじゃありませんか」

スポッツウッドが顔を上げる。

「みなさん、ヴァンスさんを誤解していらっしゃる。非の打ちどころがない勝負のし方でしたよ。エースが四枚あろうが引き下がるというのは、厳密に言って妥当です」

「そうだとも」とアレン。「いやあ！　すごい勝負だった！」

スポッツウッドはうなずいて、ヴァンスのほうを向いた。「二度とは起こりそうにない状況ですから、あなたのすばらしい直観に感謝するためにも、せめて好奇心を満足させてさしあげないといけませんね。つまらない手でした」

　スポッツウッドは手札をおろし、おもてを向いたカードのほうへ優雅に指先を広げてみせた。クラブの五、六、七、八、そしてハートのジャック《ネイヴ》。

「あなたの理屈がわかりかねますよ、スポッツウッドさん」とマーカム。「ヴァンスの勝ちだった――その彼が勝負をおりたとは」

「状況を考えてみてください」スポッツウッドは温和な声で淡々と言葉を返す。「クリーヴァーさんとあなたがパスしたあと、できさえすれば私はたっぷり賭け金をオープンしたはずですよね。ところが、それでもヴァンスさんがあれほど大きな金額をオープンするまで待っていたわけですから、私の手はフォア・ストレートかフォア・フラッシュ、フォア・ストレート・フラッシュのいずれかだと思わないわけにはいきません。厚かましいようですが、私くらいうまいプレイヤーが、そうでなくては踏みとどまるはずがありませんから。……」

「そうなんだよ、マーカム」ヴァンスが口をはさむ。「スポッツウッドさんほどのうまいプレイヤーは、フォア・ストレート・フラッシュくらいじゃなくてはとどまらないはずだ。二対一という確率にあれほど賭けるからには、それくらいの手しかない。ほら、ぼくがたっぷり賭け金をはずんでオープンしたら、スポッツウッドさんはとどまるためにその半分の賭け金をテーブルに置いた――二対一の賭けになる。さて、確率は高くない。オープンせずにフォア・ストレート・フラッシュより弱い手じゃ、そんなリスクは引き受けられないよ。フォア・ストレート・フラッシュで一枚カードを引けば、四十七分の二の確率でストレート・フラッシュ、四十七分の九の確率でフラッシュ、四十七分の八でストレートになる。つまり四十七分の十九の――三分の一強だな――確率で、ストレート・フラッシュ、フラッシュ、ストレートのいずれかの役ができるわけだ」

「そのとおり」とスポッツウッド。「しかし、私がカードを一枚引いて、ヴァンスさんの念頭にはストレート・フラッシュができたかどうかしかなかったはずです。考えに考えて、ストレート・フラッシュでなければ――つまり、ストレートかフラッシュにしかならなかったのなら――相手の賭け金を見てなお最大額までレイズするわけがない、とヴァンスさんは答えを出した。ああいう状況でそんなレイズをするのはばかげています。単なるはったり《ブラフ》でそんなリスクを冒すプレイヤーは、千人にひとりもいないでしょう。したがって、私がレイズした段階でフォア・エースを投げ出さなかったとしたら、ヴァンスさんはとんでもなく無鉄砲ということになりますね。まあ、蓋を開けてみれば、本当にはったりだったわけですが。でも、ヴァンスさんが勝負をおりたのが妥当で論理的だったことに変わりはありません」

「まったくそのとおり」とヴァンス。「スポッツウッドさんのおっしゃるとおり、相手の手がいいとわかっていて、自分はまだストレート・フラッシュができてもいないのに最大額まで賭けようとするプレイヤーなんか、千人にひとりもいませんよ。それどころか、それをやってのけるスポッツウッドさんは、このゲームの微妙な心理的駆け引きに小数点をひとつ付け加えたとも言えるんじゃないでしょうか。ご覧のとおり、ぼくの推論を分析して、その一歩先をいく推論をしてのけたんですから」

スポッツウッドはその賛辞を受けて、かすかに会釈《えしやく》した。クリーヴァーがカードに手を伸ばし、シャッフルしはじめた。だが、緊張の糸が切れて、ゲームは再開されなかった。

ところが、ヴァンスの様子がどことなくおかしい。長いあいだ眉をしかめて、煙草を吸ったりハイボールを飲んだりしながら困ったように考えあぐねているのだ。やっとのことで立ち上がったと思ったら、暖炉のほうへ向かい、そこに立ったまま何年か前に彼がマーカムに進呈したセザンヌの水彩画を眺めた。内心の困惑を示す典型的な行動だ。

やがて、その場の会話が途切れたころあいに、彼はさっと振り向いてマニックスを見た。

「ねえマニックスさん」――ふと思いついただけという話し方だ――「ポーカーがご趣味じゃないのはどうしてなんですか？　りっぱな実業家というのは、みんな根っからのギャンブラーなんでしょう」

「それはそうですが」マニックスは考え込むようにして、ゆっくり答える。「いや、ポーカーというのは、私の考えるギャンブルじゃないんですよ――はっきり言って。学問的に過ぎます。さっさと片づきませんしね――ぶっ飛ぶ《キック》ようなものがない、とでも申しましょうか。ルーレットみたいなスピード感が好きなんですよ。この夏モンテカルロに行ったときなど、みなさんが今夜ひと晩かかって使い果たした以上の金をほんの十分ですってしまいましてね。でも、その金に見合うだけのことはありました」

「じゃ、カードにはまるで関心がないんですね」

「カードでゲームをするのに、ですよ」マニックスは屈託なく話すようになっていた。「例えば、金を賭けてカードを一枚引くとかいうんならかまわないんです。だけど、三枚のうち二枚がどうとかとなると、だめですな。早いとこ喜びを味わいたい」そう言って彼は、太い指をすばやく立て続けに数回鳴らして、自分の望む喜び到来の速さを実演してみせた。

ヴァンスはぶらぶらとテーブルに近づくと、無雑作にカードを一組取り上げた。「千ドル賭けて一回カットするってのはどうです？」

マニックスが即座に腰を上げる。「いいですな！」

ヴァンスが渡したカードを、マニックスがシャッフルした。そして、下におろし、カットする。めくったカードは十。ヴァンスがカットして、キングを出した。

「千ドルの借りですな」マニックスの口ぶりは、まるで十セントの話でもしているようにさりげない。

ヴァンスが黙っていると、マニックスがずるそうな目を向ける。

「もうひと勝負――今度は二千ドルで。どうです？」

ヴァンスは眉を吊り上げた。「二倍ですか？……いいですとも」彼がシャッフルし、カットして七を出した。

マニックスがさっそうと返したカードは五。

「ふむ、三千ドルの借りになったか」彼は小さな目をほんの裂け目ほどに細め、歯のあいだに葉巻をがっちり嚙《か》みしめている。

「もう一回、二倍で勝負したい――そうじゃありませんか?」とヴァンス。「今度は四千ドルで?」

マーカムは驚いてヴァンスを見た。アレンの顔にも、あざけりにも似た驚きの表情がよぎる。その場に居合わせた誰もが仰天したのではないだろうか。次々に賭けを倍額にすることを許せば、マニックスにとんでもない勝ち目が出てくるのを、ヴァンスは承知のはずなのだ。最後にはきっと負ける。すでにそのときマニックスがテーブルのカードをひったくってシャッフルしはじめていなかったら、マーカムが止めに入っていたことだろう。

「四千ドルですよ!」と公言してデックを置き、カットする。彼はダイヤのクイーンを出した。

「このレディには勝てないでしょう――きっと勝てませんね!」と、いきなり陽気な声を出す。

「そうでしょうね」ヴァンスは小声で言った。カットして出たのは三《トレイ》だった。

「まだやりますか?」機嫌よく挑みかかるマニックス。

「もうけっこう」ヴァンスはうんざりしたようだ。「刺激が強すぎます。ぼくはあなたほどたくましい体つきをしていませんのでね」

彼はデスクへ向かい、マニックス宛てに千ドルの小切手を切った。そしてマーカムのほうを向くと、片手を差し出す。「何やかやで楽しい夜を過ごさせてもらったよ。……そうだ、忘れないでくれ。明日、昼食を一緒にしよう。一時にクラブでどうだ?」

マーカムは口ごもった。「用事ができなかったらな」

「だけど、用事なんかできるはずないじゃないか」ヴァンスがくいさがる。「どんなにぼくに会いたいか、自分でもわかってないな」

帰宅する車の中で、彼はいつになく押し黙って考え込んでいた。彼から説明の言葉はひとことも聞き出せなかった。ただ、おやすみと挨拶するついでにこう言っただけだ。「このパズルには、まだ欠けているきわめて重要なピースがある。それが見つかるまで、ほかの部分には何の意味もないんだ」

28 犯人

九月十八日（火曜日）午後一時

翌朝、ヴァンスは遅くまで寝ていて、昼食前の一、二時間ほどは、次の日〈アンダースン画廊〉でオークションに出品される陶磁器のカタログをチェックして過ごした。私たちは一時に、スタイヴェサント・クラブのグリルでマーカムと落ち合った。

「ここはきみのおごりだぞ」とヴァンス。「だけど、かわいいもんさ。ぼくが口にしたいのは、英国風ベーコンの薄切りに、コーヒーとクロワッサンくらいのもんだから」

マーカムがせせら笑う。

「きみが節約するのも無理はない。ゆうべはついていなかったからな」

ヴァンスの眉が吊り上げる。「すごくついてたと思ってたがね」

「二度フォアカードを手にして、二度とも勝負に負けたじゃないか」

「だけどね」と、ヴァンスがこっそり打ち明ける。「その二度とも、相手がどんなカードを持っているか、ぼくはたまたま知っててね」

　マーカムが驚いてにらみつける。

「そうなんだ」とヴァンス。「ゲームの前に、そう、ああいう手札が配られるように細工しておいた」温和な笑みを浮かべている。「悪趣味にもきみのうちの集まりにアレンなんておかしな客を連れていくなんてぶしつけなまねをしたのに、つべこべ言わずにおいてくれたきみの思いやりに、ぼくがどんなに敬服していることか。説明して謝らなくてはならない。アレンは、いわゆる楽しいお仲間になるような人物じゃないんだ。育ちのいい上品さには欠けているし、宝石類をひけらかしたりしてちょっとばかり趣味が悪い――もっとも、ぼくはまだら模様のタイよりは、ダイヤモンドの飾り鋲《びょう》のほうがはるかにましだと思うがね。だけど、アレンにも美点がある――疑いようのない美点がね。室内で活躍する傭兵《ソルジャー・オブ・フォーチュン》としてアンディ・ブレークリー、キャンフィールド、正直者《オネスト》ジョン・ケリーに肩を並べる存在なんだ。そう、ミスター・アレンこそ誰あろう、かぐわしき記憶に残るドク・ワイリー・アレンなのさ」

「ドク・アレンだと！　エルドラド・クラブの経営者だった、悪名高い往年のいかさま師じゃあるまいな？」

「そのご当人だ。ちなみに、儲けはいいが、うさんくさいかつての商売で、このうえなく器用にカードを操っていた」

「つまり、アレンとやらが、ゆうべカードで不正を働いていたと?」マーカムは憤《いきどお》っていた。

「さっききみが言った二度の勝負でだけだよ。ひょっとして覚えているかな、二度ともアレンが配る番だったろう。ぼくは意図的に右隣に座ってて、慎重に彼の指示どおりカットした。本当のところ、ぼくがごまかしをやったって、きみに非難されるすじあいはないよ。アレンのカード操作で恩恵をこうむったのは、クリーヴァーとスポッツウッドの二人だけなんだから。まあ、どっちのときもアレンはぼくにもフォアカードを配ってくれたけど、ぼくは二度ともこっぴどく負けたし」

マーカムは、困惑して言葉もなく、しばらくヴァンスを見つめていたが、やがて悪気のなさそうな笑い声をあげた。「ゆうべのきみは慈善をほどこしたい気分だったらしいな。マニックスに、カードを一枚引くたび倍々の賭けに出るようなまねをさせたりして、ぽんと千ドルくれてやったようなもんじゃないか。なんだか衝動まかせなことで」

「ものは考えようだからね。金銭的に痛手はこうむったけれど――そうそう、どうあってもきみんとこの経費で落としてもらうつもりだぞ――ゲームは文句なくうまくいった。……そう、夜の余興の主目的は達成されたんだ」

「ああ、そうだった!」マーカムが、あまりたいしたことでもないのでうっかり記憶から抜け落ちていたとでもいうように、ぼんやりと言った。「そういえば、誰がオウデルを殺したのか確かめるんだったたな」

「すごい記憶力だ!……ぼくは今日、状況を明らかにさせられそうなヒントを出すよ」

「で、ぼくは誰を逮捕すればいい？」

ヴァンスはコーヒーをひと口飲み、ゆっくりと煙草に火をつけた。

「ぼくには確信があるよ、きっときみは信じてくれないってね」彼は、淡々と感情をまじえない声で答える。「だが、あの娘を殺したのはスポッツウッドだ」

「そんなはずがない！」マーカムの口調に隠しきれない皮肉がまじる。「スポッツウッドだと！　なあ、ヴァンス、まったくきみには驚かされるよ。すぐにでもヒースに電話して手錠を磨いておけって言うところだろうが、あいにくと、奇跡ってやつは――遠く離れたところから人を絞め殺すなんていうことは――このごろじゃ起こると思われていないんでね。……クロワッサンをもうひとつ注文してやろう」

ヴァンスは腹立ちまぎれに両手を伸ばし、芝居がかった絶望のしぐさをしてみせた。「マーカム、目に映る幻覚にしがみつくなんて、教養と理性を備えた人間にもとんでもなく幼稚なところがあるもんだな。ねえ、きみ、そう見えたからといって、手品師がシルクハットにウサギを産ませたと信じ込む子供にそっくりだよ」

「今度は侮辱か」

「そうとも！」ヴァンスはうれしそうに肯定した。「だが、法的な事実というローレライの呪《じゅ》縛《ばく》からきみを解き放つには、何か思い切ったことをしなくちゃならないな」

「ぼくの目を閉じさせて、ここスタイヴェサント・クラブの上階にいるスポッツウッドが両腕を七十一丁目へ伸ばしているところを想像しろとでもいうのか。おあいにくさま、そんなの無理だね。平凡なやつですまないな。そんな空想はばかばかしいと思うだけだ。ハシッシュを吸って見る夢じみてる。……そういうきみは、インド大麻かなんか使ってるんじゃなかろうな？」

「そんなふうに言えば、ちょっと超自然的な発想みたいに聞こえるな。だがしかし、不可能な《セルタム・エス》るがゆえに確実なり《ト・クィア・インポシビーレ・エスト》、だ。ぼくはこの格言がかなり気に入っててね。ほら、今の場合、その不可能なことこそが真相なんだから。そうとも、スポッツウッドが犯人だ――間違いない。一見妄想じみたこの考えに、ぼくはあくまでもしがみつくつもりだ。それどころか、その苦役にきみも誘い込もうとするつもりだ。だって、きみ自身の――ばかばかしく聞こえるかもしれないが――評判がかかっているんだから。マーカム、今のきみは真犯人を世間からかくまってやってることになるんだよ」

ヴァンスは、有無を言わせぬ、すらすらと確信ありげな話し方をした。マーカムの顔に浮かぶ表情ががらりと変わったところからすると、彼も心を動かされているらしい。

「教えてくれ、どういうわけでスポッツウッドが犯人だという、とっぴょうしもないことを考えるに至ったのかを」

ヴァンスは煙草をもみ消すと、テーブルの上で腕を組んだ。

「まずは、わが容疑者四人組《カルテット》から始めよう――マニックス、クリーヴァー、リンドクイスト、スポッツウッドだ。ぼくはこの犯罪を、ただひとつ殺人だけを目的に、念入りに計画されたものだと見た。だとすると、そんなことができるのは、あのご婦人の誘惑の網にからめとられて抜き差しならない状態に陥った者だけだ。あの四人組以外に、そこまで深入りしていた求愛者はいないし、いたらぼくらにもわかったはずだ。したがって、四人のうちのひとりが犯人である。さて、スキールが殺されたとき病院で寝たきりだったとわかった時点で、リンドクイストは除外された。なぜなら、二つの殺人は両方とも同一人物による犯罪だから——」

「しかし」マーカムが口をはさむ。「スポッツウッドにだって、カナリア殺人の晩にそれと同じくらいしっかりしたアリバイがあるんだぞ。どうしてひとりを除外して、もうひとりは除外しないんだ?」

「残念ながら、ぼくの意見は違うんだ。ひとりは、事件の前も最中《さなか》も、周知の場所に公正かつ利害関係のない目撃者に囲まれて横たわっていた。だが、あの事件の晩のスポッツウッドのように、あの女性が殺された時間と数分ずれているだけで実際に現場にいて、事件のあと十五分かそこらはタクシーの車中でひとりきりだったというのは——それはまったく別の話だ。ぼくらにわかっているかぎりでは、スポッツウッドが立ち去ったあとで生きている彼女を現に見た者は誰もいない」

「だが、彼女が生きていて彼に話しかけたという証拠には、議論の余地がない」

「そのとおり。死んだ女が悲鳴をあげたり助けを呼んだり、自分を殺したやつと話をしたりするわけがないのは認める」

「そうか」マーカムがいやみったらしく言う。「声色を変えたスキールだったとでも言うんだな」

「まさか！　とんでもないよ！　スキールは、自分がそこにいることを誰にも知られたくなかったんだ。そんな芝居をするなんて愚の骨頂じゃないか。そんな種明かしであるはずがない。そのうち見つかるだろう、筋の通った単純な答えが」

「励みになるね」マーカムはにやりとする。「だが、スポッツウッドが犯人だという理由の先を続けてくれ」

「さて、四人組《カルテット》のうちの三人が殺人犯候補ということになった」ヴァンスが話を再開する。「そこで、ぼくは懇親の夜会を催してくれと頼んだ。三人を心理学的に顕微鏡観察してみようと思ったんだ。スポッツウッドは家柄からして犯人像にぴったり一致してはいるものの、正直なところぼくは、あの犯罪はクリーヴァーかマニックスのしわざだろうと考えていた。それぞれの供述によると、二人のうちどちらも、詳しくわかっている状況とまったく矛盾なしに犯行が可能だったからね。だから、昨夜マニックスがポーカーの誘いを断ったもので、とりあえずクリーヴァーをテストすることにした。ぼくが合図すると、アレンがただちに、第一回目の奇術の妙技を上演にかかった」

ヴァンスはひと息ついて、顔を上げた。

「あのときの状況を思い出せるかい？　ジャックポットの勝負だった。アレンがクリーヴァーに配ったのはフォア・ストレート・フラッシュで、ぼくにはキングを三枚。ほかの連中の手はしみったれていたから、みんなやむなく勝負をおりた。ぼくがオープンすると、クリーヴァーはとどまった。ドローで、アレンがぼくにキングをもう一枚くれ、クリーヴァーにはストレート・フラッシュが完成するのに必要なカードをやった。ぼくは少額ずつ二度ベットし、二度ともクリーヴァーはレイズした。最後にぼくがコール、そしてもちろん彼が勝った。勝たざるをえなかったのさ。確実な賭けだった。ポットをオープンして二枚カードを引いたんだから、ぼくの手はどんなによくてもキングのフォアカード。クリーヴァーにはそれがわかっていて、しかも自分の手はストレート・フラッシュだ。ぼくのベットに対してレイズする前からもう、ぼくを負かしたこともわかっていた。たちまち悟ったよ、彼はぼくが追っている男じゃないって」

「どういう理屈なんだ?」

「確実な賭けをするポーカー・プレイヤーってのはね、マーカム、きわめて巧妙かつこのうえなく有能なギャンブラーに備わっている利己的な自信には欠けるものなんだよ。運まかせに冒険したりとんでもないリスクを冒したりはしない。なぜなら、精神分析で言うところの劣等感をある程度かかえていて、自分が安全かつ有利になれる機会と見れば本能的に飛びつこうとするから。つまり、根っからまじりけなしのギャンブラーにはなれない。しかるに、オウデルという娘を殺した男は、たった一度の運にすべてを賭けるたぐいまれなギャンブラーだ。彼女を殺したのは大博打《おおばくち》以外の何ものでもないよ。あんな犯罪をやってのけられるのは、どこまでも自己本位で、絶大なる自信があるがゆえに確実な賭けを軽蔑してしまうようなギャンブラーだけだ。したがって、クリーヴァーは容疑者候補から除外される」

マーカムは熱心に耳を傾けていた。

ヴァンスが続ける。「少しあとでスポッツウッドに仕掛けたテストは、もともとマニックスを相手に想定していたものだが、彼はゲームからはずれていたからね。だが、それはどうでもよかったんだ。クリーヴァーとスポッツウッドを除外できれば、マニックスが間違いなく犯人ということだから。もちろん、それを実証するほかの手も考えてはいたよ。ところが、ほら、その必要はなかった。……スポッツウッドにぶつけたテストだがね、ご本人がすごくうまく解説してくれた。彼が言ったとおり、調子のいい相手に対して自分の手はたいしたことがないのに最大額まで賭けるようなプレイヤーは、千人にひとりもいない。あの賭け方はすごかった――みごとだった！　ポーカー・ゲームにおける最もすぐれたはったり《ブラフ》だったかもしれない。彼が手持ちのチップを全部、落ち着き払って押し出したのには、敬服せずにいられなかったよ。ぼくのほうは彼の手がたいしたことないのを知っていたんだから。ぼくの思考経路をひとつひとつたどり、ぎりぎりのところでぼくを出し抜けると確信して、彼はそれに丸々すべてを賭けた。大胆不敵でなきゃできないことだ。そして、確実な賭けなんかしようと思わない、ある程度の自信もないとね。あの勝負に表われていた心理の本質は、オウデル事件のものとまったく同じだった。ぼくはスポッツウッドを強力な手で脅した――あの娘がきっと彼を脅したように。すると彼は、くじけずに――コールしたり勝負をあきらめたりするんじゃなくて――ぼくを出し抜こうとした。すべてを失うリスクを冒すことになろうとも、ひとつのみごとな奇策に訴えたんだ。……まったくもう、マーカム！　あの驚くべきはったりに表われた彼の性格は、この犯罪の心理にぴったり当てはまるのがわからないのかい？」

マーカムはしばらく押し黙っていた。熟考しているらしい。「だけど、ヴァンス、あの時点ではきみ自身、納得していなかったじゃないか」と、ようやく意見を述べた。「そう、おぼつかなそうな、悩ましげな顔をしてたぞ」

「そりゃそうさ。ものすごく悩んだ。スポッツウッドが犯人だという心理学的証拠が、意外にも降って湧いた——そんなもの、捜しちゃいなかったのにね。クリーヴァーが除外されると、ぼくはマニックスに対して、いわゆる先入観《パルティ・プリ》をもった。スポッツウッドを無実とする物的証拠が——つまり、彼があの女性を絞殺するのは物理的に不可能だったらしいってことが——心に刻み込まれていたからね。ぼくだって完全無欠じゃないのさ。残念ながら人間らしく、ぼくといえども事実や見かけに漂う、意地の悪い動物的魅力に影響されやすい。それをきみたち法律家がそこらじゅうで、息の詰まりそうな臭気か何かみたいにしょっちゅう盛大に発散させていることだしね。それで、スポッツウッドの心理学的性質が今度の犯罪のあらゆる要素とぴったり合致するとわかったときもまだ、マニックスに対する疑いを捨てきれなかった。彼もスポッツウッドと同じような勝負のし方をするって可能性もないわけじゃない。だからなんだよ、ゲームが終わったあとで、彼にギャンブルの話題をもちかけてみたのは。心理学的な反応を確かめたかったんだ」

「だが、彼だって、きみが言ったように、たった一度の運にすべてを賭けたぞ」

「まあね！　だけど、スポッツウッドの賭け方とは意味が違う。マニックスはスポッツウッドに比べて、慎重で臆病なギャンブラーだ。まず第一に、マニックスの場合、勝算は互角、賭け金も対等だったが、スポッツウッドにはまったく勝ち目がなかった――つまらない手だったんだから。それなのにスポッツウッドは、まるっきりほんの胸算用ひとつに最高額ぎりぎりまで賭けた。高等レベルのギャンブルだ。かたやマニックスは、勝算五分五分でただコインをトスしただけ。もっと言えば、何の計算もしちゃいない。計画もなければ、想像力も大胆さもなしだ。ほら、ぼくは最初から言ってただろう、オウデル殺人事件は巧妙に計算され、並はずれた大胆さをもって、慎重になし遂げられた犯罪だって。……本物のギャンブラーなら、二度目のコイン投げで賭けを二倍にしようと相手にもちかけておいて、三度目でまた二倍にするのを受けて立ったりなんかするもんか。ぼくはそうやって、万が一にも間違いのないよう、意図的にマニックスを試したんだ。かくして、彼を除外したどころじゃなく、抹消し、根絶し、きれいにぬぐい去った。千ドルの出費にはなったが、まとわりついていた疑念はあとかたもなく払拭されたわけだ。そこで、どんなに相反する物的証拠があろうとも、あの女性を亡き者にしたのはスポッツウッドだとわかった」

「理論的には妥当な言い分だ。しかし、実際に受け入れるわけにはいきそうにない」マーカムは、自分では認めたくないほど感心しているようだ。「まったく、なんてこった！」と、しばらくして声を荒らげる。「きみの出した結論は、社会の目標として確立された理性も良識ある確実性もすべてくつがえしてしまう。――事実ってものを考えてもみろよ」疑念が論争的な段階に達していた。「きみはスポッツウッドが犯人だと言う。しかし、反駁《はんばく》のしようがない証拠があって、彼がアパートメントから出てきた五分後に、あの娘が悲鳴をあげて助けを求めたってことがわかっているんだ。彼は交換台のそばに立っていて、ジェサップと一緒にドアのところまで駆けつけると、彼女と短い会話をしている。彼女はその時点で確かに生きていた。そのあと彼は玄関から出ていき、タクシーに乗り込んで走り去った。十五分後、このクラブの前でタクシーから降りたところでレッドファーン判事と会った——あのアパートメント・ハウスからは四十ブロック近くも離れて！　それより短い時間で移動するのは不可能だ。そのうえ、運転手がつけていた記録もあるんだ。十一時半からレッドファーン判事と会った十二時十分前までのあいだ、スポッツウッドには殺人を犯す機会も時間もなかった。そして、ほら、彼はクラブでポーカーを午前三時までやってたんだ——殺人が起きてから何時間もたつまで」

マーカムは勢いよく首を振った。

「ヴァンス、そういう事実をどうしても避けて通ることはできないよ。しっかりと立証されているんだ。スポッツウッドがあの晩は北極にいたというのも同然、彼が犯人という説を事実上、決定的に排除する」

ヴァンスは平然としていた。

「きみの言うことはいちいちもっともだ」と言い返す。「しかし、前にも言ったとおり、物質的事実と心理学的事実とが矛盾しているなら、物質的事実が間違っているんだ。この場合、実際には間違っていないかもしれないが、あてにはならない」

「なるほどね、偉大なる太陽神《マグヌス・アポロ》！」マーカムのささくれだった神経にはあんまりな状況だった。「どうやってスポッツウッドにあの娘を絞め殺して部屋を荒らすことができたのか、教えてくれよ。そうすれば、ヒースに彼を逮捕させようじゃないか」

「おっと、そんなの無理だよ」とヴァンス。「ぼくは全知全能の神じゃない。だけど――まったくもう！――ちゃんと犯人を指摘してやったじゃないか。手口まで詳説してやると言った覚えはないよ」

「へえ！　ご自慢の洞察力もその程度のものなのか？　やれやれ！　ただいまここで、ぼくが高等精神科学の教授を自任して、オウデルなる娘を殺したのはドクター・クリッペン(i)だと、おごそかに申しあげるよ。確かにクリッペンは死んでいる。しかし、その事実も、ぼくが新たに採用した心理学的推理法にさしつかえなし。ほら、クリッペンの性質は本犯罪の難解かつ深遠な徴候すべてにぴったり当てはまるじゃないか。明日、死体発掘の指示を出そう」

　ヴァンスは彼をおどけた非難の目で見て、ため息をついた。「ぼくの先験的才能が認められるのは、死後になってからという定めらしいね。人の死後、時間はすべてを増大させる《オムニア・ポスト・オビトウム・フィンジット・マジョラ・ヴェトウスタス》。それまでは、強い心で大衆の愚弄《ぐろう》や冷やかしに耐えるのみ。『血を流しても、決して屈しはしない(ii)』」

　彼は自分の時計を見て、何か考えに没頭しているようだった。

「マーカム」何分かして口を開く。「三時にコンサートの予定があるんだが、一時間ばかりは余裕がある。もう一度あのアパートメントへ行って、いろんな手がかりを見てみたい。スポッツウッドはトリックを――トリックにほかならないと思っているよ――あそこで仕掛けたんだ。それを解明するには、現場でさぐらなくては」

スポッツウッドが犯人である可能性を強く否定しているにもかかわらず、マーカムも全面的な確信があるわけではなさそうだった。したがって、形ばかり抵抗してみせただけで、オウデルの部屋を再訪しようというヴァンスの提案に彼が同意したのも意外ではなかった。

29 ベートーヴェンの〝アンダンテ〟　九月十八日（火曜日）午後二時

それから三十分とたたず、私たちは七十一丁目にある例の建物のメインホールにまた足を踏み入れていた。ふだんどおり、スピヴリーが電話交換業務に就いている。共用の応接室のすぐ内側で、葉巻を口にくわえた見張りの警官が安楽椅子にぐったり座っていた。地方検事を見たとたん、はじかれたようにぱっと立ち上がる。

「いつになったら片づくんでしょうか、ミスター・マーカム？　こんなに暇な仕事、体がなまっちまいますよ」

「もうじきだと思う」とマーカム。「あれから客は？」

「ひとりもありません」警官はあくびを嚙み殺した。

「アパートメントの鍵をくれ。きみは中に入ってみたか？」

「いいえ。外にいるように言われています」

私たちは死んだ娘の居間に入っていった。ブラインドが上がったままで、真昼の陽光が射し込んでいる。何もかも手つかずのままらしい。倒れた椅子さえも起こされていなかった。マーカムは窓辺に寄っていくと、両手を後ろにして立ち、元気なく現場を見渡した。つのる一方の不信感にさいなまれつつ、はなはだぎこちない冷笑の目でヴァンスを見守る。

ヴァンスは煙草に火をつけてから、二つの部屋の調査にとりかかり、とり散らかったさまざまなものにさぐるような目を向けていった。やがてバスルームに入っていき、しばらくそこにこもる。出てきた彼は、黒ずんだ汚れのついたタオルを手にしていた。

「スキールがこれで指紋を拭きとったんだ」そう言って、タオルをベッドの上に放る。

「すばらしい！」マーカムが冷やかす。「もちろん、これでスポッツウッドの有罪は決まりだな」

「ちぇっ、よせよ！　だけど、ぼくの説を実証するには役に立つ」彼は化粧台に向かい、小さな銀のアトマイザーのにおいを嗅いだ。「彼女はコティのビャクダンを愛用していたのか」とつぶやく。「みんなそうするのはなぜだろう？」

「実証に役立つのか？」

「おい、マーカム、ぼくは雰囲気にひたってるんだ。精神をこのアパートメントの霊気に同調させようとしている。頼むからそっとしておいてくれ。いつ天恵《ヴィジテーション》を授かるか知れないんだ——シナイ山のお告げ《レヴェレーション》（モーゼがシナイ山で神から十戒を授かった）のような」

彼は引き続き調べていき、ついにはメインホールへ向かうと、ドアを開けたまま片足で押さえて、好奇の目であたりをじっくり眺め回した。居間へ戻ってきて、紫檀《ローズウッド》のテーブルの端に腰をおろし、陰気なもの思いに沈む。しばらくして、マーカムに向けて冷ややかに笑った。

「やあ！　困ったことになった。いまいましいったらないよ、不可解で！」

「そうだろうさ」マーカムがあざけるように言う。「きみはいずれスポッツウッド犯人説を考え直すことになると思ってた」

ヴァンスはぼんやりと天井を見上げた。

「きみってやつは、ひどく頑固《デヴィリッシュ》だな。ぼくがこうして、不愉快きわまりない窮地からきみを救ってやろうとしてるのに、わざわざぼくの意気込みをそぐような辛辣《しんらつ》な意見ばかりかい」

マーカムは窓辺を離れ、大型ソファ《ダヴェンポート》の肘掛けに腰を乗せてヴァンスと向き合った。心配そうな目をしている。

「ヴァンス、誤解しないでくれ。スポッツウッドはどうでもいいんだ。彼がやったんなら、そうと知りたい。この事件が片づかないかぎり、ぼくは新聞にこっぴどくたたかれつづけるんだ。解決の見込みをくじくのは、ぼくにとっても得策じゃないさ。だけど、スポッツウッドに関するきみの結論はありえない。矛盾する事実が多すぎる」

「そのとおりだよ。矛盾する徴候がそろいすぎている。あまりにもみごとにまとまっている。ミケランジェロの彫像のフォルムのような完成度と言っていいくらいに。あまりにも隙がなく調和がとれていて、単なる偶然が重なって生まれた状況ではありえない。意図的に作りあげられたしるしだ」

マーカムは腰を上げ、ゆっくり窓辺に戻ると、ささやかな中庭を眺めた。

「スポッツウッドがあの娘を殺したという前提さえ認めることができれば、きみのもっともらしい論法にもついていけるんだがね。しかし、弁明の完成度が高すぎるからといって人を有罪にすることは、ぼくにはとてもできないね」

「ぼくらに必要なのは、マーカム、霊感《インスピレーション》だよ。巫女《みこ》のご託宣くらいじゃ足りない」ヴァンスは部屋を行きつ戻りつしはじめた。「腹が立ってしかたがないのは、このぼくが出し抜かれたってことだ。それも、自動車の付属品製造業者なんかに！……面目まるつぶれだ」

彼はピアノの前に座ると、ブラームスの『奇想曲第一番《カプリッチヨ》』出だしの数小節をつま弾いた。「調律する必要があるな」そうつぶやき、ぶらぶらとブール細工のキャビネットのほうへ向かうと、象眼《ぞうがん》に指をすべらせてみた。「きれいなもんだが、ちょっとごてごてしている。しかし、いい品だ。シアトルにいるとかいう故人のおばさんには、金目の遺産になるな」キャビネットの脇に掛かった飾り燭台を見やった。「なかなかいいね、もとのキャンドルが新しいつや消し電球に取り替えられてなければなあ」暖炉の炉台に置かれた、小さな陶器の置き時計の前で足を止めた。「派手で俗っぽい。こんなものに時間を刻んでもらうのは不愉快だね」ライティングデスクのほうへ進み、注意深く調べた。「ルネッサンス期フランス製品の模造品だ。だが、なかなか優美なものじゃないか？」それから、くずかごに目をとめ、持ち上げてみた。「ばかげた思いつきだね——模造皮紙《ベラム》でかごを編むなんて。おおかた、芸術家肌の女性インテリアデザイナーの功績に違いない。これだけのベラムで『エピクテトス全集』くらいは装幀できそうなものを。それにしても、なんでまた手描きの花輪模様なんかで趣《おもむき》をぶちこわしにするかね？　美的感覚ってやつが、うるわしの合衆国にはいまだ根づいていないんだな――きっとそうだ」

　彼はかごを下に置いて、しばらく考え深そうに眺めていた。やおらかがみ込んだかと思うと、つい前日に話題にしたくしゃくしゃの包装紙をかごから拾い上げる。

「これに、あのご婦人のこの世で最後の買いものが包んであったに違いない」と、つくづく眺める。「胸に迫るものがあるな。きみはそういうちょっとしたことで感傷に駆られたりしないかい、マーカム？　ともかく、包みにかけてあった撚《よ》り糸は、スキールにとって天の賜物《たまもの》だったわけだ。……追い詰められたスキールに脱出への道を開いてくれたのは、どんな買いものだったんだと思う？」

　彼が包装紙を広げると、破れた段ボール紙と大きな正方形の暗褐色の封筒が現われた。

「ああ、わかった！　蓄音機の音盤だ」彼は部屋を見回した。「だけど、あのいまいましい機械を彼女はどこに置いていたんだ？」

「玄関口にある」マーカムが、振り返りもせずうんざりぎみに言った。ヴァンスのおしゃべりは、真剣に複雑なことを考えているときにただ口をついて出ているだけだとわかっていて、かき集められるかぎりの忍耐力を総動員して待っているのだ。

　ヴァンスはのらりくらりとガラスのドアを開け、狭苦しい玄関の応対ホールへ出ていくと、片側の壁際に立っている中国風チッペンデール装飾がほどこされたコンソール型蓄音機をぼんやりと眺めた。ずんぐりしたキャビネットに礼拝用敷物を載せ、その上に光沢のある青銅製花鉢が置いてある。

「どう見ても蓄音機には見えないな。それにしても、どうして礼拝用の敷物なんか載せるんだ？」何気なく敷物を調べてみる。「アナトリア（小アジア、現トルコのアジア領）製かな——たぶん、販売目的でカエサリアンとか呼んでいるやつだろう。たいした値打ちはない——ウシャク絨毯（鮮やかな原色と精巧なメダリオン模様が特徴のトルコ絨毯）のたぐいがもてはやされているからな。……さあて、かのご婦人の音楽の趣味やいかに？　ヴィクター・ハーバート（一八五九—一九二四。アイルランド生まれの米国の作曲家、指揮者）あたりだな、きっと」彼は敷物をめくり、キャビネットの蓋を持ち上げた。音盤がすでに置いてあって、のぞき込む。

「なんとまあ！　ベートーヴェンのハ短調交響曲の〝アンダンテ〟じゃないか！」彼はうれしそうな声をあげた。「あの旋律、もちろん知ってるだろう、マーカム。これまで作曲された中で最もすばらしい〝アンダンテ〟だよ」蓄音機を巻き上げてみる。「ちょっと音楽でも流したら、雰囲気が明るくなって、ぼくらの心痛も吹き飛ぶんじゃないかな？」

マーカムは彼の軽口にとりあいもしなかった。相変わらずうちひしがれて窓の外を眺めている。

ヴァンスはモーターをスタートさせ、音盤に針を載せてから居間に戻った。立ったままダヴェンポートを見つめ目下の問題に集中する。私はドアのそばの籐椅子《とういす》に座って、音楽を待っていた。しだいにそわそわしてきて、不安になりはじめる。一、二分たっても、蓄音機からはかすかにこすれるような音がするばかりなのだ。ヴァンスもおやっと顔を上げ、機械の様子を見に戻った。ざっと調べてみて、もう一度操作し直す。ところが、しばらく待ってみても音楽は聞こえてこなかった。

「おや！　おかしいなあ」針を交換し、再び蓄音機を巻き上げる。

窓辺を離れてやって来たマーカムが、温かく見守っていた。ターンテーブルが回転し、針は同心円状の溝をなぞっている。それでも、相変わらず音楽は再生されなかった。ヴァンスはキャビネットに両手をついて身を乗り出し、音もなく回転する音盤を不思議そうにじっと見据えている。

「サウンドボックスが壊れているのかな。ばかばかしい機械だよ、いずれにせよ」

それをマーカムがたしなめる。「思うに、育ちがいいからって、いかにも俗悪で庶民的な機械装置に無知なきみのほうに問題があるんだよ。ぼくに任せろ」

彼はヴァンスのそばに立って、ものめずらしそうに肩越しにのぞき込んだ。どこにも不調はなさそうで、針はもう音盤の終わりのほうに近づいている。だが、かすかにこすれるような音しか聞こえない。

マーカムは前に手を伸ばして、サウンドボックスを持ち上げようとした。だが、その動作が完結することはなかった。

その瞬間、狭いアパートメントじゅうに、ぞっとするようなかん高い悲鳴が何度も響き渡ったのだ。続いて、助けを求める金切り声が二度。私の全身に冷たい震えが走り、髪の毛の根もとがちくちく痛む。

短い沈黙のあいだ、私たち三人は言葉を失っていた。そのあと、同じ女性の声が大きくはっきりした口調でこう言った。「いいえ。何でもないの。ごめんなさい。……大丈夫よ。……お帰りになって、心配いらないから」

針が音盤の終わりに達した。かすかにカチッと音がして、自動装置がモーターを止める。それに続く恐ろしいほどの沈黙を破ったのは、ヴァンスのあざけるようなしのび笑いだった。「ほらね」彼はものうげに言いながら、さっさと居間へ戻っていく。「きみの言う反駁《はんばく》のしようがない事実ってやつも、もはやこれまで！」

玄関に大きなノックの音が響き、外で任務についていた警官が驚いた顔をのぞかせた。

「だいじょうぶだ」マーカムがしゃがれた声を出す。「用があれば呼ぶから」

ヴァンスはダヴェンポートにどさりと座って、また一本煙草を取り出した。火をつけると、極度の身体的緊張がいきなりゆるんだかのように、両腕を頭の上に高々と伸ばし、足を投げ出す。

「いやはや、マーカム、ぼくらはみんな、いいようにだまされていたんだ」彼はゆっくりと話しだす。「鉄壁のアリバイ――まったくね！　法律はそんなものがあると思っているんなら、ミスター・バンブル（ディケンズ『オリヴァー・ツイスト』に登場する尊大な小役人）のせりふじゃないが、『まぬけだよ、愚か者だよ』――『ああ、サミー、サミー、どうしてアリバイがないんじゃ！』[1]……マーカム、認めるのは恥ずかしいが、きみもぼくも、お話にならないまぬけだったなあ」

マーカムは茫然自失のていで蓄音機のそばに立ち尽くし、催眠術にでもかかったように秘密を暴露した音盤に目を釘づけにしていた。のろのろと部屋に入ってくると、椅子にぐったりと体を投げ出す。

「きみが後生大事にしていた事実！」ヴァンスは続ける。「入念に偽装されたうわべをはぎ取ったらどうだい？――スポッツウッドは蓄音機の音盤を用意した――お安いご用だ。このごろじゃ、誰だってつくってる」

「ああ。ロングアイランドの家に作業場があって、ちょっとした修理やなんかはそこですると、彼から聞いたことがある」

「本当はそんなものがなくてもすんだんだよ。だけど、そのおかげで楽になったのは間違いない。音盤の声は彼自身の裏声《ファルセット》だ――はっきりよく通る声だから、女性の声より目的にかなっているね。あのラベルは、そこいらにある音盤のを湿らせてはがし、自作のに貼りつけただけだ。あの晩、新しい音盤を何枚か持参した中にまぎれ込ませておいた。芝居のあとで、彼は自作の不気味な小芝居を上演し、警察が典型的な強盗のしわざだと考えるように、念入りに舞台設定を整えた。その仕事をすませて、音盤を蓄音機に置いてスタートさせ、落ち着き払って部屋を出た。キャビネットの上に礼拝用敷物と青銅の鉢を置いて、蓄音機はめったに使われないように思わせておいてね。この予防措置はうまくいったな、誰も中をのぞいてみようとはしなかったんだから。わざわざのぞく必要なんかないもんな。……そして、ジェサップにタクシーを呼んでくれと頼む――何もかもまったく自然だ。車を待っているあいだに、針が録音した悲鳴のところへさしかかる。よく聞こえた。夜中のことで、音が明瞭に伝わる。さらに、木製のドア越しで、蓄音機の音だってことがうまくごまかされた。それに、ほら、ホーンスピーカーが三フィートと離れていないところでまっすぐドアに向けられているじゃないか」

「だけど、彼が声をかけて音盤が答えるのがちゃんと嚙みあっていたのは……？」

「きわめて簡単なことだ。ほら、ジェサップが、悲鳴が聞こえたときスポッツウッドは交換台に片腕をかけていたって言ってたじゃないか。単に腕時計を見ていたんだよ。声が聞こえた瞬間に録音の合間の時間を計算して、いもしない女性が録音した返事をちょうどいいタイミングで返してくるように声をかけたんだ。何もかも、前もって念入りに計画してあったんだ。自分の実験室でリハーサルずみだったに違いない。ごくごく簡単で、事実上失敗しっこなし。大きな音盤だ——直径十二インチかな——針が終わりまで進むのに約五分かかる。悲鳴を最後のほうに録音し、部屋を出てタクシーを頼む余裕がたっぷりできるようにしておいた。やがてタクシーがやって来ると、まっすぐスタイヴェサント・クラブへ向かい、レッドファーン判事と会って三時までポーカーに興じた。もし判事に会っていなかったら、誰かほかの人間に自分の存在を印象づけて、アリバイを確立しておいたことだろう」

マーカムが重々しく首を振る。

「なんてこった！　この部屋をもう一度訪ねさせてくれと、ことあるごとにしつこくせがんだのも無理はない。あの音盤なんていう命取りになる証拠があるんじゃ、おちおち安眠もできやしなかっただろうからな」

「だけど、もしぼくが発見していなかったら、きみんとこのおまわりさん《セルジャン・ド・ヴィル》が引き揚げるやいなやまんまと手に入れたんじゃないかなあ。思いがけずアパートメントが立ち入り禁止にされたことはいらだたしかっただろうが、あんまり心配はしていなかったと思うよ。カナリアのおばさんに所有権が移るのを待てば、音盤を取り戻すのも比較的簡単だろうし。もちろん、音盤は危険要素だが、スポッツウッドはそういうささいな障害にひるむようなタイプじゃない。そうとも、しっかりと巧みに計画したことだった。負けることになったのは、純然たる運なんだ」

「それで、スキールのことは？」

「彼はもうひとつの不運だったんだよ。十一時にスポッツウッドとご婦人が帰ってきたとき、彼はあのクローゼットに隠れていた。彼のかつての情婦《アムールーズ》を絞め殺して部屋を荒らしていた男は、スポッツウッドだった。そのスポッツウッドが部屋を出ていくと、彼は隠れがから出ていく。おそらくあの娘を見下ろしていたところに、蓄音機が血も凍るような音を出した。……まったく！　ぞっとして尻込みしながら殺された女から目を離せないでいるところへ、背後から突き刺すような悲鳴が聞こえてくるんだよ！　いかに非情なトニーといえども、たまらなかっただろうな。用心することなんか頭からふっとんで、テーブルに手をついて体を支えたのも無理はない。……そこへ今度は、ドア越しにスポッツウッドの声が聞こえ、録音された声が答える。スキールの頭は混乱したはずだ。ちょっとのあいだ、自分の頭がおかしくなったと思ったんじゃないだろうか。だが、たちまちその意味するところがわかりはじめる。彼がひとりほくそ笑むところが目に浮かぶよ。彼は殺人者が何者か知っていたはずだ——彼の性格からして、カナリアの崇拝者たちの身元を知らないはずがない。さて、ああいう魅力的な若い紳士なら誰もが望む、このうえなくすばらしいゆすりの機会が、天からの恵みのごとく膝の上に降ってきた。スポッツウッドの金で何不自由なく安楽に生活するという、バラ色の未来図に舞い上がったに違いない。少しあとでクリーヴァーが電話してくると、いないとだけ言って、自分がおさらばする策を練りはじめた」

「しかし、なぜあの音盤をもちださなかったのかわからないな」

「そんなことをして、犯罪現場に反駁のしようがない証拠をなくすっていうのかい？……そいつはまずいよ、マーカム。あとになって彼が音盤を出してきたら、スポッツウッドは知らぬ存ぜぬを決め込んで、ゆすりをたくらまれたと訴えるだろうさ。だめだ、だめだ。スキールのとるべきは、音盤をそのままにしておいて、すぐさまスポッツウッドに巨額の支払いを求めるという道しかないよ。彼はそうしたと思うね。スポッツウッドはきっと、いくばくかの口止め料を払い、音盤はいずれ回収しようと思って、残りはまたの機会にと約束したんだな。彼が払おうとしないので、スキールはきみに電話して、何もかも話すと脅しにかかった。スポッツウッドに行動を促そうとしたわけだ。……ああ、促したとも——ただし、望ましい行動をではない。おそらく、土曜の晩に会ったのはおもて向き金を渡すという約束でだったのだろうが、金を渡すどころか、スポッツウッドはあの男を絞め殺すという行動に出たんだ。いかにも彼らしいね。……大胆なやつだ、スポッツウッドというのは」

「何から何まで……驚きだ」

「ぼくはもう驚かないね。スポッツウッドには片づけるべき不愉快な仕事があった。そして、冷静で論理的、率直で能率的なやり方でその仕事を処理したんだ。自分の心の平穏のためにかわいいカナリアには死んでもらおう、彼はそう決意した。彼女がよっぽどうっとうしかったのかな。そこで、彼女をデートに誘い――裁判官が法廷で被告人に刑を宣告するようなものだ――アリバイの捏造《ねつぞう》にとりかかる。彼も機械工のはしくれ、機械的なアリバイを用意した。彼が選択した仕掛けはまずまず単純で明快だ――わずらわしくもなければ込み入ってもいない。保険会社がもっともらしく不可抗力《アクト・オブ・ゴッド》と呼ぶようなことがなかったら、さぞやうまくいったことだろう。不測の出来事ってのは、誰にも予測できないからねえ、マーカム。予測できるんなら、不測の出来事なんかじゃない。だが、スポッツウッドが、人間の力の及ぶかぎり精いっぱい用心していたのは確かだ。どんなにここを再訪しようとしてもきみに阻まれ、問題の音盤を押収されようとは、思いも寄らなかったんだな。ぼくの音楽の好みだって予想できなかっただろうし、ぼくが芸術的な音色に慰めを求めることも知らなかった。もっと言うなら、女性を訪ねようとするときに、別の男がクローゼットに隠れているなんて考えてもみないもんだよ。そんなことはまずないからね。……結局、あの気の毒な男が負けたのは、悪運続きだったせいだな」

「極悪非道な犯罪だってことを忘れるな」マーカムが手厳しく非難する。

「やたらと道徳的なことを言わないでおくれよ。誰の心の底にも殺人者がいる。誰かを殺してやりたいと強く願ったことのない人間には、感情ってものがないんだ。それで、たいていの人間に殺人を思いとどまらせるのは、倫理観や神学だとでも思うかい？　とんでもない！　勇気がないからだよ――見つかるのが怖い、苦悩にさいなまれたり良心の呵責《かしやく》に耐えかねたりするのが怖いからだ。考えてもごらんよ、人間の集団が――すなわち、国が――どんなに喜び勇んで人を死に追いやり、それをまた新聞で読んでどんなに満悦するか。ちょっとした挑発に乗っては国家対国家で互いに宣戦布告し合い、法的には何はばかることなく大量殺人への欲望を発散させているじゃないか。スポッツウッドだって、罪を犯す勇気を備えた理性的な動物にすぎない」

「そんな虚無主義哲学、残念ながらまだ社会に受け入れられないね」とマーカム。「過渡期にあるあいだは、人命を守らないと」

彼は決然と立ち上がり、ヒースに電話をかけにいった。

「部長刑事、白紙逮捕状を用意してくれ。スタイヴェサント・クラブで落ち合おう。部下をひとり連れてくるんだ――逮捕することになるだろうから」

「法律もついに、お眼鏡にかなう証拠を手に入れたか」ヴァンスは楽しそうに言いながら、ゆっくりとコートをはおり、帽子とステッキを取り上げた。「きみらの法的な手順ってのは、なんておかしなものなんだろうね、マーカム！　科学的な情報なんか――心理学的事実のことだよ――きみたち博学な賢人《ソロン》には無意味だもんな。なのに、蓄音機の音盤ひとつで――ほう！　説得力のある、反駁のしようがない、決定的なものになるって？」

出ていきがてら、マーカムは見張りの警官を手招きした。「どんなことがあろうと、私が戻ってくるまで、誰もこのアパートメントに立ち入らせないように――署名入りの許可証があってもだめだ」

タクシーに乗り込むと、彼は運転手にクラブへやってくれと指示した。

「新聞の連中が、さぞかしうずうずしているだろうな? ようし、働かせてやろうじゃないか。……おかげさまで、窮地から救われたよ」

そう言って、マーカムがヴァンスに目を向ける。どんな言葉でも表現できそうにない、深い感謝をたたえた目つきだった。

30 結 末

九月十八日(火曜日)午後三時三十分

私たちがスタイヴェサント・クラブの円形広間に入っていったのが、ちょうど三時半。マーカムはすぐに支配人を呼びにやり、人目につかないよう話をした。そのあと支配人が急いでその場を離れ、五分ばかり姿を見せなかった。

「ミスター・スポッツウッドはお部屋にいらっしゃいます」戻ってきた支配人がマーカムに知らせる。「電球を検査しに係の者を行かせました。あのかたおひとりで、机に向かって書きものをしていらっしゃるとのことです」

「部屋は?」

「三四一号室です」支配人はうろたえている。「騒ぎになるのはごかんべんいただきたいのですが、ミスター・マーカム」

「そんなつもりはない」マーカムの口調は冷ややかだ。「しかしながら、これはきみのクラブよりもずっと重要な問題なので」

「大げさに考えるんだなあ！」支配人が行ってしまうと、ヴァンスはため息をついた。「スポッツウッドを逮捕するなんて、愚の骨頂じゃないか。あの男は犯罪者じゃないだろう。ロンブローゾ（一八三六―一九〇九。イタリアの精神病理学者。犯罪人類学の創始者）の『生来性犯罪者』に共通するところがない。行動主義哲学者とでも呼んだほうがいいだろう」

　マーカムはうなり声をあげたものの、言い返しはしなかった。待ちかねてそわそわと行ったり来たりしながら、正面入り口から目を離さずにいる。ヴァンスは、座り心地のいい椅子を見つけて腰を落ち着け、おとなしく無関心を決め込んだ。

　十分後にヒースとスニトキンがやって来た。マーカムが二人をひっ込んだかたすみに連れていって、呼び出したわけをざっと説明する。

「今、スポッツウッドは上にいる。できるだけ迅速に逮捕したい」

「スポッツウッド！」ヒースが驚いて名前を反復する。「どういうことだか――」

「わからなくてかまわない――まだ」マーカムが鋭くさえぎった。「私が全面的に責任をとる。手柄はきみたちのものだ――お望みとあらば。いいかね？」

　ヒースは肩をすくめた。「私はかまいません……あなたがそうおっしゃるなら」わけがわからないというように首を振る。「しかし、ジェサップはどうしたら？」

「拘置しておこう。参考人だ」

私たちはエレベーターに乗って三階で降りた。スポッツウッドの部屋は廊下の突き当たりで、マディソン・スクウェアに面している。マーカムがいかめしい顔つきで先頭に立った。

彼のノックに応えてスポッツウッドがドアを開け、愛想よく挨拶しながら脇へよけて私たちを通してくれた。

「まだ何か？」彼は椅子をひとつ前に動かした。

そのとき、彼は照明のもとでマーカムの顔をまともに見て、ただごとではないとたちまち察した。表情こそ変えなかったが、彼の体がはっと緊張する。マーカムの顔からヒースとスニトキンのほうへ、冷たく、表情のない目をゆっくりと移していく。それから、やや後ろに立つヴァンスと私に目をとめ、よそよそしく会釈《えしやく》した。

口をきく者はいない。それなのに、悲劇が何のさしさわりもなく上演されているような、役者のひとりひとりの頭にちゃんとせりふが入っているような気がする。

マーカムは、いかにも次に進みたくなさそうに立ち尽くしている。私の知るかぎり、彼は自分の職務のうちで犯罪者の逮捕がいちばん嫌いなのだ。世間というものをよく知っている彼は、世間を知るゆえにそういう不運にも耐えていた。ヒースとスニトキンはもう前に進み出て、逮捕状を出せという地方検事の指示をいつでも受けられる態勢だった。

スポッツウッドがまたマーカムを見る。「私にどんなご用でしょうか？」いささかもたじろがない、平静な声だった。

「こちらの警官たちにご同行願います、スポッツウッドさん」マーカムはかたわらの落ち着いた二人のほうへわずかに首をかしげてみせて、穏やかに告げた。「マーガレット・オウデル殺害容疑で逮捕します」

「ほう！」スポッツウッドの眉が少し吊り上がる。「それでは——何か見つかったのですね？」

「ベートーヴェンの〝アンダンテ〟が」

スポッツウッドの顔はぴくりともしなかった。ただ、しばらくの間をおいて、かすかにわかる程度にあきらめたような身ぶりをしただけだ。「まったく予想外だとは言えませんね」痛ましくもある微笑みを浮かべて、淡々と言う。「特に、なんとかあの音盤を始末しようとするのをあなたに阻まれてばかりでしたから。しかし、まあ……勝負の運というのはいつもあてにならぬものだ」笑みがすっと消えてなくなり、厳粛なおももちになる。「ミスター・マーカム、あなたは寛大にも私を野次馬の目からかばってくださった。そのご親切に甘えついでにわかっていただきたいのですが、私があの勝負に出たのは、ほかにどうしようもなかったからなのです」

「動機がどんなにりっぱなものでも、罪は軽くなりません」とマーカム。

「私が情状酌量を求めているとでも？」スポッツウッドは、それは不名誉だとでもいうように侮蔑のしぐさで退《しりぞ》けた。「子供じみた言い訳をしようというのではない。対策をとった結果を予測し、行動に伴うさまざまな要素を比較考察したのち、そのリスクを冒すことに決めたのです。一か八かの賭けでした、確かに。しかし、入念に計画を練った危険な賭けでつきがなかったと嘆くのは、私の流儀ではない。そのうえ、実際のところ私はああいう選択をせざるをえなかった。ここで賭けに出なかったとして、いずれにせよ大きな痛手をこうむることになるからです」

彼が苦々しい顔つきになった。

「あの女はね、ミスター・マーカム、無理な要求をつきつけたんですよ。私から金を搾《しぼ》り取るだけでは満足せずに、法的保護や地位や社会的評価を求めた――私の家名だけが与えられるようなものを。妻と離婚して、自分と結婚しろと迫った。その要求がいかに途方もないものか、わかっていただけるでしょうか?……ねえ、ミスター・マーカム、私は妻を愛しているし、いとしい子供たちもいるんです。自分の不品行を棚に上げて、よくもそんなことが言えるとお思いかもしれませんが、くどくど言い訳するのもお耳汚しになるでしょうから。……それなのにあの女が、私の人生を破滅させ、私のたいせつにしているものを全部踏みつぶせという。あの女のひどく、とんでもない野望を叶える、たったそれだけのために! 私が拒否すると、二人の関係を妻にバラし、私が書いた手紙の写しを送りつけて、正式に告訴すると脅してきた――結局、いずれにしてもそんなスキャンダルになれば、私の人生はおしまい、私の家名は地に落ちて、家庭は崩壊です」

彼は話を中断して、深々と息を吸った。

「中途半端なことは性分に合いません」無表情なまま先を続ける。「折り合いをつける才能をもちあわせていないんですね。世襲財産があるせいなのかもしれません。それにしても、私は本能的に最後のチップまで賭けて勝負に出ます――どんな危険が迫ろうとも押し切って。一週間前にほんの五分ほどで、昔の狂信者たちはこうして、冷静な頭と正義感をもって、自分を精神的に破滅させようとする敵を拷問したんだと理解しました。……私は、愛する者たちを不名誉と苦痛から救う、唯一の道を選んだ。命がけでリスクを冒すことになりました。しかし、私の中に流れる血のなせるわざか、ためらいはありませんでした。痛いほどにふくれあがった憎悪に奮い立っていました。生きながら死んでいくよりは、心の平穏を得るほんのわずかなチャンスに命を賭けました。そして、負けた」

彼はまたかすかな笑みを浮かべた。

「そう――勝負の運ということです。……でも、私が不平を言ったり同情を求めたりしているなんて、万が一にも思わないでいただきたい。他人に嘘をつくことはあっても、自分自身に嘘はつきません。泣きごとを言うやつは――自己弁護をするやつは、大嫌いです。そこのところをわかっていただきたい」

彼はテーブルに手を伸ばして、小型の革装本を取り上げた。「つい昨夜、ワイルドの『獄中記』を読んでいたんです。文才があれば、私も似たような告白文を書くところですが。私の気持ちを代弁しているところをお聞かせしましょう。私のことを臆病者とだけは思っていただきたくない」

彼は本を開いて読みはじめ、熱のこもったその声に私たちはみな黙り込む。

「『ぼくは自分にいってきかせねばならない、ぼくが自分を破滅させたのだ、また偉大な人間とくだらぬ人間との別を問わず、人は自分自身の手によらずして破滅することはありえないのだ、と。こういうだけの覚悟を、ぼくははっきり持っている。たとえ現在人々はこう考えていないにしろ、ぼくはそういおうと努めているのだ。この無慈悲な告発を情容赦もなく自分に向かって与えるのだ。世間のぼくにたいする仕打ちは恐ろしいものではあったが、それ以上に、ぼくがみずからに与えた仕打ちは遥《はる》かに恐ろしいものだった。……ぼくは青年時代にすでにみずからこれを悟った、のちには同時代の人々にもいやおうなしにこれを悟らせた。生涯のあいだにかかる地位を獲得し、これを世間に認めさせた人間は決して多くはない。……ぼくはみずからの天才の浪費者となった。永遠の青春を濫費《らんぴ》することがぼくに奇妙な喜びを与えるのだ。高みにあることに飽きてくると、新しい感動を求めてわざと深淵《しんえん》にまで降りていった。……快楽をほしいままにしては、省《かえり》みることをしなかった。ありふれた一日一日のささやかな行為が、ことごとに性格を作りあげたり破壊したりするものであることを、そのゆえに、人は密室で行なったことを、他日屋上で大声に泣き喚《わめ》かねばならぬようになるということを、ぼくは忘れていた。ぼくはみずからの主《あるじ》たることをやめてしまった。ぼくはもはや、みずからの魂の主人ではなかった。しかも自分ではそれに気づかなかった。ぼくはみずからを快楽の支配にゆだねた。最後には恐ろしい汚名の中にぼくのすべてが終った。今や、ぼくにはただひとつのもの、心からの謙譲があるばかりだ[1]』」

　彼は本を放り出した。

「わかっていただけますね、ミスター・マーカム？」

マーカムは、しばらくしてやっと口を開いた。

「スキールのことを話してくれませんか」

「卑劣なやつ！」スポッツウッドは軽蔑をこめてあざけった。「あんなやつなら毎日のように殺して社会の恩人ぶったっていいくらいだ。……ええ、絞め殺してやりましたとも。もっと早くに殺してやればよかったんだが、なかなか機会がなくて。……スキールのやつは、芝居のあとで私がアパートメントに戻ってきたときクローゼットに隠れていたのです。私があの女を殺すところを見ていたに違いない。鍵のかかったクローゼットのドアの向こうにいるのがわかっていれば、ドアを破ってでもその場で片づけてやったものを。だけど、そんなことがどうしてわかるでしょう？　クローゼットに鍵がかかっていても当然に思えた――それ以上は考えてもみませんでした。……次の日の晩、あいつがこのクラブに電話してきたんですよ。まずロングアイランドのわが家へ電話して、ここにいることを知ったらしい。私はあいつに会ったこともなかった――あんな男がいることも知らなかった。ところが、あっちは私の身元をしっかりつかんでいたらしい――おそらく、私があの女にやった金の一部があいつに渡ってたんでしょう。私としたことが、なんという汚い泥沼に足をつっこんでしまったんだろう！……電話で蓄音機のことをもちだしてきたので、弱みを握られたんだとわかりました。ウォルドルフ・ホテルのロビーで会うと、あの男が真相を語りました。疑う余地はありません。私が納得したと見ると、呆然とするほどの大金を要求してきました」

スポッツウッドはしっかりした指先で煙草に火をつけた。

「ミスター・マーカム、私はもうたいした金をもっていないのです。正直なところ、破産の瀬戸際なんです。父が遺《のこ》してくれた事業は、管財人の手に渡ってもう一年近くになります。住んでいるロングアイランドの地所は妻のものですし。そういうことを知る人はほとんどいませんが、あいにく本当のことでしてね。仮に臆病者になりたかったとしても、スキールが要求する金額を出すのはまるっきり不可能なんです。しかし、ちょっとした金でスキールを二、三日黙らせておいて、株を換金できしだい要求の全額を渡すと約束しました。時間を稼いであの音盤を手に入れたら、裏をかいてやれると思いました。でも、うまくいきませんでした。だから、あなたに何もかも教えるといって脅してきたとき、先日土曜の晩にあの男のうちまで金を持参することに同意しました。殺してやる気満々で私は約束を守った。入っていくのに用心しましたが、いつ、どうやったら姿を見られずにすむかを向こうから教えてくれたので助かりましたよ。いったん部屋に入ると、一時も無駄にしませんでした。最初に隙を見せたとたんにつかみかかっていった――誇らしく思いましたよ。そして、ドアを施錠して鍵は持ち去りました。堂々と建物を出ていき、このクラブに戻ってきました。――そんなところでしょうか」

ヴァンスは彼を見ながら考え込んでいた。

「では、昨夜ぼくの賭けをレイズしたときも、あれはあなたの財力に相当こたえる金額だったわけですね？」

スポッツウッドはかすかに笑った。「事実上、有り金残らずというやつでしたね」

「すごい！　もうひとつ、音盤のラベルにベートーヴェンの〝アンダンテ〟を選んだわけをうかがっても？」

「あれも誤算でした」うんざりした声だった。「もう一度部屋を訪ねて音盤という証拠を隠滅してしまうまでに、たまたま蓄音機を開けてみる者がいても、通俗的な音楽よりはクラシックのほうが聞いてみようという気にならないんじゃないかと思ったまでです」

「そして、通俗的な音楽が大嫌いな人間が見つけてしまったわけか！　どうも、スポッツウッドさん、あなたの勝負には悪運がつきまといますねえ」

「ええ。……宗教に傾倒していたら、天罰だの因果応報だのとたわごとを言うところです」

「あの宝飾品のことを聞きたい」とマーカム。「正々堂々としたやり方ではないかもしれないし、私からもちだすべきではないかもしれませんが、主な問題点にはもう自主的に告白してもらいましたから」

「ご希望なら何なりと訊いてくださってかまいません」とスポッツウッド。「書類箱から自分の書いた手紙を取り戻すと、強盗のしわざと見せかけるために部屋をひっくり返しました――用心して手袋をしていましたよ、もちろん。あの女の宝飾品をとったのも同じ理由からです。ちなみに、ほとんどは私が金を払ったものです。賄賂《わいろ》としてスキールに差し出したのですが、怖《お》じ気《け》づいて受け取ろうとしません。しかたなく、自分で処分することにしました。クラブにあった新聞紙で包み、フラットアイアン・ビル付近のゴミ入れに捨てました」

「《ヘラルド》の朝刊だった」とヒース。「〝ポップ〟クリーヴァーが《ヘラルド》しか読まないのを知っていてですか？」

「部長刑事！」ヴァンスがぴしりとたしなめる。「スポッツウッドさんはご存じなかったはずだよ――でなきゃ、《ヘラルド》を選んだりはしなかっただろう」

スポッツウッドはヒースに、哀れむような侮蔑をこめて笑いかけた。そして、ヴァンスに感謝の目を向けてから、マーカムに視線を戻す。

「宝飾品を捨てて一時間かそこらたつと、包みが見つかったら新聞紙から足がつくのではないかと心配になってきました。そこで、もう一部《ヘラルド》を買ってラックに架けました」そこでひと息つく。「まだ何か？」

マーカムがうなずく。

「ありがとう――それだけです。あとは、そろそろこちらの二人にご同行を願います」

「そういうことならば」と、スポッツウッドがそっと言う。「ちょっとしたお願いがあります、ミスター・マーカム。こういうことになったからには、一筆したためておきたいのです――妻へ。短い手紙を書くあいだ、ひとりにしてもらえないでしょうか。気持ちはわかっていただけるでしょう。さほど時間はかかりません。部下のかたたちにはドアの前に立ってもらえれば――私にはとうてい逃げられませんよ。……勝者にはそれくらいの寛大さを見せていただけますよね」

マーカムに答える隙を与えず、ヴァンスが進み出て彼の腕に触れた。

「スポッツウッドさんの頼みを無下《むげ》に断ろうなんて、きみは思わないよな」

マーカムはためらいがちに彼を見た。

「きみの働きからして、きみが指揮権をとってもおかしくないだろうな、ヴァンス」黙認だった。

そこで、ヒースとスニトキンに廊下に出て待つよう指示し、彼はヴァンスと私とともに隣室へ向かった。マーカムは用心するようにドア付近に立ったが、ヴァンスは皮肉な笑みを浮かべてふらっと窓辺へ寄ると、マディソン・スクウェアをじっと見下ろした。

「まったく、マーカム！　あの男には感心させられるものがあるよ。うん、敬服せざるをえないね。ものすごくまともで論理的だ」

マーカムは返事をしない。真昼の街の喧騒が窓越しにくぐもって聞こえ、私たちのたたずむ狭い寝室にたれこめる沈黙がいっそう険悪に思える。

そのとき、隣室でつんざくような銃声がした。

マーカムがぱっとドアを開ける。ヒースとスニトキンが早くも、倒れたスポッツウッドに駆け寄るところで、マーカムが踏み込んだときにはもう、死体をのぞき込んでいた。すぐにくるっと振り返り、入り口に顔をのぞかせていたヴァンスをにらみつける。

「自殺だ！」

「そんな気がした」とヴァンス。

「きみは――こうなることがわかってたと？」マーカムはせき込むように言葉を吐き出した。

「いかにもそんな感じだったじゃないか」

マーカムの目が怒りに燃える。

「それでわざわざ彼の肩をもって——機会を与えてやったんだな?」

「おいおい!」とヴァンス。「紋切り型の義憤なんかに駆られないでもらいたいね。人の命を奪うことがどれほど倫理にもとろうとも——理論上ではね——自分自身の命は自分のしたいようにするさ。自殺する権利は奪えない。現代民主主義の家父長制のもとじゃ、これが彼に残されたほぼ唯一の権利だったんじゃないかと思うがねえ?」

彼は腕時計を見て眉をひそめた。

「ほら、コンサートをのがしてしまったじゃないか、きみのひどい用事のせいで」優しく文句をつけながら、彼はマーカムに愛嬌のある笑顔を向けた。「それがどうだ、きみときたらぼくを叱ってる。まったく、とんでもない恩知らずだな!」

原注・訳注

（1）……は原注、（i）……は訳注である。

1

（1）アントラーズ・クラブはその後警察の手で閉鎖された。レッド・レーガンは重窃盗罪でシンシン刑務所に長期服役中。
（2）B・G・デシルヴァが特別に彼女のために作詞した。
（3）前作『ベンスン殺人事件』のこと。
（4）のちにはローブ＝レオポルド事件、ドロシー・キング事件、ホール＝ミルズ殺人事件が起きたが、カナリア殺人事件の異彩の放ち方はゆうに、ナン・パタースン・〝シーザー〟・ヤング事件やサンフランシスコでブランチ・ラモントとミニー・ウィリアムズを殺害したデュラントの事件、モリヌーのヒ素毒殺事件、カーライル・ハリスのモルヒネ殺人事件に匹敵する。大衆の関心という点でこれに比肩するものを探すとしたら、フォール・リヴァーのボーデン二重殺人事件、ソー事件、エルウェル射殺事件、ローゼンタール殺人事件などを思い出すはずだ。
（5）ここで言及されているのは、西九十六丁目のアドロン・ホテルに住んでいた裕福な未亡人、エリナー・キグリー夫人の事件である。彼女は九月五日の朝、西四十八丁目八九番地にある小さいがぜいたくな終夜カフェであるクラブ・タークから家まであとをつけてきたと思われる強盗たちに猿ぐつわをかまされて、窒息死しているのを発見された。二人の刑事――マクウェイドとキャニスンの殺人については、この二人が犯人を有罪にするに足る証拠を握っていたためであると、警察は信じている。キグリー夫人のアパートメントからは、時価五万ドルを超える宝石類が盗まれていた。

2

(1) スタイヴェサント・クラブは豪華なホテルのような大型クラブで、そのメンバーの多くは政界や法曹界や財界に属している。
(2) ヴァンスが言及した事件は、私がのちに確認したところによると、一八七九年ミシガン州訴訟番号四一七のシャターハム対シャターハムという遺産相続訴訟だった。
(i) 『ヘンリー六世』第二部第四幕第二場のディックのせりふ。

3

(1) ヒースは二カ月前のベンスン殺人事件の捜査で、ヴァンスと知り合いになった。
(i) レジーは専売公社のこと。ここではトルコ煙草を指す。

4

(1)おもしろいことに、ニューヨーク市警にかかわってきた十九年間ずっと、彼は上司からも部下からも等しく〝教授〟と呼ばれている。

(i)錠の内部に長さの異なるピンが仕掛けられており、キーと凹凸《おうとつ》が一致すると開くタイプ。

5

(i)フランソワ・ブーシェ(一七〇三―一七七〇年)。ロココを代表するフランスの画家、素描家、エッチング製作者。

(ii)ホメロスの『オデュッセイア』に登場する永遠の闇に住む種族。

6

(1)彼のフルネームはウィリアム・エルマー・ジェサップで、海外派遣軍第七七師団の第三〇八歩兵大隊に所属していた。

8

（i）ミルトンの仮面劇『コーマス』の一節。

9

（1）ベンとはベンジャミン・ハンロン大佐のことで、地方検事局付属刑事部門の指揮官である。
（2）ヴァンスが引き合いに出しているのは、かの有名なモリヌー事件。一八九八年に起きたその事件が、マディソン・アヴェニューの四十五丁目にあった、由緒あるニッカーボッカー・アスレティック・クラブの弔《とむら》いの鐘を鳴らしたのだ。しかし、スタイヴェサントが生涯を閉じたのは商業主義のせいだった。マディソン・スクウェアの北側にあったこのクラブは数年後に取り壊されて、摩天楼に場所を譲った。
（i）アルジャーノン・スウィンバーンの詩から。
（ii）フランスの犯罪学者アルフォンス・ベルティヨンが犯罪者識別法として開発した測定による数値。
（iii）ローマの歴史家・政治家タキトゥスが皇帝ネロの廷臣ペトロニウスを評した言葉。
（iv）ニューヨーク市刑事裁判所ビルと拘置所、通称トゥームズ（墓場）を結ぶ橋。

(v) シェイクスピア『ハムレット』第三幕第一場のオフィーリアのせりふ。

10

(i) ヴァンスが引用しているのは、十七世紀に活躍したイングランドの詩人で外交官、マシュー・プライヤーの詩「ソロモン」。アブラはソロモン王が最も愛したと言われる愛人の名。

(ii) ケイリー・ドランムルは、十九―二十世紀の劇作家アーサー・ピネロの戯曲『第二のタンカレー夫人』の登場人物。主人公オーブリーの親友で、彼が低い階級の婦人と再婚することに反対する。

(iii) ヴァンスは『風紀二行詩』(*Disticha de Moribus*) が大カトー(共和制ローマ期の政治家)の著作だと言っているが、三―四世紀ローマの作家ディオニュソス・カトーの作のはず。

11

(i) 「キンポウゲに思いをめぐらせる」というのは、英国の詩人ロバート・ブラウニング(一八一二―一八八九年)の「国を離れて故郷を思う」という詩の一節から。イタリア旅行をしたときの作品で、「子供たちへの贈りもののキンポウゲは、けばけばしいメロンの花よりはるかに美しい」とある。
（ii）神の愛と摂理によって、キリスト教の信仰者は道徳律に拘束されないとする。

12

（1）エイブ・ルービン弁護士は当時、ニューヨーク随一の敏腕悪徳弁護士だった。二年前に資格を剝奪されてから、消息が知れない。
（i）『ベン・ハー――キリストの物語』はアメリカの作家ルー・ウォーレス（一八二七―一九〇五年）による一八八〇年発表の小説だが、その二度目の映画化（サイレント映画）で大ヒットとなったのが一九二五年で、本作刊行の直前だった。原作は無実の罪で投獄されるベン・ハーの復讐劇に、キリストの生涯を交差させ、十九世紀末のベストセラーとなった。
（ii）シェイクスピア『ヴェニスの商人』の登場人物。困った友人のためにユダヤ人の金貸しシャイロックから、期日までに返せなければ肉一ポンドを差し出すという無理な条件を引き受けてしまう。ここでは義俠心のある男の例として挙げているのだろう。

13

（i）ギンバイカ（英語でマートル、日本では銀梅花、銀盃花）は、古代ギリシャや古代ローマで愛と美の女神に捧げる花とされたが（花言葉も「愛」）、ここでヴァンスが使っているのは、もうひとつの意味、「勝利」や「栄光」だと考えられる。マートルは常緑で生命力が強いことから「不死」や「復活」の象徴とされ、転じて勝利・栄光などの意味をもつようになった。

（ii）二十世紀初頭、一九二〇年代まで、メイデン・レーンは宝石店街として有名だった。

（iii）十五世紀初頭、ヘンリー四世に反逆したむこうみずなサー・ヘンリー・パーシーのこと。

（iv）いろいろな肉と野菜を煮込んだスペイン・中南米のシチュー。

（v）ヒラメをロールにしてホワイトソースをかけたもの。

14

（1）このあとに続く部分の校正刷りをヴァンスに送って確認および訂正をしてもらったので、実質的に彼自身の言葉で仮説を述べた文章となっている。

15

（i）ニューヨーク、マンハッタンの東部地区。低所得者層の住む地域。

（ii）シェイクスピア『リチャード二世』第二幕第一場。

（iii）シェイクスピア『ロミオとジュリエット』第二幕第三場。

(iv) 第十三景の主人公スガナレルのせりふ。
(v)『カンタベリー物語』中の「メリベ物語」から。

16

(i) サッフォーが熱烈な愛情の詩を捧げた女友だち。

17

(i) シェイクスピア『ヘンリー六世』第三部第二幕三場。

18

(i) エドガー・アラン・ポオの物語詩『大鴉』から。

20

(i) イタリア生まれの作曲家ジュゼッペ・リコ（一八七六—一九五七年）によるスロー・ワルツの題名。ジョルジュ・ミランディ（一八七〇—一九六四年）作詞で一九一〇年に発表。

25

(i) アレクサンダー・ポープの『ホラチウスに倣《なら》いて』から。

26

(1) ヴァンスが言及している専門書は、*Handbuch für Untersuchungsrichter als System der Kriminalistik*（予審判事のための犯罪学便覧）。

(2) 最近たまたま読んだシカゴ大学人類学教授の論文に、ヴァンスの説は学術的にも支持されるという証拠があった。Doctor George A. Dorsey, *Why We Behave Like Human Being*（われわれはなぜ人間らしくふるまうのか）のドーシー博士いわく、「ポーカーは人生の縮図である。ポーカー・ゲームでのふるまい方は、その人間の生き方なのだ。……勝つか負けるかは、そのゲームがもたらす刺激に身体組織がどう反応するかにかかっている。……私はこれまでずっと、人類学的、心理学的観点から人間というものを研究してきた。その私にして、賭け金のせり上げ《レイズ》をしたときに返ってくる相手の態度を観察する以上にふさわしい実地研究手法をまだ見いだしていない。……心理学で言うところの言語的行動、本能的行動、肉体的行動という機能が、ポーカー・ゲームでは最大限に発揮される。……私はポーカーで人間というものを学んだと言っても過言ではない」

28

(i) ドクター・クリッペンことホーリー・ハーヴィー・クリッペン(一八六二—一九一〇年)は、アメリカ生まれのホメオパシー(同毒療法)の専門家。妻を殺害し、死体を切断して自宅地下に埋めたとして、一九一〇年にロンドンで死刑となった。二〇一〇年に、判決の決め手であった皮膚が妻のものでないと判明したが、クリッペンが別の人物を殺した可能性は残っている。

(ii) ラテン語はセクストゥス・アウレリウス・プロペルティウス(紀元前五〇年頃—紀元前一五年頃)の詩集『エレギア』から。「血を流しても〜」は英国の詩人ウィリアム・アーネスト・ヘンリー(一八四九—一九〇三年)が一八八八年に発表した詩「不屈」から。この詩はネルソン・マンデラの自伝映画『インビクタス/負けざる者たち』の中でも使われた。

29

(i)「まぬけだよ……」は『オリヴァー・ツイスト』から、「ああ、サミー……」はディケンズ『ピクウィック・ペーパーズ』からの引用。

30

（ⅰ）福田恆存訳『獄中記』（オスカー・ワイルド著、新潮社、一九五四年）より引用。

解説

三橋 曉

ヘミングウェイ、フィッツジェラルド、トマス・ウルフ、リング・ラードナー、そしてヴァン・ダイン。彼らが活動を始めた時代からまもなく百年がたとうとしているが、今なお読者に愛されるこのアメリカ作家たちを繋ぐ人物《キーパースン》といえば誰？　その答えは、十九世紀創立の名門出版社スクリブナーズ社を支え、名編集者と謳われたマックスウェル・パーキンズである。

亡くなってすでに七十年近いが、『ベストセラー――編集者パーキンズに捧ぐ』（二〇一六年）という映画で、伝説の編集者その人をコリン・ファースが演じたのをご記憶の方もあると思う。映画にヴァン・ダインは登場しなかったが、その原作にあたるA・スコット・バーグによるノンフィクション『名編集者パーキンズ』（草思社刊）には、出版社のオフィスで撮られたヘミングウェイとのスナップ写真や、ミステリにも妥協のない質の高さを求めた辣腕《らつわん》の編集者に作品で応えてみせたヴァン・ダインのエピソードも収められている。

一説には、出版界の老舗《しにせ》スクリブナーズ社が、暗い木曜日に始まる大恐慌の時代（一九二九―三三年）を乗り切ったのは、パーキンズとヴァン・ダインの力が大きかったとも言われる。この編集者は遺言執行人まで引き受けるなど、二人の間には確かな信頼関係が築かれていたようで、ジョン・ラフリーの評伝『別名S・S・ヴァン・ダイン――ファイロ・ヴァンスを創造した男』（国書刊行会刊）の中にも、パーキンズは顔を出す。

ヴァン・ダインこと本名ウィラード・ハンティントン・ライト（一八八七―一九三九年）の波瀾の生涯を詳《つまび》らかにしたこの評伝は、ミステリ作家S・S・ヴァン・ダイン誕生の瞬間ともいうべき一九二六年一月の出来事を、次のように記している。その日ライトは大学時代から知らぬ仲ではなかったパーキンズとランチを共にし、三つの長編小説のシノプシスを託した。ほどなくスクリブナーズ社から正式な返答が届き、三年間に三作を上梓する条件で高額の前払金が支払われた。その金額は、過去五年間に彼が稼いだ合計額を上回るものだったという。

評伝の題辞《エピグラフ》にもあるように、明敏な評論家、博識、面白い男と評される一方で、大嘘つき、好感の持てない人物とも貶《けな》される。そんな毀誉褒貶《きよほうへん》の数々は、そのまま浮き沈みの激しい彼の半生を象徴しているともいえるだろう。ポオやフォークナーとも所縁のあるヴァージニア州シャーロッツヴィルで過ごした幼年時代は母親からの溺愛《できあい》を受けたというが、十代で入った士官学校は一年と保《も》たず。流布するハーバード大学卒の学歴も間違いで、実は聴講生として在籍したにすぎない。

しかし芸術の才に長《た》け、優れた思索家でもあったライトは、首尾よく就いた〈ロサンゼルス・タイムズ〉の書評家兼記者の仕事をふりだしに、野心を胸に向かったニューヨークで雑誌

〈スマート・セット〉の編集を手がけるなど、その名を高めていく。しかし成功の追い風に乗っていたライトの人生にも、生来の浪費癖と尊大な性格に、健康上の問題や不運が重なり、やがて暗雲が垂れこめる。数年来胸中に見え隠れしていた〝大衆小説〟に手を染めなければならない時は、目前に迫っていた。

先述したパーキンズとのランチの席で、ミステリの執筆にヴァン・ダインという筆名を使うことにこだわったのは、凋落《ちょうらく》の道をたどりつつあった文筆家ウィラード・ハンティントン・ライトの矜持《きょうじ》を守ろうとしたせめてもの抵抗であったに違いない。ディケンズすらも偽善的作家と切り捨て、娯楽小説の書き手で認めるに足るのは、イギリスの古典的な冒険・スパイ小説作家E・P・オッペンハイムくらい。そんな堅物《かたぶつ》だったライトはしかし、ヴァン・ダイン誕生前夜の数年間に、ミステリの名作を渉猟《しょうりょう》し尽くす勢いで読み進めていったという。

その結果、ミステリというジャンル小説への不当な評価を渋々改めたことは、「探偵小説論」(『ファイロ・ヴァンスの犯罪事件簿』論創社刊に所収)他で明らかなのでここでは触れない。そしてその最大の成果は、スクリブナーズ社に渡ったシノプシスが、優れたミステリとして実を結んだ三つの長編小説であった。

さて、著者の紹介を兼ねた前置きのつもりが、やや長くなった。三つの小説とは、もちろん『ベンスン殺人事件』に始まるヴァン・ダインの最初の三作で、今回新訳でお届けする『カナリア殺人事件』(旧訳は『カナリヤ殺人事件』)は、その二番目の長編小説にあたる(残る一つは第三作の『グリーン家殺人事件』)。

デビュー作『ベンスン殺人事件』は、社交界の有名人が密室状況下で射殺死体となって見つかった〝ジョゼフ・エルウェル殺し〟(一九二〇年)をモデルとしていたが、それに次ぐ本作もまた当時世間を騒がせた未解決事件を下敷きにしている。一九二三年三月のある朝、ドロシー(ドット)・キングという二十九歳のパーティ・ガールの死体を、彼女のメイドが発見する。現場はウェストサイドのアパートメントで、女はベッドの上で絞殺されていた。

男の出入りも激しく、ドラッグを常用していたドットは、いわゆる〝町でいちばんの美女〟で、〝ブロードウェイの蝶〟と呼ばれ、浮き名を流していた。ヴァン・ダインは、被害者のあだ名を〝蝶〟から〝カナリア〟に変えたうえで、室内から宝石が消え、恋人に殺人の容疑がかけられた点などの、迷宮入りした実際の事件のディテールと重ね合わせるようにして『カナリア殺人事件』を書き上げた。

先に述べたように、出版社との交渉の過程で、ヴァン・ダインは最初に三本分の長編小説の用意があることを詳細なシノプシスで示し、そのうち二編は一般大衆の目を惹きつけずにはおかない、センセーショナルな現実の未解決事件を素材とした。書評家としての経験から巷《ちまた》に溢れる新刊の中で成功することの難しさを知る彼は、このように自作の売り込みに策を練ったが、もっとも力を注いだのは、個性的な登場人物(探偵役)を生み出すことであった。

そこで彼は、無色透明かつ毒にも薬にもならない相棒《ワトスン》役兼語り手ヴァン・ダインを自らが演じる一方で、一度読んだら決して忘れることのできない人物として、ファイロ・ヴァンスという匿名の名探偵を創造した。この衒学的《ペダンティック》で、鼻持ちならないキザな男は、〈ザ・ニューヨーカー〉の常連オグデン・ナッシュ（エラリー・クイーン編『犯罪は詩人の楽しみ』に「三無クラブ」が収録されている）から「お尻に一蹴り必要ざんす」と戯詩《ライト・ヴァース》で揶揄《からか》われたが、作者の嗜好《しこう》や癖のある性格がそのまま投影されているのは間違いない。

本作でヴァンスは法廷助言者《アミカス・キューリエ》として、盟友であるニューヨーク郡の地方検事ジョン・F・X・マーカムに司法的なアドバイスを与え、地方検事のもとで働く市警の部長刑事アーネスト・ヒースとの信頼関係も厚い。元女優で恋多き女カナリアことマーガレット・オウデルが、犯人が出入りのできない密室状況下のアパートメントで絞殺されたこの事件でも、三人は絶妙のチームワークで行動する。

ほどなく容疑者は数人に絞られていくが、各人にはアリバイがあるなどして、警察の捜査も立ち行かなくなってしまう。そこでヴァンスは一計を案じ、事件の関係者をマーカムの自宅に集め、ポーカーに興じる。得意な心理学の知識を駆使して、密かに容疑者たちの内面を分析してみせるこの一章は、直接証拠よりも心理的な証拠を重視するヴァンスが提唱する推理法の実践であり、大胆かつ細心な真犯人をあぶり出す決め手となっていく。まさに本作のハイライトともいえるだろう。

ところで、先の評伝の日本語訳版の巻末に付された映画化リストによれば、ヴァン・ダイン原作で、ファイロ・ヴァンスの登場する映画は一ダースを優に越える。その最初の作品はパラマウント製作の『カナリヤ殺人事件』（一九二九年）で、サイレント映画として製作に入ったが、監督の交代を経てトーキーとして公開された。このエピソードは、サイレント映画からトーキーへの過渡期ならではのものだろう。

映画『カナリヤ殺人事件』でファイロ・ヴァンスを演じたのは、この作品が映画初主演のウィリアム・パウエルで、合計四つの作品でヴァンス役を演じた。またパウエルは、ハメット原作の映画『影なき男』でもおしどり夫婦探偵のニックとノラをマーナ・ロイとのコンビで演じ、こちらもシリーズ化されるほどの人気を博した。

パウエルの他にも、シャーロック・ホームズ役で有名なベイジル・ラスボーン（『僧正殺人事件』）や『マルタの鷹』（一九三六年）の探偵役ウォーレン・ウィリアム（『ドラゴン殺人事件』）、ハンガリー出身のポール・ルーカス（『カジノ殺人事件』）らもこの名探偵を演じており、ヴァンス役は実に多士《たし》済々《せいせい》。今ではパブリック・ドメインになっている映画も多いので、ネットで見比べてみるのも面白いだろう。

世界大戦と大恐慌に挟まれたアメリカの一九二〇年代は、ローリング・トウェンティーズともジャズ・エイジとも呼ばれ、この国が繁栄を謳歌した時代だった。社会は享楽的な空気に包まれ、とりわけファッションなど女性を取り巻く文化は一気に開花し、流行の先端を行くフラッパーと呼ばれる女性たちに注目が集まった。

マンハッタンのマンションに住まい、部屋にはピカソなど多くの美術品を飾る。家では従者兼執事にかしずかれ、外ではオペラ鑑賞や美食のため金を湯水のように使う。そんな貴族然とした探偵が奔放《ほんぽう》に生きた女性の死の謎に挑む『カナリア殺人事件』は、熱狂とともに過ぎ去ったアメリカの一時代への興味をかきたてずにはおかない。

ハワード・ヘイクラフトは、ヴァン・ダインの登場によりアメリカのミステリは一夜にして成年に達したと語ったが、旧弊な探偵小説を時代を映す鏡にまで磨き上げたヴァン・ダインの功績は、本作からも明らかだ。ノスタルジーを感じさせるだけではなく、その時代の空気までも鮮明なものにした今回の新たな訳文も歓迎したい。

新訳なった『カナリア殺人事件』を、都会的な雰囲気や時代背景の芳醇《ほうじゅん》な香りとともに楽しんでいただければと思う。

訳者紹介　1954年生まれ。青山学院大学卒。日本推理作家協会、日本文藝家協会会員。訳書にヴァン・ダイン『僧正殺人事件』、ドイル『新訳シャーロック・ホームズ全集』、ミエヴィル『都市と都市』など多数。

検印
廃止

カナリア殺人事件

2018年4月20日　初版

著者　S・S・ヴァン・ダイン
訳者　日《ひ》暮《ぐらし》雅《まさ》通《みち》

発行所（株）東京創元社
代表者　長谷川晋一

162-0814/東京都新宿区新小川町1-5
電話　03・3268・8231-営業部
　　　03・3268・8204-編集部
URL　http://www.tsogen.co.jp
萩原印刷・本間製本

乱丁・落丁本は、ご面倒ですが小社までご送付ください。送料小社負担にてお取替えいたします。

ISBN978-4-488-10320-0　C0197